# 周先慎文集

## 第三卷 明清小说研究

周先慎 著

# 目　录

# 前　言

中国古代文学专题研究，是为中文系汉语言文学专业本科高年级学生开设的选修课。选修的学生，要求已经修过“中国古代文学史”的基础课，对中国文学发展历史的基本轮廓、重要的文学现象、重要的作家作品，都已经有了基本的了解和掌握。因此，这是一门带有专题研究性质的提高课程。按照中国古代文学发展的脉络和主要体式，本课程分为四个专题：“〈诗经〉与楚辞”“唐诗宋词”“元明戏曲”“明清小说”。本书即为“明清小说”的专题课教材，同时也可作为社会上的文学爱好者、青年作家和文学工作者扩大文学知识和提高文学修养的参考书。

关于基础课和专题课教材的性质与范围，褚斌杰先生有一个很准确的定位：基础课教材有述有论，以述为主；专题课教材有论有述，以论为主。就是说，专题课虽然也有传授知识的内容，但比基础课有所拓展和深化；而更重要的是论析的成分增多，对一些问题进行了比较深入的探讨。中国古代文学专题研究课程开设的目的，在于进一步扩大学生有关中国古代文学的知识面，引导学生更加深入地思考和理解中国古代文学史上一些重要的文学现象和具有代表性的作家作品，以提高他们的理论分析能力和文学鉴赏水平。

作为一种专题研究性质的教材，“明清小说”的内容可以有两种不同的设计：一种是全面的综合研究的方式，带有宏观的史的规模和性质，涉及的作品比较多，包容面广，力求提炼和概括出一些带有规律性的文学现象来进行理论分析；另一种是突出这一时期重要的作家作品，即以在历史上和群众中影响深广的文学名著为重点，通过对具体作品及相关问题的深入分析，以扩大读者的知识面，提高读者的理论素养和文学鉴赏水平，同时也兼及对某些相关的文学规律的阐发。本书采用的是后一种设计方案，这主要出于两方面的考虑：其一是，学生不可能在短期内阅读很多作品（一些在文学史上属于二三流的作品，也没有必要硬性要求他们阅读），涉及面过宽就容易流于空泛，反而不能收到预期的效果；其二是，名著既是学生比较熟悉的，又是问题比较复杂、具有典型意义、在学术界争论较多的作品，因此，通过对名著的具体深入的分析鉴赏，更有利于促进学生对问题的深入思考，从而达到提高他们的分析能力和鉴赏水平的目的。

本书吸收了近年来学术界的研究成果，同时也体现了作者多年来在明清小说方面的研究心得。书中涉及的一些问题，有的是学术界已经大体有了共识的，有的则存在着分歧和争论。我们是既介绍共识，也不回避分歧，在摆出各家的观点之后，一般都提出自己的一得之见。但也有一些问题，由于资料的缺乏或问题本身比较复杂，一时难于得出结论，只好实事求是地存疑，以待进一步的考证和研究。艺术方面的欣赏，我们也只是提供一种角度，一种感悟，一种体认，重要的还在于引发学生的兴趣，启发他们自己去思考和感受，在审美实践中提高自己的艺术鉴赏水平。

版本问题，是古典文学研究中的一个比较重要也是比较复杂的问题，但常常为学生和年轻的学人所忽略。本书对几部名著的版本，比一般的文学史著作有较多和较深入的介绍，一方面是为了提示可靠的研究和分析的依据，另一方面则是为了引起学生和读者对版本问题的重视。但我们一般采用经过精校的为学生易寻易得的通行本作为分析评论的主要依据，而不去刻意追求稀见的珍本或原本。专门的版本研究与一般的文学研究中对版本问题的重视应该是有区别的。

本书卷末所附的“主要参考书目”（不包括原著和参考资料汇编），是作者在写作过程中曾经参考过的书目，而非研修明清小说的完备的参考书目，但这些书目当然也是研究明清小说应该阅读的重要参考书目。

本书和中国古代文学专题研究的其他三种教材的教学大纲，都经过本学科专家组的审订。参加审订的专家有：费振刚教授（组长，北京大学）、钱志熙教授（北京大学）、周强教授（北京大学）、刘勇强教授（北京大学）、韩传达教授（中央广播电视大学）。本书蒙北京大学的马振方教授审读并提出许多宝贵意见。

2002年12月16日

# 第一章　中国古典小说的发展和明清小说的繁荣

## 第一节　中国古代的小说观念与小说的早期形态

在中国古代文学中，比起正统的诗文来，小说是一种晚熟的形式。一般认为，符合现代小说观念的成熟的小说作品，是到唐代才产生的。但中国古典小说同样源远流长，其历史可以一直追溯到上古时期的神话传说。中国古典小说的发展，经历了一个漫长的过程。大体说来，可以划分为萌芽、雏形、成熟、开拓、繁荣和转型这样几个大的阶段。

中国古代关于小说的观念，和我们今天是不一样的，而且随着历史的发展，有一个演变的过程。最早提到小说这个概念的，是《庄子》中的《外物》篇："饰小说以干县令，其于大达亦远矣。"这里将"小说"与"大达"对举，是专指那些琐屑的、无关乎政教得失的大道理的浅薄言论。《文选》卷三十一李善注江淹《李都尉陵从军》，引桓谭《新论》说："若其小说家合丛残小语，近取譬论，以作短书，治身理家，有可观之辞。""丛残小语"指零碎的言谈，"短书"则指不为人所重视的没有什么学术价值的著作。[①] 班固在《汉书·艺文志》中指出："小说家者流，盖出于稗官。街谈巷语，道听涂说者之所造也。"综合以上几家的说法，当时的所谓"小说"，至少可以包含这样几层意思：第一，是指一些琐碎浅薄的小言论；第二，

---

① 汉代的书籍用竹简书写，竹简的长短视内容有不同的规定，凡经、律等官书用二尺四寸的竹简，官书以外包括子书在内，都用短于二尺四寸的竹简，称为"短书"。汉人提到"短书"时多含不十分重视之意。

是指一些不合于政教得失大道理的小道理，但有关治身理家，对普通老百姓也还有些用处；第三，小说来自民间传说，主要在民间流传。总之，是内容小，形式也小，为治国理政的政治家们所瞧不起的。所以《论语》中说："虽小道，必有可观者焉，致远恐泥，是以君子弗为也。"这是孔子的学生子夏所说的一段话。意思是说，小说只是一种小伎艺，也有可取之处；但要从事远大的事业，恐怕它会有妨碍，所以君子是不愿意从事的。

这一观念影响了中国后世两千多年小说（特别是文言小说）的发展。一方面，是小说被看作不是正经著作，不登大雅之堂，一向被人轻视；再一方面，是小说从内容到形式都是既小又杂，一般都认为是介于"子"和"史"（主要指杂史、野史、逸史）之间。在古代被视为小说的作品，其范围十分广泛，也十分庞杂。长期以来，目录学家们把野史、笔记、杂传一类作品归入子部小说家类，而以今人的眼光来看，其中不少作品其实并不是真正的小说。另一方面，一些真正的小说作品，如清代的小说巨著蒲松龄的《聊斋志异》和曹雪芹的《红楼梦》，在官修的《四库全书总目》中就都没有收入。可见一直到清代，在正统文人的眼里仍然恪守着传统的小说观念。但从小说创作的演变来看，宋元以后的白话小说（包括短篇话本小说和长篇章回小说），就已经跟现代人的小说观念大体一致了。而宋元人所谓的"小说"，则是特指"说话"艺术中的短篇故事，与我们今天所说的小说又不完全相同。古人十分宽泛和庞杂的小说观念甚至一直影响到当代的学者。历代大量用文言写成的所谓笔记小说，古人将其归入"子"部小说家类，实际上相当多的作品是不能算作小说的，例如宋代苏轼的《东坡志林》，所收的绝大多数应该说是典型的笔记体的散文小品，但当代人所编的《中国文言小说书目》中也沿袭收入。因此，在今天中国的学术界，关于如何确定古代小说的概念和划分古代小说的范围，还是一个值得深入研讨的问题。

我们认为，今天在考察和确定中国古典小说的研究对象和范围的时候，要考虑到两个方面：一方面，既不能完全用今天的现代小说观念去衡量中国古代特殊品种的小说作品，将它们从小说领地中赶出去；另一方面，也不能过分地迁就传统的那种既混乱而又庞杂的小说观念，弄得小说的范围十分庞杂，无所不包。当然，中国古代文言小说的范围，也不应该同现代的小说观念有太大的距离，即基本上应具备以下三个方面的小说要素：第一，必须是写人的，以人为中心，比较着意于刻画人物形象；第二，必须有故事，也就是说至少应该有简单的情节，这意味着作品中的人物关系反映了社会生活中一定的矛盾冲突；第三，具有非纪实性的特征，就是说作品在反映生活时有选择，有提炼，有虚构，有艺术的概括和集中。这最后的一条很重要，将作为文学创作的小说与纯纪实的历史著作区别开来，却最难掌握。因为只要不能认真地核对事实，就很难判定作品的纪实性和虚构性，而要核对古代作品的历史真实性，几乎是不可能的。因而有的学者提出，早期的小说作品应该具有传说性，因为传说过程中必有种种自觉不自觉的增饰和虚构存在。但这三条只是大体的原则，历史和小说的区分，在中国古小说中本来就是一件十分繁难的事。

总起来说就是，对中国早期的文言小说，不必要求人物有个性，形象很鲜明；不必要求有生动曲折的故事情节，有完整的艺术结构；也不必要求反映社会生活的深度和广度，这些都是水平高低的问题；只要有人物，有故事，人物故事有一定的增饰和虚构，而且通过人物和故事能反映出一定的社会面貌，即使比较粗糙，比较简单，我们也应该承认它是小说。这样，古代的笔记、野史、杂传中许多短小的作品，只要不是纯粹的实录，用现代的眼光来看算不得典型小说的那样一类作品，我们都可以用传统的、同时又是比较灵活的眼光，将它们看作小说。因此，中国的古典小说从语言形式上区分的两大类别，即文言小说和白话小说（包括白话短篇小说和长篇章回小说），后一类基本上都是符合现代小说观念的典型的小说作品；而前一类则比较复杂，其中有一部分是符合现代小说观念的小说作品，有一部分则是属于中国古代特殊品类的小说。

中国古典小说的源头是神话传说。神话产生于民间，是原始人类在与大自然作斗争中的劳动实践的产物。远古时代，生产力十分低下，人类不仅借助想象以解释自然现象，而且借助想象以征服自然力，支配自然力，把自然力加以形象化，把与自然作斗争的人力加以理想化。神话最主要的精神，是通过幻想来表现劳动人民征服大自然的愿望和理想。那种可以战胜一切的、超自然、超人力的力量，就是原始人幻想中的神。由于种种原因，中国古代缺少完整地记载神话故事的专书，但在《山海经》和屈原的作品中，都保留了丰富的神话资料。例如中国古代两个著名的神话故事《精卫填海》和《夸父逐日》就都出自《山海经》。《穆天子传》中也有一些神话故事。

中国古典小说发源于神话，但神话并不就是小说，而只是小说的萌芽。神话对中国古代小说的影响是非常明显的。一方面，神话出于想象，有简单的情节，有鲜明的人物形象（神实际是人的化身），同时又总是反映出人民群众的思想感情和愿望要求。也就是说，故事、人物、思想，作为小说创作的主要因素，在远古时代的神话中就都已经具备了。再一方面，从题材内容来看，中国古典小说有讲神怪的传统。这除了古代的巫风和宗教迷信的影响外，神话的影响也是不可忽视的方面。从六朝时期的志怪小说，到唐人传奇中的神怪题材作品，再到明代的长篇神魔小说《西游记》和《封神演义》，再到清代蒲松龄的《聊斋志异》，无论题材、创作方法、表现手法，都不同程度地受到古代神话的影响。

先秦诸子中的寓言故事，也对小说的发展产生一定的影响。寓言故事也是从民间来的，从最初简单的比喻慢慢发展成为故事。寓言是通过一个故事来暗寓一种道理，以达到说服人、教育人的目的。春秋战国时期，诸子争鸣，常常利用寓言故事来讲道理，宣扬自己的学说。例如《韩非子》中的《度足》《矛盾》《守株待兔》等，就是中国古代著名的寓言故事。

史传文学也对古典小说的发展产生了重要的影响。所谓史传文学，是指历史著作中带有文学色彩的传记文，广泛一点，也可以包括历史著作中生动形象的叙事文字。先秦时期的历史著作如《左传》《战国策》，以及后来汉代司马迁的《史记》，在叙事和人物描写上，都为小说的创作提供了重要的借鉴。特别是《史记》中的人物传记，采用文学手法，具体、生动、形象，把人物写活了。这对以创造人物为中心的小说创作，提供了不少的艺术经验。

寓言故事和史传文学虽然对小说创作产生重要影响，但它们本身并不就是小说，也不能看作是小说的起源。因为寓言的目的在于说理，跟通过形象的塑造来反映生活、表现作者思想倾向的小说不同；史传文学是历史（只不过是采用文学手段的、富于文学色彩的历史），历史要求“信”，即符合事实，不容夸饰和虚构，而小说则容许甚至离不开夸饰和虚构，两者的性质显然不同。当然这是从整体性质上讲的，个别的寓言故事，说理的目的已消退到十分次要的地位，而人物情节却非常突出；史传文学中的某些篇章，较多地吸收了民间传说的成分，与实际的历史已有一定的距离：将这样的作品视作小说，亦无不可。但有人把寓言故事和史传文学也看作是小说的源头，这是不确切的。

小说不同于历史，但中国古典小说跟历史又确有其不可忽视的渊源关系、血缘关系。这里应该提到从神话到传说的演变和两者的区别。神话中的人物是天神，而传说中的人物则是半神，即带有神性色彩的英雄人物，例如《后羿射日》中的后羿、《大禹治水》中的大禹就是。神话经过发展，才逐渐演变为传说。鲁迅先生在《中国小说的历史的变迁》中说："从神话演进，故事渐近于人性，出现的大抵是'半神'，如说古来建大功的英雄，其才能在凡人以上，由于天授的就是。……这些口传，今人谓之'传说'。由此再演进，则正事归于史；逸史即变为小说了。"[①]由此看来，历史和小说不是父子关系，倒像是兄弟姊妹关系了。因此，在中国古代，小说和正史的界限基本上是清楚的[②]，但小说和来自民间的野史、逸史、稗史的关系就有些纠缠不清了。所以，今天所见到的古代文言小说，在古代分为四部（经、史、子、集）的目录学著作中，或者归入史部（杂史），或者归入子部"小说家"。清代编的《四库全书》子部"小说家"中，实际上包括了"杂事""异闻""琐语"等内容，仍透露出历史和小说的血缘关系。"稗史"在中国古代成为小说的别称，不是没有原因的。

在《汉书·艺文志》中著录的小说共有15家，1380篇（实际为1390篇）。但到梁代（502—556）仅存《青史子》一卷（原本57篇，见《隋书·经籍志》），到隋代（581—618）连这一卷也亡佚了，今天仅存几条佚文（见鲁迅辑《古小说钩沉》）。15家中，有5种都以"说"为题，如《伊尹说》《鬻子说》《黄帝说》《封禅方说》《虞初周说》，可见同今天所说的小说有很大的不同。《汉书·艺文志》中著录的这些小说，多数是先秦时期的作品，但也有一部分是汉代的，如上举的《封禅方说》《虞初周说》等即是。这些书的性质，大体如鲁迅所说："托人者似子而浅薄，记事者近史而悠谬者也。"[③]也就是说，大都介于"子""史"之间，而又不同于"子""史"，琐碎浅薄，故不为人所重视。东汉人班固根据刘歆的《七略》写成的《汉书·艺文志》，其中的"诸子略"共分为十家，最后的一家就是"小说家"。班固说："诸子十家，其可观者九家而已。""小说家"无足观，所以列在最后。

现存的所谓汉人小说，实际上大多不是出于汉人之手，而是后人的伪托。因为魏晋以后的一些文人为了夸示异书，一些方士（炼丹求仙的人）为了自神其教，写了一些带有神异色彩的书，就托名为汉代人所作。如托名班固所写的《汉武帝故事》

---

① 《鲁迅全集》第八卷，人民文学出版社，1958年，第314页。

② 但也不排除吸收传说的成分，如《史记》中就有不少这样的成分，不过主体部分仍然恪守"信"的史学原则。

③ 鲁迅：《中国小说史略》，第一篇《史家对于小说之著录及论述》，人民文学出版社，1952年。

和《汉武帝内传》，托名东方朔所写的《神异经》和《十洲记》等，就是这类作品。这些书的内容，“大旨不离乎言神仙”[①]。

值得一提的是作者不详的《燕丹子》（今有中华书局出版的程毅中校点本）。关于这部书的性质和时代都还有不同的看法，但从内容和文辞上看，虽然明显地曾经经过后人的增饰，却基本上可以肯定是根据秦汉时期的民间传说记录下来的一部古小说。可以相信，《燕丹子》“是现存的惟一的一部比较完整的汉人小说”（程毅中语，见校点本《前言》）。明代的胡应麟称它是“古今小说杂传之祖”，是很恰当的。

## 第二节　中国古典小说从雏形走向成熟

中国古代大量的小说作品的出现，是在魏晋南北朝时期。这个时期，中国古典小说已初具规模，但还不是成熟的小说作品，只是小说的雏形。魏晋南北朝时期的小说，分为“志怪”和“志人”两大类。“志怪”记神鬼怪异之事，“志人”则记社会人事，最主要的是记录贵族官僚和士大夫知识分子的言行轶事。所谓“志”，就是记录的意思，这说明这个时期中国古典小说还没有脱离“史”的性质。神鬼怪异之事本来是并不存在的，是人们虚构的想象的产物，但传说的人和记录的人都相信其为实有。因此，虽然“志怪”和“志人”小说在题材内容上很不相同，思想意趣和艺术风格也有很大的差别，但记录的人都一样视为实录。在这一点上，“志怪”和“志人”这两种作品是完全相通的。“志怪”小说的代表作《搜神记》的作者干宝，在这本书的序言中，就说明他写作这部书的目的在“发明神道之不诬”。就是说，他通过搜集记录这些故事，是要说明神鬼怪异之事确实存在，并不是骗人的。例如在卷十六中有一篇《阮瞻》，反映了当时社会上有鬼论与无鬼论的斗争是很激烈的，而这篇故事却有意让无鬼论者阮瞻吃了败仗，用“事实”来证明鬼是确实存在的。同时，在写作上他还追求“事不二迹，言无殊途，然后为信”（并见《搜神记》序）的史学原则。干宝本来就是一个史官，在写作《搜神记》时，他显然以史家自居，把我们今天看作志怪小说的作品当作信史来写，而缺乏自觉的小说创作意识。不过，作者的创作思想和写作目的虽然如此，由于许多故事来自民间，是传说中劳动人民

---

① 参见鲁迅《中国小说史略》第四篇《今所见汉人小说》。

的集体创作，因而《搜神记》中也有一些作品思想内容比较好，反映了人民群众的思想感情和愿望要求。例如《韩凭妻》（卷十一）、《干将莫邪》（卷十一）、《宋定伯》（卷十六）、《李寄》（卷十九）等。魏晋南北朝时期的志怪小说数量很多，但完整地保存下来的却很少，多数散见于各种古籍之中。鲁迅先生搜集整理了一部分，辑为《古小说钩沉》。现存完整和不完整的这时期的志怪小说，大约有四十种左右。

从小说的发展来看，志怪小说篇幅虽短，却有简单的故事，且多数作品情节完整，优秀之作人物形象鲜明（当然一般都还缺乏性格）；但内容简单，艺术描写比较粗糙，几乎还没有什么细节描写。

“志人”的名称，是鲁迅先生在《中国小说的历史的变迁》一文中最先使用的，与“志怪”相对，后来得到大家的认同。志人小说有两方面的内容：一方面是写社会人物（主要是当时社会的上层人物）的传闻轶事（轶是散失的意思，也就是指那些正史中不记载之事）；另一类是记载一些诙谐幽默带讽刺意味的滑稽故事，也就是讲笑话。前者以南朝时宋刘义庆著的《世说新语》为代表。[①] 原书八卷，梁刘孝标注本为十卷，今传本为三卷。刘注引书四百多种，今天大多已经亡佚，所以很为后人所重视。全书分类编排，共分为“德行”“言语”“政事”“文学”等三十六门。每一门多则几十条，少则几条。所记的内容，主要是从东汉末年到东晋时止的上层统治集团和士大夫知识分子的言行和思想风貌。著名的篇章很多，如《阮光禄车》《周处》《王蓝田性急》《石崇王恺》《石崇燕集》等。

《世说新语》这类志人小说的产生，跟当时士大夫中品评人物和清谈的风气有关。所谓品评，就是对一个人的评价，是一种很有影响力量的社会舆论，一个人声名的誉毁，往往决定于人们的这种评论。志人小说与志怪小说不同，是只记社会人事，不记神鬼，所以能更直接地反映出当时的社会生活风貌。

诙谐幽默、讲笑话的作品，以《笑林》为代表。这本书是魏初的邯郸淳所撰。原书三卷，已佚，鲁迅《古小说钩沉》中辑有二十八条。著名的如《楚人》《汉世老人》《执竿入城》《某甲》等。

志人小说，特别是《世说新语》型的轶事小说，常通过一个生活片断，突出人物某一方面的特点，表现出人物的思想风貌。在表现人物的性格方面，志人小说显

---

① 此书原题《世说》，因《汉志》儒家类第六十七篇中已有《世说》，故唐人题作《世说新书》，宋人才改题为《世说新语》。

然比志怪小说要有更高的成就。如《世说新语·雅量》中的《桓公伏甲设馔》，在极短的篇幅中，通过对比，将人物不同的性格和气质表现得相当鲜明。但志怪小说比志人小说一般篇幅稍长，情节结构显得更为丰富完整。志人小说和志怪小说，在不同方面都为后代小说的发展提供了各自的艺术经验。

无论“志人”和“志怪”，它们共同的特点是：短小，语言精练，有简单的故事情节，注意描写人物（少数优秀之作已经能初步写出人物的思想性格），尤特别注意于描写人物的语言和行动。这些都对后来的小说创作产生了重要的影响。古代的文言小说，在艺术表现上简练、集中，有故事，重视写人物等传统，就是从魏晋南北朝时期的“志人”“志怪”小说开始的。但这些作品都还比较简单，不能展开比较复杂和广阔的生活面，只是写一个生活片断，或一个场面，或一个小故事，很像是绘画中的素描和写生。这种短小的形式，反映生活很及时，而且生动，常常三言两语就写出一个人物来。同时，还有一点值得注意的是，《世说新语》等书的创作，不是为了喻道论政，而是为“赏心而作”，“远实用而近娱乐”[①]，这就决定了这些作品的写作很重视娱乐性和艺术性。这一点，对唐以后文人自觉地创作小说有不可忽视的影响。

魏晋南北朝的志人和志怪小说，虽然为后来小说的发展打下了重要的基础，但它们本身还不是成熟的小说作品，还只是粗陈梗概的古代小说的雏形，是从“丛残小语”到成熟的短篇小说的过渡。但它们在中国古典小说的发展史上具有不可忽视的重要意义。

隋代时间很短（三十多年），在小说方面没有什么建树；唐代却在小说创作上取得了很高的成就，不仅产生了符合现代小说观念的成熟的小说作品，而且出现了一批思想艺术水平很高，即使放到世界文学中来看也堪称第一流的作品。因此，前人把唐代的传奇小说同唐代的诗歌并称为“一代之奇”[②]。

唐代传奇的出现才使中国古典小说真正走向了成熟。传奇小说是在前代志怪小说和史传文学的基础上发展起来的。我们今天通常都笼统地把唐代的文言短篇小说称作传奇，严格说来是并不准确的。因为从整体来看，唐代的文言短篇小说实际上包括了三种体制：轶事小说、志怪小说和传奇小说。前两种篇幅都比较短小，其中

① 鲁迅：《中国小说史略》，人民文学出版社，1952 年，第 65 页。

② （宋）洪迈：《唐人说荟·例言》。

的多数作品虽然也有一些新的变化，但同六朝时期的“志人”“志怪”并没有什么质的区别；而传奇小说是特指那些情节完整、篇幅漫长、描写细腻、富于文采而表现了较为丰富的社会生活内容的作品。在唐代的文言小说中，轶事与志怪两类所占的比例相当大，真正传奇体制的作品数量并不算很多①，却代表了中国古典小说发展的一种质的新变。

古典小说在唐代走向成熟的最重要的标志，是作者这时有了自觉的小说创作意识和由此而决定的小说新的审美特征。明代的胡应麟曾说：“变异之谈，盛于六朝，然多是传录舛讹，未必尽幻设语；至唐人，乃作意好奇，假小说以寄笔端。”②这里提到的“幻设语”和“作意好奇”，用我们今天的话来说，就是作者通过想象和虚构，对生活进行艺术的概括和集中，以表达他对生活的认识和评价。这同单纯的记录就有了很大的区别。鲁迅在《中国小说史略》中也从历史发展的角度指出：“小说亦如诗，至唐代而一变，虽尚不离于搜奇记逸，然叙述宛转，文辞华艳，与六朝之粗陈梗概者，演进之迹甚明，而尤显者乃在是时始有意为小说。”③也就是说，到了唐代，传奇作者从追求“事不二迹，言无殊途”的史家意识，开始转变为追求“著文章之美，传要妙之情”（语出沈既济《任氏传》）的小说家意识。

所谓“传奇”，顾名思义就是传写奇事的意思。唐代不少传奇作家在他们的作品中都申言“征异话奇”的创作追求。但传奇小说中的“奇”和“异”，并不单指超现实的神鬼怪异之事，也包括现实生活中那些非同寻常的事情，例如凄婉动人的爱情故事、惊心动魄的豪侠行为等等。不过值得注意的是，无论是语涉精怪，还是描写社会人事，传奇作者都在作品中熔铸进了他对现实生活的真切体验。由神怪走向现实，这是唐代传奇小说的一大发展；这并不是单就题材内容而论，即使写的是神怪题材，作者也都是关注并且反映现实人生的。这一点，可以说是唐代传奇小说和六朝志怪小说的一个重要区别。

在唐代，人们并没有把“传奇”看作小说文体的专名。元稹的《莺莺传》在不

---

① 唐代的文言短篇小说流传至今的到底有多少篇，没有精确的统计，但合传奇、志怪、轶事三类，把单篇流传和专集所收合在一起，有人估计大约有四千多篇，其中真正称得上传奇作品的约有二百篇左右。

② 《少室山房笔丛》卷三十六。

③ 《中国小说史略》第八篇《唐之传奇文》上。

同的版本和著录中也有题作《传奇》的，晚唐时期裴铏的小说集就题名为《传奇》，但这都是指的具体的作品。后来“传奇”成为小说文体的专名，可能与此不无关系。据有人考证，把传奇看作小说的一体而与“志怪”并称，大概是南宋时期的事。但宋元以后，“传奇”一词的使用有比较复杂的情况。南宋人将传奇用来专指爱情题材的小说；元代人则把南曲戏文和北曲杂剧也称为传奇；明清时期又把从南戏发展来的长篇体制的戏曲形式称为传奇。不过文学史上与朝代连用时所指则是比较明确的，“唐代传奇”指的是文言短篇小说，“明清传奇”则指的是长篇戏曲形式。

唐代一些著名的诗人和散文家也进行传奇创作，如元稹写了《莺莺传》，陈鸿写了《长恨歌传》，白行简（白居易的弟弟）写了《李娃传》等。因此，唐代传奇作品，一般都文辞华艳，很有文采。

唐代传奇小说的题材扩大，反映了较之六朝志怪、志人小说要广阔丰富得多的社会生活内容，其中的人物，既有皇帝、官僚、文士、贵族小姐，也有商人、妓女、奴仆、僧道，还有超现实的神鬼仙妖等。与此相适应，传奇小说在形式和艺术表现手法上，也有很大的提高。一般的篇幅都大大加长，不再是三言两语，只描写一个生活场面或片断；而是铺展为几千字的规模，能比较完整地、丰富地反映生活，写出生活的流动发展，从中展示出人物的命运；故事情节也因之而更加完整、生动、曲折。艺术描写也趋于深入细腻，同时更加注意刻画人物的思想性格，而人物的思想性格也有了更加丰富复杂的社会内容。

描写爱情婚姻题材的作品，在唐代传奇小说中数量最多，成就也最高。值得注意的是，同样是描写爱情婚姻，不同的作品所反映的社会内容和所表现的思想意义是很不相同的。这表现了唐代传奇小说思想内容的丰富性和深刻性。最著名的作品有：《离魂记》《霍小玉传》《李娃传》《任氏传》《飞烟传》《莺莺传》等。有一些作品描写到了爱情婚姻问题，但主题并不单纯。如《柳毅传》实际上表现的是侠义主题，是作家对生活的一种道德评价；《长恨歌传》虽然也表现了作者对男女间真挚爱情的同情和赞美，但同时又表现出鲜明的社会政治倾向，对帝王后妃的享乐腐化生活提出了批判，总结了历史的经验教训。与《长恨歌传》思想倾向相近而总结出历史的经验教训的，还有《东城老父传》。

歌颂侠义精神和豪侠英雄，是唐代传奇小说中的另一个重要内容。这类小说的大批出现，主要是在中晚唐时期。其原因，一方面由于长期历史文化传统的影响，另一方面也是由于特定时代条件下现实生活的需要。助人为乐、见义勇为、扶危济困等等，是中华民族在长期历史发展过程中形成的优美品德。中国自古以来就产生过许多豪侠之士，其特点是武艺高强而行为放纵，不受国家法令的约束。司马迁在《史记·游侠列传》中，就热情地歌颂了那些富于正义感、守信用、愿意为人排忧解难而不惜牺牲自己的生命，事成后又不夸功劳，不图酬报，甚至也不喜欢别人称赞自己的豪侠之士。当社会矛盾尖锐化的时期，人们就更加需要这种人物。唐代传奇小说中豪侠人物的出现，是历史传统和现实需要相结合的产物。唐代传奇小说中豪侠题材的代表作品有:《红线传》《昆仑奴传》《聂隐娘》和《虬髯客传》等。最著名而影响最大的是《虬髯客传》，小说创造了历史上称为“风尘三侠”的三个形象:李靖、红拂女和虬髯客。

在唐代传奇小说中还有一类写梦幻的作品，最著名的是沈既济的《枕中记》和李公佐的《南柯太守传》。这类梦幻小说的产生，既有现实政治斗争的基础，也有佛家和道家思想的影响。作者的创作目的并不在梦幻本身，而是借梦幻以写真实，反映现实，反映作者对现实的认识，以及对于人生的感悟。这两篇小说都反映了唐代知识分子的思想矛盾，一方面追求荣华富贵，一方面又深感仕途的险恶，对政治黑暗和统治阶级内部互相构陷、倾轧的残酷性心存畏惧。两篇小说中所描写的种种情事，虽然带有梦境的虚幻，却都是唐代现实生活的真实反映。我们不妨把这类作品看作是以特殊形式表现现实生活的社会政治小说。在艺术描写上，人事、情境都栩栩如生，真切动人，在虚幻中又透出浓厚的生活气息。

## 第三节　说话艺术与中国古典小说的开拓

唐代除了文人创作的轶事、志怪和传奇体的文言小说外，也还有民间的通俗小说存在，这就是所谓的“市人小说”。“市人小说”就是民间的“说话”（讲故事）。唐代的话本保存下来的不多，在敦煌遗书中比较著名的有《庐山远公话》《韩擒虎话本》等，均见于今人所编的《敦煌变文集》。另外还有“变文”，是一种散韵结合的通俗说唱文学形式，内容多讲佛经故事，也有讲历史故事和民间传说的。[①] 演说世俗故事的“变文”与“市人小说”的话本在性质上非常相近，因此有些作品在题

① 关于“变文”的得名，中国学术界有不完全相同的看法，多数人认为是由于与“变相图”故事相配合，用文字作解释而得名。

目中虽有“变”或“变文”字样，而有的学者也认为是“话本”或近似“话本”的作品，如《不知名变文》《舜子变》《秋胡变文》等。[①] 唐代的这些作品本身虽然思想艺术成就不算太高，还只是处于萌芽状态的通俗文学，却直接开辟了宋元以后的通俗小说的发展，具有不可忽视的重要意义。

宋元时期，话本小说大放异彩。话本来自民间，产生于口头文学的“说话”艺术。这里的“话”是故事的意思，“说话”就是讲故事。话本的出现，是中国小说史上的一大变迁和开拓。通俗的白话小说，萌芽于唐而繁荣于宋。宋元以后，中国古典小说的发展，就出现了文言和白话两条道路。

中国古代很早就有讲故事的传统。鲁迅在讲到小说起源的时候曾经指出：“诗歌起源于劳动和宗教。……至于小说，我以为倒是起源于休息的。人在劳动时，既用歌吟以自娱，借它忘却劳苦了，则到休息时，亦必要寻一种事情以消遣闲暇。这种事情，就是彼此谈论故事，而这谈论故事，正就是小说的起源。”[②] 远古时期所讲的故事内容与神话分不开，但当时的具体情形，因为材料的缺乏，不可详知；而宋元时期的“说话”艺术与小说发展的关系，就十分清楚了。

唐代已有“说话”艺术在民间兴起，到了宋代，随着城市经济的发展，市民阶层的壮大，适应于市民群众文化娱乐生活的需要，各种演唱伎艺得到迅速的发展和繁荣。“说话”就是当时各种伎艺中最受欢迎的一种。从有关的历史资料来看，当时的“说话”分为四家，四家的说法，文献记载不完全一致，按照鲁迅的意见，四家是指：一、“小说”，又叫银字儿，因为有说有唱，唱时用“银字管”伴奏。“小说”特指短篇故事，一般都是一次或两次说完，内容多是说现实故事的，所以最受听众欢迎。二、说经，其中又分为“说参请”（讲宾主参禅悟道等事）和“说浑经”（多包含滑稽诙谐的内容）。三、讲史，指讲说长篇历史故事。以说为主，有说有评，又称为平话。要分若干次才能讲完，这就是后来中国的长篇章回小说分章回的由来。四、合生，是一种比较特殊的形式，大概是两人表演，对答式指物题咏，没有什么故事，可能跟小说的发展关系不大。因此又有学者主张以“说铁骑儿——士马金鼓

① 参见李骞《敦煌变文话本研究》，辽宁大学出版社，1987 年，第 17—18 页。

② 鲁迅：《中国小说的历史的变迁》第一讲，《鲁迅全集》第八卷，人民文学出版社，1958 年，第 315 页。

之事”取代“合生”的。[①]四家中，最重要的是“小说”和“讲史”两家。

我们今天所见的“话本”，过去一般解释为“说话”人的底本，实际上是不太确切的。因为“说话”人的底本非常简单，在讲说时由“说话”人临场敷演发挥，今天根本不可能看到；而现存的所谓“话本”大多是由后人（特别是明代人）整理加工，是供人阅读的。所以有的学者认为，如果要把“说话”人的底本称为“话本”，那么，我们今天看到的所谓“话本”，应该称为“话本小说”，因为真正的说话人的底本是不可能流传到今天的。[②]说话四家中的小说话本，就是宋元时代的白话短篇小说；而讲史的话本则称为平话（也有把话本都通称为平话的）。

话本小说的产生，引起了中国古典小说创作的极大的变化，最值得注意的有下面几点：

第一，小说创作的目的有了很大的不同。“志人”“志怪”没有脱离史的性质，唐人虽然有意写作小说，但许多作者都是文人，或是出于一时的好尚，或是为了炫耀文采，或是如诗文创作一样，在于抒发牢愁，吟咏性情。而“说话”则完全是为了满足听众的文化娱乐的需要。这一点非常重要。虽然几乎每一篇故事都有其“劝惩”的目的，但职业的“说话”艺人为了生活的需要，首先考虑的还是尽可能满足听众的娱乐需求，能引起听众的兴趣。因此，不仅内容是听众所关心的，而且还必须讲究说故事的艺术，千方百计把故事讲得娓娓动听，引人入胜。这一创作目的和性质上的变化，决定了话本创作在题材内容、形式体制、表现手法以及艺术风格等多方面的特点。这些特点，往往由听众的社会地位、生活经历和审美趣味所决定，同时又反过来影响群众的思想和审美趣味。在长期发展中，便形成了具有中华民族特色的、适应中国广大人民群众欣赏习惯的通俗小说的艺术传统。

第二，短篇小说的话本，在题材内容上几乎都是反映现实生活（尤其是作为听众主体的市民阶层的生活）的。因此，小说的人物就由“志人”（“志怪”小说由于是神鬼妖魅，难于确定其社会身份）和唐代传奇主要是官僚和知识分子而变成主要是城市的下层人民，包括手工业工人、商人、小贩、妓女等。不仅生活内容是市民阶层自己的，或是他们所熟悉和关心的，而且对生活的认识和评价，即通过具体的形象所表达的思想感情也主要是市民阶层的。

---

① 参见胡士莹《话本小说概论》第四章《说话的家数》，中华书局，1980年。

② 参见胡士莹《话本小说概论》第六章《话本的名称》。

第三，适应于口头讲唱文学的需要，话本小说的表达工具不再是脱离口语的文言，而是在口语的基础上经过加工、提炼而成的白话。因此，通俗性是话本小说最鲜明的特色。通俗的语言，不仅使听众一听就懂，有一种亲切感；同时也大大地加强了作品的生活气息和艺术表现力。自宋元以后，中国古典小说的发展就变为文言与白话两途，而且从在群众中的影响来看，白话小说占了绝对的优势。这种现象是很值得我们重视的。

第四，因为诉诸听觉，靠讲说来打动听众，因此故事性很强，有头有尾，线索清楚（即使是几条线索发展，也是穿插分合，脉络分明；或按下一枝，再表一枝），生动曲折，善于布置悬念，非常引人入胜。讲故事是中国古典小说传统的艺术特色，但不是唯一的也不是最重要的特色。

第五，注意写人物，特别是注意展示人物的命运。在表现人物的思想感情和性格特点时，多从人物自身的语言和行动来刻画，而且多在故事的流动发展过程中完成，很少静止的剖析性的心理描写。

第六，在结构形式和表现手法上，开头常有“入话”，中间或结尾处，常穿插或引入诗词韵语。

宋元时期话本小说的这些特点，使得中国古典小说的发展进入了一个新的历史阶段，为明清时代小说创作的空前繁荣并取得巨大的成就，打下了坚实的基础。

宋元时期也有“志怪”和传奇小说的作品，而且数量并不算很少，但较少优秀的传世佳作。这里要说明的是，文言小说和白话小说，虽然是中国古典小说发展中的两种不同的体制，各成系统，但并不是互不相关的，而是互相影响、互相渗透的。例如宋人编纂的可以称之为集宋以前文言小说之大成的《太平广记》，就是宋元时期书会才人和“说话”艺人的重要参考书。而唐代传奇中的《李娃传》，则是根据唐代的市人小说《一枝花话》创作而成。

小说话本的题材内容是非常广泛的，据南宋人罗烨的《醉翁谈录·小说开辟》的划分，共有八类：灵怪、烟粉、传奇、公案、朴刀、杆棒、神仙、妖术。“传奇”讲男女爱情故事；“灵怪”和“神仙”“妖术”讲神鬼精怪的故事；“公案”讲判案的故事；“朴刀”“杆棒”讲英雄好汉的故事；“烟粉”主要讲妇女的故事，而且大多与鬼魂有关。比较重要的是：爱情故事、公案故事、英雄好汉故事三类。描写爱情婚姻题材的代表作品主要有《碾玉观音》《快嘴李翠莲记》《闹樊楼多情周胜仙》《志诚张主管》等，描写判案的代表作品主要有《错斩崔宁》《简帖和尚》等，描写英雄好汉的作品主要有《宋四公大闹禁魂张》等。

宋元话本，其实主要是宋代话本，因为元代时间很短，杂剧兴盛，小说不及宋代繁荣。据《醉翁谈录》的记载，宋代的小说话本有一百零七种之多，但绝大多数已经亡佚。今存的宋元话本，大约有三十种左右，主要保存在以下几种书中：

一、明代嘉靖年间（1522—1566）洪楩编刻的《清平山堂话本》（原名《六十家小说》，共六集，每集分上、下两卷，每卷五篇）今仅存二十七篇和一些残篇。

二、明代万历年间（1573—1620）熊龙峰刊刻的通俗小说四种。

三、明代天启年间（1621—1627）冯梦龙编刻的《古今小说》（即《喻世明言》）《警世通言》《醒世恒言》三部短篇小说集，合称“三言”，每集收作品四十篇。“三言”各书都既收宋元话本，又收明代话本小说和文人拟作的白话短篇小说。

四、近人缪荃孙编印的《京本通俗小说》，据称是影元人写本的残篇（存八篇另一个残篇，刊行七篇）。此书许多学者认为是一种伪托之作，但其中的作品为宋元人旧作，则是确定无疑的。

今存的讲史话本（即平话）主要有元代至治年间（1321—1323）建安（福建建瓯）虞氏刊印的《全相平话》五种：《武王伐纣平话》、《七国春秋平话》（又名《乐毅图齐》）（后集）、《秦并六国平话》、《前汉书平话》（又名《吕后斩韩信》）（续集）、《三国志平话》。这显然是当时出的一套平话丛书，上图下文，是一种供人阅读的本子。情节简略，艺术上比较粗糙，还有不少错别字，较多地保留了“说话”艺人底本的原始面貌。材料主要来源于正史，也吸收了一些民间传说。语言多用文言，或半文半白，与短篇小说话本的主要使用口语不同。另有《新编五代史平话》，以断代形式，分梁、唐、晋、汉、周五部，每部又分上、下两卷，梁史、汉史均缺下卷，实存八卷。《大宋宣和遗事》是一本比较特殊的资料性质的书，鲁迅说它“近讲史而非口谈，似小说而无捏合”，大约是杂抄旧籍而成，并非说话人的底本。其中有关梁山泊的故事，可能抄自其他话本，或由民间传说采集而来。

讲史话本比较粗糙，思想艺术价值不高，但它毕竟能将复杂的历史事件组织成长篇故事，为明代长篇章回小说的创作积累了初步的经验；在思想倾向上，也能在一定程度上反映人民群众对历史事件和历史人物的认识与评价。这些，无疑都对后来长篇小说的成熟作了重要的准备。《三国志平话》为后来《三国演义》的创作，《武王伐纣平话》为后来《封神演义》的创作，《大宋宣和遗事》中的梁山泊故事为后来《水浒传》的创作，都打下了重要的基础。还有一种“说经”话本《大唐三藏取经诗话》，也为后来《西游记》的创作打下了重要的基础。

## 第四节 明清小说的繁荣与转型

在中国文学史上，许多朝代都是以当时最具代表意义的某种文体作为这一时代文学的标志的，例如唐诗、宋词、元曲，而与此并称的，明清时代则是小说。明清两代，传统的诗、文、词等各种文学形式仍有大量的作品，但成就既不能与这些形式的前代相比，也不能与同一时代的小说相比。

我们说明清两代是中国古典小说的繁荣期，主要有三个标志：

一、中国古典小说的各种形式体制都已经完备、成熟，出现了全面繁荣的局面。话本、拟话本（指由文人作家模拟话本而创作的白话短篇小说）、作为中国古典长篇小说民族形式的章回小说，文言小说中的志怪体和传奇体，以及总结了志怪和传奇的创作经验并吸收了白话小说乃至散文的创作经验熔铸而成的《聊斋志异》这样的文言短篇小说，争奇斗艳，盛极一时。这一时期，中国古典小说中的长篇和短篇的各种形式体制，都已成熟并稳固下来。

二、作家辈出，名作如林。中国古典小说中置之世界小说之林而毫无愧色的第一流的作品，如号称明代“四大奇书”的《三国演义》《水浒传》《西游记》和《金瓶梅》，清代的《儒林外史》《红楼梦》以及短篇小说中的《聊斋志异》、冯梦龙所编的“三言”中明代的白话短篇小说等，都产生于这一时期。

三、现实主义艺术，在创作方法和具体的表现手法上，都已走向成熟，总的特色是丰富、细腻、深刻。

应该指出，明清时期的文言小说包括志怪和传奇，都有相当的数量，但是除了奇峰突起的蒲松龄的《聊斋志异》和纪昀仿六朝志怪的《阅微草堂笔记》外，成就都不太高，有影响的佳作不多。可以说，跟宋元话本相衔接的，是明清时期的白话长篇小说和明清时期（主要是明代）文人创作的拟话本——白话短篇小说。

明清小说的发展，有四个值得注意的倾向和特点：

第一，是从无名的广大群众与文人作家相结合的集体创作，发展为文人作家的独立创作。《三国演义》《水浒传》《西游记》都是在长期民间流传和“说话”艺人加工的基础上，由文人作家最后再创作而成的。这就是所谓世代累积型的作品。但到了明中叶以后，就产生了文人独立创作的《金瓶梅》，由此而下，清代的《红楼梦》

和《儒林外史》也都是文人独立创作的。在文言小说方面，清代蒲松龄的《聊斋志异》虽然搜集了不少民间传说和神怪故事，但并不是简单的记录和整理，而是熔铸进了作家本人的生活体验和思想感情的重新创作。文人作家创作的作品，带有鲜明的作家个人的思想印记和风格特色。

第二，在题材内容上，由写历史题材发展为写现实题材，特别是转到深入细致地描写日常的家庭生活，通过普通而又平凡的生活现象的描绘，反映出重大的社会主题。《三国演义》是写历史题材的，《水浒传》是根据历史上的一次真实的农民起义发展演变而成书的，就是神魔小说《西游记》，也是由唐代青年和尚玄奘只身到西天取经的故事演变而来的。总之，都同历史分不开。而到了《金瓶梅》，则变为直接描写当代题材（虽然是托名为宋代之事），通过描写主人公西门庆的家庭生活来反映现实，这就为小说的题材内容开拓了新的天地。

第三，在艺术表现上，从重情节发展到更重人物性格的刻画；在人物描写上，又从主要是带有理想色彩的传奇式的夸张描写，发展到写实，即通过真实、丰富的细节来表现人物，表现生活。人物和生活情状都更贴近于现实。

第四，长篇小说从题材内容上划分，产生了几种最具特色的小说类型：1. 历史演义小说，如《三国演义》《列国志传》《隋唐演义》等；2. 英雄传奇小说，如《水浒传》《杨家府演义》《说岳全传》等；3. 神魔小说，如《西游记》《封神演义》《西游补》等；4. 人情小说，如《金瓶梅》《红楼梦》《醒世姻缘传》《歧路灯》等；5. 讽刺小说，如《儒林外史》《镜花缘》等；6. 公案侠义小说，如《绿牡丹》《三侠五义》《施公案》《彭公案》等。

第五，出现了两部带总结性的作品：《红楼梦》是古典长篇小说的总结，《聊斋志异》是古典短篇小说的总结。

中国历史发展到近代，随着社会历史的变迁，中国古典小说也进入到了一个转型期。在中国的历史学界，通常把从 1840 年鸦片战争到 1919 年五四运动这七十多年的历史称为近代。近代小说表现了中国古典小说的衰落，同时也是中国小说从古代到现代的过渡和转变，产生了许多新的特点。一是数量多，据不完全的统计，这时期印成单行本的小说，有数千种之多。二是小说与现实的社会政治斗争的紧密结合。近代小说的主流，反映了中国社会沦为半封建半殖民地以后，在政治、经济、思想上的基本特征，揭露帝国主义的侵略，揭露封建统治阶级的腐朽和黑暗。鲁迅先生所称的四大“谴责小说”就是这方面的突出代表。三是为了社会政治斗争的需要，急就章比较多，艺术上提炼打磨不够，大多显得比较粗糙。四是受到西方小说的影响，在小说的形式和叙事模式上都产生了新的特点，同时又大多保留了传统的章回小说的形式，表现出由古典小说到现代小说过渡和转型期的鲜明特色。

形成近代小说以上特点的，主要有三方面的原因。

第一，是社会和时代的变化，这是最主要的。帝国主义的入侵，清朝政府的腐败，引起了许多人对国家民族命运的关心，因此通过小说的形式来揭露和抨击社会政治，就成了极其自然的事情。这是以"匡世"为目的，以揭露、讽刺为特色，而又缺少艺术上的提炼，显得"辞气浮露，笔无藏锋"（鲁迅语）的所谓"谴责小说"和时事政治小说出现的重要原因。

第二，是新小说理论的兴起，对小说社会作用的认识有了极大的提高。为了适应改良主义运动的需要，梁启超等人提出了"小说界革命"的口号，自觉地要使小说成为改造社会政治的武器和工具。他在《论小说与群治之关系》中，将小说的作用提到了前所未有的高度，认为"欲新一国之民，不可不先新一国之小说"。

第三，是随着资本主义经济因素的产生和发展，印刷业的发达，新闻报纸杂志的大量出版发行，也为小说的创作和发表，提供了客观的条件。当时单是小说刊物，就如雨后春笋一样出现，报纸连载小说也成为普遍风气。

第四，是翻译小说的大量出现，必然对小说的创作产生巨大的影响。据有人统计，当时翻译小说的数量，超过创作小说的一倍以上。而翻译小说又侧重在政治小说和侦探小说两个方面，同样也适应了当时社会改良的需要。

近代小说中较有影响的主要是产生于晚清的"谴责小说"，代表作品有：李伯元的《官场现形记》、吴沃尧的《二十年目睹之怪现状》、刘鹗的《老残游记》，曾朴的《孽海花》（作品的最后完成已入民国）。另有侠义公案小说，如文康的《儿女英雄传》、石玉昆口述经人整理而成的《三侠五义》（这两部小说都带有明显的平话习气）；还有写倡优生活的所谓狭邪小说，代表作有陈森的《品花宝鉴》、魏子安的《花月痕》、韩邦庆的《海上花列传》等。1900 年以后，还产生了大批资产阶级革命派的小说，如陈天华的《狮子吼》、黄小配的《洪秀全演义》等，这些作品大多思想锋芒有余而艺术提炼不足，所以影响不大。

总括上面所述，中国古典小说经历了萌芽、雏形、成熟、开拓、繁荣和转型六个发展阶段，其发展的轨迹是十分清晰的：由文言而白话，由短篇而长篇，由简而繁，由粗而精，然后随着时代的变迁，逐渐过渡到现代小说。

## 第五节　中国古典小说的思想艺术传统

中国古典小说具有民族特色的思想艺术传统，是在长期历史发展过程中逐渐形成的。这些传统的形成，跟中国人民的思想文化背景和审美情趣有密切的关系，同时也跟小说同史传文学的关系，同民间文学的关系，同其他文学形式（特别是诗、文）的关系分不开。

从思想传统看，中国古典小说有如下几个特点值得注意[①]：

第一，由于中国古典小说最初的源头来自民间，在后来的发展中又始终同民间文学（包括民间传说和民间的说唱艺术）有密切的关系，因此它总是直接或间接地反映了广大人民群众的思想感情和愿望要求。而古典小说的每一次发展和进步，又总是由优秀的文人作家向民间文学学习，吸取营养，或直接加工民间创作而取得的。不仅像《三国演义》《水浒传》《西游记》这样一些世代累积型的作品如此，就是像《金瓶梅》《聊斋志异》《儒林外史》和《红楼梦》这样由作家独立创作而成的作品也是如此。

第二，中国古典小说有训诫的传统，但同时又强调要寓教于乐，也就是强调小说要具有较强的艺术感染力，要让读者在不知不觉中受到教育。训诫有两个方面，一是劝惩的目的，二是教化的目的。劝惩就是劝善惩恶，福善祸淫，主要是针对个人而言；教化则是针对群体，针对整个社会。但两者的目的都是按照一定的道德或伦理标准对读者进行教育和感化。南宋人曾慥在《类说序》中说：小说“可以资治体，助名教，供谈笑，广见闻”，在所概括的四个方面中，有关训诫的占了两个方面。明代的绿天馆主人在《古今小说序》中说得更加形象具体：“试令说话人当场描写，可喜可愕，可悲可涕，可歌可舞；再欲捉刀，再欲下拜，再欲决脰，再欲捐金；怯者勇，淫者贞，薄者敦，顽钝者汗下。虽小诵《孝经》《论语》，其感人未必如是之捷且深也。”明初的凌云翰在《剪灯新话序》中也指出：“是编（指《剪灯新话》）虽稗官之流，而劝善惩恶，动存鉴戒，不可谓无补于世。矧夫造意之奇，措词之妙，粲然自成一家言，读之使人喜而手舞足蹈，悲而掩卷堕泪者，盖亦有之。”在中国

---

① 关于中国古典小说思想艺术传统的概括，参考了吴组缃先生的意见，请参阅《短篇和长篇小说漫谈》和《关于我国古代小说的发展和理论》，载《说稗集》，北京大学出版社，1987 年。

古典小说的劝惩传统中，以儒家为主体的封建伦理观念和佛教的因果报应思想都有极大的影响和渗透，其作用和意义都需要作具体的分析，不能简单地一概肯定或一概否定。

第三，中国古典小说作家有“发愤著书”的传统。这一思想，在明代李贽的《忠义水浒传叙》中表述得非常鲜明：“太史公曰：‘《说难》《孤愤》，贤圣发愤之所作也。’由此观之，古之贤圣，不愤则不作矣。不愤而作，譬如不寒而颤，不病而呻吟也，虽作何观乎？《水浒传》者，发愤之所作也。”因此，人们把《水浒传》称为“愤书”，把《水浒后传》称为“泄愤之书”。蒲松龄自己也把他的《聊斋志异》称为“孤愤之书”。而晚清的刘鹗，在《老残游记》的《自叙》中很动感情地作了带总结性的论述：“《离骚》为屈大夫之哭泣，《庄子》为蒙叟之哭泣，《史记》为太史公之哭泣，《草堂诗集》为杜工部之哭泣；李后主以词哭，八大山人以画哭，王实甫寄哭泣于《西厢》，曹雪芹寄哭泣于《红楼梦》……其感情愈深者，其哭泣愈痛：此洪都百炼生所以有《老残游记》之作也。”强调“孤愤”，强调“发愤而作”，就是强调作家要有真情实感，要有基于深切的生活体验而产生的激情，作家必须自己首先被所写的题材所感动，写出后才能感动别人。《红楼梦》之所以感人，就在于“字字看来皆是血”，是为了表现作者从生活中得来的不可遏止的激情和悲愤。在中国古典小说中，优秀之作无不如此。

从艺术传统看，则有如下几个特点值得注意：

第一，重视写人，尤其是重视写人的思想性格，这是中国古典小说的艺术传统。虽然写人和塑造形象是小说一体的基本特征，古今中外概莫能外，但在艺术实践中对刻画人物的重视，人物形象尤其是人物思想性格的描绘在作品中所占的突出地位，却是中国古典小说在艺术上的重要特色。从粗陈梗概的“志人”和“志怪”开始，中国古典小说就把写人放到一个中心的位置（志怪小说中的神鬼也是现实中人的化身），并且注重刻画人物的性格特征，哪怕是寥寥数语，优秀之作也能勾画出人物的鲜明个性，并或多或少、或深或浅地让读者由此窥见某一方面的社会风貌。到了明清时代，许多小说批评家已经总结出了相当成熟的理论和经验，例如金圣叹在《水浒传序三》中说：“《水浒》所叙，叙一百八人，人有其性情，人有其气质，人有其形状，人有其声口。”就很好地总结了《水浒传》人物描写的成功经验。不仅是写出性格，而且优秀的作品还能写出人物性格的丰富性和复杂性，例如脂砚斋在评论《红楼梦》中贾宝玉的形象时，就指出：“……皆今古未见之人，亦是未见之文字；说不得贤，说不得愚，说不得不肖，说不得善，说不得恶，说不得正大光明，说不得混账恶赖，说不得聪明才俊，说不得庸俗平凡，说不得好色好淫，说不得情痴情种，恰恰只有一颦儿可对，令他人徒加评论，总未摸着他二人是何等脱胎，何等骨肉。”①

第二，由于受到中国古典散文的影响，早期的文言小说作品（包括六朝的志人、志怪和唐人传奇），作者写作时，在追求表现艺术上同写作散文并无二致，都讲求全局在胸，下笔不苟，很注意谋篇布局，这影响及于后来的中国古典小说精于艺术构思的传统。即使是长篇小说，主次详略、虚实显隐间，也往往体现出作者的艺术匠心，情节的发展多是前有伏笔，后有照应，作者构思之精细和巧妙，随处可见。

第三，中国古典小说的另一个艺术传统，是讲究语言的精练，追求一种简约的美。这不仅受到古典散文影响很深的文言小说是这样，即如《红楼梦》这样的鸿篇巨制，也很注意语言的锤炼，不仅很少有废词赘语，而且用一个词有一个词的独特意蕴，不能去掉，也不能更换。

第四，中国古典小说由于与民间传说有着深厚的血缘关系，宋元以后的白话小说更是渊源于口头的“说话”艺术，因而形成了讲故事的传统。一般都情节曲折、生动，首尾完整。作品总是在生活的流动发展中展示人物的性格、命运，揭示事件的社会意义，不仅很重视故事发展中的波澜、悬念，情节转换中的穿插、分合，而且影响及于人物描写的手法，也多取在动态的事件的发展过程中，通过人物的语言、行动来表现人物性格，而很少离开故事发展作静止的心理剖析。但必须说明，讲故事是中国古典小说的显著特色，但并不是唯一的特色，单有好的故事并不就是一篇好的小说。

第五，中国古典小说受到史传文学的影响，形成了两方面的传统特色：一方面，在形式体制上，文言小说（主要是传奇体）多采用纪传体，为小说的主人公立传，一般还以主人公的名字来标题；在篇末，又多附有如《史记》中“太史公曰”那样的“赞语”，用来发表作者的意见。另一方面，史传文学的“实录”精神，又对小说作品产生了深刻的影响。这既有消极的一面，又有积极的一面。消极的一面是，不少作品（特别是历史题材的作品）像写信史一样，要求细节都必须符合历史的真

① 《脂砚斋重评石头记》庚辰本第十九回夹批。

实或生活的真实，这就势必影响到小说艺术想象和艺术虚构的发挥，使作品过于贴近生活而缺乏艺术感染力。积极的一面是，史家的“实录”精神使得小说作家们特别注意作品的真实性，在真、善、美三者中，常把真实性放在第一位。在中国的史学传统中，有所谓“明镜照物，妍媸毕露”和“虚空传响，清浊必闻”的原则，也就是说，美的、丑的，好的、坏的，好听的、难听的，都要如实地表现出来，既不虚美，也不隐恶。但同时，中国的史学传统，又并不是有闻必录的客观主义，而是非常讲究“爱而知其丑，憎而知其善”，“寓褒贬、别善恶”的，就是把倾向性、把爱憎感情，隐藏在情节和场面中，让其自然地流露出来。这就形成了中国古典小说尊重生活而又讲究含蓄的深刻的现实主义艺术传统。

第六，中国古典小说受到古典诗歌的影响，在叙事中穿插进诗词韵语，文言小说和白话小说都是如此。诗词和小说的结合，在古典小说中是一种普遍的趋向。一部分优秀的作品，不仅在形式上，更在内质上渗透进了诗歌的精神，在作品中通过种种手法创造出诗的意境，如唐代传奇和《聊斋志异》中的一些优秀作品，以及长篇小说《红楼梦》等都是如此。

第七，中国古典小说还受到古典绘画的影响，讲究传神写意，在人物创造中追求神似。多数的情况是讲究形神兼备，形似与神似相结合，有时候甚至略貌而取神，舍弃形似而追求神似。这一点，同上面所说在小说中创造诗的意境是分不开的。

# 第二章 《三国演义》

## 第一节 《三国演义》的作者、成书过程和版本

《三国演义》(原题为《三国志通俗演义》或《三国志演义》)是我国第一部章回体小说，又是我国第一部历史演义小说。章回小说是我国古代长篇小说的民族形式，来源于宋元时代“说话”艺术中的讲史。讲史演说历史故事，一次不能说完，要连续讲说多次，每说一次就是一回。“演义”的意思就是根据史实，敷演大义，在叙事中融进作者的生活体验和思想感情，并对历史事件和历史人物进行政治的和道德的评价。清代刘廷玑说：“演义者，本有其事，而添设敷衍，非无中生有者比也。”① “演义”一词很好地概括了历史演义小说的特点，这就是：既有史实的依据，又进行了艺术的加工和创造；既有纪实的成分，又有艺术的想象和虚构。《三国演义》就是以三国时期的历史为内容的一部长篇历史小说，它既不同于历史著作，也不同于根据生活而纯出于虚构的一般的小说。

《三国演义》是一部世代累积型的作品，是不知名的群众作者同文人作家相结合的创作成果，它的写定者一般认为是元末明初的罗贯中。关于罗贯中的材料，历史上记载很少，而且多有歧义。关于他的籍贯，主要有钱塘（今杭州）、东原（今山东东平）、太原（今山西太原）诸说。钱塘说见于明郎瑛《七修类稿》、田汝成《西湖游览志余》、王圻《续文献通考》等；东原说见于明嘉靖本蒋大器《三国志通俗演义序》，文中称作者为“东原罗贯中”，又明刊多种《三国志演义》(或题《三国志传》）均署为“东原罗贯中编次”，如明万历壬辰（1592）余氏双峰堂刊本《新刻按鉴全像批评三国志传》署“东原贯中罗道本编次”，明万历丙申（1596）书林

① 《在园杂志》卷二。

熊清波刊本《新刻京本补遗通俗演义三国全传》署“东原贯中罗本编次”等。[①] 由元入明的贾仲明在《录鬼簿续编》中说：“罗贯中，太原人，号湖海散人。与人寡合。乐府、隐语，极为清新。与余为忘年交。遭时多故，天各一方。至正甲辰（1364）复会，别来又六十余年，竟不知其所终。”贾仲明是罗贯中的朋友，因此不少人据此认为太原说比较可靠。但《录鬼簿续编》是否为贾仲明作尚有疑问，同时他所称的罗贯中与《三国演义》的作者是否为同一人亦无确证，这条材料虽然长期被人引用，其实是并不十分可靠的。因此也有不少人对此存疑。同时也有人认为“太原”实为“东原”之误写，认为罗贯中原籍东原，钱塘则为他的新著户籍。[②] 此外还有江西庐陵、浙江慈溪等说，但影响较小。总之，关于他的籍贯在学术界尚无定论，还是一个有待深入探讨的问题。

他的生卒年也很难确定，史载有说他是南宋时人的（见田汝成《西湖游览志余》卷二十五《委巷丛谈》），今人则多认为他大约生活在元末明初，如果《录鬼簿续编》确为贾仲明所作，且所提到的罗贯中与《三国演义》的作者确为同一人，则据贾仲明《书录鬼簿后》的时间推定，他大约生活于1315—1385年之间。[③]

关于《三国演义》的成书年代，大体上有五种不同的看法：一是宋代；二是元代中期；三是元代后期；四是明代初期；五是明代中期。过去普遍认为是成书于明初，但近二十年来主张元代后期的学者日渐多起来，提出了不少证据，但亦并未成为定论。[④] 近年新出的文学史已有将《三国演义》处理为元代作品的（如章培恒等主编的《中国文学史》就是这样处理的）。考虑到《三国演义》的刊行和流传主要是在明代，在它的成书年代有确切的考证并得到学术界公认以前，我们还是持慎重态度，处理为明代小说比较妥当。

据传罗贯中一生在政治上很不得志（若贾仲明所记可信，则从别号“湖海散人”

---

① 王利器力主东原说，参见他的《罗贯中与〈三国志通俗演义〉》一文，《〈三国演义〉研究集》，四川社会科学出版社，1983年。

② 见上引王利器文。

③ 参见袁行霈主编《中国文学史》第四卷第一章。同主元末明初说，但各家所推定的时段是很不相同的，如鲁迅《中国小说史略》定为约1330—1400年之间；游国恩等主编的《中国文学史》则定为1310—1385年之间。

④ 参见周兆新《〈三国演义〉成书于何时》，《三国演义丛考》，北京大学出版社，1995年。

也能看出），具有文学才能，努力于通俗文学创作，所作有曲词、杂剧、小说等，以小说最为重要，也最著名。所作杂剧有三种，今存《宋太祖龙虎风云会》一种，是写宋太祖赵匡胤和赵普的故事的，剧中表现的“圣君贤相”的政治理想与《三国演义》相一致。传说他曾写作十七史演义，今存署名罗贯中所作的小说有《隋唐两朝志传》《残唐五代史演义传》《三遂平妖传》等，但不完全可信，至少也是经过后人增删，失去了本来面貌的。较能保存他创作的原貌的，就是这部《三国志通俗演义》。罗贯中所生活的元末明初，正是阶级矛盾和民族矛盾十分尖锐，农民起义风起云涌的动乱年代。明代王圻的《稗史汇编》说他是“有志图王者”，在朱元璋统一天下后，他才退而“传神稗史”（用形象化的方法将历史传说写成文学作品）。还有传说他曾在元末农民起义的领袖张士诚的手下作过幕僚。如果这些材料可信，那么这样一个时代，这样一种经历，一定会对他的生活、思想和创作产生巨大的影响。

《三国演义》的成书经历了一个漫长的过程。素材来源主要有两个方面：一是正史的材料，即晋陈寿的《三国志》和刘宋时裴松之的注；二是广泛地吸收了民间传说和野史笔记中的记载，以及民间说唱艺术和戏曲艺人的创造。[①] 三国故事开始在民间流传，可以追溯到很早的时期。裴松之给《三国志》作注，引用了二百多种魏晋人的著作（今天多已亡佚），以充实、丰富、修正陈志的内容，其中有一部分就是来自民间的野史杂说，带有明显的民间传说的成分。南朝宋刘义庆的《世说新语》中也辑录了一些民间传说中的三国故事。唐宋时期民间的戏剧和皮影戏演出中已有三国故事。唐代李商隐的《骄儿》诗云：“或谑张飞胡，或笑邓艾吃。”描写一个小孩模仿当时说话艺人讲说三国故事时的生动情状，说明三国故事至迟到晚唐，就已在民间得到广泛流传，而且人物形象已经非常生动了。宋代“说话”艺术的“讲史”中有专说“三分”的艺人（如霍四究，见孟元老《东京梦华录》卷五）。北宋苏轼的《东坡志林》中记载：“王彭曾云：‘涂巷中小儿薄劣，其家所厌苦，辄与钱，令聚坐听说古话（历史故事）。至说三国事，闻刘玄德败，频蹙眉，有出涕者；闻曹操败，即喜唱快。’”这不仅说明三国故事到此时已经非常生动，而且拥刘反曹的思想倾向也已十分鲜明。宋元时期各种戏曲形式（包括南戏、院本、杂剧以及皮影戏、傀儡戏等）中也都有以三国故事为内容的节目。宋张耒《明道杂志》云：“京

---

① 周兆新将直接依据史书进行改编与摘录和复述史书分开，故认为《三国演义》的素材来源有三种成分。见《三国演义考评》，北京大学出版社，1990 年。

师有富家子，甚好看弄影戏，每弄至斩关羽，辄为之泣下，嘱弄者且缓之。”陶宗仪《南村辍耕录》卷二十五载金院本名目有：《赤壁鏖战》《襄阳会》《大刘备》《骂吕布》等。宋元南戏《宦门子弟错立身》中提到的南戏有：《关大王独赴单刀会》和《刘先主跳檀溪》。元代和元明之际杂剧中的三国戏，现在见于著录的就有六十多种，实存二十多种。《三国演义》中的一些重要情节，如刘关张桃园结义、关羽过五关斩六将、三顾茅庐、赤壁之战、单刀会、白帝城托孤等，在元杂剧中就已经有了。

宋人说三国故事的话本今天已经看不到了，但还保存了一种元代至治年间（1321—1323）建安虞氏刊刻的《三国志平话》（《全相平话五种》之一），全名为《全相三国志平话》。共三卷，约八万字，上图下文，从桃园结义开始，到诸葛亮病死结束，可能是根据宋元时说书人讲说三国故事的提纲略加整理而成。另有一种《三分事略》（题为《至元新刊全相三分事略》，书中标明“甲午新刊”，至元甲午为1294年，但也有人认为是指至正十四年即1354年的），据考证，此书实际与《三国志平话》为一部书的两种不同版本。[①]《三国志平话》内容简单，文笔粗劣，人名地名颇多错别字。但它有鲜明的民间传说色彩，特别是张飞的形象塑造得相当生动；书中因果报应和迷信思想也很严重，全书以司马仲相（阴君）判狱开始，把整个三国纷争的历史发展归结为因果报应思想。平话虽然文学价值不高，但它已初步具备了《三国演义》的故事轮廓，是《三国演义》创作的重要基础。罗贯中正是在这样长期传说的基础上，参考了各种历史资料，再熔铸进他自己的生活体验与思想感情，最后加工成《三国志通俗演义》一书的。

现存最早的《三国志通俗演义》的刊本是明嘉靖壬午（1522）的本子，署为“晋平阳侯陈寿史传，后学罗贯中编次”[②]。此书分为二十四卷，二百四十则，每则前有七字单行标题，如《祭天地桃园结义》《刘玄德斩寇立功》等。书前有庸愚子（金华蒋大器）弘治甲寅（1494）所作的序和修髯子（关西张尚德）嘉靖壬午所作的引。弘治时社会上还只有抄本流传，故嘉靖本可能是最早的或至少也是接近于最早的刻

---

① 《三分事略》以前国内失传，近年由日本天理图书馆发现传入国内，今已影印出版，收入中华书局《古本小说丛刊》第七辑中。

② 此书1974年和1975年由人民文学出版社以上海图书馆藏本为底本，参照其他藏本配补影印出版，1980年又由上海古籍出版社分两册排印出版。另有1993年由沈伯俊校点花山文艺出版社出版的排印本，1994年上海古籍出版社《古本小说集成》影印本。

本。有人认为它的底本即罗贯中的原本，但也有人认为刊印在嘉靖本之后的《三国志传》系统的本子，从版本来源上看实际上比嘉靖本还要早。[①]嘉靖以后，明清两代新刊本不断出现，约有十几种，内容没有太大的改动，只是卷数、回目、诗词等略有不同。明末题为《李卓吾先生批评三国志》的本子，将原来的二百四十则合并为一百二十回，将原来的单句回目改为双句回目。书中评语前常冠有“梁溪叶仲子谑曰”，叶仲子即叶昼，因此学者一般认为此本实为叶昼所伪托。

清初康熙年间，江苏长洲（今江苏苏州）人毛纶、毛宗岗父子，以李卓吾批评本为基础，仿金圣叹评改《水浒传》《西厢记》之例，修订、加工、评点《三国志演义》，并伪托金圣叹之名撰写序文，称为“第一才子书”。毛本的加工，主要在回目的修改调整（将杂乱无章、参差不齐的回目改为整齐的对偶两句），增删了一部分情节，删改了一些多余的诗词赞语，文字上也做了不少润色加工。毛本在情节上比原来更紧凑，文字也更精练、流畅，但也加强了作品的拥刘反曹的思想倾向，以及在罗本中本来并不明显的封建正统思想。自此以后，毛本即成为流行最广、影响最大的一个本子。毛氏父子在《三国演义》的传播上功不可没，同时在小说的理论批评方面也有值得重视的贡献。[②]

---

① 参见周兆新《三国演义考评》，北京大学出版社，1990 年。

② 关于古典小说的版本，在研究界长期以来有两种认识需要加以澄清：第一是，认为只有原本或最接近于原本的本子，才是最好的本子，晚出的本子都是不值得重视的。文学研究当然要重视原本，要追索、考察、分析原本的面貌和特点，以确定其文献价值和文学价值，并由此考察版本的源流和演变，却不能因此认为后出的本子就一定不好，不屑一顾。对各本的优缺点要实事求是地进行分析，不应该忽视在版本演变中后来居上的情况。例如《红楼梦》，后出的印本当然有许多不足之处，但比之抄本，在情节、细节和文字上也不能否认有其值得肯定的优长之处。第二是，文学研究只能以原本或接近于原本的本子作为对象，后出者即使是流行最广的、影响最大的本子，在研究中也不足为据。这种认识是相当褊狭的。既然是研究文学，就不能不顾及版本的大众性，不能撇开最广大的读者接触最多而较能反映出他们的阅读兴趣和审美趋向的本子；这与重视并研究原本是并不矛盾的。因此，本书所据以分析的几部名著，都以流行最广泛的新整理本为主要依据，而适当参考其他版本，即《三国演义》以毛宗岗评改本为主，而参照嘉靖本《三国志通俗演义》；《水浒传》考虑到内容和结构的完整性，以容与堂百回本为主，而参照金圣叹批改本和一百二十回《全传本》；《西游记》以世德堂整理本、《金瓶梅》以《词话》本、《聊斋志异》以张友鹤编校的三会本、《儒林外史》以卧闲草堂整理本、《红楼梦》以红楼梦研究所整理本为主要依据。

## 第二节　拥刘反曹——《三国演义》的思想倾向

在分析和认识《三国演义》的思想倾向时，有两点值得注意。一是它的成书经历了一个由群众创作到作家写定的复杂而漫长的过程，因而受到不同时代和不同阶层思想的影响。二是作为历史演义小说，虽然有一定的虚构和想象，但同时又必须受到历史的约束，即基本的历史轮廓、重大的历史事件、主要历史人物的重大活动等都必须符合历史事实。这就决定了小说的思想会呈现出比较复杂的面貌，人物形象虽经改造熔铸，也有不能完全脱离历史原型，以至思想性格不够统一之处，同时又造成了作者的思想倾向有时不免同历史事实和事件的发展产生矛盾。

《三国演义》描写的是我国三国时期的历史故事。三国时期是从220年至280年，共六十年的历史。但《三国演义》实际是从黄巾起义写起的，黄巾起义起事于汉灵帝中平元年（184），小说开头还追溯到汉灵帝建宁二年（169）。这样，小说实际上描写了从184年至280年将近一百年的历史，而着重描写的是半个多世纪的魏、蜀、吴三国之间的纷争和兴衰过程。具体的内容，是写各路诸侯从镇压黄巾起义起家，到消灭割据势力，形成魏、蜀、吴三国鼎立的政治局面，最后又先后被消灭的过程，而着重描写的是三国之间在实现统一的过程中又联合又斗争的复杂关系和兴衰成败的变化过程。但小说在经过无数无名作者的加工和罗贯中集大成的创作过程中，已经熔铸进这些作者的生活体验和思想认识，因而其间所概括的社会历史内容已经远远超出了特定的三国时期，而具有更加普遍的典型意义。

关于《三国演义》的主题思想，在学术界有不同的认识，袁行霈主编的《中国文学史》中列出了九种不同的说法[①]，实际上还可能列出若干种来。但是，所谓小说的主题思想，应该是指作者自觉地认识到并将它用作统摄全书的指导思想，而非指读者从小说的客观描写中自己体会出的某种思想。如果按照这样的理解，那么《三国演义》的主题思想应该只有一个，这就是：拥刘反曹。

拥刘反曹的思想是三国故事在长期流传过程中逐步形成的，小说的最后写定者罗贯中承认并吸收了这一思想，将它熔铸到作品结构、情节和人物描写中去，而毛宗岗父子的修改加工又加强了这一思想倾向，使它表现得更加鲜明突出。

---

① 参见袁行霈主编《中国文学史》第四册第42页，注［14］。

《三国演义》全书是把蜀汉作为中心来描写的。在第四十三至五十回写赤壁之战之前，主要写各路诸侯在镇压黄巾起义和讨董过程中的互相争斗，实际上只是交代三国形成的来龙去脉和斗争背景。其间，第三十回写官渡之战，曹操打败袁绍，统一北方。而这时期刘备集团的力量非常小，屡受挫折而发展十分缓慢；但包括三顾茅庐在内的一些重要情节，都为后来的大发展作了重要的准备和铺垫。赤壁之战孙刘联盟共同抗击曹操，阻止了曹操的南下，开始形成了三国鼎立的局面。第五十一至一百一十五回，着重写刘备集团兴衰成败的曲折过程，第一百一十六至一百二十回，写三国先后被消灭，统一于晋。可以看出，刘备集团兴起最晚而衰败最早，且在三国中力量相对较弱，这是历史事实，是写历史小说的作家不愿意看到却又无法改变的。虽然如此，作者在构思作品时却表现了他的偏爱，他将全书的主要篇幅留给了刘备集团；而且在三国关系的处置上，也是以刘备集团作为中心，将曹魏作为蜀汉的主要对立面，而将孙吴置于从属的地位，在对付主要敌人曹魏的过程中对东吴是又有联合又有斗争。全书的这种整体构思和格局，就是由小说拥刘反曹的主题思想决定的。对这一点，吴组缃有一段精辟的分析：

> 它把三国的刘和曹处理成为矛盾斗争的主要对立面。把两个统治集团之间的矛盾斗争看作义与不义、仁与不仁、圣君与奸雄的斗争。刘是正面，曹是反面。孙吴呢，在对曹的斗争中，是刘的同盟者；在对刘的问题上，仍然居于刘的对立地位。这就是：作为反曹的盟友，刘为主，孙为次，以辅成反曹的倾向；作为刘的敌对方，曹为主，孙为次，以补足拥刘的倾向。在以刘为中心的同曹同孙的矛盾斗争之外，一般不写孙吴的活动以及孙吴与曹魏之间的矛盾斗争。三国争雄在政治、军事以至思想方面的斗争，繁复错综，变化多端，经过这样的处理和安排，亦即艺术概括，写来就显得头绪清楚，眉目显豁了。[①]

艺术构思和结构布局是统摄全书的，小说的情节、细节、人物刻画等，都体现出由这种整体构思所传达出的拥刘反曹的思想倾向。在各种艺术因素中，最具有血肉而对读者感染和影响最深的，是人物形象的塑造。刘备和曹操这两个形象的塑造，

---

① 吴组缃：《说稗集》，北京大学出版社，1987 年，第 20 页。

若从艺术创造的角度说，都不无瑕疵可摘，但无可否认，都给读过《三国演义》的读者留下了不可磨灭的印象。这两个形象确是作者用心用力创造出来的。在古今中外的小说作品中，还很少像刘备和曹操形象这样在对比意义上，如此强烈和鲜明地表现出作者的爱憎和褒贬态度的，强烈和鲜明到只用“拥刘反曹”四个字就可以进行概括。拥刘反曹的思想倾向有比较复杂的内涵，应该作具体的分析，不可简单地一概否定，也不可简单地一概肯定。大致说来，主要包含了三个方面的内容：

其一是德治仁政的理想和反暴政思想的反映。

德治仁政本来是儒家的一种治国理念，也是封建时代占统治地位的一种政治理想，长期成为统治阶级统治人民的一种手段。但在三国故事在民间流传的历史过程中，广大的劳动人民不断地受到暴政的迫害，对于暴君和仁君有着截然不同的感受，因而他们的反暴政思想就很容易同德治仁政的政治理想结合起来。书中将刘备和曹操对比起来描写，非常鲜明地将刘备写成人民群众欢迎的仁君的形象，写成长厚仁义的化身；而将曹操写成人民群众憎恶的暴君的形象，写成奸诈残忍的化身。这显然是生活于下层的许多无名作者（包括讲史说书艺人）对三国故事加工的结果，是他们将广大群众的思想感情和愿望要求熔铸到形象中去的。写定者罗贯中的功绩，在于他能首先在思想上同群众作者相结合，将这种体现了人民群众的思想感情和愿望要求的思想倾向保留下来，并通过形象加以鲜明的表现。从小说的艺术描写看，对刘备和曹操形象的对比刻画，作者是有着自觉的创作意识的。第六十回，写庞统议取西蜀时，刘备曾说：“今与吾水火相敌者，曹操也。操以急，吾以宽；操以暴，吾以仁；操以谲，吾以忠。每与操相反，事乃可成。”这话虽由刘备说出来，实际是体现了作者描写这两个人物的指导思想。这表明，作者是以儒家德治仁政的政治理想和天下归仁的政治观念来指导他对三国时期的历史进行艺术概括的。因此，经过改造以后的曹操和刘备的形象，虽然并不完全符合历史上真实人物的本来面貌，却表达了人民群众的理想和心声。与此同时也要看到，作者虽然在思想观念甚至在感情倾向上，都认为以宽、仁、忠待民侍君者可成大事，但他毕竟是写的历史小说，他并没有、也无力改变历史的本来面目。虽然违背了他的主观感情，但仍写出了他所喜爱和热情歌颂的刘备集团，在发展上（力量和地盘）不如曹魏，而且在三国中是最先衰亡的历史事实。这种历史与作者主观思想感情的矛盾，使得这部以展现威武雄壮的历史场面和斗争风云为特色的历史演义小说，在书中（特别是在后半部写蜀汉衰亡时）表现出浓重的悲剧色彩。

其二是民族思想的反映。

吴组缃曾指出，在三国故事流传演变的长时期中，“即唐末、五代、至宋、元时代，民族矛盾或汉以外民族统治是主要问题；同时政治的黑暗，当权执政者的专横恣肆也是非常突出的。人民的现实处境，是内忧外患相互促进，持续加重加深。我曾说过，《水浒》所宣扬的‘忠’，并非忠于宋王朝；所谓‘大宋’、所谓‘赵官家’，都是汉民族或汉家的象征性称号；同样，这里的所谓‘汉裔’和‘汉室’，也是同一意思的象征性称号。因此，如若‘反曹’倾向的实质内容，是旧时代人民群众反对黑暗统治的民主性要求，则这个正统概念里面，反映的就是民族观念或‘爱国’思想”①。类似的看法不止吴先生一个，虽然曾遭到有的人简单化的批评，但实际上是很有道理的。这是从小说成书的大的时代背景来认识小说思想倾向的形成，并不违背马克思主义的历史唯物主义。毛氏父子在民族矛盾尖锐的清初修订加工《三国演义》，加强了对蜀汉正统地位的肯定，更加突出拥刘反曹的思想倾向，反映了一定的民族意识，也是完全可以理解的。

其三是封建正统思想的表现。

不同时代的历史学家和学者对什么是正统思想的理解是并不完全一样的。历史上，包括北宋时期的许多学者，确有将正统思想理解为对各个封建王朝或封建政权在历史上地位的一种确认，与“万世一系”的思想关系并不很大。②但对什么是“正统思想”，随着时代的发展，人们的认识是有变化的。具体到所讨论的《三国演义》中所表现的正统思想，则现代的史学家和研究文学的学者们的认识几乎是一致的，即确如翦伯赞所说的那样，是与“忠君”思想有密切联系的“以皇帝为中心的历史观”③。看看小说中所写的曹操，实实在在不仅是作为一个“乱世奸雄”来刻画的，而且还是作为一个“名为汉相，实为汉贼”的“乱臣贼子”来刻画的。鲁迅在《在现代中国的孔夫子》中曾说：“说到乱臣贼子，大概以为是曹操，但那并非圣人所教，却是写了小说和剧本的无名作家教的。”④这里所说的小说，当然包括了《三国

① 吴组缃:《说稗集》，第23页。

② 参见周兆新《正统思想与〈三国演义〉》，《三国演义考评》，北京大学出版社，1990年。

③ 翦伯赞:《应该替曹操恢复名誉》，《光明日报》1959年2月19日。

④ 《鲁迅全集》第六卷，人民文学出版社，1958年，第252页。

演义》在内。在小说所写曹操的性格特征中，不忠不义是其核心。作者对那些反对曹操而维护汉室统治的人，都一律予以肯定。如第二十三回写祢衡骂曹和吉平骂曹，第二十四回写董承等人奉诏讨曹，第三十六回写徐母骂曹，第六十八回写左慈戏曹，第六十九回写“讨汉贼五臣死节”（耿纪、韦晃等人因反曹操而被杀）等，突出的都是曹操对汉室的不忠。而与此相反，刘备的形象，其仁德爱民等品质，也是从属于他忠于汉室，是汉室之胄这一中心的。书中处处突出他“以仁义躬行天下”，“仁义布于四海”。但他的称王称帝，同曹丕的篡汉自立，在我们今天看来，本质上是没有什么区别的。连刘备自己在称帝时也承认是违背了君臣的名分，是僭越，是不忠不义的行为。他以“匡扶汉室”相号召，跟曹操的“奉天子以从众望”的手法也不相上下，都不过是一种图霸称王的策略手段。但作者却肯定和歌颂刘备，而否定和暴露曹操，所不同的，只是曹操姓曹，而刘备姓刘，是“汉室之胄”，是“汉家苗裔”，因而称帝“以继汉统”就是名正言顺，是符合天命的。特别值得注意的是第八十六回，在刘备死后，写东吴的张温与益州学士秦宓辩论，秦宓对张温说：天有姓，姓刘。张温问他怎么知道的，他回答说因为天子姓刘。这不就是赤裸裸的封建正统思想的体现吗？这样一种具体内涵的封建正统思想，就是建立在天命论基础上的君权神授的思想，是皇权和神权相结合的产物，是封建统治阶级维护其一家一姓统治地位的一种思想武器。按照这种思想原则，只要对天所授命的皇权不忠，就是大逆不道，就是“乱臣贼子”，就可以“人人得而诛之”。这当然是一种为封建统治阶级服务的陈腐和反动的思想观念，是应该批判和否定的。

在长时期中形成的《三国演义》中拥刘反曹的思想倾向，确是包含着比较复杂的社会历史内容，应该进行具体的分析，肯定其中应该肯定的，否定其中应该否定的，这才是一种实事求是的态度。

## 第三节 《三国演义》的忠义思想

“义”是《三国演义》中表现很突出的思想。小说一开头的“桃园三结义”，就是写的一个“义”字。但义作为一种道德观念，内涵是比较复杂的，属于一个历史范畴，在不同时期，在不同的社会阶级和阶层中，有不完全相同的含义。义常常和其他的伦理观念相联系，有正义、信义、情义、恩义、忠义等等的不同。战国时期，信陵君等人养士，礼贤下士，被称为一种美德，那是一种贵族豪门之义，主给客以恩，客则“士为知己者死”，是一种以主奴关系为基础的“恩义”。秦汉时代，有乡曲的“侠客之义”，即舍己为人，路见不平、拔刀相助一类的言行准则。这种侠客之义，主要内容就是历代在民间流行的“信义”。主奴关系的“恩义”扩大到君臣关系就是“忠义”。这是历代统治阶级所大力提倡的，是封建时代维护君臣关系的道德准则。孟子曾提出过君臣关系的最高理想：“君之视臣如手足，则臣视君如腹心。”在《三国演义》中，既有下层人民群众互相扶持帮助的信义，也有上下隶属关系的“恩义”和“忠义”，而且后者占有更突出的地位。

刘、关、张桃园三结义，采用的是民间结义的形式：异姓结为兄弟，“同心协力，救困扶危；上报国家，下安黎庶；不求同年同月同日生，但愿同年同月同日死”。其内容是民间的“信义”。为了同卷首的这段描写相呼应，表现刘备讲求信义，小说在关羽和张飞被害后，特意写刘备不顾蜀汉的整体利益而举大兵伐吴。但从三人关系的发展看，实际上主要内容还是“恩义”和“忠义”，因为从表面上看，三个人是朋友、兄弟关系，而结义的实际目的却是恢复汉室，帮助刘备打天下。有一个例子最能说明问题。第二十六回，写关羽暂归曹操以后，曹操出于爱才，想要留住关羽，派张辽去试探他。张辽问：“兄与玄德交，比弟与兄交如何？”关羽回答说：“我与兄，朋友之交也；我与玄德，是朋友而兄弟，兄弟而主臣者也，岂可共论乎？”这时候，刘备败投袁绍，身无立足之地，离做皇帝还差十万八千里，但关羽已经以君臣关系来看待了。与其说这是关羽的思想，毋宁说是小说作者的思想。小说具体的艺术描写正是这样体现的。第二十五回，写关羽在曹操那里，秉烛达旦，维护的是“君臣之礼”，挫败了曹操的阴谋。挂印封金，过五关斩六将，信守誓约。这些都使得曹操大为赞叹：“事主不忘其本，乃天下之义士也！”并教育他手下的人说：“不忘故主，来去明白，真丈夫也。汝等皆当效之。”所谓“事主不忘其本”，“不忘故主”，强调的都是“忠”，“义”在这里是附属于“忠”的。关羽写信向刘备表达他的赤胆忠心，其中有八个字，可视为关羽一生的写照：“义不负心，忠不顾死。”“义”和“勇”是关羽形象最突出的特色，其中“勇”是从属于“义”的，而“义”则又是从属于“忠”的。“忠义”不可分。所以可以说，关羽是一个“忠义”的化身。

再看诸葛亮。诸葛亮形象的主要特点是多智，被毛宗岗称为三绝之一的“智绝”。在他的身上也表现出非常突出的“恩义”和“忠义”思想。他与刘备的关系，是封建社会中君臣关系的典范，达到了儒家提出的“君之视臣如手足，则臣视君如腹心”的理想境界。诸葛亮出山本身，就是为了报答刘备的知遇之恩，用他自己的话说就是："吾受刘皇叔三顾之恩，不容不出。"此后他一生的行动，就是报答刘备的这种知遇之恩，真正做到了"鞠躬尽瘁，死而后已"。第八十五回，写刘备托孤白帝城，对诸葛亮说：他未能实现的理想就是"同灭汉贼，共扶汉室"，如果嗣子不才，则诸葛亮"可自为成都之主"。诸葛亮听后，"汗流遍身，手足无措，泣拜于地曰：'臣安敢不竭股肱之力，尽其忠贞之节，继之以死乎？'"又说："臣虽肝脑涂地，安能报知遇之恩也。"刘备死后，他七擒孟获，六出祁山，南征北战，就都是为了报刘备的"三顾之恩，托孤之重"（语见第八十七回）。他甚至事无大小，都必须亲自处理，事烦食少，弄得形疲神困。主簿杨颙劝他注意身体，不必亲理细事，他却回答说："吾非不知，但受先帝托孤之重，惟恐他人不似我尽心也！"（第一百零三回）可见，诸葛亮的智慧也是从属于忠义的。

《三国演义》中的忠义思想，当其与以刘姓为中心的封建正统思想结合时，是以对汉室的态度为衡量标准的，即：凡是拥护汉室或投奔蜀汉的，就是忠，否则就是奸。但有时也超出于集团的利益，而成为一种普遍的道德准则。在这种情形下，对于各个集团中的人物，只要表现出忠心不事二主，作者就加以赞扬。如官渡之战中，袁绍的谋士沮授战前正确分析形势，提出正确决策，袁绍不但不听，反而加罪于他。袁绍战败后沮授在狱中被曹操所获，按情理讲，如果沮授抛弃袁绍这样一个昏庸残暴的主子而改事曹操，当为明智之举，是无可非议的。但他坚决不投降曹操。曹操厚待他，将他留于军中，他毫不动心，反盗营中之马欲归袁氏。曹操最后杀了他，作者还有意渲染他死时英勇不屈，神色不变。曹操无限感叹地说："吾误杀忠义之士也！"并为他建墓，题其墓曰："忠烈沮君之墓"。书中还以诗赞曰："河北多义士，忠贞推沮君。"（第三十回）又如魏将庞德在与蜀汉交锋中被擒，关羽劝他投降，庞德宁死不降，关羽斩而怜之，予以厚葬。（第七十四回）与此相反，凡是叛主的几乎都遭到了谴责。如关羽取长沙时，魏将魏延斩太守韩玄后投降关羽，关羽引见刘备时，诸葛亮要斩魏延，痛斥之曰："食其禄而杀其主，是不忠也；居其土而献其地，是不义也。"（第五十三回）可见即使是写叛曹归汉也是要受到斥责的，而且还特意安排由蜀汉的军师诸葛亮来进行谴责。最突出的要数对魏将于禁的描写。关羽水淹七军，于禁战败投降刘备，后又复归曹操。作者对他的降汉并不肯定，而对他"兵败被擒，不能死节"谴责为"临难不忠"。而且还特意安排了这样一个情节来表现作者的道德观念：曹丕当皇帝后，让于禁去看守曹操的陵墓，故意在陵墓的墙壁上画关羽水淹七军时于禁被擒之事，关羽俨然上坐，而于禁伏地求免一死。

于禁见此又羞又恼，郁闷成疾而死。小说还引诗给予评论：“三十年来说旧交，可怜临难不忠曹。知人未向心中识，画虎今从骨里描。”（第七十九回）蜀汉的使者邓芝在回答孙权的话时这样说：“为君者各修其德，为臣者各尽其忠。”这很好地概括了书中所表现的基本道德观念。

由此可见，《三国演义》中所表现的“义”是从属于“忠”的，而“忠”，当其与“拥刘反曹”的思想倾向结合时，是强调对汉室的态度；但也常常超出于特定的政治集团利益而上升到一种抽象的伦理，强调事主要忠心，而不必考虑其主是否值得效忠。这种宣扬已经接近于愚忠思想了。《三国演义》中所表现的这种不讲是非邪正的效忠于主子的思想，在封建时代是一种具有普遍意义的伦理观，当然是为封建统治阶级的利益服务的，非常落后和陈腐，是应该加以批判和扬弃的。

## 第四节　曹操和刘备形象的塑造

《三国演义》是以描写封建统治集团的内部斗争为主要内容的，而且它所概括的历史生活又超出了特定的三国时期，因而比较真实地描写了封建统治阶级代表人物的种种特征，其中作为反面人物的曹操形象具有很高的典型意义。

虽然这个人物的性格内容比较复杂，而且与作者的正统观念有密切的关系，但在他的身上确实集中概括了封建地主阶级代表人物的一些典型特征：虚伪、奸诈、残忍和极端利己主义。第四回里，在曹操出场不久就写他杀吕伯奢，一开篇就使曹操给读者留下极为可憎和可怕的印象。吕伯奢是他父亲的结义兄弟，他因多疑而误杀吕，陈宫谴责他：“知而故杀，大不义也。”他却回答说：“宁教我负天下人，休教天下人负我！”曹操的这句名言，道出了他的人生信条，也是封建地主阶级代表人物本质的生动概括。这一情节的安排是经过作者的精心构想的。在《三国志·魏书·武帝纪》裴松之注所引的孙盛《杂记》中，确有关于曹操误杀吕伯奢家人的记载，但作者不是原文照搬，而是在艺术上作了三点重要的加工：一是《杂记》只记曹操杀了吕伯奢的家人，而没有杀吕本人，《三国演义》却加写了曹操在明知误杀吕家八人后，还将在路上遇到的吕伯奢杀死；二是《杂记》并没有写有陈宫陪同曹操到吕伯奢家，《三国演义》特意加写陈宫陪同，意在使陈宫成为曹操的陪衬，使曹操的奸诈、残忍显得更加突出；三是写陈宫对曹操的负义行为进行谴责，由此而引出曹操那两句臭名昭著的人生信条。已有学者指出，杀吕伯奢的情节在艺术处理上有不合情理之处，因为吕的家里有那么多人，这么重要的客人来家，应该自己陪客，而完全不必亲自到西村去买酒。不顾有悖生活逻辑而特意安排曹操杀奢，在人物一出场就给他的脸上抹上白粉，可见作者的意图确实是要在全书一开始就为这个人物的刻画定下一个基调。

第十七回写他围寿春攻打袁术，因军中粮尽，竟借粮官王垕的头来稳定军心。既写出他的奸诈，又写出他的残忍。他对自己手下的谋士也是顺我者昌，逆我者亡。荀彧是他手下的重要谋士，替他出过很多好主意（如“奉天子以从众望，不世之略也”就是由荀彧提出来的），为他建立了很大的功劳，曹操也一直对他很欣赏信任。但当荀彧劝他不要封魏公、加九锡时，因为触动了他篡权的野心，便怀恨在心，翻脸不认人，遣人送了一个食盒给荀，盒上有曹操亲笔的封记。荀彧开盒一看，盒内并无一物，彧即会其意，便服毒自杀了。（第六十一回）荀攸（荀彧之侄）不同意他封魏王，他就大怒，威胁说：“此人欲效荀彧耶？”致使荀攸忧愤成疾，卧病而死。（第六十六回）其他如许田射猎、杖杀伏皇后、杀杨修、杀祢衡、梦中杀人等情节，都突出地刻画了曹操的阴险、奸诈、残暴和不仁、不义，突出地表现了曹操作为一个反面人物的基本特征。

但这并不是《三国演义》里完整的曹操，完整的曹操还有另外一面。第一回里，写有一个善于“知人”的（不是相面的）许劭，曹操自己跑去见他，问他：“我何如人？”许劭回答说：“子治世之能臣，乱世之奸雄也。”曹操闻言大喜，一点也不生气。曹操身处汉末乱世，他终于如许劭所言，成了一个“奸雄”。值得注意的是，作者在描写他奸诈残忍的同时，又生动地展现了他思想性格的另一面，即作为一个杰出的政治家和军事家的一面。在作者的笔下，他虽是一个反面人物，却不失英雄本色。

首先，是写他的雄才大略和政治上的远见卓识。他在与刘备“煮酒论英雄”时，曾说“夫英雄者，胸怀大志，腹有良谋，有包藏宇宙之机，吞吐天地之志者也”（第二十一回）。在曹操的身上是多少表现出了这一特色的。他确是胸怀大志，以实现天下的统一作为自己的奋斗目标的，并在不少问题上以此作为考虑和处理问题的出发点。特别在讨董过程中，作者处处将他同那些各怀异心、坚持搞分裂割据的军阀作对比，写他政治上的卓见和谋略。第四回，写董卓欺君弄权，王允宴请旧臣商议讨伐，但大家慑于董卓的威势，毫无办法，“众官皆哭”。这时作者写：“坐中一人抚掌大笑曰：‘满朝公卿，夜哭到明，明哭到夜，还能哭死董卓否？’”这人就是曹操。他对那些面对董卓专权而只有哭鼻子的公卿大臣投以轻蔑和嘲笑，并主动提出愿担任谋刺董卓的重任。后来在讨董过程中，盟军内部互相钩心斗角，各谋私利，袁绍身为盟主，却按兵不动，不下令乘胜追击董卓，这时小说这样描写曹操："操曰：'董贼焚烧宫室，劫迁天子，海内震动，不知所归，此天亡之时也，一战而天下定，诸公何疑而不进？'众诸侯皆言不可轻动。操大怒曰：'竖子不足与谋！'遂自引兵万余，领夏侯惇、夏侯渊、曹仁、曹洪、李典、乐进，星夜来赶董卓。"很显然，这时候的曹操，是一个具有讨董卓、平天下的雄心壮志而高出于群雄之上的政治上有远见卓识的人物。

在第五回《温酒斩华雄》一节，从他对关羽的态度中，写出他能识才、爱才，且能打破贵贱出身的偏见，坚持"得功者赏"的正确原则，又能从统一大业出发考虑和处理问题。袁术听说那个自告奋勇能斩华雄的关羽不过是刘备手下的一个马弓手，便轻蔑地大喝一声："汝欺吾众诸侯无大将耶？量一弓手，安敢乱言！与我打出！"曹操却能慧眼识英雄，断定他"必有勇略"，并劝袁术息怒，说："试叫出马，如其不胜，责之未迟。"并亲自为关羽温酒一杯，以壮行色。他不以贵贱论人，而能打破偏见，采取一种实事求是的态度，确实表现了一个政治家的风度。当曹操指出"得功者赏，何计贵贱乎"时，袁术发怒，说："既然公等只重一县令，我当告退。"此时曹操说："岂可因一言而误大事耶？"在刘、关、张回寨以后，曹操又暗使人赍牛酒抚慰三人。

又如第十六回，写刘备为吕布所逼，到许昌投靠曹操，荀彧劝他乘机杀刘备，说："刘备，英雄也，今不早图，后必为患。"操不答。不答就是在思考。荀彧出，另一谋士郭嘉入。操曰："荀彧劝我杀玄德，当如何？"嘉曰："不可：主公兴义兵，为百姓除暴，惟仗信义以招俊杰，犹惧其不来也；今玄德素有英雄之名，以穷困而来投，若杀之，是害贤也。天下智谋之士，闻而自疑，将裹足不前，主公谁与定天下乎？夫除一人之患，以阻四海之望，安危之机，不可不察。"操大喜曰："君言正合吾意。"于是表荐刘备领豫州牧。曹操非常清楚刘备是一个了不起的英雄，是将来跟自己争夺天下的劲敌，从他的内心的愿望说，是非常想杀掉刘备的。他对荀彧的话不作回答，是因为他内心深处是同意荀彧的看法的，却又有更深远的考虑，因而一时难于下定决心。但他最终还是高兴地同意郭嘉的意见而拒绝了荀彧的意见，说明他在政治上确实善察安危之机，能从收四海之望、统一天下的长远目标着眼来考虑和处理问题的。这些地方，都应该实事求是地承认是曹操远大的政治眼光和开阔的政治胸怀的表现，而不能不加分析地将它们解释为是出于曹操的奸诈。

官渡之战更是表现了曹操杰出的军事才能和政治上的远见卓识。他既能正确地分析形势，又能虚心地听取下属的意见，集思广益，及时地做出正确的战略决策，显得既果断又稳重。战争进行中，许攸从袁绍营中跑来向他探听军粮还有多少？他没有如实相告，先说“可支一年”，后又说：“有半年耳。”最后许攸发了脾气，他还装得迫不得已的样子说：“实诉：军中粮食可支三月耳！”直到许攸怒斥他为奸雄，他才最后附耳低言：“军中只有此月之粮。”这一情节一直被人当作曹操奸诈的例子来运用，实际上曹操是很冤枉的。“兵不厌诈”，这是用兵之道的常识，如果在两军对垒的紧张战斗中，曹操对一个突然从敌人方面跑来的故人一见面就把自己一方关系胜败的军事机密和盘托出，这不是愚蠢至极吗？实际上这一情节非常生动地表现了曹操在军事斗争中的机智，表现了他作为一个军事家的丰富的斗争经验。他临事冷静，保持着高度的警惕，以虚冒实，不露真情，不过是以诈防诈。

另有一个情节也是常被人引用来作为曹操奸诈的例子，而实际上同样是很不准确的。破袁后，在袁绍军营中发现了书信一束，皆许都及军中诸人与袁绍暗通之书。有人劝曹操：“可逐一点对姓名，收而杀之。”但他却说：“当绍之强，孤亦不能自保，况他人乎？”即将书信焚毁，不予追究。（第三十回）这实际上也是曹操能从长远利益出发来处理问题的典型例子，因为当时只是初获胜利，袁氏余党势力仍然比较强大，如果此时整饬内部，大肆诛杀，必然动摇军心，不利于将来更图大事。这恰恰表现了他作为一个政治家的明智和胸怀。如此胸怀，连现代某些政治家也未必能够做到，将这也说成是曹操的虚伪和玩弄权术，只能说是出于偏见。

此外，他在战争中能注意发扬军事民主，在采取重大的行动之前，总是要召集众将商议，听取各种意见。在战斗中能亲临前线，身先士卒。他渴求贤才，广泛地招贤纳士，争取更多的人为自己服务，因而造成“文有谋臣，武有勇将，威镇山东”的胜利局面。他对关羽恩义备至也并非完全出于奸诈，而确有真心爱才的一面。他带兵军纪严明，制法尊法，割发权代首就是一例（第十七回），不少人也以为是他奸诈的表现，同样不够实事求是。讨袁绍时，他号令三军“如有下乡杀人家鸡犬者，如杀人之罪”，使得“军民震服”。（第三十一回）他派儿子曹彰北征乌桓时，临行戒之曰：“居家为父子，受事为君臣。法不徇情，尔宜深戒。”使得曹彰“身先战阵，直杀至桑乾，北方皆平”。（第七十二回）这些地方，作者都比较真实地写出了曹操节节胜利、迅速统一中原的原因，应该说是符合历史真实的。从人物描写的角度看，曹操这一面的性格特点，似乎与他奸诈的另一面是矛盾的，实际上却是统一的整体，完整而丰富地表现了曹操的性格内容，从而使得这一形象血肉丰满，富于艺术生命力。值得注意的是，作者大胆地描写了曹操身上作为杰出的政治家和军事家的特色，不但没有妨碍作者将他写成一个令人憎恶的反面人物，反而使这个形象不但令人可恨，而且令人可怕。也就是说，《三国演义》中的曹操是一个杰出的、有才能的、了不起的枭雄。这就是这个人物形象的成功之处。

人物思想性格的复杂来自于生活。历史上的曹操本来就有智勇和奸诈两面，作者在突出他后一方面的同时并没有完全消解他的前一方面，或者说是有意地适度保留了他的前一个方面，这是符合历史真实的。这不但不能说明《三国演义》人物塑造的失败，相反在人物塑造上既写其短亦写其长，而又不影响到褒贬爱憎的总的思想倾向的表现，应该承认这样的艺术处理是相当高明的。曹操性格中的两面当然是矛盾的，但这种矛盾在生活中就很常见，同一个人的同一种性格或素质，在此种条件下是美德，在彼种条件下就可能变成恶行。复杂的生活原本如此。要求《三国演义》的作者写出这矛盾两面的内在联系，写出他性格变化的依据，这是更高的标准，他没有能够做到是他的不足，但不是他的失败。成功和失败的衡量标准，只能是这个形象在读者心目中留下的印象，从古至今，读过《三国演义》的读者对曹操的印象都是一个既可憎又可怕的奸雄，这就证明了它的成功。当然并不是说，这个形象的塑造就已经完美无缺，顾此失彼、互相矛盾而不能统一的情况还是有的。例如在赤壁之战中，阚泽献书时曹操表现得是那样的机智而保有高度的警惕，可是在蒋干第一次过江中计让曹操吃了大苦头，实践已经证明了蒋干不过是一个草包，根本不是周瑜对手的情况下，曹操却又第二次派他过江，显得那样愚蠢而又麻痹大意，就让人不可理解了。但这毕竟是次要的，主要的方面还是成功的。

由于写历史人物而不得不保留一些原型的特点，这种情况在刘备形象的塑造上也有一定的表现。鲁迅先生所批评的“欲显刘备之长厚而近伪”，除了在艺术上夸张过度而造成败笔的原因之外，就跟作者是写历史小说，尽管要竭力歌颂他，但也不能不保留一些刘备作为一个封建统治阶级的代表人物本身不可避免地具有的这种特征分不开。

拥刘反曹的《三国演义》是把刘备作为正面的理想人物来刻画的，他是一个理想化的仁君的典型。但在小说对他的具体描写中也处处看出他作为一个地主阶级政治家的基本特点——虚伪。他城府极深，善用韬晦之计。在罗本中，作者既写了他长厚仁义的一面，也写了他虚伪奸诈的一面。毛本将后一方面大大删削，但仍然不能完全改变这个人物的这一特点。在罗本中刘备被称为“枭雄”（“枭”有勇猛之意，但同时也不那么驯服忠厚），出场时的介绍也是并不太好的：“那人平生不甚乐读书，喜犬马，爱音乐，美衣服，少言语，礼下于人，喜怒不形于色。”这一段被毛本删去了。但毛本中对他“以屈为伸”的策略也是写得很充分的。如吕布与曹豹里应外合，偷袭了徐州，吕布将刘备的家眷送出，他还入城表示感谢，虽然心里很不高兴，但口头上还说：“备欲让兄久矣。”还住小沛，关、张十分气愤，刘备对他们说：“屈身守分，以待天时。”后来吕布攻破小沛，刘备无路可走，迫不得已到许昌归附曹操，他采取的是“勉从虎穴暂趋身”的韬晦之计，在“下处后园种菜，亲自浇灌”，所以在“煮酒论英雄”时，曹操一说出：“今天下英雄，唯使君与操耳”时，他便吃惊失箸，并以怕雷作掩护。（第二十一回）赵云单骑救主以后，刘备将阿斗掷之于地，说：“为汝这孺子，几损我一员大将！”针对这一情节，民间有一句俗语说：“刘备摔孩子——邀买人心！”就揭露了他虚伪的一面。

刘备的虚伪更突出地表现在他图霸称帝这一问题上。他本来是有帝王之志的，否则就不会三顾茅庐去请诸葛亮出山，但在他谋取帝业的过程中，却一直以“仁厚”和“忠义”来掩盖他的政治目的。他自领益州牧，取刘璋而代之，作者却极力渲染他“再三辞让”，说什么“奈刘季玉（刘璋字）与备同宗，若攻之，恐天下人唾骂”。（第六十回）他一面要刘璋“交割印绶文籍”，献城投降，一面又口称“吾非不行仁义，奈势不得已也！”（第六十五回）这种心口不一的表白，正是刘备虚伪性格的绝妙的自我暴露。攻取汉中以后，诸葛亮、法正等人劝他“应天顺人，即皇帝位，名正言顺，以讨国贼”，他却说：“刘备虽然汉之宗室，乃臣子也；若为此事，是反汉矣。”又说：“要吾僭居尊位，吾必不敢。”后诸葛亮又劝他暂称“汉中王”，他又说：“不待天子明诏，是僭也。”然后是“再三推辞不过，只得依允。”（第七十三回）及至曹丕篡汉自立，诸葛亮等人又劝他即帝位时，他又说：“卿等欲陷孤为不忠不义之人耶？”还矫揉造作地勃然变色说：“孤岂效逆贼所为！”再三坚持不允。后来诸葛亮不得已托病，并以人心思散相告，他这才说出真心话来：“吾非推阻，恐天下人议论耳。”最后还补上这么一句：“陷孤于不义，皆卿等也！”（第八十回）这可以说是“皇帝由我当，责任由你们负”。说穿了，他不是不愿，而是不敢。读到这些地方，我们确实能从刘备的长厚中看到他的虚伪。当然，从刘备形象所表现出来的统治阶级的虚伪，是从客观的艺术效果来看的，作者在主观上是歌颂他的，是要把他塑造成一个仁君形象的。但是罗贯中写的是历史演义小说，他不可能从根本上改变历史人物的基本面貌。这一点同写曹操而不可能完全抹杀他的优长之处，正是相通的。

## 第五节 《三国演义》的战争描写

《三国演义》的主要内容是描写不同政治集团之间的政治斗争和军事斗争。政治斗争和军事斗争是不可分割的，政治斗争的最高形式就是军事斗争。各个政治集团的政治目的（统一天下）的实现，主要以军事斗争为手段。在这个意义上，我们也可以说《三国演义》是一部以描写战争为主要内容的历史小说。《三国演义》是中国古典小说中写战争写得最好的一部。作者写战争写得好，是因为作者并不是凭主观臆想写出来的，而是对历史上无数次战争的艺术概括，因而达到了艺术真实和历史真实的统一。《三国演义》战争描写的特点和成就，可以概括为六个字：丰富、深刻、生动。丰富，是指它写出了战争的多姿多彩，每次战争，各有特点，互不雷同；深刻，是指它通过真实的艺术描写，反映出了战争的客观规律，可以给我以深刻的启示；生动，是指它的描写具体、形象，有声有色，特别是通过战争的描写塑造出了一系列栩栩如生的人物形象。最突出的是书中关于三大战役的描写。三大战役指：官渡之战（第三十回）、赤壁之战（第四十三至第五十回）、彝陵之战（第八十一至第八十四回）。这三次大的战役，都影响到三国时期的整个历史进程，同时又在全书的艺术构思和艺术结构中占有很重要的位置，作者是很用心地写出来的，所以具有很高的典型意义。

官渡之战是在曹操与袁绍之间进行的，结果是袁绍大败，曹操平定了北方，大大地扩张了自己的势力；赤壁之战是孙权和刘备结成联盟，在赤壁打败了挥师南下、锐不可当的曹操，使他不能统一天下，最后形成了三国鼎立的局面；彝陵之战是刘备伐吴，急于要替关羽报仇，结果大败，从此走向了衰亡。这三次大的战役，有其相似之处：都是以弱对强，都用了火攻，结果又都是弱者战胜了强者，但作者写来却毫不雷同。作者具体地写出了三次战役交战双方不同的特点，所处的不同的环境条件，所面临的不同矛盾，以及不同的强和弱的转化过程，等等。

先看官渡之战。这次战争是袁绍主动进攻曹操的。袁绍当时处于优势，他拥有北方的冀州、青州、幽州、并州等大片土地，又有丰足的粮草，共调动了七十多万军队进攻许昌，曹操仅以七万军队在官渡迎敌。双方军力有十倍之差。当时的基本形势，如曹操手下的一位谋士所说，是“以至弱对至强”。在这种情况下，仗应该怎么打呢？值得注意的是，小说写了双方的谋士都对战争双方的特点和各自应取的战略战术，作了基本上相同的正确分析。这就是：袁绍虽然兵多粮足，但战斗力不如曹军；而曹军虽然兵精，但数量远不及袁军，更重要的是粮草不足。因此，双方的谋士都认为：这场战争对曹操来说，利在急战，也就是说应该速战速决；而对袁绍来说，则利在缓守，即应该采用拖延战术，时间一长，曹军没有了粮食，不战自败。在这场战争中，粮食是一个主要矛盾。但对于这些特点和应该采取的对策，作为主帅的袁绍却并没有认识，不但没有认识，而且当他手下的谋士沮授向他正确地分析了形势并提出正确的作战指导思想时，他不但不听，反而将沮授囚禁起来。战争进程中，已逐渐显露出粮草问题十分重要（袁绍大将韩猛运粮，路上被曹军阻劫，并烧了粮草）。手下的另一位谋士审配也向袁绍提出建议：“行军以粮草为重，不可不用心提防。乌巢乃屯粮之所，必得重兵守之。”结果袁绍只派了一个庸懦而又性刚好酒的淳于琼去守乌巢，终于造成了大错。与此同时，曹操军粮告急的机密被袁绍手下的另一个谋士许攸获得，许攸报告给袁绍，并建议他乘机偷袭已经空虚的许昌，以此一举而战胜曹操。但袁绍不但不听，反而听信谗言，因许攸以前是曹操的朋友，就怀疑他是曹操的奸细，要处死他。结果把许攸逼迫去投奔了曹操，泄漏了军事机密，导致乌巢被烧，遭到了惨败。而与袁绍相反，曹操的表现却完全不同，他自己已经对战争双方的特点、整个形势以及应该采用的战略战术等，都有了正确的认识，做到了心中有数，但他并没有因此就掉以轻心，盲目乐观，而是认真地召集众谋士共同商议，虚心地听取大家的意见。当谋士荀攸讲出了与沮授相同的“利在急战”的意见时，曹操非常高兴地说：“此言正合吾意。”在战争以曹胜袁败结束以后，小说有两句诗评论道：“弱势只因多算胜，兵强却为寡谋亡。”可见作者对这场战争的描写并没有停留在表面的谁胜谁败上，而是写得很有深度，重点放在表现战争的谋略上，即指挥员主观指导的正确与否上，这是符合战争的客观规律的。官渡之战的艺术描写，还给予我们另一方面的启示，即战争中军事民主的重要性。袁绍十分愚蠢，但如果他稍微虚心地听取手下谋士的意见，具有起码的民主作风，也不至于落得如此惨败。

彝陵之战与此有些相像，刘备处于强的一方，孙吴处于弱的一方。当时刘备急于为关羽报仇，举大军伐吴，这一战略决策本身就是错误的。三顾茅庐时，诸葛亮为刘备制订的基本路线是联吴抗曹。后来的斗争实践证明了这条路线是完全正确的，凡是执行这条路线时就得到发展（赤壁之战就是最生动的一例），而违背这条路线时就遭到挫折、失败。所以当刘备决定“提兵问罪于吴”时，诸葛亮就劝谏说：“不可。方今吴越令我伐魏，魏亦令我伐吴，各怀谲计，伺隙而乘，主上只宜按兵不动，且与关公发丧，待吴魏不和，乘时而伐之，可也。”赵云也劝谏，甚至很尖锐地指出：“汉贼之仇（指对名为汉相实为汉贼的曹操）公也，兄弟之仇（指对杀害关羽的孙吴）私也。愿以天下为重。”这里表现出的是一种从全局和长远利益出发的战略眼光。但是刘备却听不进去，执意要为关羽复仇而伐吴。这就首先在战略决策上犯了错误。他甚至还对提出相同正确意见的学士秦宓大发雷霆，要“武士推出斩首”，经众人劝说才将他暂时囚禁起来。这种表现与官渡之战中刚愎自用的袁绍已经不相上下了。这是彝陵之战失败的根本原因。

接着又在具体的作战方案上犯了错误。当时刘备率兵七十五万，孙吴方面只有十万军队抵抗，基本形势也是以至弱对至强。刘备报仇心切，又依仗兵多，采用急战的方法，一开始取得节节胜利。孙吴畏惧，遣人求和，刘备不允，坚持一定要灭吴。结果逼得孙权起用了一个年轻的儒将陆逊任统帅。这个人很年轻，东吴方面也有很多人瞧不起他，但他却非常聪明，很有谋略。他采用的战术是：避其锐气，坚守不出，以逸待劳。结果使得本来锐气很盛的蜀军被拖得“兵疲意阻”，再加上天气炎热，喝水困难，最后刘备只得下令在山林茂密之地安营扎寨，连营七百里。当诸葛亮看到刘备派人送回去的连营图时，立即拍案叫苦说：“汉朝气数尽矣！”结果，蜀军被以逸待劳的吴军顺风举火，烧了七百里连营，遭到了惨败。

三大战役中，赤壁之战是最复杂、最丰富，也是描写得最为精彩的。小说首先用两回书的篇幅来写孙刘联盟的缔结。这是因为曹操平定北方以后，挥师南下，军力十分强大，东吴和刘备都无力单独抗曹，只有联合起来才有可能取胜。这两回书写出了一场尖锐紧张的外交斗争。外交斗争为军事斗争服务，是战争能否取胜的前提条件，因而是这次大战役不可分割的组成部分，不是多余的笔墨。在孙刘联盟缔结的过程中，诸葛亮表现出非同寻常的大智大勇。他对孙权和周瑜用的都不是一般说服的方法，而是智激的方法，表明了他对孙权和周瑜这两个人物都有非常深刻的了解。他希望他们能够抗曹，却偏偏先夸大曹操的力量，劝他们降曹，结果反而促进了两人下定决心抗击曹操。对这个过程小说描写得非常细致、生动，诸葛亮的智慧，能给我们许多有益的启示。

《三国演义》写战争，不只是军力的对抗，更重要的还是一个斗智和斗勇的过程。这一特点在赤壁之战中表现得极为鲜明。这次战役中双方的斗智，即战争谋略的运用，也就是战争中指挥员主观指导思想的正确与否具有非常重要的意义。简直可以说，整个赤壁之战就是一场智慧的较量。这次战役也是以至弱对至强，结果也是以弱胜强，但基本矛盾与官渡之战和彝陵之战又不相同，不是粮草问题，也不是军队的劳逸问题，而是曹军来自北方，不习水战的问题。因此双方的斗智就是围绕这个基本矛盾展开的。曹操起用荆州降将蔡瑁、张允任水军都督，就是为了弥补自己这方面的弱点。曹操的性格多疑，在一般情况下是不会轻易任用降将担任重要军职的，此举说明了曹操对这一问题的高度重视，也说明了他在军事斗争中的眼光和智慧。周瑜发现后就使用了“反间计”，让曹操自己杀了蔡、张二人，使他在军事力量上蒙受了很大的损失，从开始转向主动而又重新陷入被动。接着，写诸葛亮草船借箭。这本来是诸葛亮对付周瑜企图杀害自己的阴谋的，而结果却又使曹操损失了水战中非常重要的十几万支箭。再接下去，写周瑜和诸葛亮两人不约而同地制定了对付曹军的火攻计。这是赤壁之战中的中心谋略，曹军的最后失败就在于被盟军用火烧了赤壁之下连在一起的战船。为了火攻计的实施，又引出了苦肉计——周瑜打黄盖、阚泽下书等一系列斗智、斗勇，惊心动魄的情节，最后是庞统授连环计，让曹操用铁链将他的战船连在一起。在这一过程中，一方面写曹操的机智，如一开始就发现并及时地着手解决军队不习水战的问题，重视训练水军；阚泽下书时一下子就识破了诈降的诡计，给阚泽以极大的压力等等。但另一方面，也写出了他一系列的失误。如两次派无能的蒋干过江，促成了对方反间计和连环计的实现；派蔡中、蔡和诈降，促成了对方苦肉计的实现，等等。除此而外，作者还将曹操和周瑜对比起来，描写决战前夕双方统帅不同的精神面貌。曹操危在旦夕，却轻敌麻痹，盲目骄傲；周瑜胜券在握，却精细谨慎，毫不懈怠。这样，不待作者写出这场战争的最后结果，读者就已经从战争进程的真实描写中自然地得出谁胜谁负的结论，并且了解到为什么胜和为什么败的原因。这是《三国演义》写战争的高明之处，也是《三国演义》写战争的深刻之处。赤壁之战的描写，给我们的启发是多方面的，孙子兵法中所总结过的一些战争的规律，如：知己知彼，百战不殆；兵不厌诈；以己之长，攻敌之短；骄兵必败等等，都有鲜明的体现。

符合和体现兵法是一个方面，而在战争的斗智中，却又有有意背离兵法，或者说灵活运用兵法的例子，同样表现了战争指导者的高度智慧。如兵法上说：虚者实之，实者虚之。就是说在设下埋伏的时候，要让敌人误以为没有埋伏而进入到预设的伏击圈中；而在没有埋伏的时候，却又要让敌人误以为有埋伏而不敢进来。可是在赤壁之战中，曹操败走华容道，诸葛亮对关羽作了阻击的部署，让关羽埋伏于道路的两旁，却这样吩咐关羽："可于华容小路高山之处，堆积柴草，放起一把火烟，引曹操来。"这是用"火烟"明告敌人这里有埋伏。这就是实者实之，是反用兵法之道。明明告诉敌人这里有埋伏，不是很笨吗？诸葛亮的聪明就表现在他深知曹操是一个机警而精通兵法的人，曹操以虚者实之的兵法常理来观察处理，以为是对方虚张声势，就上了诸葛亮的大当。这就是实者实之，放烟火而能将曹操引来的依据。与此相似而又相反，空城计却是以虚者虚之而取得了险胜。关键都在于对不同的人采取不同的对策。诸葛亮的空城计，如果对手不是深知兵法而又对诸葛亮一生谨慎行事十分了解的老谋深算的司马懿，而换成是勇猛无比、头脑简单的张飞，既然城门大开，那就长驱直入了。诸葛亮的高度智慧，表现在他能根据不同对象的特点来使用谋略，而且不拘泥于兵法上的一般规律，而能加以灵活运用。

《三国演义》写战争重谋略，突出了斗智的一面，因而这是一本使人增长智慧的书。

《三国演义》战争描写的生动性，主要表现在情节组织的波澜起伏、引人入胜，以及人物描写的鲜明突出上。作者把人物形象的塑造放到一个重要的地位，不是为写战争而写战争，而是在战争中写人，写人的历史活动，从中刻画鲜明生动的人物形象。战争发展的过程，就是人物活动的过程，战争犹如一个广阔的历史舞台，各种人物登台演出，各自展现自己的性格特征和思想风貌。在赤壁之战这场大的战役中，魏、蜀、吴三方面的主要人物都集中在一个舞台上，演出了一场有声有色、威武雄壮的戏剧。这一特点，决定了《三国演义》对战争的描写，表现出一种英雄史诗的格调。

# 第三章 《水浒传》

## 第一节 历史上的宋江起义和《水浒传》的成书

跟《三国演义》一样，《水浒传》也是一部由群众、民间艺人和文人作家共同创作的作品。它的成书同样经历了一个漫长的传说和演变的过程。

《水浒传》描写的以宋江为首的一次农民起义，在历史上实有其事，发生在北宋末年宋徽宗宣和年间（1119—1125）。但《水浒传》不同于历史演义小说。《三国演义》“七实三虚”，描写的是相当长的一个历史阶段，其基本的历史发展轮廓、重大的历史事件、主要人物的重要活动，都符合历史的真实面貌，只是在具体的情节、细节、人物的思想性格方面，有较多的加工和虚构。《水浒传》描写的时期并不长，它是朝横向扩展，不注重历史发展的过程，不拘泥于历史事件本身，而是广泛地反映某一个历史时期的社会生活。用鲁迅先生的话来说，就是：“叙一时故事而特置重于一人或数人者。”这类小说，我们称之为“英雄传奇”。后来的《说岳全传》《杨家将全传》等小说也属于这一类。其特点是由历史上的“一时故事”生发开来，反映的生活内容，从纵向看不如历史演义那么长；但从横向来看，却比历史演义反映的生活面要广阔得多，几乎涉及各个阶层的人物，特别值得注意的是描写了市井细民的生活，在描写中又有较多的艺术创造和虚构。比如《水浒传》中的一百零八位领袖人物，就绝大多数是虚构的，只有宋江、杨志、关胜等十几个人物能找到历史的依据，而且活动也不尽相同。

历史上关于宋江起义的记载非常简略，而且说法多有不同。主要见于《东都事略》中的《徽宗纪》《侯蒙传》和《宋史》中的《徽宗本纪》《侯蒙传》《张叔夜传》等。大概是说：宋江起义有领袖三十六人，起事于黄河以北，流动作战，辗转活动于今天的河北、河南、山东、江苏一带，活动范围有十郡之广。声势浩大，所向披靡，几万官军都不是他们的敌手。当时有个官僚叫侯蒙的，曾经给皇帝上书，建议招安宋江让他去攻打方腊，但侯蒙受命后在路上就死了。另有知州张叔夜讨捕招降之说。宋江起义的结局，历史记载也不尽相同，有说最后受了招安，又去征方腊的，也有说是被官军擒获的。

由于历史上的宋江起义声势极盛，影响很大，“于是自有奇闻异说，生于民间，转辗繁变，以成故事，复经好事者掇拾粉饰，而文籍以出”[①]。

南宋时期，水浒故事就开始在民间广泛流传，并开始引起士大夫阶层的重视。由宋入元的宫廷画家龚开曾为宋江等三十六人画像，还写了《宋江三十六人画赞》，他在《序》中说：“宋江事见于街谈巷语，不足采著。虽有高如李嵩辈传写，士大夫亦不见黜。”南宋时的“说话”中，有关水浒故事的《石头孙立》《青面兽》《花和尚》《武行者》等许多名目（见南宋时罗烨的《醉翁谈录》），可惜未能流传下来。但可以肯定，水浒故事在民间流传和说书艺人加工的过程中，必然熔铸进了人民群众的爱憎感情和理想愿望；而与此同时，统治阶级的插手和封建文人的影响，又必然使它留下统治阶级思想的印记。各个时期和各地流传的水浒故事，人物的思想性格和情节内容，可能产生相当的歧异。鲁迅就特别注意搜集和研究民间传说中的水浒故事。他从明写本元代陈泰的《所安遗集·江南序曲》中，找到了陈泰在元中期所记载的一条梁山泊地区篙师所提供的传说，其中说，宋江的妻子曾在梁山泊中，且种芰荷，又说宋江“勇悍狂侠”，发现“与今所传性格绝殊”。由此可以看出，“水浒故事，宋元来异说多矣”[②]。流传过程中产生许多不同的“异说”，说明不同时期、不同阶级阶层的人进行了加工，将自己的思想感情和审美情趣都不同程度地带进了作品中去。这就必然造成作品思想内容甚至人物性格的矛盾和复杂，这是我们在认识《水浒传》思想内容复杂性时不能不注意到的。

封建统治阶级和他们的御用文人，也可能影响到水浒故事的流传。据史载，南宋时“说话”艺人是常常被召到宫里去说书的，宋高宗赵构就喜欢听说书，当时有一个内侍会说“小说”，他曾给赵构说了一段有关邵青的故事（邵青是接受了招安的抗金义军），赵构听了非常高兴，并极力赞扬邵青手下一个投降派将领单德忠的

---

① 鲁迅:《中国小说史略》，第十五篇。

② 鲁迅:《华盖集续编·马上支日记》，《鲁迅全集》第三卷，人民文学出版社，1957年。

所谓“忠义”之气。前面提到过的宫廷画家龚开，在《宋江三十六人画赞序》中还说：“余年少壮时，慕其人，欲存之画赞，以未见信书事实，不敢轻为。及异时见《东都事略》载侍郎《侯蒙传》，有书一篇，陈制贼之计云……”而他作画赞的目的在于：“将使一归于正，义勇不相戾。”所以他对宋江特别加以赞扬：“不假称王，而呼保义，岂若狂卓，专犯忌讳。”意思是，宋江能遵守封建礼法，不反对皇帝，最后归于投降。他看出侯蒙招安宋江的建议是“制贼之计”，因而称宋江是“盗贼之圣”。不用说，在流传过程中，广大人民群众（包括民间艺人）也是不断地将自己的思想感情渗透进水浒故事中去的。

宋元之间的《大宋宣和遗事》是一本杂抄旧籍而成的内容庞杂的资料书，其中有一段三四千字的梁山泊故事，可能由南宋时说话艺人的底本加工而成。其中的水浒故事已经有了比较连贯和完整的情节，包括花石纲、杨志卖刀、智取生辰纲、晁盖落草、宋江杀惜上山、九天玄女授天书以及招安征方腊等重要情节，是《水浒传》最后成书的重要基础。元代（包括元明之际）杂剧中，也有不少水浒题材的剧目，今见于著录的有三十三种，仅存六种。剧本大多以人物为中心，以写李逵的为最多，其他还有写宋江、鲁智深、武松等人的。在元杂剧中，根据地由太行山改为山东的梁山泊，人数也扩展为“三十六大伙，七十二小伙”的一百零八人，但人物性格与今见《水浒传》中的不太一致。

《水浒传》就是在长期民间传说和艺人加工的基础上，最后由文人作家写定成书的。但是关于《水浒传》的最后写定者是谁，历来有不同的看法。概括起来大概有五种说法：一是认为施耐庵所作（见万历年间胡应麟《少室山房笔丛》）；二是认为是罗贯中所作（见田汝成《西湖游览志余》、王圻《稗史汇编》）；三是认为是施作罗编（见最早著录此书的高儒《百川书志》，题为“钱塘施耐庵的本，罗贯中编次”）；四是认为施作罗续（见金圣叹《第五才子书水浒传》，认为前七十回为施耐庵作，后三十回为罗贯中续）；五是认为施、罗都是伪托，而可能另有作者（今人如胡适、鲁迅、聂绀弩、戴不凡等人都有此怀疑）。学界一般认为离成书时间较近的高儒《百川书志》的说法比较可靠，定为施耐庵作，或施耐庵作又经过罗贯中加工。

关于施耐庵的生平，可靠的材料也非常少。传说他是钱塘（今浙江杭州）人，又有说他是江苏兴化人的。生活的时代也有不同的说法，认为生活于元末明初的人较多。

《水浒传》的版本比较复杂，一般分为繁本和简本两个系统：简本文简（文字简略）事繁（一般多出招安后平田虎王庆部分），繁本文繁（描写细致）事简（一般没有平田虎王庆的内容）。学术界一般认为，繁本在前，简本在后，简本是繁本的节本。简本文学价值不高，通行的都为繁本。繁本中又可分为百回本、百二十回本、七十回本三种。

今知最早的繁本中的百回本为嘉靖时武定侯郭勋的家刻本，但多数学者认为郭勋本已佚。今存最早的百回本应该是万历十七年（己丑，1589）天都外臣（汪道昆）序的《忠义水浒传》，题为"施耐庵集撰，罗贯中纂修"。但今存本也不是原刻本，而是清康熙年间的石渠阁补刊本（也有人认为，天都外臣序本实际上是容与堂刻本的一个"不很忠实的复刻本"①）。今天较为流行的是稍后万历三十八年（1610）的容与堂刊本，题为《李卓吾先生批评忠义水浒传》②。百回本的内容，在大聚义、受招安后，有征辽和征方腊的故事，而没有征田虎、王庆的故事。

繁本中的一百二十回本，增加了征田虎、王庆的故事，即袁无涯刊行的本子，题为《李卓吾先生批评忠义水浒全传》，或《新镌李氏藏本忠义水浒传》，简称《水浒全传》本。1949年后先后出版过三种一百二十回本的《水浒传》：一、1957年商务印书馆利用旧纸型重印的《一百二十回的水浒》，所据的底本为涵芬楼藏明末杨定见序本。二、1954年人民文学出版社出版了汇校的一百二十回本的《水浒传》，它以天都外臣序刻的百回本作底本，用其他七种不同的版本进行了汇校，凡有异文或增删之处，均写出校记，又据杨定见本增入了关于平田虎、王庆的内容，成为一个供研究者使用的最完全的本子。三、1961年中华书局以商务印书馆《一百二十回的水浒》为底本，以1954年人民文学出版社的《水浒传》本进行校订，出版了新的《水浒全传》本，1975年上海人民出版社重印，这是最通行的《全传》本。

七十回本为明末金圣叹将一百二十回本《水浒传》"腰斩"而成，题为《第五才子书施耐庵水浒传》，明崇祯贯华堂刊本，故又称贯华堂本。他将大聚义以后受招安等内容全部砍掉，以杜撰的卢俊义惊噩梦作结，七十回以前的文字也作了一些

---

① 参见王古鲁《读〈水浒全传郑序〉及〈谈水浒传〉》，《北京师范大学学报》1957年第2期。

② 此本有国家图书馆藏本，1965年由中华书局上海编辑所影印出版，1974年又由上海人民出版社再次平装影印出版，1975年9月由人民文学出版社排印出版。

修改。由于这个本子保存了全书的精华部分，文字也比较洗练和统一，同时又附有大量精彩的批语，因而成为此后最通行的本子。人民文学出版社 1952 年出版的七十一回本（1954 年作家出版社又做过一次整理），就是据金圣叹本整理而成，删去金本中惊噩梦的部分，改为排座次，又将全书的楔子略加剪裁，改为第一回，文字上也作了一些必要的校订，成为七十一回本。

繁本中百回本、百二十回本和七十回本，各有不同的特点和阅读对象。简本中今存较早而较完整的是《京本增补校正全像水浒志传评林》（明万历二十二年，1594，双峰堂刻本，文学古籍刊行社 1956 年影印）。简本因文学价值不高，除供研究外，读者面很小。

## 第二节　农民革命的兴亡史

《水浒传》在中国文学史上第一次大规模地直接描写封建社会中的主要矛盾——农民阶级与地主阶级之间的矛盾，描写了一次轰轰烈烈的农民革命斗争，展开了宏伟壮丽、波澜壮阔的斗争生活场面；而且描写了一次农民起义从产生、发展、胜利到彻底失败的全过程，可以说是一部在特定的历史条件下农民革命的兴亡史。在这方面，《水浒传》在思想上取得了独特的成就。具体地说，有以下几个方面：

第一，《水浒传》深刻地揭露了封建社会的黑暗和统治阶级的罪恶，写出了“官逼民反”“乱由上作”，从而真实地写出了农民起义的社会根源在于残酷的封建压迫和剥削，热情地肯定和歌颂了农民革命斗争的正义性。

《水浒传》中虽然较少正面直接地描写封建剥削关系，但却以大量生动的生活图景，揭露了统治阶级对人民群众政治上的残酷迫害和经济上的野蛮掠夺。《水浒传》中描写的第一次集体革命行动，就是晁盖和吴用等人组织的“智取生辰纲”。“生辰纲”是北京大名府留守梁中书送给当朝太师、他的岳父蔡京的一份寿礼，这些价值十万贯的金银珠宝，都是他平日靠巧取豪夺的手段从老百姓那里搜刮来的。所以晁盖、吴用等人在行动前饮酒发誓时说：“梁中书在北京害民，诈得财物，却把去东京与蔡太师庆生辰，此一等正是不义之财。”刘唐说：“不义之财，取之何碍！”这八个字是掷地有声的响当当的语言。作者不是将他们的行动作为一般意义上的打家劫舍来描写的，而是将他们的行动写得堂堂正正、光明磊落，表现出鲜明的反掠夺的正义性质。石碣村的渔民阮小二、阮小五、阮小七三兄弟，革命性很强，是由于他们受到官军的残暴掠夺和政府繁重科捐的压榨。这些都是小说从侧面透露出来的。梁山泊早期在王伦的领导下“打家劫舍”，也影响到阮氏兄弟的打鱼，但阮小二却说：“我虽然不打得大鱼，也省了若干科差。”阮小五还揭露了官军的暴行：“如今那官司，一处处动掸便害百姓。但一声下乡来，倒先把好百姓家养的猪、羊、鸡、鹅，尽都吃了，又要盘缠打发他。”正因为如此，阮氏兄弟对于梁山泊强人那种“论秤分金银，异样穿绸绵，成瓮吃酒，大块吃肉”的“快活”生活，才表现出那样衷心的倾慕和向往。所以一听吴用说晁盖要邀请他们参加夺取生辰纲的行动时，阮小七便高兴得跳了起来道：“一世的指望，今日还了愿心，正是搔着我痒处。”（第十五回）用一种质朴的语言，表达了他们参加革命队伍的迫切要求。

小说在揭示社会的黑暗和统治阶级的罪恶乃是农民起义的社会根源时，还特别写出是“乱由上作”，这是更为难能可贵的。小说是写农民起义的，开头却从被压迫者的对立面高俅写起，写他的发迹史，写他的丑恶嘴脸和罪恶行径。高俅是贯穿全书的一个封建统治阶级的代表人物，是作为梁山起义英雄的对立面出现的，这样的开头，在小说的整体构思上，就鲜明地体现了“乱由上作”和“官逼民反”的中心思想。

第二，《水浒传》热情地歌颂了农民起义英雄的反抗斗争精神，表现了他们的优秀品质、英雄气概、斗争意志和伟大力量。历史上的农民起义，从来都被统治阶级污蔑为“盗贼”，但作者却把他们作为正面的英雄人物来描写，将他们的形象写得光彩照人，令人崇敬和热爱，像李逵、鲁智深、武松、林冲、三阮等形象，长期活在人民群众的心中。作者在这些人物身上，倾注了强烈的爱和饱满的激情，着意渲染和赞美他们的高贵品德，比他笔下的统治阶级代表人物高出许多倍。单是这一点，就表明了产生于封建时代的《水浒传》具有非常进步的历史观和民主思想。也由于这一点，小说虽然揭露了社会上大量的黑暗和丑恶现象，而且全书的结局又是一个大悲剧，但从总体来看，正面的美好的东西仍然占据主导地位，读完《水浒传》没有给人灰暗和失望的感觉，相反给人以希望和鼓舞。

第三，《水浒传》描写了一支农民起义队伍从无到有、由小到大、由弱到强，由分散而聚合，由盲目行动而变为有明确的行动纲领和严明纪律的革命大军，以及受招安，以致最后失败的全过程。虽然其间所包含的历史教训作者未必有自觉明确的认识，虽然在招安的描写上表现出了小说深刻的思想矛盾和历史局限，但它还是成功地写出了一部在特定历史条件下完整的农民革命的兴亡史，这就使得这部长篇小说具有极为宝贵的思想价值和认识意义。

第四，《水浒传》由于忠实地反映了农民起义革命斗争的生活，因而形象生动地概括了一些军事斗争和政治斗争的经验，尤其是农民战争战略战术的运用和斗争策略方面的经验，这也是我们认识这部长篇小说的社会意义时不容忽视的方面。毛泽东在《矛盾论》和《中国革命战争的战略问题》中都曾引用过《水浒传》中的例子，以说明唯物辩证法和战略退却与进攻间辩证关系的道理。这反映了《水浒传》在描写农民革命战争方面所取得的杰出成就。在《矛盾论》中毛泽东说："《水浒传》上宋江三打祝家庄（见第四七—五十回）两次都因情况不明，方法不对，打了败仗。后来改变方法，从调查情况入手，于是熟悉了盘陀路，拆散了李家庄、扈家庄和祝家庄的联盟，并且布置了藏在敌人营盘里的伏兵，用了和外国故事中所说木马计相像的方法，第三次就打了胜仗。《水浒传》上有很多唯物辩证法的事例，这个三打祝家庄算是最好的一个。"在《中国革命战争的战略问题》中的《战略退却》一节，在说明为了进攻而退却的积极的战略意义时，毛泽东说："谁人不知，两个拳师放对，聪明的拳师往往退让一步，而蠢人则气势汹汹，辟头就使出全副本领，结果却往往被退让者打倒。""《水浒传》上的洪教头，在柴进家中要打林冲，连唤几个'来！来！来！'，结果是退让的林冲看出洪教头的破绽，一脚踢翻了洪教头。"这两个例子说明了毛泽东曾经从军事斗争和哲学的角度研究过《水浒传》，而且做出了很高的评价。从书中的实际描写来看，确有不少经验是值得后来的农民革命斗争吸取的。比如梁山泊革命根据地的选择和建立就是："寨名水浒，泊号梁山。周回港汊数千条，四方周围八百里。"这样的地势、条件，进可攻，退可守，能整训队伍，能屯集粮草，确是一个理想的革命根据地。梁山起义军能不断发展壮大，并多次挫败官军的围剿，同他们所凭借的优越的地理条件是分不开的。（参见第七十八回）历史上记载的宋江起义，是转战各地，流动性很大的，《水浒传》却写了他们根据地的建设，这显然是概括了更广泛、更丰富的农民革命斗争的历史经验。在根据不同的斗争形势而采用不同的战略、战术上，也有很值得重视的经验。比如梁山初创时期，由于力量较小，便先取守势，诱敌深入，利用复杂的地形，打破了何涛和黄安的两次进攻；而打青州、打东平府、打东昌府都是根据不同的情况，巧设埋伏，取得了胜利。在具体的战役中，又能根据不同对象的特点，避其长而击其短，出奇制胜。如对呼延灼是用陷坑，对董平是用绊马索，对张清则是诱进水里，使他不能发挥用飞石打人的绝技等。

在《水浒传》以前，中国文学史上也有不少描写被压迫人民反抗斗争的作品，但是《水浒传》却取得了独特的成就，达到了前所未有的水平。总括起来，主要有三个特点：

第一，从前许多描写反压迫斗争的作品，常常将封建压迫归结为个别人的恶行，好像只要诛除了奸恶，社会就会变好，被压迫者就会得救。而《水浒传》所描写的封建压迫，却是从上到下的一个封建统治网，是整个的封建官府，是互相勾结、极其凶残的封建势力。

第二，从前许多作品描写被压迫者的斗争，多是个人反抗，虽然也不乏坚决刚强的人物，但大多处于孤危的地位。《水浒传》则重点描写和歌颂了集体的反抗，写出梁山泊起义队伍在声威、气势和力量上，都压倒了封建统治者，就是正面与官军较量，也能取得节节胜利，甚至令他们闻风丧胆，束手无策。许多罪恶昭彰的奸人都受到了起义英雄的惩罚，使人读后感到悦目开心，痛快淋漓。

第三，过去许多作品所写的反抗者，多是由于自身受到迫害而起来反抗，而《水浒传》所写的英雄，则不仅为自己，也为别人受迫害而抱不平。像鲁智深，就是一个专为别人打抱不平，主动向封建统治阶级发动进攻的英雄人物。在大聚义众英雄汇集梁山以后，作为一支集体的革命力量，劫富济贫、扶危救困，更成为义军行动的鲜明特色。

## 第三节　怎样认识《水浒传》中的招安描写

这是在对《水浒传》的评价中历来争论最大的一个问题。毁之誉之，各有所据，但意见尖锐对立：毁之者斥之为歌颂投降主义路线；誉之者则说它是通过最后的大悲剧的结局，指出此路不通，因而表达了鲜明的批判投降的思想倾向。我们认为，对这个问题应该作具体的分析，不能简单化地作绝对的肯定或绝对的否定。应该从小说艺术描写的实际出发，充分估计到小说在成书过程中可能受到的各种复杂社会思想的影响，承认矛盾，分析矛盾，并指出产生这一矛盾的历史和社会根源。

作者将宋江这个人物置于全书艺术构思的中心。他的思想性格及其活动，关系到整个义军队伍的兴亡成败。小说一方面充分地写出他重义气和浓重的忠孝思想这种矛盾的思想性格（后一方面是跟梁山革命事业格格不入的），另一方面又千方百计将他摆在梁山泊义军的“恩主”和当然领袖的位置上，写他代表的思想路线，在大聚义以后占了上风，最后引导义军全军走招安的道路并导致彻底失败。从作者对宋江的歌颂态度来看（包括对他的忠孝思想也是取肯定和歌颂的态度），从小说里将招安的实现写成梁山泊的盛大节日来看，从作者虽然写了反对招安的斗争，却并没有在思想上否定招安派，而仍然写反招安派（包括最激烈的李逵等人在内）支持和拥戴宋江来看，可以说《水浒传》的作者是有意地描写招安，而且是肯定招安道路的。但是作者肯定招安，认为义军在当时的条件下应该走这条道路，却又并不认为这是一条最好的道路。他同时又清醒地看到，并以忠于生活的现实主义态度，写出了招安导致的悲剧结局。看来真是非常矛盾，他含着眼泪让义军接受招安，又写出一个震撼人心的惨局，却又并不是为了批判宋江的忠义思想和投降主义路线，以昭示来者："投降是一条死路，走不得！"而是怀着强烈的义愤，揭露和谴责"蒙蔽圣聪"的权奸们的阴险和狠毒。书中有两句诗道："可怜忠义难容世，鸩酒奸谗竟莫逃。"直到这出历史的大悲剧演到底，宋江和李逵等人被毒死，"魂聚蓼儿洼"，作者仍然是肯定和歌颂宋江这种在我们今天看来是近于奴才思想的"忠义"的。如果说，悲剧结局的描写是寄托了作者的批判之意的话，那么，批判的矛头也只是对准当朝的权奸，而不是对准宋江及其思想路线的。小说结尾的挽诗里说："早知鸩毒埋黄壤，学取鸱夷泛钓船。"在作者的心中和笔下，唯一对宋江不满的，仅仅是他没有像历史上越国的范蠡那样及时地功成身退。

作者满腔热情地歌颂梁山义军的造反精神和革命事业的正义性，却又让他们接受招安；写招安，又不以领袖们的荣华富贵作结，而是写出一个催人泪下的惨局。这反映了这部思想倾向十分鲜明的小说本身存在着深刻的思想矛盾。

形成这种深刻矛盾的历史根源和社会原因，主要有以下四个方面：

第一，农民阶级本身的认识局限。这在书中反映得很清楚，他们"只反贪官，不反皇帝"。虽然义军中不乏反皇帝的激烈言论（以李逵为代表），但从这支队伍的整体来看，他们并没有提出反对皇帝的明确纲领，历史的发展也还没有为当时的农民起义军提供成熟的时代条件，让他们能从根本上反对皇权。事实上，包括反对皇帝最激烈的李逵和鲁智深在内，也不过是反对大宋皇帝，希望宋江哥哥来做皇帝。而作为义军主导的思想路线的，却是"忠心报答赵官家"，因此就连李逵和鲁智深也念叨过令现代读者十分讨厌的一句话："皇帝至圣至明，只被奸臣蒙蔽。"这样来写农民起义军的思想认识，也许会使现代读者不满足、不满意，但从社会历史的大背景来看，应该说并不违背人物的思想性格和历史的真实。

第二，忠君思想的影响。统治阶级的思想就是统治的思想。“忠”是维护封建社会君臣关系的最高道德规范，不仅在统治阶级内部是一种牢固的观念，就是在被统治的普通老百姓中，也有着深刻而广泛的影响。因此，水浒故事的加工者们，包括无数的无名作者和最后写定的文人作家在内，有这种思想，并把它带到作品中来，渗透到人物性格和艺术情节中，是并不奇怪的。

第三，民族斗争历史背景的影响。水浒故事从口头流传到文人作家写定成书的整个宋元时期，都处于民族矛盾十分尖锐的历史背景之下。招安的描写，显然与这一历史背景有关。南宋时，北方的抗金义军愿意依附朝廷，共同对付外族入侵者，辛弃疾率军南归就是一个例子。具体到小说的描写，在提出受招安路线的菊花会上，宋江在他的那首《满江红》中，就明确地提出：“中心愿，平虏保民安国。”这一口号一开始就和招安路线联系在一起，并在书中多次提到，都是跟这一特定的历史背景分不开的。在柴进庄上，宋江与武松分别时，也这样劝他：“如得朝廷招安，可撺掇鲁智深、杨志投降了，日后但去边上，一枪、一刀，博得个封妻荫子，久后青史留得一个好名。”到边疆上去搏斗，争得青史留名，就表现出保家卫国的鲜明的民族意识。

第四，封建统治阶级对农民起义实行招抚政策的影响。历史上的宋江起义就有张叔夜招降的记载。《水浒传》中关于义军被招安的描写，部分原因是封建统治阶级对农民起义招降政策和历史上无数次的招降事实在文学作品中的反映。小说中写高俅第一次征讨梁山泊时，所率的十节度使，就都是由原来的绿林出身而后受招安的。小说中写经过几次曲折最后实现招安时，有这么一首赞美诗：“一封恩诏出明光，伫看梁山尽束装。知道怀柔胜征伐，悔教赤子受痍伤。”就明显地反映出封建统治阶级的招安思想。

总体看来，《水浒传》的思想倾向是很鲜明的，它热情地歌颂农民起义，把封建统治者所称的“盗贼”描写成高大的英雄人物，而且深刻地揭露出封建统治的黑暗和腐败，肯定了“官逼民反”“乱由上作”，这都是非常进步的思想，是民主性的精华。所以只能说这是一部优秀的古代长篇小说，而不能说它是一部宣扬投降主义的反面教材。但我们也要承认，它同时也存在复杂的思想矛盾，也有落后的成分存在，所以也不能简单地称它为一部农民革命的史诗。有人考察，《水浒传》在明末和清代的农民起义中曾起过积极的作用（如一些农民起义的首领曾以梁山泊英雄的名字作自己的名字，有的则打出“替天行道”的口号或以“杀富济贫”为旗帜），因此封建统治阶级，从明末崇祯十五年开始，直到清代的顺治、康熙、乾隆、嘉庆等朝，都下令严禁《水浒传》，一些封建文人也骂《水浒传》为“诲盗”之作。但另外的一些历史现象也值得我们注意，就是水浒故事从流传、成书到刊刻都有封建统治阶级插手。前面提到过，现知最早的百回本是嘉靖时武定侯郭勋的刊本，据说他将每回前的“致语”（引起正文前的小故事）删去，调整了情节，作了整理加工，并主持刊刻。郭勋就是一个封建大官僚。又据明周弘祖的《古今书刻》，明代嘉靖时期的都察院也刊印过《水浒传》，而都察院并不是一个文化机构，而是明代的最高监察机关。可见《水浒传》中既有统治阶级害怕的地方，也有他们可以利用的地方，是既有精华也有糟粕的，但其主要方面却是民主性的精华，这是毫无疑义的。

## 第四节　英雄群像和人物塑造的艺术特色

《水浒传》杰出的艺术成就，集中地表现在英雄人物的塑造上。《水浒传》描写的不是一个两个，而是一系列性格鲜明、光彩照人的英雄群像。水浒英雄如李逵、鲁智深、武松、林冲、三阮等，跟《三国演义》中的刘备、曹操、诸葛亮、关羽、张飞、赵云等形象一样，家喻户晓，长期活在人民群众的心中。

李逵是《水浒传》中所塑造的一个光彩照人的农民英雄形象，是全书中最活跃、最生动的一个人物。他出身于一个贫苦农民的家庭，具有在我国长期封建社会中被压迫农民的典型的性格特征，这就是强烈的反抗精神和坚强的斗争意志。在众多英雄中，他上梁山是最痛快的一个。在梁山好汉大闹江州、劫法场以后，宋江走投无路，提出要投梁山泊去。李逵马上跳起来说：“都去，都去！但有不去的，吃我一鸟斧，砍做两截便罢！”（第四十一回）以独特的方式和语言，表现了他坚决的革命精神。上山以后，他又提出反皇帝的斗争目标：“放着我们有许多军马，便造反怕怎地！晁盖哥哥便做了大皇帝，宋江哥哥便做了小皇帝。吴先生做个丞相，公孙道士便做个国师。我们都做个将军。杀去东京，夺了鸟位，在那里快活，却不好！不强似这个鸟水泊里！”（第四十一回）在斗争过程中，他多次提出这一主张。晁盖牺牲后，大家要让宋江坐第一把交椅，宋江推让，李逵说：“哥哥休说做梁山泊主，便做了大宋皇帝却不好。”（第六十回）卢俊义上山后，宋江要让他做梁山泊主，两人推来让去，李逵大为不满，说：“哥哥若让别人做山寨之主，我便杀将起来。”并叫道：“今朝都没事了，哥哥便做皇帝，教卢员外做丞相，我们都做大官，杀去东京，夺了鸟位子，却不强似在这里鸟乱！”（第六十七回）他还从自己朴素的生活实践出发，打破了对封建政权的一切幻想，蔑视封建政权和它的法律条例。柴进的叔父被殷天锡逼死，要到东京皇帝面前依照朝廷的条例跟殷天锡论理打官司。李逵却说：“条例，条例！若还依得，天下不乱了！我只是前打后商量。那厮若还去告，和那鸟官一发都砍了！”（第五十二回）这些都是他革命的坚定性和彻底性的突出表现。由于此，他是反对招安路线最坚决的一个。在大聚义以后，宋江在菊花会上做了一首《满江红》，提出希望朝廷早日招安，受到许多起义英雄的反对，李逵是反对最激烈的一个。他大叫：“招安，招安，招甚鸟安！”飞起一脚，把桌子也踢得粉碎。（第七十一回）后来宋江、柴进等人混到东京，想通过京师名妓李师师在皇帝面前打通招安的关节，让戴宗和李逵看门，李逵见宋江、柴进二人在里面跟李师师一起喝酒，不禁怒从心上起，便打了陪皇帝的杨太尉，一把火烧了李师师的家，大闹了东京。（第七十二回）第一次陈宗善到梁山泊招安时，李逵“扯诏谤徽宗”，不仅将诏书扯得粉碎，而且拳打了陈太尉，听说诏书乃是皇帝圣旨，他竟然说：“你那皇帝，正不知我这里众好汉，来招安老爷们，倒要做大！你的皇帝姓宋，我的哥哥也姓宋，你做得皇帝，偏我哥哥做不得皇帝！你莫要来恼犯着黑爹爹，好歹把你那写诏的官员，尽都杀了！”（第七十五回）在招安以后，他也是始终反对招安，多次提出要重新造反。当义军队伍镇压了田虎、王庆以后，义军反而受到封建王朝的歧视、排挤时，李逵就责怪宋江说：“哥哥好没意思！当初在梁山泊里，不受一个的气，却今日也要招安，明日也要招安，讨得招安了，却惹烦恼。放着弟兄们都在这里，再上梁山泊去，却不快活！”宋江责怪他，说他“反心尚兀自未除！”李逵回答他说：“哥哥不听我说，明朝有的气来哩！”（“全传本”第一百十回）一向被人视为鲁莽粗豪的李逵，对封建统治阶级的本质，却有如此清醒的认识，确实是十分难能可贵的。小说的结局，写宋江用药酒毒死了李逵以后，宋徽宗还梦见李逵手攥双斧，向他砍去，并厉声高叫：“皇帝，皇帝！你怎地听信四个贼臣挑拨，屈坏了我们性命？今日既见，正好报仇！”（“百回本”第一百回）作者怀着高度的热情，创造出这个反抗性极强、可敬可爱的人物形象。

小说除了表现李逵的革命性和反抗性这一面以外，还刻画了他的其他性格侧面，也是非常令人喜爱的。他纯朴正直，疾恶如仇，对于生活在水深火热中的受压迫者，他总是怀着深厚的阶级同情心。李逵是很重义气的，但他把农民革命事业的利益看得比兄弟义气更为重要，处处表现出对梁山起义事业的无比忠诚。富于喜剧色彩的李逵负荆的故事就十分令人感动。他平日是最信服宋江哥哥的，但当他误信了宋江强夺刘太公的女儿的谣言时，便大闹忠义堂，砍倒杏黄旗；而在证实自己是搞错了时，却又主动向宋江承认错误。承认错误的方式也十分憨厚可爱：燕青问他："李大哥，怎地好？"李逵道："只是我性紧上做错了事。既然输了这颗头，我自一刀割将下来，你把去献与哥哥便了。"燕青教他"负荆请罪"，他说："好却好，只是有些惶恐。不如割了头去干净。"（第七十三回）在沂水县，他要杀那个冒充他的美名拦路抢劫的假李逵李鬼，后来听说李鬼家有九十多岁的老母无人赡养，便不仅不杀，还拿出十两银子相赠。在最后知道是受了骗时，就毫不容情地将李鬼杀掉。（第四十三回）他在江州城里做小牢子时，宋江正好断配江州，戴宗要他好生服侍宋江，不要贪杯，平日最喜欢喝酒的他，就真的戒了酒，早晚寸步不离地服侍宋江。（第三十九回）李逵在斗争中也是最英勇无畏的。江州劫法场时，他从茶楼上跳下来，赤条条抡着两把板斧大砍大杀，这是凡读过《水浒传》的人都不会忘记的。凡有战斗，他必冲锋在前。有一次宋江不让他参加，他就说："兄弟若闲便要生病，若不叫我去时，独自也要走一遭。"果然一气之下，操起两把板斧，独自杀到凌州，打破北门，杀掉贪官，运着府库银两，得胜上山。（第六十七回）

出身于下层劳动人民而具有强烈的反抗斗争精神的，还有阮氏三雄。吴用在向晁盖介绍这弟兄三人时这样说：他们"义胆包身，武艺出众，敢赴汤蹈火，同死同生，义气最重"（第十五回）。书中花在他们三人身上的笔墨虽然没有像李逵那么多，但同样生动地表现出他们那种火辣辣的反抗性格和"不怕天，不怕地，不怕官司"的英雄气概。他们长期蕴藏在心中的革命火种，一经点燃，便熊熊燃烧起来。看阮小七对吴用说的话："若是有识我们的，水里水里去，火里火里去。若能勾受用得一日，便死了开眉展眼。"（第十五回）投身革命，赴汤蹈火，在所不辞。他们也是坚决反对招安路线的，始终表现出革命的坚定性。

鲁智深是另一个令读者十分喜爱的英雄形象。他是下层军官出身，但他既没有财产，也没有家眷。在他身上最可宝贵的性格是向统治阶级主动挑战，主动进攻。他是一个反压迫的英雄，但他不是反对对自己的迫害，而是反对对别人的迫害。这是他身上最突出，也是最可宝贵的特点。他光明爽朗的性格，不能容忍社会上的任何压迫和不平。他是"路见不平，拔刀相助"；而且是"杀人须见血，救人须救彻"。所谓"禅杖打开危险路，戒刀杀尽不平人"，是他的生活信条，也是他思想性格的准确概括。他在无意中得知金氏父女被郑屠欺压，就三拳打死了镇关西。林冲被高俅陷害，他又拔刀相助，大闹野猪林。他不能当军官了，就去当和尚，和尚也不能当了，就到二龙山去落草。他在反压迫斗争中，毫不犹豫，无所畏惧，天不怕，地不怕，从来不知道有危险，也从来不顾及个人的利害得失。在粗豪方面，与李逵的性格相近，但他的社会经历比较丰富，又使他比李逵更富于斗争经验，因而粗中有细，考虑问题也比较周到。比如在拳打镇关西以前，先安排好金氏父女；为保护林冲，一路加意跟随等。在斗争中也能注意讲究策略，如拳打镇关西时，虚晃一招以为脱身之计。

武松是又一位光彩照人的英雄形象。他的性格又与前面的几位不完全相同。他出身于城市贫民。武艺高强，性格刚烈，是他的特点。从第二十三回到第三十二回，小说用了十回书的篇幅来集中写他，是为著名的“武十回”。他的经历和性格都带有英雄传奇的色彩。一出场，就写他“身躯凛凛，相貌堂堂”，“胸脯横阔，有万夫难敌之威风；语话轩昂，吐千丈凌云之志气”（第二十三回）。打虎一场，已写出了一个高大的英雄形象，以后又经过杀嫂、醉打蒋门神、血溅鸳鸯楼等情节，充分展示了他思想的发展和英雄性格。在作者的笔下，武松成了力和勇的化身，在他身上显然寄托了封建时代被压迫者反抗恶势力的理想和愿望。武松在性格上与鲁智深和李逵不同，他受城市小私有者的思想影响比较深，私人恩仇观念比较重，一开始对统治阶级的本质认识不太清，思想上束缚较多，行动起来也就不像李逵和鲁智深那样的大刀阔斧、痛快淋漓。血溅鸳鸯楼，手刃张都监的全家，是他满腔仇恨的总爆发，自然是令人感到痛快淋漓的，但那已经是在走了很长的一段弯路，吃了很多苦头以后的事了。他知道哥哥武大郎被西门庆和潘金莲害死，决心报仇，但他是先去告状。这就表明，他还是相信官府会主持公道，要换成李逵和鲁智深是绝对不会那么做的。告状不成，他这才去杀了西门庆和潘金莲，而杀人后却又去自首，用他的话说是：“犯罪正当其理，虽死而不怨。”这虽有敢作敢当，不连累别人，光明磊落的一面；但他自认是犯了罪，触犯了封建条律，则又表现了他思想上的落后面，是同李逵和鲁智深不一样的。尽管如此，他反抗压迫，反抗恶势力，同社会黑暗和不义行为坚决斗争的精神，则又是同李逵和鲁智深两人完全相同的。他曾经说过：“我从来只要打天下这等不明道德的人！我若路见不平，真乃拔刀相助，我便死了不怕！”（第三十回）这是梁山泊起义英雄所共有的宝贵性格。

像这样具有强烈的反抗精神和优秀品质的下层劳动人民的英雄形象，《水浒传》中还有一大批，如石秀、解珍、解宝、李俊、张横、张顺、顾大嫂等等。对于那些从统治阶级中分化出来而又坚决革命的人物，如林冲、晁盖等人，作者也是作了热情歌颂的。这些形象也都写得有血有肉，读后令人感到可敬可爱。作者在塑造这些人物形象时，都倾注了强烈的爱和饱满的政治热情。

在人物塑造上，《水浒传》和《三国演义》有一些共同的艺术特色，比如善于组织生动曲折、引人入胜的故事情节，通过矛盾冲突，以人物自己的言语行为来展现人物的思想性格；能抓住并突出人物主要的性格特征；注意写出人物思想性格的复杂性（《三国演义》主要表现在曹操形象的塑造上，写反面人物而敢于写他的优点，写优点却仍然不妨碍写出令人憎恶的反面形象；《水浒传》却是主要表现在写正面人物而敢于写他们的缺点和弱点，写缺点和弱点却仍然不妨碍写出令人喜爱和崇敬的正面英雄形象）；在具体的艺术表现上，渲染、对比、烘托等艺术手法的成功运用等。但《水浒传》在人物塑造上有它的独特的艺术成就和特色，比之《三国演义》有进一步的发展和提高，主要表现在以下几个方面：

第一，《水浒传》在人物塑造上，表现了现实主义和浪漫主义一定程度的结合。《水浒传》中的英雄人物，确实是不平凡的，比普通人高大，带有浓厚的理想化色彩。作者总是满腔热情地歌颂他们，赞美他们，总是将美好高尚的思想品德、强烈的反抗精神、高强的武艺赋予他们，使得他们一个个光彩照人；但同时，作者又并未将他们神化，而总是从生活出发，实事求是地写出他们的性格与心理，因而充满生活气息，不仅使读者可以理解，而且感到这些人物有血有肉、真实可信。

试以武松为例作些分析。武松在作者笔下是力和勇的化身，写他有超人的大力、大勇，是为了寄托反抗封建压迫的美好理想。景阳岗打虎（第二十三回），是《水浒传》中最精彩的章节之一，集中渲染的就是武松的力和勇。武松是赤手空拳打死一只曾经坏了二三十条大汉性命的吊睛白额猛虎的，作者显然作了艺术的夸张，是理想化的。但细读整个描写，却又并未脱离生活，而是写得入情入理，真实可信。

作者先写他喝酒。在上岗打虎之前，小说用了将近全节一半的篇幅来写武松在酒店里喝酒，写得很细，不厌其详。但是绝非闲笔，也不流于琐碎。因为，在作者的心中，写喝酒就是写打虎。而喝酒本身，就包含了现实和理想两种成分。那种一般人喝两三碗就要醉倒，因此被称作“三碗不过岗”“出门倒”的好酒“透瓶香”，武松却连喝了十八碗而不曾倒，还同时吃了四斤熟牛肉。大碗喝酒，大口吃肉，这就通过夸张的手法显露出了武松的英雄本色，使读者不禁这样想：有如此这般酒量和食量的大汉子是有可能把老虎打死的。这是为写打老虎做准备。这种描写当然是理想化的。但是另一方面，写喝酒又有他的现实根据。因为喝酒还可以壮胆、添力，一个人在喝了足量的酒以后，醉醺醺地，可以变得更加大胆和勇猛。同样爱喝酒的鲁智深就曾说过："洒家一分酒只有一分本事，十分酒就有十分的气力。"连《儒林外史》中范进的丈人胡屠户，要给女婿治"痰疯"，因为举人老爷是文曲星下凡，不敢下手，还是喝了酒壮了胆子，才敢于下手打那一个耳刮子的。在店里喝酒的描写，包含着现实主义的成分。因此，从现实的方面说，没有这十八碗的烈酒下肚，武松不会有打虎的胆量，也不会有打虎的力气。你看上山以后，作者特意多次写到这酒的作用：写他在申牌时分（下午四五点钟），"横拖着哨棒，便上岗子来"。着一"横"字，便生动地写出武松的醉态来。后面又写："武松正走，看看酒涌上来。""武松走了一直，酒力发作，焦热起来……踉踉跄跄直奔过乱树林来。"直写到酒的力量充分发挥出来，作者这才放出老虎。同样是写喝酒，《三国演义》中《温酒斩华雄》的那杯酒，关羽就不能喝，如果他端起来一口气就喝光了，那就什么精彩也没了；相反，《水浒传》中武松在打虎以前如果不让他喝酒，或者虽然让他喝了却未让他喝足，那他就不能打死老虎。不喝酒就不能打虎，不喝酒就显不出英雄本色。对比起来看，可以给我们启发：同样的一件事情，比如喝酒，不同的人，不同的条件，不同的情景，要做不同的艺术处理。艺术表现要取得成功，让读者相信和接受，就都得从生活出发。

其次是写他既胆大又胆怯。店家告诉他，山上有虎，劝他就在店里留宿，明天再过岗。他反诬人家是要谋财害命，将好心翻做了恶意，并大叫："你鸟子声！便真个有虎，老爷也不怕。"这里面既有他长期江湖生活的经验，同时也包含着暴躁、不讲理、强烈的个人主义等因素，说是不怕老虎，实际有吹牛的成分。但他谈虎而不色变，敢于上岗，毕竟还是胆气不凡。可是等他到了那个"败落的山神庙"（人迹罕到的虎山之景）前，读了"印信榜文"（"印信"二字写得细），"方知端的有虎"时，他便胆怯和犹豫了。这时小说写他的思想活动和心理状态非常出色："欲待发步再回酒店里来，寻思道：'我回去时，须吃他耻笑，不是好汉，难以转去。'存想了一回，说道：'怕什么鸟！且只顾上去，看怎地！'"看看天晚，老虎快出来时，他又自言自语地说："那得甚么大虫！人自怕了，不敢上山。"这都是自己为自己壮胆的话，从中透露出来的，是内心深处的胆怯。武松争强好胜，很爱面子，虚荣心极重。他把丢面子看得比丢性命还要重，明明知道很危险却硬着头皮也要上。这就是他一面心里胆怯，为自己壮胆，一面又硬挺着走向虎山，这种矛盾心理的性格基础。换成是李逵或鲁智深，就不会有这样的思想矛盾，问题简单得多，实事求是，要么上山，要么就回到店里。这是武松的缺点，也是武松的英雄本色。试想，如果写他知道山上真有虎时丝毫没有犹豫和胆怯，理想当然理想，但人物就会缺乏生活依据而变得不可信了。等到那一股狂风之后，老虎跳将出来，并和身朝他往上一扑时，写“武松被那一惊，酒都做冷汗出了”，看见老虎出来还是害怕。这样写效果如何呢？不但不损害英雄形象，反而更好地更真实地表现了英雄。不怕、不惊，就不是人，而成了神，就不会感动人了。

再看打虎的过程，也是写得非常真实合理的。先是写老虎进攻，武松防御。老虎进攻是一扑、一掀、一剪，武松防御是一躲、两闪。虽然也害怕和吃惊，但并未吓得瘫软无力，而是表现得机敏、雄健，那干净利落的一躲、两闪，就已经显出是一个真正的英雄来。老虎“三般提不着时，气性先自没了一半”，这也是符合生活常情的。这时候，也只有在这时候，武松才能转入进攻，他“双手抡起梢棒，尽平生气力，只一棒，从半空劈将下来。只听得一声响，簌簌地将那树连枝带叶劈脸打将下来。……原来慌了，正打在枯树上，把那条梢棒折着两截，只拿得一半在手里”。经金圣叹修改的《水浒传》，在文字上有许多地方改得很高明，但这里的“原来慌了”，他改为“打急了”，就远不如“慌”字的传神和切合实际。作者这里有意写他打折了梢棒，好让他能赤手空拳打虎，以便更加突出武松的威武有力。所以接着就写他干脆丢了半截梢棒，两只手按住老虎（几个回合之后老虎又没了力气，这才按得住）。看他先用脚乱踢（如果是一只手按住，一只手打便不合理），等到老虎“将身底下扒起两堆黄泥，做了一个土坑”，武松将老虎的嘴直按下黄泥坑里去，这才“偷出右手来，提起铁锤般大小拳头，尽平生之力，只顾打”，“打得五七十拳”，将老虎打得不能动弹了，但尚未断气，这时武松又到树林边寻回那截打折了的梢棒，这才最后将老虎打死。这是写得很真实的，因为武松这时也已经没了力气，所以只能用梢棒才能把老虎打死；又因为这时老虎已经不能动弹了，也才敢抽身去找梢棒。到此，武松那超人的神威和武艺终于被淋漓尽致地表现出来了。这是夸张的，理想化的；同时又是合情合理的，真实可信的。

再看打死老虎以后的描写。打死老虎以后，武松想将老虎拖下岗子去，但用双手去提时，哪里提得动？如果平庸之手写来，一味夸张，写他这时举重若轻，一下子就将老虎提了起来，那就会因为背离生活的真实而令人不能相信。这里要写他提不动，才是真英雄。“原来使尽了力气，手脚都疏软了，动掸不得。”接着写他看见两只由猎人化妆成的假老虎时，竟大叫一声："呵呀！我今番死也！性命罢了！"打虎英雄这时见到假虎也怕得要命，这也是写得非常真实的。后来众猎户将他当作一个了不起的英雄用轿子抬下山去，到了一个上户人家，众人拿来野味美酒跟他庆贺时，作者不再像前面在店里时那样去渲染他的酒量和食量，而是平实地着此一笔："武松因打大虫困乏了，要睡。"这时写他没有了一点力气，正是写他打虎时用了大力气。这就进一步反映了武松打虎时的神威和勇武。

可以断定，作者并没有打过虎，也未必看见过别人打虎，但他写打虎却写得如此生动、真实，入情入理，有声有色。这是因为作者是从生活出发，对类似的生活经验进行了艺术的集中和概括，在现实可能性的基础上进行了合理的想象和夸张。这是中国古典小说的现实主义艺术一步步走向成熟的表现。

第二，在人物描写上，《水浒传》能从社会环境和人物关系出发，去把握和表现人物的思想性格，因而他不仅能通过不同人物的不同环境遭遇，不同的生活条件，写出不同人物的不同性格特色；而且还能在社会阶级斗争的发展中，写出人物性格的发展和变化。这一点比《三国演义》有了进一步的提高和发展。《三国演义》中人物的性格特点虽然很鲜明，却是定型化的，看不出这些性格同他的生活条件和遭遇有什么联系，也看不出有什么发展，好像人物的性格天生就是这样。在《水浒传》中，人是社会的人，生活在具体的现实的社会关系之中，他们的思想性格受到各自不同的经历和环境遭遇的影响和制约，也随着生活环境和遭遇的发展变化而发展变化。小说写出了不同英雄人物走上梁山泊的不同道路，从中展现他们不同的思想性格特色和发展变化过程。在这方面，林冲被逼上梁山，经过曲折的过程最后完成思想的转变，是写得最为出色，也是写得最具有典型意义的。

林冲是一个由统治阶级中分化出来的人物。他原来是一个八十万禁军教头（他的父亲也是做武官的），在他身上有着鲜明的统治阶级的思想烙印。最主要的就是：逆来顺受，忍辱负重，不敢反抗。为什么说"忍"是他身上阶级烙印的表现呢？看看作者写他怎样忍和为什么忍。他出场时，头戴青纱头巾，身着单绿罗团花战袍，手执折叠纸扇。从这穿着打扮、身份风度，就可以看出他是一个有相当社会地位的人物。（第七回）接着又介绍他有一个年轻美貌的妻子，日子过得很舒服。这就跟没有家室，没有财产，"赤条条来去无牵挂"的鲁智深很不相同。他虽然没有杨志那样一心向上爬、想飞黄腾达的野心，却一心想保持住这种富贵安逸的幸福生活。可是人物一出场，作者就将他置于尖锐激烈的矛盾冲突中来展示他的思想性格。这么一个美好的家庭，却偏有人要来破坏。他跟妻子一起到岳庙去烧香，就在他站在墙外观看鲁智深使禅杖看得出神，并为之喝彩的那一当儿，妻子就被高俅的养子高衙内调戏了。一个当军官的，老婆被人在光天化日之下调戏，这简直是奇耻大辱，是绝对不能容忍的。然而，当林冲急忙赶去，扳过那后生的肩胛，正要下拳时，看出了不是别人，原来是那个在“东京倚势豪强，专一爱淫垢人家妻女”的高衙内，这时作者这样写道：“当时林冲扳将过来，却认得是本管高衙内，先自手软了。”“先自手软了”这五个字，不单纯是人物神态动作的描写，简直一下子就深刻地挖掘出了人物的内心世界。林冲怒目而视，但敢怒而不敢言，敢怒而不敢打。他忍下了这口气，白白地让高衙内走掉了。而此时鲁智深正带了二三十个泼皮来帮他厮打。这时小说写他与鲁智深的两句对话，和盘托出他的内心世界：“原来是本官高太尉的衙内，不认得荆妇，时间无礼。林冲本待要痛打那厮一顿，太尉面上须不好看。自古道：不怕官，只怕管。林冲不合吃着他的请受，权且让他一次。”因为怕高太尉，因为要保官，故而苟且偷安，忍辱负重，不但自己不敢反抗，还替高衙内开脱，劝解鲁智深也饶了他。而鲁智深却说：“你却怕他本官太尉，洒家怕他甚鸟！俺若撞见那撮鸟时，且教他吃洒家三百禅杖了去。”你看，一个忍辱怕事，一个疾恶如仇；一个自己受迫害也能忍，一个看见别人受迫害也不能忍，两个人的性格是何等鲜明的对照！

林冲上梁山的过程，就是从能忍到不能忍、从懦弱到坚强、从屈辱到反抗的思想性格转变的过程。作者写他性格中的弱点有社会根源、现实依据，写他思想性格的转变，也有社会根源、现实依据。他虽然社会地位较高，属于统治阶级中的成员，但从一出场，他就是一个被压迫者，在这点上，他同其他的广大被压迫的下层人民有相通之处。作者明确地写出了他胸中有一腔不平之气，他曾对好朋友陆谦说：“贤弟不知，男子汉空有一身本事，不遇明主，屈沉在小人之下，受这般腌脏的气！”这一点不平之气，就是他后来一步步走向梁山的起点，是他能转变的社会基础和思想基础。此后，小说通过一系列的情节，写他这个曲折漫长的转变过程。林冲是逼上梁山的，这个逼字，通过艺术形象表现得非常鲜明突出。林冲所感受到并且非常不满的黑暗的社会势力，不断地向他紧逼而来，使他想苟安而不能苟安，想忍也忍不下去，无路可走，这才最后走向了反抗的道路。在妻子被调戏后，高衙内并没有就此罢手。先是收买陆谦，将林冲妻子骗到陆谦家的楼上，妄图加以污辱。林冲闻讯赶到，救了妻子，知道不曾被污，也不追究，只是气愤得把陆谦的家打得粉碎。

这时写“林冲拿了一把解腕尖刀，径直奔到樊楼前去寻陆虞候”。找不着，又回到陆谦家门前等了他一个晚上，也没有等着。注意，这里写林冲的思想性格写得很准确，很有分寸：他开始有所反抗了，但他算账是找胁从者陆谦而不找主要的仇人高衙内，一则还是怕高衙内，二则陆谦原本是他的好朋友，他对这种背信弃义的恶劣行径十分气愤，不能容忍。讲义气是林冲性格中好的一面，小说中有好几次点染，这里是第一次，是暗点；后来发配沧州以后又通过与李小二的关系再次点染，是明点；到火并王伦时，就爆发出来，大放光彩了。但这次的反抗是有限的，反抗的范围有限，反抗的程度也有限，他几天见不着陆谦，见了自己新结义的兄弟鲁智深，这么大的事也不曾向他提起，天天跟他一起喝酒，便“把这件事都放慢了”，“不记心了”。这样的奇耻大辱，这样一而再不放松对他的欺凌，他竟然能够“放慢”、淡忘，确实是能忍。开始时他对鲁智深说：“权且让他这一次。”可这是第二次了，他还是让了。但是林冲能“放慢”、忘记高衙内，而高衙内却没有忘记他的老婆。高衙内是一计不成，又生一计。终于在高俅的直接支持下，通过封建官府的力量，设下更加毒辣的阴谋来陷害他，这就是诱他误入白虎堂，把他发配沧州，活生生地将他逼得家破妻离。他一直以忍来维护自己的身家地位和美满幸福的家庭，但终于在封建黑暗势力的迫害之下，这一切全都破灭，化为乌有。你看，作者通过林冲老婆被“花花太岁”看中企图调戏这个情节，既写出了林冲的性格，又揭露了封建社会的黑暗和罪恶，同时也揭示了梁山起义事业逐步发展壮大、兴旺发达的社会根源，表现了深刻和丰富的社会历史内容。

然而这时候的林冲也还是能忍。他给妻子写了休书，对丈人说：“配去沧州，生死存亡未保。娘子在家，小人心去不稳，诚恐高衙内威逼这头亲事。……明白立纸休书，任从改嫁，并无争执。”这种做法和这些话，既表现了林冲的善良、忠厚，又表现了他的幼稚，更表现了他的忍辱负重。在发配沧州的路上，受尽两个差拨董超、薛霸的欺压、凌辱，但林冲无一点反抗，一切他都忍受下去了。等到行至那“烟笼雾锁”的“一座猛恶林子”时，就到了董、薛二人受高俅的买通要杀害林冲的地方，二人假装要睡，要将林冲缚在树上。林冲这时仍没有反抗，说：“上下要缚便缚，小人敢怎地。”试想，要换成李逵或鲁智深、武松，都不会这么说话。及至一路跟随保护他的鲁智深跳出来，大闹野猪林，要杀两个想谋害他的凶手时，林冲却又来为他们向鲁智深求情，说什么主要是高太尉吩咐，杀了他两人也是冤枉。到了这种时候他仍然叫鲁智深“不可下手”。作者一再写他善良的一面，固然更能见出他遭受不白之冤的值得同情；但另一方面，他的这种能忍的性格，实在叫读者不能忍受。直到最后，火烧草料场，他在山神庙里亲耳听见门外陆谦等人说要拾一块林冲的骨头回去向高太尉领赏时，他这才忍无可忍，一腔长期郁积于心的怒火终于爆发出来，手刃了陆谦、富安，和统治阶级最后决裂，毅然决然地造反上山了。上山以后，林冲的性格有了质的变化。你看他在火并王伦时那种坚决果断的精神面貌，与过去的林冲完全判若两人。

林冲性格的特点及其转变，写得这样有根有据、合情合理、真实自然，就是因为这种思想性格是植根于现实的土壤之中的。人物性格在现实生活中产生，又在现实生活的矛盾斗争中发展变化。这是《水浒传》人物描写的高明之处，也是它突出的现实主义艺术成就。

其他如鲁智深、武松、杨志等人，不同的出身、环境、遭遇，形成了他们不同的思想性格，同时又决定了他们不同的走向梁山的道路。鲁智深虽然也是被逼上梁山的，但他是主动向统治阶级进攻，才为统治阶级所不容。先是被迫做和尚，和尚也不能做了，落草上山。他的这条路，走得是那么干脆、爽朗，没有左顾右盼，犹豫动摇，也没有像林冲那样凄凄惨惨的悲戚情调。杨志则是“三代将门之后”，他的理想是很不高尚的：“一刀一枪，博个封妻荫子”，一心想飞黄腾达。他丢失了花石纲，先是畏罪潜逃；后来被赦，又到东京找门路，以一担“金银财物，买上告下”，谋求复职。受高俅阻挠未能实现，后来因杀了牛二被刺配大名府，又因武艺高强得到梁中书的赏识和重用。后来押送生辰纲，也还是那样忠心耿耿地为统治阶级效劳。及至生辰纲被劫，不但飞黄腾达的幻想破灭，因干系重大，连性命也有危险，这才造反上山。他跟林冲不同，他不能受人欺侮，不能忍，那个泼皮牛二要夺他的刀，还要打他，他一时性起就把牛二杀了。林冲就绝不会干这种事。武松比较刚强，有反抗性，既不像杨志那样野心勃勃，也不像林冲那样能忍；但他有城市小市民那种狭隘的恩义思想，所以对统治阶级的面目常常认识不清，以致多次被人利用。他本来是个落难之人，寄人篱下，连家也没有，后来因为打虎成了英雄，被阳谷县的县尉看中，让他做了个都头，他就道谢不尽：“若蒙恩相抬举，小人终身受赐。”平日也总是把“恩相”二字口口声声挂在嘴上。那县尉要让他将自己掠夺人民得来的金银送去东京亲眷处收贮，他高高兴兴非常忠实地就去了，丝毫没有晁盖、吴用、三阮等人“不义之财，取之何碍”的义愤。杀嫂和杀西门庆后，又主动到官府自首。刺配孟州道以后，又被施恩利用，成为地方权豪恶霸互相争夺的工具。后来被张都监以小恩小惠所蒙骗，上了大当，几乎丢了性命，这才从血的教训中猛醒过来，杀了仇人，造反上山。

总之，不同的出身和生活遭遇，造成不同人物不同的思想性格，生活的发展变化又造成人物思想性格的发展变化，《水浒传》人物塑造的现实主义就是这样深深地植根于生活的土壤之中。

## 第五节 《水浒传》的细节描写

与《三国演义》相比，《水浒传》有了更多的细节描写。这也表现了中国古典小说的现实主义艺术在一步步走向成熟。《三国演义》也有细节描写，例如曹操刺董卓时，董卓从床上的镜子里发现了持刀的曹操；煮酒论英雄时，刘备听曹操说天下英雄只有他们两人时，惊吓得连筷子也掉到了地上；赤壁之战中，周瑜在决战前视察前线，看到曹操的战船连成一片，感到胜券在握，大笑一阵以后，突然战旗的一角被风刮起拂到了他的脸上，因而大叫一声，昏倒过去。这些都是能表现人物的思想性格的。但《三国演义》中的细节毕竟太少，而且远不如《水浒传》的细节描写那么细腻和含蕴丰富。

且看写林冲转变的第十回，即著名的“风雪山神庙”。林冲被发配沧州以后，高俅派陆谦到沧州去，买通管营，要害死林冲，便调林冲到草料场去。林冲这时却还在闷葫芦里：不知道是害他，还以为是给他一个好差使。林冲到了草料场后，小说有一系列十分细腻的细节描写：屋外下着大雪，他拿柴炭在地炉里生起焰火来。草屋崩坏，风也可以吹得摇动。林冲道：“这屋如何过得一冬？待雪晴了，去城中唤个泥水匠来修理。”向一回火，身上还是冷，就取了酒葫芦，照老军的指点，到五里路外的市井去买酒喝。走时，很小心地“将火炭盖了，取毡笠子戴上，拿了钥匙，出来把草厅门拽上。……信步投东”。半路上经过一座古庙，他还去顶礼，求神明庇佑。到酒店喝完酒，又买了一葫芦酒，包了两块牛肉，迎着朔风回来。回到草料场一看，两间草厅被雪压倒了，他寻思道：“怎地好？”把花枪、葫芦放在雪地里，又怕火盆内有火炭引起火来。他“搬开破壁子，探半身入去摸时，火盆内火种都被雪水浸灭了”，这才放心。想到过路的那座古庙可以安身，便锁上已倒的草屋门，搬了那条破絮被，到庙里去。金圣叹在这里有一句批语很精彩：“只拿一条破絮被，说明过一夜第二天还要回来。”进了庙门，先把门掩上，再拿一个大石头把门靠住。然后抖落身上的雪，铺好被子，拿出牛肉和酒来吃。这时，草料场起火，“必必剥剥”的响声便传来了。而看到火起，他首先不是想到自己干系重大，应该赶快逃跑，而是非常自然地首先想到要去救火。这一段情节，不厌其详，写得非常细致，似乎近于繁琐，但实际上写得十分精彩。因为通过这一系列的行动、心理的细致刻画，深入地揭示了林冲的内心世界：一个八十万禁军教头平白无故地遭受迫害，被弄得妻离家破，沦落到一种十分悲惨、艰难的境地，但是他还一心想到要力争平安无事地好好过日子。人物忍辱苟安的思想和他精细的性格，被细致入微地表现了出来。更重要的是，这样一个人，终于也被逼得走投无路，不得不起而反抗了。这就更加深刻有力地揭露出封建统治阶级的罪恶。唯其有了这一系列的细节描写，才更加能激起读者对林冲的同情，对高俅、陆谦等人放火杀人的愤恨。

林冲终于起来造反杀人了。这里又有一系列精彩的细节描写。林冲杀人杀得好，施耐庵写林冲杀人也写得好。看他先掇开石头，拽开庙门，大喝一声。三人要走。他“举手肐察的一枪，先戳倒差拨”。这时陆谦一边叫“饶命”，一边要逃，却又吓得软了腿，走不动。作者写林冲并不先去杀他（看他那样子，只是手起刀落的事），却去追赶那逃了十步的富安，也是一枪戳倒。这才转身过来对付那个要逃跑的陆谦。作者不是为写杀人而写杀人，而是为了写出林冲性格的转变，所以必须写出他长久郁积心中的仇恨和怒火，一下子爆发了出来，写他痛痛快快地报仇。让他先戳倒两个人，再腾出手来集中力量对付陆谦。作者这样写：“林冲喝声道：‘好贼！你待那里去！’批胸只一提，丢翻在雪地上。把枪搠在地里，用脚踏住胸脯，身边取出那口刀来，便去陆谦脸上阁着，喝道：‘泼贼！我自来又和你无甚么冤仇，你如何这等害我！正是杀人可恕，情理难容。’陆虞候告道：‘不干小人事，太尉差遣，不敢不来。’林冲骂道：‘奸贼，我与你自幼相交，今日倒来害我，怎不干你事！且吃我一刀！’把陆谦身上衣服扯开，把尖刀向心窝里只一剜，七窍迸出血来，将心肝提在手里。”为什么要写得这么细，而且在他杀人之前还要让他发表一篇宣言呢？这是为了充分地写出林冲杀人的革命性和正义性。这里的对话、动作，一系列的细节，都是性格化的。这里写林冲杀人杀得很有讲究：第一，是能分清主次，先戳倒两个，然后再集中力量对付主要敌人；第二，不是不明不白就杀人，而是先问罪、谴责，杀得光明磊落，理直气壮；第三，写杀三个人，杀法不同，详略也不同。总起来说，林冲杀人杀得有身份（八十万禁军教头，武艺高强，富于斗争经验，从容镇静，不慌不乱），有性格（精细，讲究策略），有思想（为正义复仇而杀人），有章法（有主有次，有详有略）。换成李逵，绝不会这么啰嗦，也不会有这么多讲究。《水浒传》中写杀人的地方不少，大多写得不一样，不同的英雄杀人杀得不一样，同一个英雄杀不同的人也杀得不一样。

俄国作家契诃夫在谈到剧本的写作艺术时，曾说过：要是第一幕在墙上挂着一支枪，那么在后面就一定要开枪，否则就不必挂在那儿。的确，在大作家的笔下，即使是细微一物，只要写了，就一定会派上用场，绝不会无所用心地白写。在这方面《水浒传》的作者也有很精细的用心。最突出的就是景阳岗上武松打虎的那根梢棒。武松手中的那根梢棒，从在酒店里开始，作者一路上不断点染，多次提到。出客店时，写他“还了房钱，拴了包裹，提了梢棒”，第一次；进到酒店，写他“入到里面坐下，把梢棒倚了，叫道：‘主人家，快把酒来吃！’”第二次；喝完酒，出了店门，写他“手提梢棒便走”，第三次；酒家告诉他岗上有虎，他不信，反而大发雷霆，主人进店，写“这武松提了梢棒，大着步自过景阳岗来”，第四次；接着又写他“横拖着梢棒，便上岗子来”，第五次；写慢慢酒涌上来，他“把毡笠儿背在脊梁上，将梢棒绾在肋下，一步步上那岗子来”，第六次；又“走了一直，酒力发作，焦热起来，一只手提着梢棒……”，是第七次；直到到了那一片乱树林子，“见一块光挞挞大青石，把那梢棒倚在一边，放翻身体”要睡，是第八次；待得大虫跳出来了，写他“从青石上翻将下来，便拿了那根梢棒在手里，闪在青石边”，这是第九次；第十次提到梢棒的时候，武松就用它来打虎了，可是“这一棒劈不着大虫”，却打在枯树上，将这梢棒折成了两截。而后将这半截梢棒丢了，再而后在老虎没有了力气时，又将它拣回来，最后还是用它结果了大虫的性命。武松打老虎，又用梢棒，又不用梢棒，这样的艺术处理真是妙不可言。小小一根梢棒，作者不避重复，不厌其烦，原来是因为要在最后派上大用场。我们在读《水浒传》的时候，可能对作者的一路点染不太理会，但批评家金圣叹却读得很细，他不断有批语提示我们：梢棒一，梢棒二，梢棒三，等等，一直批下去，写到“收拾梢棒”为止。值得注意的是，作者写这根梢棒，既重复又有变化，武松在不同情况下，或绰起，或手提，或横拖，或倚放，姿势意态各不相同，细节描写显得细腻而又丰富。

与一路不断点示不同，林冲复仇中，作者对两个小小物件的艺术处理，也很值得我们品味。一件是那把解腕尖刀。林冲发配沧州以后，高俅派陆谦跟随来谋害，林冲得知这一消息，怒火中烧，便去买了一把解腕尖刀带在身边。大街小巷寻了三五日不见仇人，又被抬举去管草料场，复仇的事便渐渐冷淡懈怠下来。此后作者对那把尖刀再不提起，粗心的读者可能已经完全遗忘。可是，待草料场火起，林冲破门而出，手刃仇人时，最后掏出来结果陆谦性命的正是这把一度“迷失不见”的解腕尖刀。特意为他而买，此时焉得不用。还有一件就是那条挑酒葫芦用的花枪。小说写林冲从天王堂到草料场时，只不经意地写到他随手“拿了条花枪”。后来到市井去买酒时，就用这花枪挑了酒葫芦，接着几次提到这花枪都是同酒葫芦联系在一起，好像它的用途就是挑酒葫芦的。可待到他从山神庙里出来复仇时，就写他“挺着花枪”，再不提起那酒葫芦了。林冲是用这花枪先后戳倒了差拨和富安两人，而后才去用尖刀对付主要仇人陆谦的。到此时，我们才明白，这花枪原来是为差拨和富安准备的。

《水浒传》是写重大的政治斗争题材的，长于通过生动紧张、引人入胜的故事情节来表现尖锐激烈的社会冲突，将一些大事件和大场面描绘得有声有色、绚丽多姿，富于传奇色彩。但同时在艺术表现上也具有精细缜密的特色，作者在细节描写上的艺术匠心很值得我们重视。

# 第四章 《西游记》

## 第一节 玄奘取经和《西游记》故事的演变

同《三国演义》和《水浒传》一样，《西游记》也是一部中国人民家喻户晓的著名的长篇小说。《西游记》是中国古典小说中以神话为题材的浪漫主义作品，在类型上属于神魔小说，虽然也富于传奇色彩，但与历史演义和英雄传奇小说在题材及表现方法上又有不同。

这部小说的最后写成大约在 16 世纪 70 年代（一说是 40 年代，见苏兴《吴承恩年谱》），比《三国演义》和《水浒传》晚一百多年。《西游记》的成书也经历了一个长期的民间传说的演变过程。从唐代的玄奘取经到吴承恩写成《西游记》，中间经历了大约八百年左右的漫长岁月。

《西游记》中所写的唐僧取经的故事，本来是历史上的真人真事。唐太宗贞观三年（629）青年和尚玄奘（602—664）独自一人到天竺（今印度）取经，历时十七年（也有说是十九年的，《西游记》上说是十四年）走了几万里，跋山涉水，克服了重重困难，终于取回了梵文佛经六百五十七部。他回国以后，唐太宗很高兴，设立译场，让他主持翻译佛经的工作，并讲述取经途中的奇闻异事。后由门徒辩机写成《大唐西域记》，介绍西域各国的佛教遗址及风土人情等。玄奘一人到天竺取经，是一件很了不起的事情，加上身历异邦，一路见闻都是十分令人惊异的。他在取经过程中所表现出的坚定的信念、顽强的意志和克服困难的精神，十分令人敬佩。所以他的门徒慧立、彦琮写的《大唐慈恩寺三藏法师传》，为了弘扬他师父取经的业绩，扩大佛教的影响，就故意加以夸大和渲染，使取经故事染上一层宗教的神秘色彩。这部书虽不免夸饰，但基本上还是记述玄奘取经的真实故事。全书约十余万字，是中国古代少见的一部具有文学色彩的传记著作。

因为玄奘只身一人到天竺取经是一个奇迹，加上《法师传》的渲染，这个故事就开始在民间流传。故事在流传过程中不断得到加工、丰富、发展，愈传愈奇，愈传愈带神话色彩，愈传离历史上真人真事的本来面目愈远。由无名作者加工，最初在人民口头上流传的取经故事是什么样子，现在已无从考察，但从唐人笔记《独异志》和《唐新语》等书中所载的一些传说，即可看出已经具有十分浓厚的神奇色彩。“沙门玄奘，唐武德初，往西域取经，行至罽宾国，道险，多虎豹，不可过。奘不知为计，乃锁房门而坐。至夕开门，见一老僧，头面疮痍，身体脓血，床上独坐，莫知来由。奘乃礼拜勤求。僧口授《多心经》一卷，令奘诵之，遂得山川平易，道路开阔，虎豹潜迹。遂至佛国，取经六百余部而归。”① 取经故事的传播，不仅形诸笔墨，而且在五代时已流布丹青，扬州寿宁寺藏经楼有玄奘取经壁画。② 敦煌壁画中安西榆林窟所存三处玄奘取经壁画，大约作于西夏初年（约相当于北宋中期），画中已有唐僧、猴行者和白马。③

到宋代，取经故事成为“说话”艺术的重要题材。大约刊印于南宋时期的《大唐三藏取经诗话》，可能是北宋时期的一个说经的话本（也有人认为产生于宋元时期），标志着取经故事发展到了一个重要阶段。全书分十七节，每节字数不等，第一节缺。书中已出现了化为白衣秀士的猴行者和深沙神，即是后来《西游记》中孙悟空和沙僧的雏形。但还没有猪八戒。在取经故事中显然已经融入了不少民间传说。此书篇幅不大（约一万六千字），情节离奇而比较简单，文白夹杂，描写也较粗糙。但取经故事已初具轮廓，为《西游记》的最后写定打下了重要的基础。南宋时刘克庄的诗中有：“取经烦猴行者，吟诗输鹤阿师。”④ 这证明，至迟到南宋时，猴行者已经成为取经路上一个斗妖斩怪的主要人物。

由金元到明中叶，取经故事又得到进一步的发展。金院本有《唐三藏》，南戏有《陈光蕊江流和尚》，均已失传；元杂剧有吴昌龄的《唐三藏西天取经》，今仅存

---

① 《太平御览》引《独异志》及《唐新语》，《中国小说史料》，古典文学出版社，1957 年，第 74 页。

② 俞樾：《小浮梅闲话》引欧阳修《于役志》，《中国小说史料》，古典文学出版社，1957 年，第 74 页。

③ 王静如：《敦煌莫高窟和安西榆林窟中的西夏壁画》，《文物》1980 年第 9 期。

④ 《后村大全集 · 释老六言十首》其四。

少数曲文。现存元末明初杨景贤的杂剧《西游记》，共六本二十四折，玄奘出身的江流儿故事即占了一本。其中人物除孙行者外，已经有了猪八戒，深沙神也改成了沙和尚。一些重要情节，如火焰山借扇、女人国逼配等，已经出现。到了元代（至迟到明初），出现了一部故事更加完整生动的《西游记》平话（又题为《唐三藏西游记》），原书已佚。明初编纂的《永乐大典》（见卷一三一三九“送”韵“梦”字条）里引用了一段题为《梦斩泾河龙》的故事，约一千二百字，标明引自《西游记》，内容与今见世德堂本《西游记》的第九回略同，而不见于《大唐三藏取经诗话》及杂剧《西游记》。这可能是元代人讲说《西游记》的话本。又，约成书于相当中国元末明初的古代朝鲜汉语课本《朴通事谚解》中，也引用了一段《西游记》平话中《车迟国斗圣》的故事梗概，与世德堂本第四十六回的内容相似。书中同时还有八条注，叙述了取经故事的梗概，人物已有了沙和尚和黑猪精朱八戒，孙悟空已成为故事的主角，大闹天宫已成为独立的故事，基本情节与今见百回本《西游记》大致相同，说明此时取经故事的内容已演化得非常丰富了。

1949 年后地下出土的文物也帮助我们进一步了解取经故事发展演变的情况。广东出土的磁州窑唐僧取经瓷枕（原件存广东省博物馆），为宋元时期磁州窑的代表作，上画唐僧取经故事，画面上孙悟空手持如意金箍棒，矫健威武，跃步向前，表现了勇往直前、敢于斗争的英雄气概，猪八戒手持九齿钉耙，沙僧持杖伞，快步跟从，唐僧则骑在马上。这说明取经故事至迟到元代已基本定型，并在群众中广泛流传。

关于《西游记》的作者，长期以来有不同的说法。今见明刊百回本《西游记》没有署作者的名字，清初刊刻的《西游证道书》提出为元代的道士丘处机作，后经现代学者鲁迅、胡适等人考证，认为为吴承恩所作。但此说也有不少疑点，故至今仍有不同看法。目前学术界一般认为是吴承恩作。

吴承恩（约 1500—约 1582），字汝忠，号射阳山人。淮安山阳（今江苏淮安）人，出生于一个世代书香而败落为小商人的家庭，曾祖和祖父都只做过小官，父亲吴锐以经营绸布为生，但喜爱读书，为人正派，富于正义感，读史籍，至屈原、诸葛亮、岳飞等人事迹，总是感慨流泪；又“好谈时政，意有所不平，辄抚几愤惋，意气郁郁”（吴承恩《先府君墓志铭》）。这些都对吴承恩的思想产生了明显的影响。吴承恩自幼聪慧好学，以文名著于乡里；他好奇闻，阅读大量野言稗史，受到民间文学的积极影响。又喜读“善摹写物情”的唐人传奇，从中吸取营养。这些对他创作《西游记》都有着重要的影响。

吴承恩早年希望以科举进身，但屡试不第，以致生活“泥途穷困”，“迂疏漫浪”，很不得志。中年以后才补为岁贡生。后来在同乡名宦李春芳的荐举下，入京候选，仍不得志。五十多岁时，迫于家贫母老，很不情愿地当了两年长兴县丞，后因“耻折腰，遂拂袖而归”。归乡后，放浪诗酒，贫老以终。《西游记》就是在他晚年写成的（也有人认为作于中年）。他一生写作很多，诗、文、词的数量都不少，但因无子嗣，去世后大多散佚，后经人搜索编辑，成《射阳先生存稿》四卷（包括诗一卷，文三卷，卷四末附小词38首），但仅“存十一于千百”。1929年故宫博物院图书馆发现一部明刻本，1930年据原刻本排印出版（原刻本已运往台湾）。今人刘修业增补，编为《吴承恩诗文集》，由中华书局出版。书中有刘氏所辑《吴承恩诗文事迹辑录》等附录四种。吴承恩还有一部仿唐人的志怪小说集《禹鼎志》，原书已佚，今仅存《自序》一篇。

吴承恩生活的时代，是一个封建专制政权十分反动、政治十分黑暗腐败的时代。皇帝昏庸，宦官专权，特务横行，人民生活十分痛苦。皇帝长期不理朝政；许多皇帝信奉道教，追求长生不老。嘉靖初年的道士邵元节，即以求雨骗取了皇帝的信任，后来竟官至礼部尚书。吴承恩比较低贱的家庭出身，不得意的生活经历，加上他目睹明中叶的社会黑暗，使他对当时的社会极为不满。他曾在一首诗中写道：“世味由来备已尝，鸥心宁复到鹓行。”（《庚戌寓京师迫于归志呈一二知己》）他亲眼看见当时“行伍日凋，科役日增，机械日繁，妖诈之风日竟”的黑暗现象（《赠卫侯章君履任书》），曾十分愤慨地说“近世之风，余不忍详言之也”（《送郡伯古愚邵公擢山东宪副序》）。他希望改变这种时风，扭转这种颓败的局面，但又感到没有力量，也没有办法，因而希望有一种英雄人物出现，实现他所追求的那种理想。他曾在一首诗中表达过他内心的愤懑和理想追求：“坐观宋室用五鬼，不见虞廷诛四凶。野夫有怀多感激，抚事临风三叹息。胸中磨损斩邪刀，欲起平之恨无力。救月有矢救日弓，世间岂谓无英雄？谁能为我致麟凤，长令万年保合清宁功？”（《二郎搜山图歌》）他对那些残害人民的“五鬼”“四凶”表达了极大的愤恨，对“猎妖犹猎兽，探穴捣巢无逸寇”的二郎神表示了热情的赞美。由此可以看出，吴承恩利用传统的神话题材，创作歌颂孙悟空的《西游记》不是偶然的，他写的虽然是奇幻的神魔世界，却有明显的现实针对性，并在其中寄托了自己的理想和爱憎。他在那篇《禹鼎志序》中曾说：“余幼年即好奇闻。在童子社学时，每偷市野言稗史，惧为父师呵夺，私求隐处读之。比长，好益甚，闻益奇。迨于既壮，旁求曲致，几贮满胸中矣。”他还说明了创作志怪小说的目的：“虽然，吾书名为志怪，盖不专明鬼，时纪人间变异，亦微有鉴戒寓焉。”也就是说，在他的创作思想中有通过神鬼奇幻的形式来反映现实、寄寓他爱憎感情和理想愿望的自觉意识。

另一方面，明中叶以后由于商品经济的发展和市民阶层的壮大而产生一些新的思想，如张扬个性、追求自由、肯定人的自我价值、反对封建等级观念等，也对吴承恩的思想和《西游记》的创作产生了积极的影响。至于受到“求放心”“致良知”的心学的影响，虽然并不如有的学者所说的那样已经成为小说的主题或“理性框架”，但也是明显而不可否认的。

现存《西游记》的最早刊本是明万历二十年（1592）金陵唐氏世德堂《新刻出像官板大字西游记》，二十卷，100回。（国家图书馆藏有摄影胶卷）随后有万历三十一年（1603）书林杨闽斋刊本（藏日本内阁文库），再后又有明崇祯刊本《李卓吾先生批评西游记》100回（国内今存两部，一部藏中国历史博物馆，一部藏河南省图书馆），河南中州书画社有校补影印本。清代又有多种版本，如《西游证道书》《西游真诠》《新说西游记》等。早期的百回本，都没有叙述玄奘出身的专门章节。清初的《西游证道书》始有玄奘出身的故事。1954年作家出版社出版的排印本，以世德堂本为底本，参校清代各种版本整理而成，此本更动了世德堂本的回目，据清乾隆书业公记刊本《新说西游记》插入了唐僧出身的故事，作为第九回。1980年人民文学出版社刊行二版，将原增补的唐僧出身的第九回改为附录，恢复了世德堂本的本来面目。

## 第二节　孙悟空的形象和《西游记》的时代精神

《西游记》全书可以分为三个部分：第一部分为第一至七回，写孙悟空的出身和大闹三界的故事；第二部分为第八至十二回，写唐太宗入冥，交代取经故事的缘由；第三部分为第十三至一百回，写孙悟空、猪八戒、沙僧三人护送唐僧到西天取经，一路上师徒四人斗妖斩魔，经历了九九八十一难（实际上只有七十七难，前四难是在取经以前），历尽千辛万苦，终于到了西方天竺国灵山，见到了佛祖如来，取得了真经，护送回东土，四人也修成了正果，变成了佛。

第三部分取经故事是全书的主体，占了绝大部分篇幅。但第一部分却是全书中写得最生动和最精彩的部分，从孙悟空非凡的出身、求仙得道的过程、大闹三界（特别是大闹天宫）的情节中，塑造了一个蔑视皇权、神通广大、敢于造反、积极乐观的充满神奇色彩的理想化的英雄形象，为下文描写取经路上一系列惊心动魄的战斗做准备和铺垫。第二部分将第一部分和第三部分联结起来，在结构上起到一种过渡的作用，但故事本身在思想上则表现出明显的宗教迷信色彩。第三部分取经故事，由相对独立而又互相关联的四十一个故事组成，以师徒四人到西天取经作为线索连接成一个有机的整体，着重表现孙悟空斩妖除怪、不畏艰险、勇往直前、积极乐观的斗争精神和美好品德。大闹天宫的故事和取经故事，在题材内容和主题思想上存在着明显的差异。但由于主人公思想性格前后的一贯性，斗争对象和情势的变异并未影响到小说思想内容的大致统一。孙悟空因法力不及如来佛，造反失败，被镇压在五行山下，后来皈依佛门，遵奉神佛的旨意，保护唐僧到西天去取经。但孙悟空在思想上并没有成为一个谨守教义的虔诚的佛教徒，最后成为“正果”也还是“斗战胜佛”。乐观精神和斗争精神始终是孙悟空最宝贵的性格特征。但由于题材来源本身的宗教性质和作者的历史局限，又不能不在一定程度上受到宗教观念和传统封建观念的影响，取经路上孙悟空的反抗斗争精神与大闹天宫时相比，受到了一定的束缚和限制。他的行为融入取经队伍的集体，有了超出于个人追求之外的既定目标，也受到一定的规范，因而前后两部分在思想上也还多少存在着差异和矛盾。

《西游记》是一部以神魔斗争为内容的充满奇幻色彩的小说，因而它的思想内容可以说是既简单又复杂，有其明白易晓的一面（人人都爱好，都能看懂），也有其难于把握的一面（关于它的内在意蕴又众说纷纭，莫衷一是）。单是小说的主题思想，历来就有不同的说法。明清以来，有以为谈禅、讲道的，有以为寓理的（如明代谢肇淛《五杂俎》认为全书乃“求放心之喻”），也有以为是演绎“诚意正心，克己明德之要”的（如清代张书绅的《新说西游记》）。现代学者也各有说辞，胡适以为《西游记》是一部没有什么微妙寓意的有趣的滑稽小说，他在《西游记考证》中说：“这部《西游记》至多不过是一部很有趣味的滑稽小说，神话小说；他并没有什么微妙的意思，他至多不过有一点爱骂人的玩世主义。”[①] 鲁迅则谈了两个方面，一方面他赞同胡适的“出于游戏”之说的看法，另一方面又强调小说所反映的现实

① 《名家解读西游记》，山东人民出版社，1998 年，第 34 页。

内容，在《中国小说史略》中他说："作者虽儒生，此书则实出于游戏，亦非语道，故全书仅偶见五行生克之常谈，尤未学佛，故末回至有荒唐无稽之经目。"又说："虽述变幻恍惚之事，亦每杂解颐之言，使神魔皆有人情，精魅亦通世故。""讽刺揶揄则取当时世态，加以铺张描写。"[①]1949年以后又有以为孙悟空造反是反映了封建社会的农民起义，而后来皈依佛门护送唐僧去西天取经，则是走上了《水浒传》中宋江的招安道路的，认为："神是正，魔是邪，而邪不敌正：这就构成了取经故事的主题。"[②]此外还有所谓"安天医国""诛奸尚贤"说，歌颂市民说，人民斗争说，批判佛教等等。关于这部小说的主题思想，见仁见智，可能还会争论下去，一时不会得出统一的结论。对文学作品的欣赏和评价似也不必要求一定要得出统一的结论。但结合小说产生的时代和作者的思想，从作品的实际出发，我们总能找到一种比较接近于小说真实面貌的认识。

首先值得注意的是，明中叶以后个性解放的时代思潮的兴起。随着商品经济的发展，市民的文化和思想越来越受到一部分思想敏锐的知识分子的重视。对人和人的个性的尊重，对自由的追求，对专制主义的不满和怀疑，对封建礼法和秩序的蔑视，对人的纯真本性和童心的颂扬，文学艺术上对趣味和娱乐性的追求等等，这样一种时代精神和时代气氛，必然使《西游记》的作者受到熏染，从而熔铸到他笔下的艺术形象中去。其次，如前面介绍的，作者所处的接近下层的社会地位和不得志的生活遭遇，使他对已经走下坡路的封建社会的黑暗和腐朽以及种种弊端，都有着深切的体验和相当清醒的认识。联系到吴承恩在《禹鼎志序》中所说的"时纪人间变异，亦微有鉴戒寓焉"的话，应该说他是有着通过神怪奇幻的形式，曲折地反映现实的社会生活，并寄寓自己的社会理想和爱憎感情的创作意识的。

人物形象是小说艺术创造的中心，对于《西游记》来说更是如此。与前面所分析的《三国演义》及《水浒传》不同，《西游记》不以塑造英雄群像为特色，它主要写了取经路上的师徒四人。当然一路上还有许多魔怪，但魔怪基本上只是陪衬，作者写得比较随意，没有像写师徒四人那样着力和苦心经营。这师徒四人是一个群体，各有其位，各司其职，少了谁都不可能到西天去取得真经。但四人中有主角，

---

① 鲁迅：《中国小说史略》第十七篇《明之神魔小说》（中），人民文学出版社，1952年，第173、169页。

② 张天翼：《西游记札记》，《西游记研究论文集》，作家出版社，1957年，第4页。

主角就是孙悟空。只有孙悟空才算得上是真正的英雄形象。其他三人虽各有自己的优点和功劳，但都有不少相当严重的毛病，都算不得英雄人物。取经的主角由唐僧到孙悟空的转换，是取经故事演变中最重要的转换，是小说由宗教主题到社会主题的根本转换。离开了孙悟空的形象，就不可能对《西游记》的思想意蕴有真正的理解。

无论就孙悟空的本领和品格来说，这个形象都是一个超凡入圣的理想化的英雄形象。但孙悟空的形象又有它的现实生活的土壤和中华民族传统的思想文化的土壤，因而读者（即使是今天的读者）读起来就有一种亲切感和认同感。从孙悟空这个人物的活动及其体现出的思想性格特征，不难体会出《西游记》基本的思想倾向和丰富的文化意蕴。

孙悟空是一个什么样的形象呢？他是作者心目中的一个所谓“麟凤”一类理想化的英雄人物，作者以他全部的热情描写他，歌颂他。这个人物有这样一些特点：

第一，他是一个来历不凡（由仙石化育而成，是日月所感，天地所生）（第一回）、聪明机智、神通广大的人物。他从菩提祖师学道，学得十万八千里的筋斗云，七十二般变化，后来又在东海龙宫获得一根重一万三千五百斤的如意金箍棒。（第二至第三回）他被二郎神捉住后，玉帝下命令送至斩妖台处死，结果是“绑在降妖柱上，刀砍斧剁，枪刺剑刳，莫想伤及其身”。火烧雷打也不能损他一根毫毛。（第七回）在太上老君的八卦炉里烧了七七四十九天，也没有把他烧成灰烬，相反却练就了一双火眼金睛。大闹天宫时，十万天兵天将被他打得落花流水（第五至第六回）从八卦炉里逃出后，又“打得九曜星闭门闭户，四天王无影无踪”，在天宫内“东打西敌，更无一神可挡”。（第七回）后来在克服艰难险阻的取经过程中，平妖斩魔，更表现了超人的大智、大勇、大力。

第二，他是一个蔑视皇权和封建等级观念的反抗性极强的人物。天上的神权统治是人间的封建统治的投影。天上神仙世界的最高统治者是玉帝，可是孙悟空大闹天宫，根本不把玉帝放在眼里。他自称是“天生圣人”，在闹了东海龙宫、搅了十王冥府以后，被告到玉帝那里去。玉帝在一般人和众神的心目中，都是一个十分尊严神圣、具有极大权威的最高统治者。太白金星一见就“朝上礼拜”，而孙悟空却“挺身在旁，且不朝礼”。玉帝问：“那个是妖仙？”悟空应道：“老孙便是！”仙卿们听后大惊失色，吓得要死，认为对玉帝这般无礼，是“该死了！该死了！”（第四回）后来玉帝派天兵天将收服他，被他打败，被迫承认他是“齐天大圣”；他第二次见玉帝时，也不跪拜，“亦只朝上唱个喏，道声谢恩”（第四回）。天宫中星相群神的森严等级，他一概都不承认，而是“不论高低”，“俱以弟兄相待”，“俱称朋友”（第五回）。天宫里也如世俗世界，讲究尊卑秩序，等级观念是非常严格的，所以西王母的蟠桃会就没有请他，他于是大为不满，偷吃了仙桃，偷吃了仙酒、仙品，又偷吃了太上老君的金丹，把天宫中尊卑上下的秩序搅得一塌糊涂。玉帝无法可想，搬来如来佛收服他。如来问他为什么“要夺玉皇大帝的尊位”？他回答道：“常言道：‘皇帝轮流坐，明年到我家。’只教他搬出去，将天宫让与我，便罢了；若还不让，定要搅攘，永不清平！”（第七回）玉帝要将他处死，罪名就是“只为心高图罔极，不分上下乱规箴”（第七回），意思是指他目无皇权，破坏君臣之礼，搅乱了上下尊卑的秩序。就是在被如来收服，皈依佛门，保护唐僧去西天取经的时候，对玉帝、如来、老君等佛道世界中的统治者也是很不恭敬的，见面时以“老官儿”称呼，“唱个喏”，自称为“老孙”。第三十三回写他向玉帝借天，说“若道半声不肯，即上灵霄殿，动起刀兵！”他在斗争中发现兕牛怪原来是太上老君身边的一头青牛下凡，就去向玉帝和老君问罪，斥责他们“钳束不严”，“纵放怪物”。在封建专制时代，皇帝是最高权力的代表，是神圣不可侵犯的，而且是天意所定，不能违背，而孙悟空却根本不把这些放在眼里，表现了极强的叛逆性和反抗精神。否定等级观念，要求打破固有的尊卑秩序，特别是对以天命论和血统论为基础的皇权统治的蔑视，只有到了明中叶以后，市民思想抬头，要求在社会生活和意识形态中占据一席之地的时代条件下才可能出现。从孙悟空的思想性格和精神气质中，我们分明闻到了一种要求打破旧秩序的新的时代气息。

第三，孙悟空还是一个积极乐观、勇敢无畏、不怕困难、敢于斗争的人物。在取经路上，千难万险，他从不畏惧退缩，总是积极乐观，勇往直前。一听说有妖怪，唐僧落泪，八戒心惊，只有孙悟空非常高兴，认为是“买卖来了”。他以斗争为乐事，以斩妖除怪为乐事。第六十七回，写驼罗庄李老者请他除妖，他朝上唱个喏道：“承照顾了！”猪八戒就说过：“听见拿妖，就是他外公也不这般亲热。”他不避艰险，不怕困难，明知山有妖，偏向妖山行。猪八戒是嫉妒心很重的人物，特别对孙悟空是很少说好话的，但他也这样赞扬孙悟空，说他是个“钻天入地，斧砍火烧，下油锅都不怕的好汉”（第三十二回）。他常常为了战胜妖魔，不知疲倦，不辞辛劳，连续战斗。如第五十回至第五十二回写他在金兜山和独角兕大王相斗，连战一天一夜，越战越强。就是在吃了败仗，被压在三座大山之下，也从不气馁。小说写“他虎瘦雄心还在，自然的气象昂昂，声音朗朗”。他从不承认失败，失败了也仍然是一个英雄。在平顶山，唐僧、猪八戒和沙僧都被捉，他孤身奋战，自己也曾两次被捉，但他坚持战斗，终于转败为胜（第三十三回）。在小雷音寺，他先是被黄眉怪用金铙扣住，后又被白布包儿装走，他顽强战斗，最后终于取得了胜利。（第六十五回至第六十六回）他在斗争十分艰苦的情况下（如第七十三回至第七十七回，写他在狮驼山被妖怪装进阴阳二气瓶，几乎丧命），总是怀着必胜的信心，充满乐观主义精神，所以值日功曹护佑诸神称他为“人间喜仙”。一个“喜”字，揭出了孙悟空最重要的精神品格。这也许是古往今来无数读者喜欢孙悟空这个形象和喜欢读《西游记》的一个重要原因吧。第七十七回写他们师徒四人都被三怪捉住，四人的表现形成了鲜明的对比：唐僧哭鼻子，说孙悟空被捉了，今番没命了。八戒和沙僧也无可奈何，只好随声痛哭。唯有孙悟空却笑道：“师父放心，兄弟莫哭，凭他怎的，决然无伤。等那老魔安静了，我们走路。”这是怎样的一种精神境界！这精神境界显然是从中华民族民族性格的积极因素中提取出来的，其中含藏着深厚的民族文化的底蕴。

第四，孙悟空又是个善恶是非观念十分鲜明的人物。在这方面，孙悟空和唐僧形成了鲜明的对比。唐僧虽说是取经队伍的精神领袖，却常常是一个人妖不分、善恶不明的糊涂虫，而孙悟空不仅有火眼金睛，能辨别真假，认识妖魔，而且更为重要的是，他敌我观念十分明确，爱憎感情无比分明。对残害人民的妖魔刻骨仇恨，除恶务尽；而对被残害的人则扶危济困，救人救彻。他一路上斩妖斗魔，固然是为了克服取经路上的重重阻碍，保护唐僧能顺利通行，到西天完成取经的任务。但也常常主动出击，完全是出于路见不平、拔刀相助，为民除害。高老庄收猪八戒，自然是出于佛旨的安排。但事情的开始，却是孙悟空主动为人除害。（第十八回）在乌鸡国，他扫荡妖魔，辨明邪正，为乌鸡国王报了冤仇，也完全是主动除妖。（第三十六至三十九回）在车迟国，孙悟空主动济困扶危，解救那些受压迫剥削，为道士服苦役的和尚。所以那些小僧十分感动地说：“齐天大圣，神通广大，专秉忠良之心，与人间抱不平之事，济困扶危，恤孤念寡。”（第四十四回）又在陈家庄通天河为民除害，替两个小孩儿去祭赛灵感大王，除掉了那个每年要吃一对童男童女，否则就要降灾于民的金鱼怪。孙悟空对猪八戒说：“为人为彻。一定等那大王来吃了，才是个全始全终；不然，又教他降灾贻害，反为不美。”（第四十七至四十八回）虽说这里主要是戏弄猪八戒，却也表现了他同情被压迫者和舍己为人的精神。过火焰山时，行者不仅扇灭了火焰山，保证了唐僧通行西去，而且还特意连扇七七四十九扇，断绝了火种，使风调雨顺，为普通百姓谋利。（第六十一回）他一路上所消灭的妖魔，大多是既危害唐僧，又残害人民的。因此读者在阅读过程中，常常自然地将那些妖怪看作是现实生活中危害人民的恶霸、官僚、土豪劣绅的化身，这是十分自然的。这样，孙悟空同他们的斗争，就带有一种为民除害的正义性质。这也是这个形象博得广大读者喜爱和赞美的重要原因。

综上所说，孙悟空虽然是一个充满奇幻色彩的神魔形象，却不是作者随心所欲地想象出来的，而是扎根于民族文化和社会生活的土壤之中，在他的身上概括了相当丰富的社会历史内容和思想文化意蕴。概括起来说，孙悟空形象的思想内涵包含了两个主要方面：一个方面是民族文化的历史积淀，不是属于一个时代的；另一个方面则又是明中叶以来社会思潮和社会生活的折射，反映出鲜明的时代精神。在孙悟空身上体现出来的勇敢机智、积极乐观、爱憎分明、见义勇为、诙谐幽默等品格，无疑反映出了我们民族性格中的精华，主要是属于前一个方面的；而他的追求自由，要挣脱一切对人的个性的束缚，以及意气风发的气性和对等级制度的不满和反抗等，则主要是属于后一方面。当然这两个方面又是紧密地结合在一起，精神品格的复杂内涵是不可能简单分割的。

在这里特别值得注意的，是他大闹天宫、反抗玉帝的内容和动机，离开明中叶那个特定的时代是不可能出现的。其一是“强者为尊”的思想。从他的出身看，由一个石猴而成为花果山、水帘洞里的美猴王，就是因为他是个强者，能穿进瀑布飞泉探得源头，进得去又能出得来，是“一个有本事的”，故而慑服众猴，皆尊他为“千岁大王”。这时在他的意识里实际上已经有了“强者为尊”的思想，只是还没有用明确的语言概括出来。而到了大闹天宫时，这口号就明确提出来了。他在回答如来为什么要反对玉帝时曾说：“强者为尊该让我，英雄只此敢争先。”因为他有一身广大的神通，认为自己是强者，所以就要夺取玉帝的宝座，喊出“皇帝轮流坐，明年到我家”的口号。而他后来的屈服于如来，又是因为经过较量，他成为相对的弱者。不过就是在被收服以后，在取经路上，那“强者为尊”的意识也仍然时时显露出来。“强者为尊”的思想是同封建等级观念相对立的，特别是同以天命论和血统论为基础的君权神授的封建专制思想相对立的，这明显是带有新的时代特色的市民意识的表现。在商业资本发展过程中，新兴的市民阶层为了挣脱封建的束缚，就要求凭借自己的能力和努力来求得发展，企图打破原有的等级和秩序。孙悟空的思想无疑反映了这样的时代要求。其二是不能忍受屈辱，要求对人的尊重。他两次造反，第一次是因为玉皇只让他当了个喂马的“弼马温”，待他明白了这是一个什么样的官职以后，就十分不满，认为皇帝昏庸，“轻贤”“不会用人”。他对前去收服他的巨灵神说：“他甚不用贤！老孙有无穷的本事，为何让我替他养马？你看我这旌旗上字号。若依此字号升官，我就不动刀兵，自然的天地清泰；如若不依时间，就打上灵霄殿，教他龙床定坐不成！”当玉皇封他做“齐天大圣”后，他就“遂心满意，喜地欢天，在于天宫快乐，无挂无碍”。而当西王母的蟠桃会没有邀请他时，他又感到受了屈辱，于是又起来造反。这种要求“重贤”的思想，虽然与中国封建时代下层知识分子的思想有联系，但也与当时开始出现的对人的个体价值与人格的肯定这样的自觉意识有关，而这又是和前述“强者为尊”的思想一脉相通的。

由此看来，把孙悟空的大闹天宫和以后奉佛的旨意护送唐僧到西天去取经，一路上的斗妖斩魔，等同于封建社会的农民起义以及被招安后去打别的农民起义的队伍那样的情景相比附，是没有任何根据的。当然，孙悟空形象的思想品格中也有与封建时代广大被压迫人民，也包括农民起义的英雄人物相通之处，这也是毫无疑义的。如前面提到的不怕艰险、敢于斗争的英雄气概，扶危济困、除恶务尽的思想等，都很接近于《水浒传》中反压迫的英雄人物，特别是接近于那位主动向压迫者进攻的鲁智深。甚至小说写他在高老庄收猪八戒，与《水浒传》中写鲁智深大闹桃花村教训小霸王周通，在写法和格调上都颇为相似。但从孙悟空的基本方面看，他并不是出于受压迫才起来造反的，他只是要求无拘无碍、自由自在地生活，要求自己的个性和本领得到充分的发挥，要求平等而不要受人轻视，等等。这都是特定时代的时代精神的表现，而为《水浒传》中的英雄人物所没有的。

不过，从孙悟空的形象和几个人物的关系看，《西游记》的思想也仍然是存在着矛盾的。一方面，小说写孙悟空虽然神通广大，但最终仍跳不出如来佛的手心；而且孙悟空受镇压后，经观音的解救，皈依了佛门，按佛的旨意保护唐僧到西天去取经，而在取到真经后，师徒四人都成了佛，尽管他的名号在佛界独异特出，称为“斗战胜佛”，毕竟也是修成了佛门正果。这些都表现出这部由宗教故事演变而来的小说，还没有完全褪尽宗教的色彩。但重要的是，小说并没有将孙悟空塑造为一个虔诚的宗教徒，这个人物不仅不信守佛教的教义，相反却对佛教的教条进行了大胆的嘲笑和批判。佛教徒劝善惩恶，以慈悲为本，这些基本的信条，在唐僧的身上体现得非常明显。他口口声声宣扬“出家人慈悲为本，方便为门”，说什么“千日行善，善犹不足；一日行恶，恶犹有余”，一路上唐僧所宣扬的佛教教义，竟成了孙悟空同妖怪作斗争的严重障碍。只要孙悟空斩妖除怪，他就认为是“不遵善道”，是“做恶”，就反对，甚至念紧箍咒来惩罚孙悟空。第二十七回《三打白骨精》是最集中的体现。在某种意义上可以说，孙悟空同妖魔作斗争的过程，也就是同唐僧所宣扬的佛教教条作斗争的过程，也就是对佛教教条的虚伪性和危害性进行揭露和批判的过程。如第八十二回，写孙悟空钻入白毛老鼠精的肚子里去，要“捻破他的心肝，扯断他肠子，弄死那妖精”，以此来解救唐僧时，唐僧却说他“不当人子”（意即有罪，不是人干的），孙悟空便批判他说：“只管行起善来，你命休矣。妖精乃害人之根，你惜他怎的！”

《西游记》虽然跟《三国演义》和《水浒传》一样，都是世代累积型的集体创作，但从体现的思想内涵来看，它所表现的时代精神和最后完成者的思想个性，应该说在三部小说中是最为鲜明的。书中不能说一点也没有忠君思想和封建正统思想的表现，如写唐僧是奉旨并以“御弟圣僧”的名义到西天取经的，求取真经的目的是为了“祈保我王江山永固”，人们称取经和尚是“忠心赤胆大阐法师”，书中称颂唐太宗是“清平有道的大唐王，起死回生的李陛下！”同时书中也有封建伦理道德观念的表现甚至说教，如连孙悟空也表彰孝子，宣扬孝道，称“故孝者，百行之原，万善之本”（第一回）。但总的看，《西游记》却是同时代小说中封建正统思想和封建伦理道德观念表现得最少的一部。

## 第三节 《西游记》的现实性——世态人情与世俗情怀

《西游记》虽然是一部充满奇思异想的以浪漫主义为特色的神魔小说，但它却虚中见实，在奇异世界中曲折地反映出世态人情，表现出作者对世俗生活关注的情怀，表现出与现实世界鲜活的血肉联系。这样，《西游记》虽然充满奇幻笔墨、游戏笔墨，但也并不只是一部让人读起来觉得好玩的书，它还能引人思索，使读者在享受娱乐的同时获得理性的感悟。

《西游记》里的人物，有无穷的本事，孙悟空不用说，即如猪八戒也是天蓬元帅出身，有他的不凡之处。但作者在写他们超凡入圣那一面的同时，又处处注意点示他们身上的社会品性和世俗思想，写得很富于人情味。因此让人读起来感到亲切，容易理解。如第四十一回，写大战红孩儿，孙悟空被三昧真火烧着，跳入涧水中救火，却可“被冷水一逼，弄得火气攻心，三魂出舍”（这描写本身就是体现生活常理的，试想孙悟空那样大的本事，比这种严峻得多的考验经得多了，还怕“火气攻心”）。接下来有一段猪八戒和沙僧救助孙悟空的描写，表现了取经途中师徒四人的亲切关系。八戒和沙僧一听说师兄遇险的消息，“急忙解了马，挑着担，奔出林来，也不顾泥泞，顺涧边找寻”。当发现孙悟空从急流中漂下来时，小说这样写：“沙僧见了，连衣跳下水中，抱上岸来”，见他四肢僵硬，全身冰冷，便“满眼垂泪道：‘师兄！可惜了你，亿万年不老长生客，如今化作个中途短命人！’”猪八戒开始还说是孙悟空装死来吓他们的，劝沙僧不要哭；一听沙僧说“浑身都冷了”，只剩“一点儿热气”时，也就赶快替他按摩。看他：“将两手搓热，仵住他的七窍，使一个按摩禅法。”经八戒一番“按摸揉擦”，孙悟空终于苏醒过来，一醒来，张口就喊了一声：“师父啊！”沙僧很感动地说：“哥啊，你生为师父，死也还在口里。且苏醒，我们在这里呢。”这段情节，揭示了取经途中四人相依为命、互相关心、互相帮助、共同战斗的亲切关系。这种关系完全是现实中人与人之间美好关系的真实写照，所以读来十分感人。

尤为动人的是孙悟空，他自尊意识很强，连神佛也不放在眼里，可对师父却十分恭顺和敬爱。四人在取经途中，特别在遇到妖魔斗争十分艰苦时，虽不免时有矛盾和摩擦发生，但这种团结互助的关系才是他们之间的本质关系，是他们终能完成崇高任务的保证。这种充满人情味的关系来自世俗生活，又是现实生活所需要而为读者所喜爱和乐于接受的。小说中对现实人情随笔点染之处，可说是比比皆是。又如第七十六回写孙悟空调侃猪八戒攒私房钱，也充满世俗化的描写。且不说猪八戒在命危时，将自己的秘密和盘托出，不惜以钱换命，完全是现实世界胆小鬼和吝啬鬼心理，单看他处置那些不多的私房钱的手段，也完全是从现实生活中提炼出来的：他好辛苦，零零碎碎攒了五钱银子，但取经途中不好收拾，便“到城中，央了银匠煎成一处，他又没天理，偷了我几分，只得四钱六分一块”。这不是现实生活中常见的俗之又俗的景象么？正是由于《西游记》在幻笔中有这样细、这样真实的世俗生活的穿插和点染，这部充满天马行空般幻想的神魔小说，我们读起来才觉得是那样的亲切有味。即如孙悟空那些理想化的思想品格本身，也有现实的依据，也是现实生活的艺术概括和集中。如前文所述，他的勇往直前，坚忍不拔；积极乐观，不怕困难；疾恶如仇，除恶务尽；追求自由，反抗压迫等等，都是现实生活中中华民族优秀品格的集中反映。孙悟空的形象如果没有现实性，就不可能产生巨大的鼓舞作用；鼓舞作用来源于生活，来源于与现实中的读者能够沟通的常情和常理。

通过幻想的形式，曲折地影射和揭露现实世界中的黑暗和腐朽，也是《西游记》现实性的一个重要方面。书中所写的皇帝，无论是天上的玉帝，还是地上的国王，大多是一些荒淫享乐、贪恋女色、信奉道教的昏君。玉帝是庄严而又神圣的最高统治者的代表，在作者的笔下却是一个自私而又暴虐的形象。如凤仙郡侯“原来十分清正贤良，爱民心重”，只因偶一不慎，推倒供桌，触犯了玉帝的尊严，就罚全郡大旱三年，给人民带来极大的灾难，造成“十门九户俱啼哭”，“三停饿死二停人，一停还似风中烛”的悲惨情景（第八十七回）。这显然是地上的封建皇帝专横残暴面目的折射。连阴司冥府也讲人情，可以随便涂改生死簿。唐太宗入冥，因魏徵与判官崔钰生前是八拜之交，一封信就给唐太宗增加了阳寿二十年。庄严神圣的如来佛祖身边的阿傩和伽叶，竟也贪财受贿，向唐僧师徒要“人事”，不给“人事”就不给真经。告如来，如来却说：“经不可轻传，也不可空取。”最后要取有字真经时，还是被迫将随身带的“紫金钵盂”送给了他们。佛教称为“净教”，西方称为“净土”，可是在作者的笔下，净教、净土都不净。这是颇具讽刺意义的。（第九十八回）乌鸡国王被妖怪害死后，因妖怪“官吏情熟”，国王“无门投告”，有冤难伸。（第三十七回）车迟国王受妖道之骗，敬道灭佛，让和尚服苦役，两千多人就有六七百人被折磨死，有七八百人不能忍受而自杀，唐僧师徒四人经过时，只剩下五百人左右。（第四十四回）这分明是现实生活中明代皇帝信奉道教的反映。取经路上的妖魔，有一些是危害人民的自然力的神化，但也有不少是封建社会中各种残害人民的罪恶势力的象征。特别值得注意的是，许多妖魔都跟神佛世界的最高统治者有联系，有的是上界天神下凡，有的是神佛的下属或坐骑，还有的是佛祖的亲戚（第七十四回中的三怪大鹏金翅雕是如来的舅舅），而这些妖怪的最后被收服，又大多依靠神佛菩萨的力量，而且不让孙悟空打死，重新让他们上天，成为神佛身边为他们服务的从属。这些也无不曲折地映现出现实生活中复杂的社会关系。

另一点值得注意的是，在孙悟空斩妖除怪的斗争中，《西游记》还形象化地概括了现实生活中人们的斗争智慧和斗争经验。这也是在奇幻惊险的情节中能使读者得到思想启示的重要方面。

在和妖魔斗争时，既要藐视妖怪，又要重视妖怪；既不要害怕，又不能掉以轻心。这是孙悟空胜过师徒中其他三人之处，当然也是现实生活中人们斗争经验的艺术概括。第四十回，写师徒四人行到一座山岭，行者用火眼金睛看出山中有妖怪，嘱咐三人要加意保护唐僧前进。唐僧听说有妖怪，又不见妖怪出来，就很不高兴，责怪悟空说：“正当有妖魔，却说无事；似这般清平之所，却又恐吓我，不时的嚷道有什么妖精。”这里从唐僧的口里道出了孙悟空的斗争经验：有妖时，要心中无妖，敢于斗妖；无妖时，却又要心中有妖，保持高度的警惕。

而在斗争中又要有斗争到底、除恶务尽的精神。在孙悟空的心中敌我观念是非常分明的。这不仅是一种品质，也是一种对生活的认识，是一种生活经验的总结。在他看来，同妖精的斗争，是敌我斗争，是你死我活的斗争，你不消灭他，他就要消灭你。因此不能心慈手软，要除恶务尽。孙悟空三打白骨精，就最突出地表现了除恶务尽的精神，他不顾唐僧的反对，不顾紧箍帽箍得脑袋生疼，也不顾师父要赶他离开取经的队伍，他始终毫不屈服，不把妖精消灭掉绝不罢休。

孙悟空的斗争智慧也是从现实生活中来的。在斗争中他很重视调查研究，掌握敌人的情况，认为要知己知彼，才能取得胜利。这是暗合古代兵法从实践中总结出来的军事斗争的基本规律的。第三十二回，写平顶山功曹报信，知道山里有妖怪，孙悟空就特意派猪八戒去巡山，了解是什么山、什么洞，打听有多少妖怪，以便更好地同他们作斗争。结果猪八戒偷懒、耍滑，睡了一觉，什么情况也没有了解到就跑了回来，未能完成孙悟空给他的调查研究的任务。第七十四回，写在狮驼岭斗三魔，经过艰苦斗争才取得了胜利，孙悟空事先作的调查研究就起到了很重要的作用。他先变为一个小苍蝇，飞到一个巡山的小妖精的帽子上，了解到一些情况；然后又变为一个小妖，谎称自己是新派遣的巡山总领，拿出巡山金牌“总钻风”，用极其巧妙的办法，了解到三个妖精的特点：大王能一口吞下十万天兵；二大王有一只长鼻子，能将人卷走；三大王有一只阴阳二气瓶，能将人装进去化成水。孙悟空根据三大怪的情况，制定了不同的斗争策略，取得了斗争的最后胜利。第八十二回，写陷空山唐僧被妖精摄走，为了解救唐僧，孙悟空又派猪八戒去了解情况，果然了解到唐僧是被一个白毛老鼠精摄走，要唐僧去同她成亲，为解救唐僧创造了条件。有时候妖怪很厉害，孙悟空无法战胜，就想到妖怪常常同神佛有联系，于是上天入地，追本求源，弄清妖怪的来历，最后找到战胜他们的办法。如第五十二回，写同兕牛怪作斗争，孙悟空斗法斗不过时，就到李老君那里去了解到原来妖怪是李老君的青牛逃跑了，偷了李老君的“金刚琢”，所以非常厉害。最后是请李老君收服了他。可见孙悟空斗妖斩魔，并不完全靠的是神奇无边的法力，还靠了他的勇敢和智慧，靠了从现实生活中总结出来的“知己知彼，百战不殆”的用兵之道。

在具体斗争中，孙悟空还能根据不同的对象、不同的环境，讲究策略，抓住敌人的弱点，利用矛盾，最终战胜敌人。第五十九回，写过火焰山，孙悟空要向牛魔王借芭蕉扇，就根据不同的情况采用不同的策略：一借时，因牛魔王与他有旧，但大战红孩儿时又与罗刹女有仇，所以孙悟空就采取先讲理后动武的办法。二借时，因牛魔王背弃了罗刹女，被一个万年狐王的遗女玉面公主招赘为夫，孙悟空就利用了罗刹女既埋怨牛魔王又想念牛魔王的矛盾心理，变为假牛魔王，终于骗到了芭蕉扇。又如第八十二回，写猪八戒去向妖精了解情况，他不讲策略和方法，见到两个妖精在井边打水，上去就叫妖精，结果只叫了一声就被打了三四杠子。回来孙悟空就教育他，不能这样直来直去叫妖精，而要先叫姑娘或奶奶，并告诉他在斗争中要“有刚有柔”，“温柔天下去得，刚强寸步难移”。第七十四回，写孙悟空知道那些妖魔了解孙悟空神通广大，有些恐惧心理，他就利用这个弱点，故意在他们的面前宣扬孙悟空如何神通广大，说孙悟空的金箍棒一变就十数丈长，一下子可以打死十万妖精，小妖闻言吓得魂飞魄散，先从精神上瓦解了小妖们的战斗意志。小说里说：“孙大圣几句铺头话，却就如楚歌声吹散了八千兵！”这种心理战也是现实生活中军事斗争常用的手法。

孙悟空还在对方法力强大时，常采用变成一个小虫子或一棵鲜桃，钻进妖精肚子里捣乱的战术，使敌人无法可想，终于被制服投降。如第五十九回，过火焰山借芭蕉扇时，孙悟空被芭蕉扇扇了一次，招架不过，后来得到定风丹，可罗刹女闭门不见，他就变成一个蟭蟟虫儿，从门隙钻进去，乘罗刹女喝茶时钻进她的肚子里，顶头蹬脚，弄得罗刹女小腹疼痛难忍，只得求孙叔叔饶命，第一次答应借扇子给孙悟空（这次借到的是一把假扇）。又如第七十五回，写孙悟空跟狮王怪作斗争，这个妖怪的特点是口大，一口能吞下十万天兵，孙悟空就利用这个特点，让他一口将自己吞了进去，然后在他的肚子里捣乱，使他不得不哀求“大慈大悲齐天大圣菩萨”，后来孙悟空讲好条件答应从他肚里出来，妖怪又想乘机一口将他咬死，聪明的孙悟空却先将金箍棒伸出去试一试，结果把那妖怪的牙也给崩掉了。孙悟空最后出来时，是用了一根四十丈长的细绳子系在妖怪的心肝上，自己带着绳头跳出来，打个活结，不扯不紧，越扯越紧，经过一番曲折，终于战胜了妖怪。这些斗争手段虽然充满奇异色彩，但无一不是现实斗争经验的运用，表现了鲜活的人间智慧，因而构成了《西游记》丰满的现实血肉和浓郁的生活气息。

## 第四节 《西游记》的艺术魅力——奇幻与奇趣

《西游记》在艺术上的特色，可以用两个字来概括，一是幻，一是趣；而且不是一般的幻，是奇幻，不是一般的趣，是奇趣。

先说奇幻。小说通过大胆丰富的艺术想象，引人入胜的故事情节，创造出一个神奇绚丽的神话世界。《西游记》的艺术想象奇特、丰富、大胆，在古今小说作品中都是罕有其匹的。孙悟空活动的世界，天上地下，冥府龙宫，七十二般变化，十万八千里的筋斗云，无所不至，无拘无束。第六回写孙悟空与二郎真君斗法，孙悟空一会儿变作一只麻雀，一会儿变作一只大鹚老，一会儿变作一条小鱼，一会儿又变作一条水蛇，最后变作一座土地庙，只有尾巴不好变，竖在后面，变作一根旗杆。第七十五回，写孙悟空钻到青毛狮子怪的肚子里打秋千，竖蜻蜓，翻筋斗。第八十四至八十五回，写孙悟空在灭法国与妖道作斗争，充分展现他的智慧和武艺，用铁棒变作剃刀，用毫毛变出无数理发匠，一夜之间使得国王皇后嫔妃宫女五府六部的官员，全成了秃子，因而使唐僧安全通过。又如第四十四至四十六回，写孙悟空在兴道灭僧的车迟国与三大怪进行合法斗争，各显神通，充满奇思异想。先是比求雨，他用毫毛变一个假悟空站在那里，真身却出了元神，到天上去命令管风、管雨、管雷的神，不准帮助道士，致使道士做法失败。后又写虎力大仙与唐僧比坐禅，行者变成一条蜈蚣去叮那道士，又取得了胜利。随后又进行“隔板猜枚”，孙悟空又将袄、裙（不是一般的袄和裙，是国中宝物山河社稷袄，乾坤地理裙）变成破烂一口钟（一种斗篷式的衣服）；将仙桃吃了只留下一个桃核；将道士变成和尚，又取得了胜利。最后又赌砍头能安上，剖腹能长完，下油锅洗澡不会烫伤，黄毛怪的头被悟空变成一只黄犬，衔去丢到河边，最后现出原形原来是一头无头的黄毛虎。如此这般的笔墨，真是神奇莫测，匪夷所思。

不过这些想象都并不单是纯技巧的运用所能成就的，而与作者开放无拘的艺术思维方式分不开。只有灵妙的文心才能衍生出奇幻的文笔，全书飞动的艺术想象，与孙悟空那种天马行空、无拘无束的形象所传达出的意气精神，正相一致。

《西游记》奇异的幻想具有两个值得注意的特点：一是奇幻的描写并不只是为了眩人耳目，博取读者猎奇心理的满足，而是为了塑造人物形象，特别是创造出孙悟空这样一个理想化的英雄形象。二是幻想虽然奇异，看似异想天开，实际并非随心所欲的胡思乱想，而总是有生活的依据，无论从全书或是从细部来看，都能在奇幻中透出生活气息，因而让读者能够理解，乐于接受。举一个小例子，如果无限夸大孙悟空的神通，可以写他略施小技，像变戏法一样，就使灭法国全国的各色人等在一夜之间都变成秃子。但作者并没有直截了当让孙悟空变戏法，而是让他用铁棒变剃刀，用毫毛变剃头匠，然后才分头去将那些人的头发都剃得精光。为什么不怕麻烦，要这样绕着弯子写？这就是要照顾到现实生活的依据，要让生活在现实世界中的读者也易于理解。《西游记》的幻想，总是这样在奇幻描写中透出常情常理。这就是它的高明之处。

再说奇趣。《西游记》的艺术魅力，除了它的奇异想象，就要数它的趣味了。在中国古典小说中，《西游记》可以说是趣味性和娱乐性最强的一部作品。虽然取经路上尽是险山恶水，妖精魔怪层出不穷，充满刀光剑影，孙悟空的胜利也来之不易，但读者的阅读感受总是轻松的，充满愉悦而一点没有紧张感和沉重感。

《西游记》的奇趣，首先跟人物形象的思想性格有关。前面分析过孙悟空的形象有一个显著的特点，就是乐观主义，所谓“人间喜仙”，具有一副天生的喜剧性格。他以斗妖为乐事，以斩魔作耍子。他修成正果时的名号叫“斗战胜佛”，真是名副其实。战斗成了他人生的一种追求，一种境界，一种享受。因此，再艰苦的战斗，他都能举重若轻，当作一场游戏。第二十二回，写猪八戒在流沙河岸边与那个“一头红焰发蓬松，两只圆睛亮似灯”的狰狞妖怪作战，孙悟空在一旁看得技痒，小说有这样一段描写：

> 那大圣护了唐僧，牵着马，守定行李，见八戒与那怪交战，就恨得咬牙切齿，擦掌磨拳，忍不住要去打他，掣出棒来道：“师父，你坐着，莫怕。等老孙和他耍耍儿来。”……被行者抡起铁棒，望那怪着头一下，那怪急转身，慌忙躲过，径钻入流沙河里。气得八戒乱跳道：“哥啊！谁着你来的？那怪渐渐手慢，难架我钯，再不上三五合，我就擒住他了！他见你凶险，败阵而逃，怎生是好！”行者笑道：“兄弟，实不瞒你说，自从降了黄风怪，这个把月不曾耍棍，我见你和他战的甜美，我就忍不住脚痒，故就跳将来耍耍的。——那知那怪不识耍，就走了。”

你看，他视战斗为“耍耍”，竟能从中品出“甜美”之味来。可见，孙悟空与妖怪战斗，实在是兴味无穷的。《西游记》的作者，正是以与孙悟空同样的兴味无穷的态度来描写西行路上一场接一场的险恶战斗的。第四十六回写车迟国斗法，甚至比砍头剖腹、下滚油锅洗澡，这样令人惊心变色的较量，在孙悟空的眼中，在作者的笔下，竟也视作儿戏。看看孙悟空是这样说的：“砍下头来能说话，剁了胳膊打得人。斩去腿脚会走路，剖腹还平妙绝伦。”还满不在乎地说：“我当年在寺里修行，曾遇着一个方上禅和子，教我一个砍头法，不知好也不好，如今且试试新。”说得何等轻松！等到头真的被砍下，却又从腔子里飕的一声长出一颗头来。斗完后，走过来道一声“师父！”唐僧问他：“徒弟，辛苦么？”他却回答说：“不辛苦，倒好耍子。”类似这样轻松愉快的战斗场面，在《西游记》中是很多的。孙悟空是这样兴味无穷地斗妖斩怪，作者也这样兴味无穷地描写斗妖斩怪，读者读起来自然也会同样地兴味无穷。

猪八戒形象的性格特征也是充满谐趣的。他有农民式的憨厚朴实，却又自私懒惰、贪吃好色，取经没有坚定性，动不动就嚷着要分了行李再回高老庄去当女婿。常常好耍点小聪明，却又常常弄巧成拙。作者以一种善意调侃的态度描写这个人物，时时让他出一点洋相来博取读者的笑乐。但猪八戒可笑，却也很可爱。他那种猪似的本分老实以及猪似的笨拙和聪明，就都相当讨人喜欢；何况他能劳动，能吃苦，取经路上都是由他挑行李，过八百里荆棘岭时由他开山，过稀柿同时他用嘴拱土开路。在与妖魔作战中，虽多次被捉，始终也不向妖怪屈服。如第四十一回，写大战红孩儿时，他受骗被捉，被装到一个口袋里吊起来，准备过三五日蒸熟了赏给小妖下酒。八戒听说，在里面骂道：“泼怪物！十分无礼！若论你百计千方，骗了我吃，管教你一个个遭肿头天瘟！”这报复的心思和骂语，都是猪八戒特有的，妙趣横生，令人忍俊不禁。

更多的时候是通过取经队伍中四人的关系，特别是与孙悟空的关系，来表现猪八戒富于谐趣的性格特征。如第三十二回，写孙悟空要猪八戒去巡山，目的一是让他先去试探一下妖怪的本领，二是为了在师父面前揭露这呆子偷懒和爱说谎的毛病。果然不出孙悟空所料，他不但不去巡山，还编造了一大篇谎言：“（猪八戒）行有七八里路，把钉耙撇下，吊转头来，望着唐僧，指手画脚地骂道：‘你罢软的老和尚，捉掐的弼马温，面弱的沙和尚！他都在那里自在，撮弄我老猪来踌路！大家取经，都要望成正果，偏是教我来巡甚么山！哈！哈！哈！晓得有妖怪，躲着些儿走。还不彀一半，却教我去寻他，这等晦气哩！我往那里睡觉去，睡一觉回去，含含糊糊的答应他，只说是巡了山，就了其账也。’那呆子一时间侥幸，搴着耙，又走。只见山凹里一弯红草坡，他一头钻得进去，使钉耙扑个地铺，毂辘的睡下。把腰伸了一伸，道声‘快活！就是那弼马温，也不得像我这般自在！’”后来孙悟空变了个啄木鸟将他啄醒，他大吃一惊，以为是妖怪，见没有动静，就说：“无甚妖怪，怎么戳我一枪么？”抬头发现原来是一只啄木鸟时，又这样说：“这个亡人！弼马温欺负我罢了，你也来欺负我！——我晓得了，他一定不认我是个人，只把我嘴当一段黑朽枯烂的树，内中生了虫，寻虫儿吃的，将我啄了这一下也。等我把嘴揣在怀里睡吧。”以后孙悟空又变成一个小虫子，将猪八戒的一言一行都看在眼里，在唐僧面前加以揭露。这里，孙悟空是调侃他，也是教训他，就在这调侃和教训里，便活现出猪八戒的性格，因为充满谐趣而使读者获得了一种欣赏喜剧般的审美愉悦。

又如第七十六回，写在狮驼岭与三大怪相斗，孙悟空故意让猪八戒去和二怪相斗，目的也是教训他：“也教他吃些苦恼，方见取经之难。”猪八戒在整个斗争过程中都有许多惊人的妙语。如出战时对孙悟空说：“去便去，你把那绳儿借与我使使。”悟空问他要来何用，他回答说：“我要扣在这腰间，做个救命索。你与沙僧扯住后手，放我出去，与他交战。估着赢了他，你便放松，我把他拿住；若是输与他，你把我扯回来，莫教他拉了去。”这当然是猪八戒式的聪明，也是猪八戒式的天真，实际则是作者用游戏笔墨对他的调侃。后来他被妖精用鼻子卷走，老怪一看捉的是猪八戒而不是孙悟空，就说“这厮没用”。他一听说，马上就接着说：“大王，没用的放出去，寻那有用的捉来吧。”但妖怪仍是不放他，还将他浸泡在池塘里，说等浸退了毛，好晒干了腌来下酒。孙悟空变化成一个勾魂的阴间差使去勾他的魂，他请求缓一日再来勾，说：“死是一定死，只等一日，这妖精连我师父们都拿来，会一会就都了账也。”他想师父也想得很特别，连还要护送师父到西天取经这么大的、这么神圣的任务都抛到了脑后，却说大家一起“了账”。这真是又可气，又可笑。

人物性格还常常通过富于谐趣的对话得到生动的表现。孙悟空的语言总是那么简洁、明朗、痛快，充满豪爽而又乐观的情绪。比如，他大闹冥府，勾了生死簿以后，把簿子一扔，说：“了账！了账！今番不伏你管了！”一句话就将他追求自由、不受任何束缚的性格，生动地表现了出来。而猪八戒的对话，却总是妙趣横生，令人忍俊不禁，处处都表现出他那呆头呆脑却又自作聪明的性格特征。如第二十三回，菩萨化为一个美女，考验师徒四人在美色面前是否坚定。唐僧对妇人为三个女儿求婚不理不睬，而猪八戒却很想留下来当女婿。他的一段话最有特色，生动逼真地表现出他的思想性格：那八戒闻得这般富贵，这般美色，他却心痒难挠；坐在那椅子上，一似针戳屁股，左扭右扭的，忍耐不住。走上前，扯了师父一把道："师父！这娘子告诵你话，你怎么佯佯不睬？好道也做个理会是。"后来妇人生唐僧的气，说："……好道你手下人，我家也招得一个。你怎么这般执法？"唐僧叫道："悟空，你在这里吧。"偏不叫猪八戒留下。悟空不愿，说："我从小儿不晓得干那般事，教八戒在这里吧。"一句话终于挠着了他的痒处，于是道："哥啊，不要栽人么。——大家从长计较。"后唐僧又叫沙僧留下，沙僧也不肯。那妇人急了，把门关上生气走了。这时八戒急得心中焦躁，埋怨唐僧道："师父忒不会干事，把话通说杀了。你好道还活着些脚儿，只含糊答应，哄他些斋饭吃了，今晚落得一宵快活；明日肯与不肯，在乎你我了。似这般关门不出，我们这清灰冷灶，一夜怎过！"后来沙僧劝八戒道："二哥，你在他家做个女婿吧。"八戒正巴不得，口里却说："兄弟，不要栽人。——从长计较。"孙悟空劝他："计较甚的？你要肯，便就教师父与那妇人做个亲家，你就做个倒踏门的女婿。他家这等有财有宝……你在此间还俗，却不是两全其美？"八戒道："话便也是这等说，却只是我脱俗又还俗，停妻再娶妻了。"后来孙悟空点破他"断然又有此心"，说："呆子，你与这家子做了女婿吧。只是多拜老孙几拜，我不检举你就罢了。"那呆子道："胡说！胡说！大家都有此心，独拿老猪出丑。常言道：'和尚是色中饿鬼'，那个不要如此？都这般扭扭捏捏的拿班儿，把好事都弄得裂致了。"后来借口放马，单独出去跟那妇人和她的三个女儿接触，见到那妇人，开口就叫"娘"，然后说："他们是奉了唐王的旨意，不敢有违君命，不肯干这件事。刚才都在前厅上栽我，我又有些奈上祝下（感到为难之意）的，只恐娘嫌我嘴长耳大。"还自吹虽然样子长得不好看，但会干活。（"若言千顷地，不用使牛耕。"）那妇人说："既然干得家事，你再去和你师父商量商量看，不尴尬，便招你吧。"八戒道："不用商量：他又不是我的生身父母，干与不干，都在于我。"这一系列对话，在遮遮掩掩、半推半就中透露出心痒难耐的微妙心理，惟妙惟肖地将猪八戒似智而实愚的小聪明，表现得活灵活现，真是妙语解颐，妙趣横生。

在人物描写上将神性、人性和自然性三者很好地结合起来，也是造成《西游记》奇趣的重要原因。所谓神性，就是指形象的幻想性；所谓人性，就是指形象的社会性；所谓自然性，就是指形象所具有的动物属性。《西游记》展现了一个神化了的动物世界，而同时又熔铸进社会生活的内容。孙悟空本来是一个猴子，在他的性格中具有猴子的属性，比如机敏灵活、顽皮好动等。最典型的，是第四十六回在车迟国同妖怪斗法时，悟空比什么都不怕，但就是怕比坐禅。当妖怪提出要比“云梯显圣”坐禅时，孙悟空与猪八戒有一段很风趣的对话：

行者闻言，沉吟不答。八戒道：“哥哥，怎么不言语？”行者说：“兄弟，实不瞒你说，若是踢天弄井，搅海翻江，担山赶月，换斗移星，诸般巧事，我都干得，就是砍头剁脑，剖腹剜心，异样腾那，却也不怕；但说坐禅，我就输了。我那里有这坐性？你就把我锁在铁柱子上，我也要上下爬踏，莫想坐得住。”

猪八戒是个猪身，具有现实生活中猪的一些属性，比如好吃、偷懒、愚笨等，这又跟猪八戒的呆子性格和小私有者的落后意识完全一致。试看第八十五回中猪八戒贪吃的一段描写。孙悟空明知前面云遮雾罩的村子里有妖精，却偏用吃食来诱骗猪八戒：

行者道：“前面不远，乃是一庄村。村上人家好善，蒸的白米干饭，白面馍馍斋僧哩。这些雾，想是那些人家蒸笼之气，也是积善之应。”八戒听说，认了真实，扯过行者，悄悄的道：“哥哥，你先吃了他的斋来的？”行者道：“吃不多儿，因那菜蔬太咸了些，不喜多吃。”八戒道：“啐！凭他怎么咸，我也尽肚吃他一饱！十分作渴，便回来吃水。”行者道：“你要吃么？”八戒道：“正是，我肚里有些饥了，先要去吃些儿，不知如何？”行者道：“兄弟莫题。古书云：‘父在，子不得自专。’师父又在此，谁敢先去？”八戒笑道：“你若不言语，我就去了。”行者道：“我不言语，看你怎么得去。”那呆子吃嘴的见识偏有，走上前，唱个大喏道：“师父，适才师兄说，前村有人家斋僧。你看这马，有些要打搅人家，便要草要料，却不费事？幸如今风雾明净，你们且略坐坐，等我去寻些嫩草儿，先喂喂马，然后再往那家子化斋去罢。”唐僧欢喜道：“好啊！你今日却怎肯这等勤谨？快去快来！”……（待到被众妖围住，扯住衣服时）八戒道：“不要扯，等我一家家吃将来。”

为了吃，他真是耍尽了小聪明，却也出尽了洋相。在这里，充分展现了他作为猪的贪吃和愚蠢的特性。妙的是形象的自然属性（动物性）同形象的人性（社会性）十分巧妙自然地融合在一起。这就不仅使人物的性格鲜明，而且也使得人物形象十分生动有趣。

许多魔怪的形象也具有这种鲜明的动物属性的特征。如蜘蛛精的肚脐里冒出丝绳织成大丝篷罩人；金翅雕一扇九万里，会飞起来拍人；玉兔精跑得特别快；白老鼠精住三百多里深的地洞里，性格刁钻狡猾；等等。人物形象的动物特征，使得《西游记》具有童话的性质，得到从老人到孩子们的广泛喜爱。

《西游记》的童话性质远不止于艺术形象的动物特征，它的童真童趣还有更丰富的思想文化内蕴。孙悟空的形象和《西游记》全书所传达的乐观情调，正是童真——童话精神的生动表现。林庚先生说："童话中的乐观情调便是这人生初始阶段上健康的精神状态的生动写照。因为童年并不知道什么真正的悲哀，它陶醉在不断生长着的快乐中，为面向无限的发展所鼓舞，这是个体生命史上不断飞跃的时期。而在真正进入社会之前，童年的世界又是自由的、未定型的，显示着无限发展的潜力与可能性，这里正有着无尽的快乐。"[①] 同时，童话的思维方式，又反映了儿童的心理、兴趣、眼光，通过艺术的想象力和拟人化的方法，展现一个天真活泼的充满生机的世界。《西游记》所创造的世界，正是一个充满童趣的世界。而在这世界里，我们可以听到明中期以后特定时代的社会思潮的回声。《西游记》"以儿童的天真烂漫的情趣讲述着动物世界的奇异故事以及它所赋予孙悟空的活泼好动、富于想象和轻松游戏的乐观性格，都正暗含着当时社会思潮中寻求精神解放与回到心灵原初状态的普遍向往。《西游记》中的童话性与李贽的'童心说'，分别在文学与哲学的不同领域中体现了这共同的向往"[②]。这样看来，《西游记》的产生以及它独特的艺术风貌与艺术情趣，在那个特定时代出现，都不是偶然的。

---

① 林庚:《西游记漫话》，人民文学出版社，1990 年，第 88 页。

② 同上书，第 100 页。

# 第五章 《金瓶梅》

## 第一节 作者之谜与成书年代

《金瓶梅》在明代，与《三国演义》《水浒传》和《西游记》并列，被称为“四大奇书”。这部小说在中国小说史上具有开拓意义，在思想艺术上取得了独特的成就。但由于书中存在比较露骨的性描写，长时期被视为诲淫之作而列为禁书。其实这部书，自它问世以后，古今许多学者对它的评价都是很高的。明代的袁宏道说：“伏枕略观，云霞满纸，胜于枚生《七发》多矣。”①他还将《金瓶梅》和《水浒传》与他称为“外典”的《庄子》《离骚》《史记》《汉书》等书相并列，同称为“逸典”。②鲁迅先生则推之为明代世情小说的代表作，认为它对世情描写之深刻，“同时说部，无以上之”③。郑振铎先生说：“在始终未尽超脱过古旧的中世传奇式的许多小说中，《金瓶梅》实是一部可诧异的伟大的写实小说。”认为它的成就在《水浒传》和《西游记》之上。④

对这部小说的研究，改革开放后，打破了长期以来的沉寂，成为古典小说研究的一个热点。尽管如此，许多问题仍然是难解之谜，未能得到统一的认识。作者和成书年代就是聚讼纷纭的两个互相关联的重要问题。

旧刻本的《金瓶梅》是没有作者署名的，今天出版的《金瓶梅》几乎无一例外

---

① 《袁宏道集校笺》卷六《锦帆集之四——尺牍·致董思白》，上海古籍出版社，1981年。

② 同上书，卷四十八《觞政·十之掌故》。

③ 鲁迅：《中国小说史略》第十九篇《明之人情小说》(上)，人民文学出版社，1952年。

④ 郑振铎：《插图本中国文学史》第六十章《长篇小说的进展》，作家出版社，1957年。

地都署名为兰陵笑笑生。这是根据《金瓶梅词话》本前面欣欣子写的序言："窃谓兰陵笑笑生作《金瓶梅传》，寄意于时俗，盖有谓也。"但是这个兰陵笑笑生是谁呢？从《金瓶梅》问世时开始，就有人进行猜测和考证，提出了许许多多的说法，但是至今没有一个说法是证据可靠令人信服的。因此有人认为，《金瓶梅》作者之谜可能永远也解不开。但是探测考证《金瓶梅》的作者是谁，是很有意义的课题，因为确认了作者，并且了解了他的身世遭遇、生活思想、性格才情、艺术修养等情况，将有助于我们对作者的创作动机和小说思想艺术的理解与认识。

要解开作者之谜，拨开重重迷雾，难度很大。首先，兰陵就有北兰陵和南兰陵之分。北兰陵是指山东的峄县，南兰陵是指江苏的武进。从书中使用了大量的山东方言来看，作者很可能是一个山东人，或至少在山东生活很长时期的人。但具体是谁，又很难确定。明代沈德符在《万历野获编》中说："闻此为嘉靖间大名士手笔，指斥时事，如蔡京父子则指分宜，林灵素则指陶仲文，朱勔则指陆炳，其他各有所属云。"[①] 明清时人据此就附会出许多人来，首先是嘉靖时的著名文学家王世贞，而且还衍生出种种传说。其中之一就是所谓"苦孝说"，即王世贞的父亲被严嵩父子害死，王世贞欲报仇，后知严世蕃喜读小说，所以撰成这部书，以毒药傅纸，卖给严世蕃，以图复仇。明史专家吴晗在1933年发表《金瓶梅的著作时代及其社会背景》一文，有力地论证了不可能是王世贞所作，此一结论为多数人所接受。[②] 但此后仍有人主张是王世贞或王世贞的门人所作。

迄今为止，学术界提出的《金瓶梅》作者的名字有几十人之多，主要有：李渔、卢楠、薛应旗、赵南星、李贽、徐渭、李开先、冯惟敏、吴侬、沈德符父子、汤显祖、冯梦龙、贾三近、屠隆、王穉登等。其中较有影响的有五种说法：一是王世贞说，见朱星《金瓶梅考证》一书；二是李开先说，见徐朔方《金瓶梅的写定者是李开先》《金瓶梅成书补证》《论金瓶梅》等文；三是屠隆说，见黄霖《金瓶梅作者屠隆考》、魏子云《金瓶梅作者是屠隆》等文；四是贾三近说，见张远芬《金瓶梅新证》一书；五是王穉登说，见鲁歌、马征《金瓶梅作者王穉登考》。这些看法都各有自己的依据，但都拿不出令人信服的确证来，所以都只是可备参考，而不能作为定论。《金瓶梅》作者的问题，在若干年来曾经成为《金瓶梅》研究中的一个热点，近一两年稍微冷

---

① 《万历野获编》卷四。

② 文载胡文彬等编《论金瓶梅》，文化艺术出版社，1984年。

却下来。这个问题的解决需要冷静，需要假以时日，需要学界的共同努力。

除了作者具体是谁存在不同的争论和看法,《金瓶梅》到底是像《三国演义》《水浒传》《西游记》等作品一样是出于众手的世代累积型的小说呢，还是第一部由文人独立创作的长篇小说呢，也存在不同的认识。徐朔方等人认为《金瓶梅》是世代累积型的作品，但学术界多数学者还是认为《金瓶梅》是中国小说史上第一部由文人独立创作的长篇小说。吴组缃对世代累积型的看法提出了不同的意见，他的看法是很有说服力的，他说："明代的文人如袁宏道、袁中道和沈德符等人，初读到《金瓶梅》时那样的惊奇和震动，要是小说的内容在民间早有流传，他们的这种感受是很难叫人理解的。再则,《三国演义》《水浒传》和《西游记》的时代都比《金瓶梅》早，但有关的民间传说和民间艺人的底本都或多或少保留下来，至少有关的名目见诸记载或著录；《金瓶梅》的时代较晚，却至今没有发现有关民间传说的过硬材料。从旧时代娱乐场所的情况看,《金瓶梅》中有那么多露骨的性描写，由民间艺人在大庭广众中直接讲说也是难以想像的。"①这个问题也仍然会继续争论下去，在没有确凿的过硬的材料发现之前，维持多数人认为《金瓶梅》是我国小说史上第一部由文人独立创作的长篇小说的看法，是相宜的。

跟小说的作者问题相关联的，是《金瓶梅》的成书年代问题。作者的问题没有解决，成书年代问题也就很难确定。成书年代问题也是众说纷纭，但主要有两说，即嘉靖年间说和隆庆年间说，或者更准确地说，是嘉靖隆庆年间说和隆庆万历年间说。嘉靖年间说以徐朔方为代表，他认为成书于嘉靖二十六年（1547）之后，万历元年（1573）之前。②万历年间说以吴晗为代表，他认为大概成书于万历十年（1582）到三十年（1602）之间，最早不早于隆庆二年（1568），最晚不晚于万历三十四年（1606）。③吴晗在文中作了许多具体的考证，因此学术界赞同万历年间说的人比较多，不过在主张万历年间说的人中，具体的时限又各有不同。

明代人所写的一些笔记，多认为作于嘉靖年间。如万历三十六年（1608）屠本

① 吴组缃:《关于金瓶梅的漫谈》,《文学遗产》1993年第5期。

② 徐朔方:《论金瓶梅》，胡文彬等编《论金瓶梅》，第137页。

③ 吴晗:《金瓶梅的著作时代及其社会背景》第四节《金瓶梅是万历中期的作品》，胡文彬等编《论金瓶梅》，第28—40页。郑振铎也认为作于万历年间，见他的《谈金瓶梅词话》一文。

畯的《山林经济籍》云："相传嘉靖时，有人为陆都督炳诬奏，朝廷籍其家。其人沉冤，托之《金瓶梅》。"[1] 万历四十四年（1616）谢肇淛《金瓶梅跋》云："相传永陵（嘉靖）中有金吾戚里，凭怙奢汰，淫纵无度，而其门客病之，采摭日逐行事，汇以成编，而托之西门庆也。"[2] 万历四十七年（1619）左右沈德符《万历野获编》云："闻此为嘉靖间大名士手笔。"《金瓶梅词话》本的廿公跋云："《金瓶梅传》，为世庙（嘉靖）时一巨公寓言。盖有所刺也。"这些人都是万历年间人，距《金瓶梅》产生的年代较近，几乎众口一词地认为成书于嘉靖年间，故他们的意见是很值得我们重视的。不过，他们的看法又大多得之于传闻，亦不能就据此作为定论。现代学者又从作品中找到不少已属于万历年间才有的人物、作品以及名物制度等，嘉靖说也就产生了动摇。关于成书年代的问题，大概也会像作者问题一样，要长期地争论下去，不是指日可待就能解决的。

《金瓶梅》最初以抄本流传，今存刻本有两个系统。一是词话本，题为《新刻金瓶梅词话》十卷，一百回。所谓"词话"，是指古代通俗的说唱文学形式，词指韵文，包括词调的词、诗赞和偶语，话指散说的故事。现存最早的词话本是万历四十五年（1617）东吴弄珠客作序的《新刻金瓶梅词话》。这个本子开头有署名欣欣子作的序（序中说兰陵笑笑生是他的朋友，从名字的取意看，有人怀疑欣欣子就是笑笑生），其后是廿公的跋，再其后是东吴弄珠客的序。东吴弄珠客序署的时间为万历丁巳，丁巳为万历四十五年（1617），故这个本子又称为万历本。这个本子无插图。二是所谓崇祯本，题为《新镌（一本作刻）绣像批评金瓶梅》，二十卷，一百回。每回有插图两幅，共二百幅。这个本子被称为崇祯本其实是不准确的，因为书中并没有明确的刊刻年代，一般认为可能刊刻于明末清初。（本书为了方便起见，姑用此习用的旧名）题为"新镌"说明是再刻，应该在十卷本流行不久就有了这个版本的初刻本。比之词话本，此本只有东吴弄珠客序和廿公跋（也有的本子没有廿公跋），而没有欣欣子序。有无名氏的眉评和行间评。此本显然是在词话本的基础上经过编纂整理的，删削了词曲，精简了细节，改写了楔子、回目和回前诗。但也有一种看法认为，十卷本的流传虽在二十卷本之前，但"词话"本的梓行却是在二十卷本面世风行之后，是出于谋利，连欣欣子序也是作为一种公关

① 黄霖编：《金瓶梅资料汇编》，中华书局，1987 年，第 231 页。

② 谢肇淛：《小草斋文集》卷二十四。

手段而另撰的。[1]

两本相较，词话本显然更接近于原本的面貌，所谓崇祯本是经过修改增饰的本子。两个本子的内容基本上一样，主要差别在：一、词话本开头几回写武松故事，崇祯本改为主要写西门庆。如第一回的回目词话本为“景阳岗武松打虎，潘金莲嫌夫卖风月”，而崇祯本改为：“西门庆热结十弟兄，武二郎冷遇亲哥嫂”，将原来的以武松为主、潘金莲为宾，改为以西门庆潘金莲为主、武松为宾。二、改写了词话本的第五十二、五十三两回，因而这两个本子这两回的文字出入较大。三、崇祯本删去了词话本八十四回“宋公明义释清风寨”的内容（吴月娘为宋江所救），因此崇祯本此一回比其他回篇幅要少。四、整理修订回目，使回目变得整齐统一。五、由于崇祯本删掉了词话本中的大量词曲，故崇祯本又被称为说散本。另外崇祯本还改动了词话本的部分情节、删掉了一些方言词语等。

除了上面提到的两种版本外，还有一种流行很广的本子，叫张竹坡评本，或称“第一奇书本”，全称为《皋鹤堂批评第一奇书金瓶梅》，刻于清康熙年间。这个本子实际是以崇祯本为基础修订而成，应该属于崇祯本系统。此本无欣欣子序、廿公跋和东吴弄珠客序，却增加了谢颐序。这个本子由于附了张竹坡的大量评语，对小说的思想和艺术多有阐发，因而翻刻本很多，影响较大。

## 第二节　西门庆形象的典型意义

《金瓶梅》一书的题名取义于书中的三位女性：“金”指潘金莲，“瓶”指李瓶儿，“梅”指春梅。潘金莲和李瓶儿是西门庆的妾，春梅原来是西门庆的大老婆吴月娘的丫头，后来侍候潘金莲，被西门庆奸污收用。三个人在书中都是作为淫妇来描写的，都是没有独立地位的依附于西门庆的附属物。

《金瓶梅》全书是借《水浒传》中武松杀嫂的一段情节作为引子，加以敷演而成。武松和潘金莲的情节只是作为全书的一个简单的骨架，书中丰富的内容都是作者创造的，与《水浒传》毫不相干。小说托名写的是宋代的事情，实际反映的是明代的现实生活，具有鲜明的明代尤其是明中叶以后的时代特征。全书的故事内容是以男

---

① 梅节：全校本《金瓶梅词话前言》，香港梦梅馆，1993 年。

主人公西门庆的生活为主线来进行描写的。具体地写他如何发迹致富，又如何败亡，写了他的家庭生活，他的经商活动，写他如何贿赂和勾结官府，以至自己也当上了官，以及他荒淫腐朽、无恶不作的种种恶德和品性。由西门庆的家庭生活扩展开去，由此而涉及社会生活的各个方面，而以当时的城镇市井生活为主。

《金瓶梅》在思想内容上的突出成就，是塑造了西门庆这样一个具有深刻社会历史内容和时代特色的典型形象。

西门庆“原是清河县一个破落户财主”，一家生药铺的老板。由于他善于钻营趋奉，靠着行贿送礼，交结官府，尤其是投靠朝中权奸，成了一个暴发户，而且还当上了官，有了炙手可热的权势。有钱有势以后，他贪财好色，横行霸道，巧取豪夺，淫人妻女，无恶不作。小说生动真实地写了他的发迹，又写了他因淫纵过度而败亡。西门庆是一个集富商、恶霸、官僚三位于一体的人物，整部小说就是他的发迹史、罪恶史和败亡史。这个人物身上的特点及其活动，都是中国封建社会发展到明代中叶，商品经济发展，商人同封建势力相结合的产物。

提到西门庆，都知道他是一个奸淫过许多妇女的淫棍，并且他的最后结局是死于淫纵。但西门庆的首要特点并不是好色，而是贪财。贪财，这本是一切剥削阶级的共同特点，更是商品经济发展时期商人的突出特征。西门庆开生药铺，却不是一个正经的生意人，他通过各种手段疯狂地聚敛钱财。他娶妾，除了好色的一面以外，主要的原因就是贪财。他娶富商的遗孀孟玉楼做第三房妾，主要就是看上了孟玉楼的财产。据说媒的薛嫂介绍：孟玉楼“南京拔步床也有两张。四季衣服，妆花袍儿，插不下手去，也有四五只箱子。珠子箍儿，胡珠环子，金宝石头面，金镯银钏不消说。手里现银子他也有上千两。好三梭布也有三二百筒”。据书中的描写，孟玉楼长得并不漂亮，身材稍好，脸上却有几点麻子，论不上姿色，还长西门庆两岁。西门庆动心实在是为了她的财产。他娶孟玉楼，确是发了一笔横财。娶李瓶儿又发了一笔。娶李瓶儿是财色双收。李瓶儿原是梁中书的侍妾，水浒英雄大闹东京时，乘乱带了一百颗西洋大珠和二两重一对鸦青宝石逃跑，嫁给花太监的侄儿花子虚。花太监死后一大笔遗产又落到李瓶儿和花子虚的手里。李瓶儿很有姿色，又十分淫荡，花子虚是西门庆的结拜兄弟，他却以卑劣毒辣的手段，将花子虚气死，娶了李瓶儿。另外，他的女婿陈经济的父亲陈洪是提督杨戬的奸党，杨戬被人弹劾事发，陈洪怕受牵连先将财产转移到西门庆家，这笔财产也被西门庆霸占了。这些只是表现了西门庆贪婪的本性，在他所聚敛的财富中，都还不算主要的手段和途径。这就牵涉到西门庆的另一个特点了。

西门庆的第二个特点是贿赂权奸，交结官府，以此获得权势。然后就依仗这权势，贪赃枉法，巧取豪夺，偷税漏税，投机盐引，等等。西门庆的发迹，完全是靠贿赂权奸，交结官府，以钱权交易的手段得来的。他本来靠的是提督杨戬，杨戬倒台，在被查处的人中就有西门庆的名字。他给蔡太师蔡京的儿子蔡攸送了五百石白米，给右相李邦彦送了五百两金银，名字就一笔勾掉，逍遥法外。以后又投靠蔡京，送了一份厚礼，就由“一介乡民”被任命为山东清河县提刑副千户，“居五品大夫之职”，后来又进一步同蔡京的管家翟谦勾结，以美色满足对方的要求，认了亲家，又多次送重礼给蔡京，被蔡京收做干儿子，又升做了正千户。提刑千户是管司法的官，他却目无法纪，贪赃枉法。他用钱换来了权，又利用手中的权力大肆掠夺财富。例如他买通税务官员偷税漏税；又买通巡盐御史，提前得到三万张盐引，发了一大笔横财；他得知朝廷有一笔利润很大的古董生意，就买通山东巡按，将这笔生意揽到手里。由于手中有权，财富就越聚越多，到他三十三岁死前，除了生药铺以外，还开了好几桩生意，缎子铺、绸绒铺、绒线铺等等，资产多的有五万两银子，少的也有五千两。他还依仗权势，执法犯法，横行无忌，为所欲为。李瓶儿招赘蒋竹山，拿钱让他开了个生药铺，西门庆勾结官府，让一批地痞流氓砸了蒋竹山的铺子，什么事也没有。西门庆成了一个有钱有势的恶霸。

商人同封建势力结合就产生市侩主义，这是中国封建社会发展到明代中叶时出现的一种新的社会现象、新的社会特征。封建势力一方面压抑商人的发展，一方面又要利用商人，封建官僚要维持自己的奢侈享乐生活，就要从商人那里得到贿赂，有了钱自己也开铺子做生意。而商人如果没有封建官僚做靠山，就很难站稳脚跟，赚取更多的钱。所以封建社会后期官商勾结成了一个新的社会现象，是必然的，因为对官和商两个方面都有利。这是中国封建社会发展到明代中叶以后，商业经济发展时期的一个突出的社会特征。

《金瓶梅》通过西门庆这个人物形象的塑造，非常真实地表现了这一时代特征。西门庆是一个典型的市侩，是一个商人、官僚、恶霸三位一体的人物，他用钱来买权，又用权来疯狂地掠夺财富，无所顾忌，无恶不作，不择手段，没有任何道德和法制的约束。吴组缃说：“这样的人物，只有在以小农经济为基础的中国家长制的封建宗法制度的社会土壤中才能孕育出来；如果没有明中叶以后资本主义生产关系萌芽的时代条件，也不可能产生。所以西门庆是一个具有非常深刻的社会意义和时代意义的典型形象。”[①] 又说：“中国封建社会的末期，政治上并不是纯粹的封建主义专政，而是官僚、地主、商人三位一体的市侩主义专政。明代后期的刘瑾、严嵩严世蕃父子，还有清代的和珅，再后是民国时期的某些政治上的头面人物，他们掌权，势力很大，也拼命聚敛钱财，都是市侩。所以，西门庆这个人物，对我们认识封建社会末期的特点和本质，是很有意义的。这个形象，在中国过去的长篇小说中是从来没有过的。这是《金瓶梅》作者杰出的艺术创造。”[②] 早在上一个世纪的30年代初期，郑振铎就曾指出过《金瓶梅》的典型意义和现实意义，他说：“在《金瓶梅》里所反映的是一个真实的中国社会。这社会到了现在，似还不曾成为过去。要在文学里看出中国社会潜伏的黑暗面来，《金瓶梅》是一部最可靠的研究资料。”[③] 这话说得何等深刻，说到了《金瓶梅》艺术创造的精髓，也说到了中国社会历史的痼疾。时间过去了将近一个世纪，我们至今仍能从《金瓶梅》中照出中国社会生活的某些由历史潜伏下来的并非微不足道的暗影。这一点，同西门庆这个形象所概括的深刻的社会历史内容是分不开的。权钱交易，在几百年前，就由西门庆们成功地实践过了，读了《金瓶梅》，才知道当今社会继承的这笔发臭的遗产，原来是渊源有自的。

西门庆的另一个鲜明的特点是好色。他是一个不折不扣的侮辱玩弄妇女以满足自己淫欲需求的淫棍和色鬼。书中说他“专一飘风戏月，调占良人妇女；娶到家中，稍不中意，就会令媒人卖了，一个月倒在媒人家去二十余遍，人多不敢惹他”。《金瓶梅》有一种康熙乙亥刊本，卷首有一篇《杂录小引》，其中记录了被西门庆奸淫过的妇女有几十个之多，还不是十分完全的统计。小说处理西门庆败家的结局是值得注意的，他不是败于生意上的挫折，也不是败于官场上（即政治上）的失势，而是败于淫。他是由于过度淫纵，服春药过量而死于淫妇潘金莲之手的。他一死，真应了那句老话：“树倒猢狲散”，那些当年依附于他的人，包括小妾仆妇，嫁的嫁，逃的逃，被逐的被逐，整个家业就一败涂地了。

词话本的卷首有一首《四贪词》，在全书的开头以训诫的口吻，提出了酒、色、财、气四个字。这是对西门庆生活的概括，也是对普遍人生教训的总结。就小说所写的西门庆的生活来看，酒、色写的是他生活上的腐化堕落，财、气则是写他人生

① 吴组缃：《关于金瓶梅的漫谈》，《文学遗产》1993年第5期。

② 同上。

③ 郑振铎：《谈金瓶梅词话》，胡文彬等编《论金瓶梅》，第49页。

追求的疯狂。西门庆不仅好色，而且贪财，不仅贪财，而且谋官得势，为所欲为。他因贪财暴富而交接官府谋得了权势，而依仗权势又反过来更加疯狂地聚敛财富，肆无忌惮地犯下了更大的罪行。书中有两句诗，对西门庆的行径，也对小说所反映的世风作了一个很好的概括："富贵必因奸巧得，功名全仗邓通成。"书中有些描写是具有深刻的社会意义的。比如西门庆是不通文墨的，单纯做一个商人也不需要他有太多的文化修养，但一到官场上就不行了。在他交结官府以后，就招聘了一个私人秘书来处理日常的来往信件，因为"拜在太师门下，那些通问的书柬，流水也似的往来"。可见官场上的交往对他来说有多么重要。有一次大老婆吴月娘劝他贪财好色的事少做一点，西门庆毫无愧色、满不在乎地说："咱闻那佛祖西天，也止不过要黄金铺地；阴司十殿，也要些楮镪营求。咱自消尽这家私，广为善事，就使强奸了嫦娥，和奸了织女，拐了许飞琼，盗了西王母的女儿，也不减我泼天的富贵！"（第五十七回）这些话逼真地传达了这个富商、恶霸的心理，同时也揭示了当时普遍的社会风气。

小说的社会意义还在于，它围绕西门庆家庭内外的活动，广泛地揭露了当时社会政治的黑暗和世风的堕落。就是说，《金瓶梅》的价值不只在于创造了西门庆这样一个典型形象，写出了那个罪恶之家的发家史和败亡史，而且还在于它以此为中心，广泛地描绘了当时的社会生活，上至当朝太师、提督、尚书等大官僚，下至巡按、御史、知府、知县等大大小小的贪官污吏，还有贪暴专权的太监，以及破落户子弟、高利贷者、帮闲无赖、妓女媒婆、僧道尼姑、无耻文人、丫头小厮等三教九流，各色人等，极其广泛地反映了明代中期，以城市为中心的政治、经济、文化、风俗等各个方面的丰富而复杂的社会生活面貌，而最主要的是政治的腐败黑暗和世风的堕落。

中国封建时代有捐官的制度，即花钱买功名、买官当，但那一般是指封建士子，指读书人，连商人、地痞恶霸也可以花钱买官当，这是明代中叶以后才有的普遍现象。这是政治腐败的一种表现。西门庆当官完全是靠贿赂，只要有钱，只要送礼，什么问题都可以解决。而西门庆在得到官职后，就利用职权，贪赃枉法，疯狂地聚敛财富。他受贿一千两银子（与夏提刑平分，各得五百两），便放走了杀人犯苗青；被一位曾御史参了一本，罪行败露，但因为重赂了蔡太师，得到蔡的庇护，立即就化险为夷。不仅如此，还通过上面的关系，撤了那个曾御史的职，换了蔡京儿子的舅子宋盘来接任。于是御史巡按一类的官僚就成了西门庆家的座上客，与他互相勾结，一个鼻孔出气。这就使得西门庆更加无所顾忌，为所欲为。

总之，《金瓶梅》十分真实地写出了一个黑暗和腐朽的时代，只有在这样的时代环境里，才能产生西门庆这样的人物，也必然会产生这样的人物。因此，《金瓶梅》不仅是为一个富商、恶霸、官僚三位一体的人物立传，而且是一幅生动地展现市井生活的时代画卷。通过一个典型家庭的内外生活，描绘了广泛的社会生活，反映了特定的时代内容、时代特色。这是《金瓶梅》在小说创作上一种新的开拓，标志着中国古典小说的现实主义走上了更加成熟的道路。这对以后《红楼梦》的创作有着明显的积极影响。

## 第三节　一个充满生气的女人世界

《金瓶梅》的第一主人公是西门庆。可是，围绕着这个有特殊身份和地位的男人，小说却写出了一个女人世界，一个完整的、涌动着生命活力的，同时又是充满着屈辱和血泪的女人世界。在这个女人世界中，生活着处于中国封建社会没落时期的形形色色的市井妇女，演出了一幕幕令人骇目惊心的人生悲剧。

虽然在唐传奇和宋元话本中已经出现了一系列闪耀着思想光彩和艺术光彩的女性形象，但在《金瓶梅》之前，女性在长篇小说中始终没有自己的地位。《三国演义》《水浒传》和《西游记》中不是没有写到女性，但最多不过是一种可有可无的陪衬和点缀。中国封建社会的历史和正统文化思想，派定了女人在生活中的位置。以儒家思想为中心的正统文化是歧视和轻贱妇女的，“唯女子与小人为难养”，女主内男主外，这被视作天经地义的事情。男人们征战杀伐打天下，演出威武雄壮的历史剧，女性自然派不上角色。至于西天取经那样的神圣事业，更容不得女人厕身其间，因贪恋女色心猿意马的猪八戒取经就不坚定，蜘蛛精、白骨精一类的女性便合该做捣乱分子。难得的是《水浒传》中也有几把交椅留给了女性，不过显而易见，如果没有她们，梁山大聚义照样有声有色。到《金瓶梅》就不同了，女性形象开始成群结队地走进长篇小说的艺术殿堂，女人世界构成了整部小说中最重要的内容。离开了女性和她们的活动，《金瓶梅》所构建的艺术大厦就将坍塌，甚至连书名也不复存在。

一个充满生机的、色彩绚丽的女人世界在长篇小说中的出现，是《金瓶梅》作者笑笑生杰出的艺术创造。然而这并不说明作者妇女观的高明。这样一个艺术新天地的开拓，从根本上来说，并非简单地仅仅是作家个人意志和艺术追求的产物，而主要是社会生活的历史变化所引起的小说题材转变的结果。明中叶以后，随着商品经济的发展，社会生活和人们的思想意识也随着发生了变化，人的自然本性，情欲和物欲等开始得到肯定。李贽就鲜明地肯定人的自然欲望的合理性："如好货，如好色，如勤学，如进取，如多积金宝，如多买田宅为子孙谋，博求风水为儿孙福荫，凡世间一切治生产业等事，皆其所共好而共习，共知而共言者，是真迩言也。"① 人类活动的重要场所——家庭，总是敏锐地反映出社会文化观念的变异，因而引起了思想家和作家的重视；而中国封建社会以男性为本位的宗法制度，以及以男尊女卑为重要内容的正统文化思想，又都确定了妇女的活动天地主要在家庭，传宗接代、侍奉丈夫和翁姑成了女人的天职。贤妻良母成为社会所肯定和赞美的妇女范型。历史确定了家庭是女人实现自己人生价值的所在，也是女人生命的归宿地。因此，当长篇小说的题材由历史、政治、神魔等领域转向现实的日常生活时，一个女人世界便合乎逻辑地在《金瓶梅》中出现了。然而，历史现象常常是十分矛盾的。即使是社会思潮涌动的变革时期，社会文化观念的改变在普通人中也是十分缓慢的。当女人活动的那个重要然而又是十分狭小的天地被文化人摄入他们的艺术视野之内的时候，女人在社会生活中充当的角色却丝毫没有改变。重视了她们的存在，却又更加鲜明地显现出她们的轻贱和卑微。小说题材的拓展，小说创作艺术的进步，同中国女性的历史悲剧是紧密地联系在一起的。

《金瓶梅》真实地展现了妇女的聪明才智和生命的活力，这在过去的长篇小说中是没有过的。但由于历史生活的制约，也由于作者妇女观的落后，在他的笔下，妇女仍然只不过是满足男人淫欲的玩物和生儿育女的工具。她们的欢乐和痛苦，爱和恨，都跟这一点分不开，都是从属于男人并由男人的好恶来决定的。可以说，《金瓶梅》的作者是从负面来表现女人的聪明才智和生命活力的。她们围绕着男人（在小说中就是西门庆），互相嫉妒、争宠，尔虞我诈，斗得你死我活，目的只不过是求得稳稳当当地占据一个被西门庆宠爱（实质上就是玩弄、泄欲的同义语）的位置而已。生活追求的本身就是悲剧性的。这悲剧是在中国封建时代儒家男尊女卑传统文化背景下产生的，因而是必然的，是个人的抗争所很难改变的。《金瓶梅》首次

---

① 李贽：《答邓明府》，《焚书》卷一，中华书局，1975年，第40页。

在长篇小说中从正面展示出封建时代中国妇女悲剧命运的生活图景，在具体描写中包含着深刻的社会和文化内涵。要想了解在中国封建社会特别在它的后期，在男性占统治地位的一夫多妻的制度下，妇女生活的情况和悲惨命运，想具体了解妇女的肉体和人格是怎样被蹂躏和被侮辱的，灵魂是怎样被腐蚀和被污染的，人性是怎样被异化和被扭曲的，了解她们过人的聪明才智和生命的活力是怎样被消融在庸俗无聊的争宠斗争中的，那就应该读一读《金瓶梅》。

《金瓶梅》所创造的女人世界中的人物，最重要也是最突出的当然是书名所列的三位：潘金莲、李瓶儿和春梅。潘金莲我们将列专节讨论，这里主要谈谈李瓶儿和春梅。

众多的女性形象都是围绕着西门庆来展开活动的。西门庆离不开女人，可悲的是女人们也离不开西门庆。西门庆周围的妇女的活动，就是围绕着他，互相争夺、嫉恨，互相构陷、残杀，目的就只是为了获得西门庆的欢心和宠爱。难得的是，这些女性形象并不是千篇一律，而是各具面貌，各有性格。一个个有血有肉，嬉笑怒骂，生机盎然，显示出不同的人生追求和独特的命运遭际，而又同时展现了由共同的社会历史条件和文化背景造成的人生悲剧。小说并没有将这些女人当作一个个孤立的个体来描写，去揭发她们身上种种人性的劣根，而是着眼于相互依存的社会关系，尤其是同男性的关系，以及由此而带来的女性间的种种尖锐复杂的矛盾冲突，并以此来展示特定历史条件下的社会风貌。

痴情是李瓶儿性格的主要内容，痴情的满足也就成了她生活追求的重要目标。李瓶儿的悲剧可以说是一个痴情者的悲剧。

李瓶儿在书中的地位仅次于潘金莲。她的名声也差不多同潘金莲一样不好，担着一个淫妇和坏女人的骂名。但《金瓶梅》刻画人物是特犯不犯，同中见异。李瓶儿虽然跟潘金莲一样同为悲剧人物，但各自的思想性格和命运遭际是很不一样的。比之潘金莲对人生的进取态度，以及以恶抗恶的疯狂报复来，李瓶儿的人生态度就显得较为保守和沉稳。在进入西门庆家以前，她也曾以罪恶的手段来追求自己想要达到的生活目标，而且表现得还相当悍厉和残忍。可是，当她得到了西门庆以后，她的性格就有了很明显的改变。她把自己的一切，包括钱财和身体，乃至性命都交给了西门庆。她不像潘金莲那样野心勃勃，锋芒毕露。有了西门庆，她对生活就有了一种满足感，误以为是从此找到了人生的归宿，处处事事便以一种宽厚和温顺的态度来保护自己已经得到的东西。

她是西门庆妻妾中最受宠爱的人。她的幸运在于她的得宠，她的不幸也在于她的得宠。她自以为西门庆宠爱她，又为西门庆生了一个儿子，自己的幸福生活就有了保障，殊不知因此而成为众矢之的，正好为她的不幸种下了祸根。

论她的身世，也并不比潘金莲好多少。她也是从被损害和被侮辱中开始走上人生道路的。她原来是蔡京的女婿大名府梁中书之妾，正妻生性悍妒，婢妾中多有被打死埋在后花园中的。她只能在外边的书房里居住。这不啻一只柔弱的羔羊生活于虎穴之中，随时有被吞食的危险。后来乘李逵大闹东京之机，携带珠宝逃出，嫁给了花太监之侄花子虚为妻。她的婚后生活并不如意，一是要伺候公公花太监，只要看花太监升任广南镇守时也将她带在身边，一份家财也交给她收着，便知她实际上是花太监手中的一个玩物。二是丈夫花子虚是一个习性浮浪的花花公子，每日行走妓院，眠花宿柳，撒漫用钱，时常整三五夜不归家。跟潘金莲不同的是，她有钱，日子可以过得不错。但她需要一个爱她的男人，她却没有。她的内心孤寂苦闷，她的不安分也就由此而生。

李瓶儿有很强烈的情欲，或者可以说她是一个情欲型的女人。但她又跟潘金莲不同，不是为了满足自身的淫欲而可以不择对象、不择手段，她还真心地希望得到一个人妻所应该得到的男人的关爱和体贴。她的丈夫花子虚没有能够给她这一切。她的非分之想实则不过是她作为一个女人分内的合理要求。她背着花子虚同西门庆偷情，从本质上看，跟花子虚冷落她而去嫖妓，实在并无多大差别。应该说是花子虚有负于她，而后她才有负于花子虚的。她曾几次三番要西门庆劝花子虚少在院中胡行，早早回家，虽说其中确有借此勾引西门庆之意，但确也有盼望花子虚回心转意的心愿。风月老手西门庆投其所好，在她内心孤寂、情欲饥渴时，让她看到了希望，得到了满足。比起猥琐的花子虚来，西门庆在李瓶儿的心目中自然算得上是一个真正的男子汉。于是她迷恋于他，委身于他。但当花子虚因房族中争家产而吃官司时，她并没有趁机落井下石，好放心地嫁给西门庆；恰恰相反，她急得“罗衫不整，粉面慵妆”，跪在西门庆的面前，请托他代为打通衙门里的关节，不让花子虚“吃凌逼”。这同潘金莲在勾搭上西门庆后对待武大郎的态度就很不相同。可是这只是事情的一面，还有同样不能忽视的另一面。待花子虚真的被释放回家时，她又表现得那样的自私和冷酷。花子虚经了这一场官司，银子、房舍、庄田全没有了，当花子虚想买一所房子安身，向李瓶儿查问箱内给西门庆买通官府的三千两银子还剩下多少时，却被李瓶儿“魍魉混沌”“浊材料”“王八”等一顿兜头大骂，整骂了四五日。花子虚人财两空，着这一气，便卧病不起，李瓶儿又不肯使钱替他看病，不久便气断身亡。她在守灵期间也是一心只想着西门庆，这又显示出她的无情。她的这桩罪孽是出于她的自私和痴情。花子虚从来也没有像西门庆那样满足过她饥渴的情欲。所以她对西门庆说："谁似冤家这般可奴之意，就是医奴的药一般；白日黑夜，教奴只是想你。"她其实不是不知道西门庆跟花子虚一样，都是院中朋友，如吴月娘所说也是"成日不着个家，在外养女调妇"的浪荡公子。但因为她在情欲上得到了满足，也就一切不顾。她是情迷心窍。如张竹坡所说："描瓶儿勾情处，纯以憨胜，特与金莲相反。"另一位《金瓶梅》评论家文龙也说：李瓶儿治死其夫是"出于情不自禁"。这都准确地揭示出小说所描写的李瓶儿的主要性格特色。

招赘蒋竹山的一段插曲，对深入揭示李瓶儿的性格十分重要，说明她在强烈的情欲中确实包含着淫浪的一面。在她"日夜悬望"，迫不及待要嫁给西门庆时，恰遇西门庆因杨戬事牵连而将此事丢到了九霄云外。她因此而忧思成疾，蒋竹山借看病之机用言语挑逗她，并告知西门庆遭事的消息，于是便与蒋竹山勾搭上。她从准备好与西门庆行婚礼，到招蒋竹山入门，前后不到一个月；而从蒋竹山入门，到重又回转来嫁给西门庆，其间又只有两个月零两天。如此短时间中这样大的反复，其中的一个重要原因，如她所骂，是她发现了蒋竹山是"中看不中吃"，根本不能满足她的情欲需求。经此一次波折，她终于发现，真正能满足她情欲需求的人只有西门庆。可见李瓶儿是一个十分感情化的人，她的人生选择为强烈的情欲所左右，缺乏理性的考虑。这种选择不仅草率，而且因为与痴情和淫欲相联系，也是很肤浅、愚昧和庸俗的。

进入西门庆家以后，李瓶儿的性格由原来的凶狠残忍而变得温顺宽厚。不少论者都认为她的性格前后存在着矛盾，是《金瓶梅》的败笔。其实写出矛盾正是它的成功之处。李瓶儿的性格本来就存在着矛盾而又统一的两面，只不过在嫁给西门庆后，她身上后一方面的特点变得占据主要地位罢了。在进入西门庆家以后，为了保持住西门庆给她的情欲的满足，她对周围的人不是如潘金莲那样采用打压，而是修好。她不仅对许多人都表现得温顺宽厚，而且有时还显得谦恭卑怯。为了讨好西门庆的妻妾，在还未嫁过来时，就戴着花子虚的孝过来为潘金莲过生日；一进门见到吴月娘便"插烛也（似）磕了四个头"；见了李娇儿、孟玉楼、潘金莲也是赶快磕头礼拜，一口一声称"姐姐"；甚至见到身份地位低贱、"妆饰少次于众人"的孙雪娥，也慌忙起身行礼。初次见到春梅，知道她是被西门庆收用过的身份较高的丫头，便立即送给她“一副金三事儿”。又特意遣冯妈给月娘、李娇儿、孟玉楼、孙雪娥每人送了一对金寿字簪儿。即便对小厮玳安，也是十分宽厚体贴，除了给零花钱，还许愿要给他做双好鞋穿。对西门庆更是屈身以事，如她嫁前对西门庆说的：“休要嫌奴丑陋，奴情愿与官人铺床叠被，与众位娘子做个姊妹，随问把我做第几个的也罢。”从一开始她就是只要求得到西门庆满足她的情欲需求，甘愿忍辱负重屈居人下的。可是，对那些不能满足她的情欲的人如花子虚和蒋竹山，还有敢于阻止她嫁给西门庆的人，如素有“刁徒泼皮”之称的花大，连吴月娘和西门庆有时也不能不对他有所顾忌和畏惧，而李瓶儿却全然不怕，胆壮气粗地说：“他若但放出个屁来，我教那贼花子坐着死，不敢睡着死。大官人你放心，他不敢惹我！”那气性、声口之悍厉和泼辣，不减潘金莲。可见在她的性格中的确是存在着温顺和悍厉的两面，而因时间和对象的不同有不同的表现。由痴情产生温顺，由痴情又产生悍厉，这就是李瓶儿身上矛盾而实能统一的两面。

李瓶儿能得到西门庆对她的宠爱并不容易。她刚进西门庆的家，西门庆就一连三日空她的房，有意冷落她，羞辱她，气得她要上吊自杀；以后又被西门庆剥光衣服抽马鞭子。这一切屈辱她都忍受了下来。没有别的原因，就只因为她为情欲所迷，为了痴情得到满足，她就什么也顾不得了。如她在被打后对西门庆说的：“你是医奴的药一般，一经你手，教奴没日没夜只是想你。”痴情的满足，使她性格中悍厉泼辣、冷酷无情的一面逐渐消融于温厚柔顺和忍辱负重的另一面了。

使李瓶儿锋芒收敛的还由于她对生活容易满足。她在西门庆家中只是排名第六的小妾，可是她并未为此感到不满。她的满足感表现在两个方面：一是在两性关系上从此安分，不再去勾引别的男人；二是她虽然得宠，却并未恃宠生娇，依凭西门庆去排挤打击、欺压凌辱别的女人，而是处处想以宽容、忍让来消释妻妾间难解的嫉恨和怨仇，从而达到保护自己，特别是保护那一份来之不易的西门庆对她宠爱的目的。她的忍让有时不仅显得软弱，甚至可以混同于善良。当她已经发现潘金莲是处心积虑地有意加害于她和儿子官哥儿时，还总向西门庆隐瞒真情，不肯扩大事态。直到死前才向吴月娘吐露那多日郁积于心的心里话，其目的也只是为了替西门庆保留骨血，而不是为了泄愤报仇。她在得到西门庆的宠爱后，心中就只有西门庆，后来加上她为西门庆生的那个儿子，直到临死之前，她都撇不下对西门庆的眷恋之情，那么体贴他，关心他，撕心裂肺地对西门庆说：“我的哥哥，奴承望和你并头相守，谁知奴家今日死去也。”然后深情地对西门庆提出一系列的叮嘱。或许正由于她沉迷于对西门庆的痴情里，所以才变得那么温顺，也变得那么愚钝，少了一副清醒的头脑，竟没有觉察出丫头、仆妇、妻妾成群的西门庆家，原来是一个明争暗斗的险恶世界，而她正处在斗争的旋涡之中。

李瓶儿因得到西门庆的宠爱而遭祸，这是由她所处的时代条件和具体的生活环境决定的。在以男权为中心的一夫多妻制度下，妻妾间的嫉妒争宠是必然的，谁最得宠，谁就一定成为众人嫉妒和仇恨的对象。争斗有时甚至达到你死我活的程度。在这方面《金瓶梅》为我们提供了一幅真实生动的历史图画。

李瓶儿的悲剧命运是那个制度造成的，是不可避免的，也是她所无力改变的。她成了以男权为中心的一夫多妻制度下妻妾争宠的牺牲品。作者虽然将她写成一个淫妇的形象，但对于她的死，却怀着一种悲悼的感情，发出了这样一句感叹：“可惜一个美色佳人，都化作一场春梦。”一个痴情的女人，竟然在一个色情狂那里得到了情欲的满足，误以为是得到了人生的归宿，一心盼着跟汉子“并头相守”，却在妻妾争宠中不幸早逝，人生的期盼变成了一场春梦。这确实是很可悲叹的。

春梅在《金瓶梅》书名中列为第三，是书中描写的女人世界中又一个重要人物，也是以淫妇著称的。她只是西门庆收用和奸污过的一个丫头，并不是正式娶过来的一个妾。她的人生比较独特，既没有潘金莲那样的艰难的挣扎，也没有李瓶儿那样的难言的悲苦。她的一生可以说是过得相当平稳和顺当的。除了在西门庆死后，因与潘金莲一起跟西门庆的女婿陈经济通奸为吴月娘发觉而被逐出西门府送去发卖以外，她几乎没有受过什么挫折和磨难。而在被逐之后反而因祸得福，做了十分风光、气派的守备夫人。在西门家族人丁四散、彻底败亡之日，她却独享荣华富贵。不仅对惨死的潘金莲和李瓶儿来说，即使是对吴月娘来说，她的一生都可以说是一个胜利者。但她所经历的，同样是一个悲剧的人生。她的悲剧或许可以称之为“胜利者”的悲剧。

春梅的结局是因淫纵而死，是纵欲身亡。但她的悲剧并不只是表现在她的人生结局上，而主要表现在她的人生的过程，结局只是那悲剧人生发展的自然结果。是那个污浊的社会，尤其是那个罪恶的西门府，侵蚀了她的灵魂，养成了她跟潘金莲相似的恶德：淫浪与狠毒。她十分放纵自己的欲望和个性，从来不知拘束和收敛，在追求淫乐和施行报复两方面都是如此。终因淫纵过度，得了骨蒸痨病而死，跟西门庆死得一样丑恶和可耻。她平日的得意、逞威、享乐，是她作为一“胜利者”的标志，但同时也就孕育着、发展着她的悲剧。对她来说，一条胜利之路，就是一条罪恶之路，也是一条走向毁灭之路。

小说里没有详细交代她的身世，但暗示了她不过是一个不足道的卑微人物。第一回里写到吴月娘叫“大丫头玉箫”如何如何，张竹坡读得很细，他指出这里的“大丫头”三个字就是作者有意用玉箫“影出春梅”：大丫头是玉箫，不待说春梅就只是一个“小丫头”了。一开篇就用这样的方法来点示，用意在反衬出她后来的心高气傲和种种不同寻常的表现。春梅“性聪慧，喜谑浪，善应对，生的有几分颜色”，因此先得到潘金莲的宠爱，而后又得到西门庆的宠爱，特殊的身份地位使她对西门庆家中的尊卑贵贱的等级制度，有一种特殊的敏感和体验：在主子面前她是一个奴才，而在别的地位比她低的奴才面前，她虽不是主子，却可以耍主子的气派和威风。尊卑贵贱，相反相成地集于一身，在不同人面前有不同的表现。她对被压迫、被剥削的同类缺乏最起码的同情心，相反常常是盛气凌人、居高临下耍威风。她对秋菊和孙雪娥的态度都令人不能容忍。她为了显示自己的“尊贵”，常常助纣为虐，充当主子的打手和帮凶。第二十二回里写她骂乐工李铭，第七十七回里写她骂歌女申二姐，就是最典型的表现。按说李铭和申二姐都不是西门庆府里的人，身份地位并不在西门庆府内做奴才的春梅之下，但她骂人的威风和气势，却都俨然是一个主子。她那不正常的骄狂和肆虐，是西门庆对她的宠爱和娇纵造成的。表现在她身上的罪恶，是西门庆罪恶的一种反映和延伸。可是心高气傲的另一面就是奴颜婢膝。无论多么屈体下贱的事，为了西门庆和潘金莲，她都可以心甘情愿去做。她有着很浓厚的奴才意识。吴月娘逐她出西门府时是十分冷酷无情的，但后来她做了周守备的小夫人，一次在永福寺与败家落难的吴月娘不期而遇，她打扮得粉妆玉琢，珠翠满头，与月娘一行的冷落凄凉形成鲜明的对比。按常情她会对吴月娘进行报复，至少也会投以嘲笑和羞辱，可是出人意料，她却是一见到吴月娘等人便“插烛也似磕下头去”，吴月娘还生怕春梅怪罪她当年的行为，亲热地叫她“姐姐”请求原谅。她却是这样回答：“好奶奶，奴那里出身，岂敢说怪。”这种与她当时的身份很不相称的谦恭卑微，其实是她一贯的奴才心理的真实反映。现在和从前，尊卑的错位，都是同出一理。这“理”用她的话来说，就是：“尊卑上下，自然之理。”主奴的界限在她的心中是如此清楚，封建的等级观念铸就了她的奴才意识，小说对她的揭露真是深入骨髓。

春梅的另一个突出特点就是淫。小说写她的淫行比较有节制，不像写潘金莲那样露骨和铺张。她的淫行与她的奴性是一致的，都是西门府那个罪恶之家给她的。

她做了守备夫人后，仍与陈经济保持着奸情，以后淫行越发不可收拾，最后是死在年仅十九岁的一个小青年的身上。文龙评玉箫偷情时说："偷情是西门庆家教，不足为奇。"春梅的堕落和毁灭，亦缘于此。春梅虽然曾经风光一阵，但她的一生仍然是悲剧性的，而悲剧的根源，仍出于那个社会。

不只是潘金莲、李瓶儿和春梅三个人，围绕着西门庆家里里外外、上上下下，数以百计的女性人物，几乎无一不是经历了一个悲剧性的人生，这些人身份地位不同，但从肉体到灵魂都经受了人生的惨酷。即如西门庆的妻妾中能得善终的仅有的两个人吴月娘和孟玉楼，她们的人生同样是悲剧人生。孟玉楼是在尔虞我诈、充满嫉妒和仇恨的夹缝中走完她卑琐可怜的一生的。她改嫁李衙内后晚年所享受的荣华富贵，无法冲淡她一生遭际的悲剧色彩。吴月娘"年寿七十岁，善终而亡"。她的故事一直写到全书的百回之末，但她的一生仍然是悲剧的一生。她有着浓厚的正统思想，一心想做一个贤妻良母，但可悲的是，她所生活的环境不是一个产生贤妻良母的环境。她作为家中的大老婆，总在拼命维护着什么，而她所维护的，也正是她所依附的。吴月娘的悲剧在于，她的人生幻想和她为此所作的全部努力的彻底破灭。

《金瓶梅》中的女人世界，是一个由男人统治的黑暗王国，一个充满污秽、罪恶和血泪的悲惨世界，是一个生命和才智被毁灭的世界。在《金瓶梅》之前，还不曾有过一部小说，以如此的深度和广度写出众多妇女各不相同的悲剧命运。

## 第四节　潘金莲悲剧的社会意义

在《金瓶梅》所描写的众多的女性形象中，潘金莲具有独特的意义，她是这部小说中性格和思想内涵都比较复杂的人物。凡读过《金瓶梅》的人几乎没有不说她是淫妇和坏女人的。张竹坡对她下过这样的断语："不是人。"不过《金瓶梅》的价值，不在于它写出了一个令人可憎的坏女人，而在于写出了与这个坏女人的种种恶德联系在一起的她所经历的种种屈辱、悲苦和辛酸。小说不是描写抽象的人性的恶，而是描写具有丰富社会历史内容的人生悲剧。潘金莲是一夫多妻制的男权社会开出的一朵恶之花。罪恶的社会造就了这么一个罪恶的女人，罪恶的社会又彻底地毁灭掉了这个罪恶的女人。

与李瓶儿和春梅不同，潘金莲的悲剧是一个追求者的悲剧。

潘金莲不是一个很肤浅、很软弱、安分认命、逆来顺受、浑浑噩噩地度过一生的人物，而是一个富于生命活力的、不安分的、进取型的女人。她是有自己的人生追求的。她的人生追求很简单，也很可怜：既然生而为人，就应该像一个人那样活着，享有人生的欢乐与权利（包括传统社会最不允许女人有的情欲在内）。这在她那个时代，像她那样的身份地位都很低的市井妇女，可以说是一种最低的人生追求，也是一种最高的人生追求。潘金莲的悲剧在于，她想成为一个人而不可得，那个污浊的、罪恶的社会蹂躏她、摧残她、挤压她，同时又浸染她、腐蚀她、铸造她。若用我们今天的眼光来看，以潘金莲的聪明才智，如果有一个正常的健康的环境，她是有可能成为女中英杰的。但她终于成了一个货真价实的坏女人，或如张竹坡所说的"不是人"。问题就在于，单凭潘金莲那过人的聪慧和泼辣，她是无力抗拒也无法逃脱历史加给她的悲剧命运的。

《金瓶梅》的艺术描写表明，潘金莲并不是一个天生的坏女人，她的恶德是罪恶的社会造成的。她为恶所欺，便以恶抗恶，终于自己也成为一个恶人，并被恶所吞噬。她的悲剧不仅仅表现在一生的苦苦挣扎、失败、屈辱，以致最后的被惩罚而惨死；更重要的还表现在，是罪恶的社会扭曲了她的灵魂，铸造了她的恶德，她害人终又害己。应该说，在人生的舞台上，潘金莲的悲剧是演得有声有色的。在她身上释放出长期被压抑的中国女性的生命活力，但不幸这种活力却被邪恶所控制。

潘金莲既聪明又美丽。她从七岁开始上了三年女学，略能知书识字，十五岁前又学得吹弹刺绣都很出众，尤其弹得一手动听的琵琶。更兼她生性泼辣，敢作敢为，因此总是争强好胜，不甘安命守分，屈居人下。这样一个聪慧敏捷而富有进取精神的女性，却被社会无情地抛进了另一个世界，一个污浊的罪恶的世界。在这污浊的罪恶的世界中，她凭借着她的聪明和美丽，在人生的道路上苦苦挣扎，无可避免地受到了污秽和罪恶的浸染，她的聪明和美丽反而成为她人生的负累，终于为其所误，既害了人，也毁了自己。

她先是因为穷，被卖到王招宣府里，为满足富贵人家的享乐而学弹唱。这是她走向人生的开始，也是她悲剧命运的开始。关于她在王招宣府中的生活，书中没有细写。但小说后面的情节写到了招宣府中的寡妇林太太公然把西门庆招到府里去通奸，则潘金莲之成为淫妇，少女时期在这个富贵豪华的官僚府第中受到的最初浸染，也就不待言说。难怪她那样幼小年纪，"就会描眉画眼，傅粉施朱，梳一个缠髻儿，着一件扣身衫子，做张做势，乔模乔样"。她还在不知世事的时候，就企图以搔首弄姿来改变自己的命运。但还来不及一试身手，王招宣就死了，她又被以三十两银子的价钱卖到了张大户家。男主人是一个色鬼，女主人是一个泼妇。她十八岁被张大户背着家主婆奸污收用，事发而为家主婆所不容，一顿毒打之后，便强嫁给武大郎为妻。写到这里，作者禁不住发出这样的感慨：“美玉无瑕，一朝损坏；珍珠何日，再得完全？”作者将潘金莲本来的资质比作美玉和珍珠，他的同情是很明显的。令人悲叹的是，这颗被污损的珍珠，由此便堕入了不幸和罪恶，再也无缘恢复她纯净无瑕的本来面目了。

《金瓶梅》作者的可贵之处在于，他虽然对潘金莲怀着同情，期待着她能变好，却仍然忠于生活，无情地写出了她的堕落和毁灭。

人称“三寸钉，谷树皮”的武大郎，与潘金莲是不般配的，这婚姻自然不公平、不合理。她不满、怨恨，从内心发出这样的呼喊：“普天世界断生了男子，何故将奴嫁与这样货？”若是换成另一个生性懦弱、听天安命、对生活无所追求的女人（在旧时代这样的女人何止千万），也可以跟武大（他很老实，人并不坏）凑凑合合地过一辈子，日子或许也可能过得平平稳稳、和和顺顺，但一定紧紧巴巴、窝窝囊囊，十分悲苦。这当然也是一种悲剧，却是另一种类型的悲剧，这种悲剧在旧时代人们见得多了。可潘金莲偏偏是个极有气性的女人，她跟多数安分听命的妇女那种卑怯的心理不同，自视甚高，很不安分，有自己的追求。她认为武大跟她是乌鸦不能配凤凰，金砖怎比泥土基。是凤凰就要另择高枝。她不屈服于命运的安排，她要奋力反抗。她的反抗是合理的，比之无数逆来顺受的女人来也是可贵的。可叹可悲的是她的独立意识的觉醒却同她的奴隶身份不相称。强嫁武大郎本身就是她奴隶身份的证明，何况在嫁给武大后她的命运还紧紧地抓在张大户的手心里。她要追求幸福，社会却剥夺了她的人身自由，更剥夺了她选择爱情婚姻的自由。

潘金莲被剥夺得一无所有，唯一可以凭借来进行反抗的就是她的聪明和姿色。这也正是潘金莲的悲剧。由此生活逼迫她走向堕落和犯罪。她于是便乘武大每日外出卖炊饼之机，打扮光鲜，眉目传情，拈花惹草。她想改变自己不幸的生活境遇，奋力挣扎、反抗，但她采取的是一种极不正常、极耻辱的手段：以色媚人，以色事人。潘金莲并不像有的人所说的那样是一个生性淫浪的女人，她的走向淫浪是有一个过程的。小说写出了这个原因和过程，正是它写实艺术的表现。

更可悲的是她以恶抗恶。她是一个生活于下层的市井妇女，虽然读过几年书，却既不受封建礼教的羁绊，也没有道德观念的约束。为了维护自己做人的权利，竟至不择手段去剥夺跟她同样可怜的人的做人的权利。苦闷之际，武大的兄弟威武英俊的武松闯到了她的生活里来，她毫不犹豫地立刻去勾引；碰壁之后邂逅西门庆，一个风流博浪，一个美貌妖娆，奸夫淫妇，一拍即合，于是很快便产生了毒杀武大的惨剧。这是潘金莲一生中的第一桩罪案，她一开始反抗人生就走上了邪恶的道路，手上染上了无辜者的鲜血。对她的身世遭遇不无同情的作者并不饶恕她，到后面的第八十七回里让她吃了武松的刀子，连心肝五脏都被掏了出来。

到了西门庆家，潘金莲才算真正登上了人生的舞台，淋漓尽致地发挥出她的聪明才智，施展出种种风情手段，有声有色地演出她的人生悲剧。但从此，她的人生追求也就从正常的和合理的，变成畸形的和邪恶的了。

在西门庆的家里，潘金莲凭着她的聪明和机敏，准确地判定自己不高不低、既贵且贱的身份地位，也准确地判定自己的长处和短处，并且认识到要在这个大家庭中占有自己的一席之地，进而实现压倒一切女人的理想，最重要的是要笼络讨好西门庆，争得他的宠爱。因此，博得西门庆的宠爱，压倒跟她争宠的别的女人就成了她主要的生活目标和主要的生活内容。围绕着这个中心，小说通过一系列的细节，展开了栩栩如生的描绘，充分地表现了潘金莲的嫉妒、泼辣、阴险、狠毒等个性特征，同时也一步步地揭示出她的悲剧命运，以及这悲剧命运所包含的社会内容。

在潘金莲的人生道路上充满了艰险，争宠并不是一帆风顺的。首先是因为西门庆是一个贪财好色、淫浪无耻的男人，不可能对她产生她所期望的专一的爱；同时又因为西门庆有一妻五妾，外加上一些受宠的丫头和妓女、姘妇，关系错综复杂，因而对手不止一个，而其中有的人（如李瓶儿）条件又远比她优越。再加上她自己在那个充满污秽和罪恶的黑暗王国中，淫欲不断膨胀而不能自制，一再干出淫乱丑行，自轻自贱自戕。这些都使她在争宠中处于不利的地位。她先是拉拢讨好大娘子吴月娘，挑拨西门庆毒打在妻妾中身份地位都低贱的孙雪娥，很快就得了手，显示出她不同寻常的心计和手段。但西门庆在梳拢了李桂姐以后就冷落了她，甚至半个月也不曾归家。她施展仅有的一点文才，写了一首《落梅风》向西门庆表达她的思念之情和孤凄的处境。没有想到西门庆为了讨得李桂姐的欢心，竟当着李的面将她的柬帖扯得粉碎。以后潘金莲还被迫把头发剪下来，让西门庆送给李桂姐垫在脚底下每日蹁踩。这对潘金莲来说无疑是奇耻大辱。她为了满足难禁的淫欲而与小厮琴童勾搭，事发后被西门庆剥光了衣服罚跪地上抽马鞭子。对潘金莲的这些遭遇，作者是表示出同情的。书中有两句诗道：“为人莫作妇人身，百年苦乐由他人。”她的这种遭遇，除了西门庆的淫纵与肆虐以及她本人的种种出格的行为以外，主要原因就是因为妻妾争宠这样本来就十分险恶的环境条件。

不过，潘金莲是一个要强的、气性极高的、进取型（或者说是进攻型）的女人，她并不因为受到挫折失败就灰心退却。她要千方百计去达到她既定的目标。自此以后，她在妻妾争宠中几乎发挥出了她全部的聪明才智，各种手段都施展了出来。对西门庆，她采用了软硬兼施的办法，一方面卖弄风情，尽力满足他的淫欲需求，百般献媚，曲意逢迎，什么污秽和卑贱的行径她都可以心甘情愿地干出来；另一方面，她又极有分寸地对西门庆进行挟制和管束，有时甚至夹枪带棒尖酸刻薄地对西门庆进行冷嘲热讽，以至于西门庆有时真的有点怕她。她对西门庆的态度，有时大胆得连吴月娘也替她捏一把汗。但什么时候该软，什么时候该硬，她都心中有数，分寸掌握得十分准确。这些地方处处都能见出她过人的心计、胆识和手段。

对跟她争宠的对手，她毫不留情，施用了极其阴险狠毒的手段去打击陷害，无所不用其极。书中写了两次可以称得上是惊心动魄的她跟对手的较量。一次是对宋惠莲的，一次是对李瓶儿的。按身份地位来说，宋惠莲原不构成对潘金莲的威胁。但因她“生的黄白净面，身子儿不肥不瘦，模样儿不短不长”，尤其有一双比潘金莲的脚还要小的小脚，更兼她会卖弄风情，很快就把贪淫好色的西门庆迷住了。当潘金莲感到自己的地位受到宋惠莲的威胁时，她就下决心要剪除她。她用两面派的手法，通过西门庆来制服宋惠莲。欲夺之先予之，她先笼络住这个妇人的心，使妇人觉得潘金莲真是对她“宽恩”，然后抓住机会调唆西门庆设计陷害宋惠莲的汉子来旺，来旺被递解徐州，宋惠莲一气之下自缢身亡。潘金莲声色未露，却大显身手，顺顺当当地就假西门庆之手置宋惠莲于死地。

害死李瓶儿更进一步表现了潘金莲的阴险与狠毒。由于李瓶儿受到西门庆的特别宠爱，又为西门庆生了一个儿子，因而成为威胁潘金莲地位的主要对手，引起了她强烈的妒恨。目标首先落在李瓶儿的儿子官哥儿这个无辜的小生命上。她三番五次惊吓尚不足以泄她的心头之恨，最后竟以最阴险狠毒的办法害死了官哥儿，活活地将李瓶儿气死。在残酷的争宠斗争中，潘金莲又取得了一次胜利，却又害死了两条人命。

潘金莲胜利了，但她并不是一个真正的胜利者。她的胜利只是证明而没有改变她的悲剧人生。她的悲剧首先在于她所追求的目标本身就是悲剧性的。她拼命以求的，不过是稳稳当当地取得被男人玩弄侮辱的地位，成为男人发泄淫欲的工具而已。一个有着过人的智慧和精力的女人，却是全力以赴地争取成为一个无耻男人手中的玩物，这样的人生不是太可悲也太可怜了吗？而这正是中国封建社会男尊女卑、一夫多妻制度下妻妾争宠无数悍妒型妇女悲剧命运的真实写照。

潘金莲的悲剧还在于，她虽然战胜了两个对手，却并没有得到她所追求的东西。她是想当男人手中的玩物而不可得。对西门庆肉欲的一时满足，并不能换来她所希望的“夫主敬爱”。第七十三回《潘金莲不愤忆吹箫》，当她从西门庆点唱的曲子中一下子就听出了西门庆对被她害死的李瓶儿的思念之情时，她就真正体尝到了失败的悲哀。作者的描写挖掘到人物的灵魂深处，而且表现了深厚的历史内容。潘金莲的悲剧是社会的悲剧，她的悲剧性格是特定的社会历史条件赋予她的。

潘金莲的悲剧还在于，在可悲的人生追求中，她的灵魂被扭曲，人性被异化，滋生、发展、膨胀了种种的恶德和秽行。她是一个被男人玩弄的女人，特殊之处在，她又是一个玩弄男人的女人。西门庆就是由于过度淫逸而死在她的手中，小说的这种描写并不是毫无意义的。潘金莲是一个由恶社会所造成，而又被恶社会所毁掉的恶女人。对她的结局，作者一面用直露和铺张的笔墨写她受到武松的惩罚，一面又对她悲剧性的一生深致悲叹：“堪悼金莲诚可怜，衣服脱去跪灵前。谁知武二持刀杀，只道西门绑脚玩。”这不仅流露了对潘金莲惨死的同情，同时也表现了作者在创造这个形象时明确的悲剧意识。

从潘金莲一生的恶行恶德和悲剧中，我们看到了中国封建社会中一个不安分的女性所经历的灵魂的躁动和痛苦，也看到了《金瓶梅》的写实精神和写实风格。《金瓶梅》的特点是将罪恶的人生和悲惨的人生如实地展示给人看，不加遮饰，没有美化，脱尽了迷人的诗意和理想的光彩。《金瓶梅》摹绘世情，主要是写世情之丑和恶，写得很真实，很充分，不留情面，不留余地。作者用笔十分冷峻，很铺张，淋漓尽致，却又不动声色。除了因果报应的结局安排和少量的诗词韵语，作者几乎将自己的褒贬爱憎完全掩藏起来，好像他的任务就只是描写、刻画，让人物自己去表演、现形。作者的高明在于，他从社会来写人，又由人来反映这个社会。他笔下的人物的恶，不仅仅是作恶者的罪孽，也是作恶者的不幸。从社会悲剧的角度来认识潘金莲形象，我们就能体会到用笔冷峻苛严的《金瓶梅》的作者，其实是有着深厚的同情心的。

## 第五节　怎样认识《金瓶梅》的性描写

《金瓶梅》长期背着“淫书”之名，是因为书中有许多较为露骨的性描写。怎样认识文学作品中的性描写，又怎样认识《金瓶梅》中的性描写，是如何正确评价《金瓶梅》的思想艺术价值的一个重要问题。

《礼记·礼运》云："饮食男女，人之大欲存焉。"《孟子·告子》云："食色，性也。"就是儒家经典也是承认食色是人的自然本性，是合理的。既然是人之大欲所存，是人生之所必需，是人人都要经历的极自然极普通的事，那么反映生活、反映人生的文学作品不仅可以写到性，而且也应该写到性。包括当代文学作品在内，写到人的性欲和性生活都是很自然的事，不能认为只要写到性，就是色情描写，就是淫书。明末清初的金圣叹，在评论《西厢记》中《酬简》一折时说："有人谓《西厢》此篇最鄙秽者，此三家村冬烘先生之言也。夫论此事，则自从盘古至于今日，谁人家无此事乎？……谁人家中无此事，而何鄙秽之与有？"这是通达之言，在明末清初是带有反理学的进步思想色彩的观点。我们今天当然不应该在思想观念上连金圣叹都不如。因此，问题不在于可不可以和应不应该写性，而在于以什么样的态度和如何写性。

这里应该首先认识到，人的性事与动物有很大的不同。人是文明的动物，性行为应该具有隐蔽性，不能公开展露；人的性关系和性行为还应受到社会的规范，比如不能乱伦，有婚姻关系的约束等等。人的性关系、性行为的规范，是人类文明的标志之一。同时人又是社会的人，男女之间的性关系是社会关系的一个重要方面。因此人的性行为，不仅有自然性的一面，而且更重要的还有社会性的一面。如果在文学作品中写性，只是动物性的展露，不反映任何的社会内容，而且作者只是着意于性本身，并没有力求表现出文化意义和审美价值，那就会流于低级趣味的庸俗的淫秽描写。

总之，是两个方面：可以写，但又要反映社会内容，具有文化意义和审美价值，而不能是单纯的性欲和性行为的展露。对《金瓶梅》的性描写，也应该这样去认识和衡量。总的看，《金瓶梅》的性描写，不能完全肯定，也不能完全否定，而应该有分析的肯定。大概有这样几种情况：一是有暴露意义。如西门庆的好色，潘金莲的淫浪，整个世风在男女关系上的放纵和堕落，以及男尊女卑的不合理地位在性生活中的反映，没有那些性描写就无从表现。二是跟人物的性格有关。如潘金莲、李瓶儿、春梅、宋惠莲、如意儿、林太太等人，都跟西门庆有性关系。这些人物的不同性格和生活理想，有些方面就是通过她们与西门庆的性关系表现出来的。这些人物在与西门庆的性关系中，通过不同的行为动作和语言方式，表现了不同的性格特征。而整体上看，这些人千方百计为了满足西门庆的淫欲需要，为了求得他的欢心，就别出奇想，花样翻新，这在封建时代是具有普遍意义的。这样的描写就具有一定的社会内容和文化意义。三是有些地方非常具体地写到性事的形体动作，描写毕竟过于刻露，也流露出作者的兴味所在，有为写性而写性的倾向。这些地方如果加以适当的删削，并不会影响小说的社会内容和人物性格的刻画。

人们常说《金瓶梅》中充斥着大量露骨的性描写，这种说法并不完全符合事实。所谓大量，不过是跟一般的小说相比而言，其实在全书中比例是并不很高的。全书将近一百万字，人民文学出版社出版的删节本，只删掉不到两万字，就已经删得很干净了。用当时人民文学出版社的社长韦君宜的话来说，删得比《红楼梦》都要干净。应该承认，全部保留性描写的全本对一般的读者特别是青年读者，还是有负面作用的。目前出版界为了满足不同读者和研究者的需要而同时出版全本和删节本，是一种比较妥当的处理方法。

# 第六章　明代白话短篇小说

## 第一节　明代白话短篇小说繁荣的原因

明代白话短篇小说呈现出一片繁荣的局面。一方面整理刊刻了一些话本集子，另一方面一些文人作家也仿效话本的体式创作了一些白话短篇小说。明代刊刻的这些白话短篇小说的总集和别集，在中国小说史上占有重要的地位并产生了深远的影响。

这里所讲的白话短篇小说，在文学史上通常称作“话本”和“拟话本”。关于“话本”就是说书艺人底本的提法，见于鲁迅的《中国小说史略》，在第十二篇《宋之话本》中说：“说话之事，虽在说话人各运匠心，临时生发，仍有底本以作凭依，是为‘话本’。”[①]这一解释后来为研究中国小说史的学者普遍认同和沿用，但是近些年来外国和中国的学者陆续有人提出不同的看法，认为这一说法不太准确和科学，理由是说书艺人一般没有文化或文化水平很低，说话的内容和伎艺大都靠口耳相传，他们一般没有底本，即或有也是非常简单粗糙的。而今天我们所看到的所谓“话本”，实际上都是经过当时的书会才人或后来的文人整理加工的，真正的底本我们今天根本不可能看到。这种看法是很有道理的。胡士莹虽也采用“话本是说话艺术的底本”的提法，却加上了比较准确的界定，他说：“‘话本’一词，在唐宋时代，是伎艺方面的名词，而非文学方面的名词。”因而又提出了一个“话本小说”的概念，以指称他所说的文学方面的名词：“由话本加工而成的，可称为话本小说；模仿话本而创作的，可称拟话本小说。”[②]这样，与宋元时代说话艺术相关的就有了三个概念：

---

① 鲁迅：《中国小说史略》，人民文学出版社，1952 年，第 115 页。

② 胡士莹：《话本小说概论》，中华书局，1980 年，第 156 页。

一、话本——在说话伎艺的意义上，指我们今天已不可能看到的十分简单粗糙的说话艺术的底本；二、话本小说——由话本（说话艺人的底本）加工而成的白话短篇小说；三、拟话本——文人模拟话本体制而创作的白话短篇小说。因此，我们如果是在文学意义上指称“话本”，就一定指的是胡士莹所说的“话本小说”。

关于“拟话本”，也是鲁迅首先提出来的，但他所指与我们今天通行的理解也不完全一样。他指的是宋元时代《青琐高议》《大唐三藏法师取经记》和《大宋宣和遗事》这类的作品[①]，并非指文人模拟话本而创作的白话短篇小说。作为说话艺人底本的“话本”，既然今天已经看不到，需要加以区分的就只有“话本小说”和“拟话本小说”了。但在明代的白话短篇小说中，哪些是话本小说，哪些是拟话本小说，这种区分非常困难。已有不少学者进行过这方面的考证和分析，但很难得到统一的认识。有的学者认为对一些世代累积型的话本小说，如果改动比较大的，也不妨视为“拟话本”[②]。因此，话本小说和拟话本小说的区分，特别是联系到具体的作品，是一个比较复杂细致的问题，需要经过众多学者长期的共同努力才能逐步解决。

总括起来说，在说话艺术的基础上，由文人记录整理或由说话艺人的底本加工润色而成的白话短篇小说称为话本小说；而文人由编辑加工话本进而自己在形式和表现手法上有意识地模仿话本而独立创作的白话短篇小说，就称为拟话本小说。话本小说，由说话艺人的底本或记录加工而成，就其性质而言，是供讲唱的口头文学；而拟话本小说，则是纯粹的创作小说，是供阅读的案头文学。从话本小说到拟话本小说，是从口头文学的记录发展到书面的文学创作。不过，或由于文人模拟话本小说的逼真，或由于文人对话本小说加工修改比较多，今天看到的这两类小说基本上都是供阅读的。学术界一般认为，明代的白话短篇小说，在前期主要是话本小说，到后期才有越来越多的拟话本小说出现，而同时也仍然有话本小说产生。

明代白话短篇小说的繁荣，原因是多方面的。第一，宋元“说话”艺术的直接影响。中国古代的小说，原本从街谈巷语而来，在它发展的每一个阶段，几乎都同民间文学（民间传说和民间讲唱文艺）有直接或间接的关系。明代的白话短篇小说从它的文学渊源来看，是直接从宋元时期的“说话”艺术发展而来的。宋元时期城市里瓦舍勾栏中的“说话”艺术，因其反映了市民阶层的生活和思想，受到了当时

① 见《中国小说史略》第十三篇《宋元之拟话本》。

② 参看程毅中《明代的拟话本小说》，《明清小说研究》2002 年第 2 期。

以市民为主体的广大听众的热烈欢迎。到了明代，随着话本小说在民间的流传和刊刻，更引起了广泛的注意，在社会上产生了更大的影响，因而吸引了一些文人作家对这种文学现象的重视，他们从搜集、整理、编印话本，到动手改编甚至创作形式和手法跟话本相似的白话短篇小说。从冯梦龙在“三言”的序言中对“说话”艺术和话本小说的文学价值及社会功能的认识，可以清楚地看出这一点。如《古今小说》绿天馆主人（一般研究者认为绿天馆主人即冯梦龙）序中曾这样说：“试令说话人当场描写，可喜可愕，可悲可涕，可歌可舞；再欲捉刀，再欲下拜，再欲决脰，再欲捐金；怯者勇，淫者贞，薄者敦，顽钝者汗下。虽小诵《孝经》《论语》，其感人未必如是之捷且深也。”《警世通言》豫章无碍居士序说得更加明朗：“里中儿代庖而创其指，不呼痛。或怪之，曰：‘吾顷从玄妙观听说《三国志》来，关云长刮骨疗毒，且谈笑自若，我何痛为！’夫能使里中儿顿有刮骨疗毒之勇，推此说孝而孝，说忠而忠，说节义而节义，触性性通，触情情出；视彼切磋之彦，貌而不情，博雅之儒，文而丧质，所得竟未知孰赝孰真也？”《醒世恒言》可一居士序中总说“三言”题名的取义时说：“明者，取其可以导愚也；通者，取其可以适俗也；恒则习之而不厌，传之而可久。三刻殊名，其义一耳。”这里所说的“导愚”“适俗”“传久”，一则说它的目的（即前面所说的“……说忠而忠……”），二则说它的特点，三则说它的效果，而总起来归于一义，就是强调话本小说的文学感染作用，强调它的风化教育作用，强调它的社会功能，强调到同儒家的经典同样的地位。这样的认识真是惊世骇俗，前所未有。值得注意的是，这种看法并不是某位作家个人的凭空虚构，而是文学创作实践的理论概括和总结，没有话本小说的创作和广泛流传，就不可能有这样的概括和总结。正是在这样的文学实践和认识的基础上，才会出现明代白话短篇小说创作的繁荣。当然，这些作家在谈论通俗小说的社会作用的时候，主要还是强调这些作品可以补经书史传之不足，强调它们在宣扬忠、孝、节、义等封建伦理道德中的作用。但这种提法，也可能是以传统思想做标签，出于宣传效果的考虑；而且这些作家的思想同当时的时代思潮有着密切的联系，是相当复杂的。所以这些话也不可看得过于认真。

第二，同明中叶以后商业经济的繁荣有关。当时手工业和商业发展，甚至海外贸易也相当活跃，不仅华人出海经商，外商也进入中国来贸易，因此在城市经济发展的基础上，市民阶层扩大，不仅人数增多，而且政治经济力量也不断壮大。这样，他们就必然要求在文学中反映他们的生活和思想愿望，而以语言通俗和情节曲折生动为特色的话本形式，又最便于反映他们的生活和思想感情，因而受到了他们的欢迎。有读者、观众的需求，才会有相应的作品的产生和繁荣，这是古今相同的文学规律。

第三，与此相关的，和市民的思想感情息息相通的一些带有个性解放特点的新的思潮在思想界和社会上广泛传播，如对情和人欲的肯定，对人的自我价值的肯定，对商人社会地位的肯定，对传统贞操观念的蔑视，对男女平等的追求，等等，都在思想上对通俗文学产生深刻的影响。这些思想都鲜明地反映到白话短篇小说中来，影响到这些作品的思想特色。

第四，明代印刷术的进步，印刷业的发达也为通俗小说的大量刊行流传创造了有利的条件。特别是嘉靖、万历两朝，是明代刻书业极盛的时期，万历时，南京已成为大量刊行小说、戏曲和彩色套印的中心，当时的刻书业还有官刻、坊刻和家刻之分。我们现在知道，“二拍”就是作者凌濛初应书商之约而创作的。在中国古代，传媒工具的进步和改善对文学创作的影响之大，还没有超过明代的。

## 第二节　明代的话本小说和拟话本小说集

明代编辑刊刻话本小说，是从单篇刻印进而发展为编印专集的。晁瑮的《宝文堂书目》（编于嘉靖年间）已著录了单行的话本小说几十种。而几乎与此同时，就已经有了短篇白话小说集出现。明代话本和拟话本集子，既有总集也有别集，比较著名的有：

一、洪楩的《清平山堂话本》，刊刻于明嘉靖年间[①]。据今人马廉考察，此书当刊行于嘉靖二十年至三十年间（1541—1551）。洪楩，字子美，生卒年不详，是嘉靖年间的一位藏书家和出版家，曾刊行过《夷坚志》和《唐诗纪事》等图书多种，各书版心都有“清平山堂”字样。清平山堂为洪楩的堂名，故称这部小说集为《清平山堂话本》。据考，全书共分为六集：《雨窗》《长灯》《随航》《欹枕》《解闷》《醒梦》，每集各分上下卷，每卷收小说五篇，全书共收作品六十篇，故此书又称为《六十家小说》。今存 27 篇零两个残篇。其中 15 篇是 20 世纪 20 年代在日本内阁文

---

① 田汝成在《西湖游览志》中提到《六十家小说》，《西湖游览志》成书于明嘉靖二十六年（1547），据此《清平山堂话本》的成书当不会晚于此年。

库发现的，12 篇则是藏书家马廉于 30 年代在中国的天一阁发现的，后来阿英又发现残文两篇（即《翡翠轩》和《梅杏争春》）。一般认为，这部小说集中所收的作品，包括了宋、元、明三代的话本小说和拟话本小说。洪楩对所收入的作品基本上没有作修改加工，保持了这些话本小说旧有的面貌。虽然其中文字的脱误给今天的读者带一些不便，但对研究早期话本小说的情况和历史演变，都很有价值。[①]

二、万历年间熊龙峰也刊行过话本小说若干种，今仅存 4 种，原书藏日本内阁文库。日本学者长泽规矩也判为“明万历时期的俗书”。原为单刊行世，1955 年古典文学出版社以《熊龙峰小说四种》之名出版。[②]据学者们的考察，也包括了宋、元、明三代的作品。熊龙峰本名佛贵，字东润，是明代万历年间的书商，曾刊行过《西厢记》和《三国演义》等书。

三、《京本通俗小说》，这是一本有争议的书。此书最早由近代藏书家缪荃孙于 1915 年刊行（影印），为《烟画东堂小品》丛书之一种[③]，据他称是“影元人写本”，但一直有人怀疑。孙楷第认为是明初刊本，郑振铎认为当刊于明代隆庆万历年间；而早在 20 世纪 20 年代日本学者长泽规矩也就提出为缪氏伪造[④]；60 年代以后，又陆续有一些海内外学者重新提出是缪氏的伪作，是他为了求名而从《警世通言》和《醒世恒言》中抽出一些作品略加修改而成。但也有相反的看法，至今没有定论。不过此书中所收作品大多为宋元时期的话本小说，则是大家所共同承认的。全书本存九种，仅刊印七种。其中两种或因“破碎太甚”（《定州三怪》），或因有露骨的色情描写（《金主亮荒淫》）而没有刊出。

四、冯梦龙编辑刊印的“三言”，即《喻世明言》《警世通言》和《醒世恒言》，这是一套影响很大的白话短篇小说的总集。此书原拟题为《古今小说》一刻、二刻、三刻，《喻世明言》天许斋刊本即题为《全像古今小说》，但后两种刊印时却改为《警

---

① 此书 1955 年由文学古籍刊行社影印出版，1957 年有古典文学出版社出版的谭正璧校注本（均仅收 27 篇），1994 年江苏古籍出版社有校点排印本出版（附录了阿英发现的两篇残页）（为“中国话本大系”丛书之一）。

② 1955 年古典文学出版社出版了王古鲁校注本，1994 年江苏古籍出版社出版了新的校点本（为“中国话本大系”丛书之一，与《四巧说》等书合刊）。

③ 1954 年古典文学出版社据此本整理出版校点本。

④ 长泽规矩也：《京本通俗小说与清平山堂话本》，见亚东图书馆辑《宋人话本七种》，中国书店 1988 年影印本附录。

世通言》和《醒世恒言》。《醒世恒言》的叶敬池刊本就题为《绘像古今小说醒世恒言》。因此有学者认为，此书的全称应该是《古今小说喻世明言》《古今小说警世通言》《古今小说醒世恒言》。今天各出版社出版的《喻世明言》亦有题《古今小说》的。由题名为《古今小说》可知，集中所收的作品既有宋元时代的话本小说，也有明代的话本小说和拟话本小说。“三言”编辑刊印于明熹宗天启年间（分别刊行于1621年、1624年、1627年）。编者冯梦龙对所收的作品进行了较大的修改和加工，其中也可能有冯梦龙自己的创作。①“三言”每集收作品40篇，共120篇。

冯梦龙（1574—1646），字犹龙，又字子犹，别号龙子犹、茂苑野史、墨憨斋主人、顾曲散人等。长州（今苏州）人。出身于一个书香人家。富于才情，却功名不显，三十多岁时曾在湖北麻城讲过学，到崇祯三年（1630）五十七岁时才选为贡生，六十一岁时授福建寿宁县知县。虽是一个小官，在当地却颇有政声（见《寿宁县志》）。四年后离任，归隐故里。晚年曾参与抗清活动，七十三岁时忧愤而死。他年轻时常出入烟花艳冶场所，对下层市民生活非常熟悉。他受到李贽思想的影响，在文学思想上主情、尚真，重视民间文学，除“三言”外，他还改编了《平妖传》《列国志》，编辑过文言小说集《太平广记钞》《情史》《古今谭概》《智囊》等，还搜集整理了民歌《挂枝儿》和《山歌》，又改编了传奇剧本十种，合称为《墨憨斋定本传奇》。他是一个杰出的通俗文学作家，对中国古代通俗文学的发展做出了杰出的贡献。

五、凌濛初的“二拍”，即《初刻拍案惊奇》刊于崇祯元年（1628）和《二刻拍案惊奇》刊于崇祯五年（1632），每集各40篇，但“二刻”中卷二十三与“初刻”的卷二十三重复，而卷四十则为杂剧《宋公明闹元宵》，故实收小说七十八篇。“三言”主要是编辑和加工别人的作品，而“二刻”则为作者自己独立创作的拟话本小说。“二刻”是在冯梦龙“三言”的影响下创作的，其创作的动因和目的，在他“初刻”序言和“二刻”小引中有明确的说明。一是应书商之请而作。即他所说的“肆中人见其（指三言）行世颇捷，意余当别有秘本”（序）。“贾人一试之而效（指一刻销路很好），谋再试之”（小引）。二是兼有娱乐和训诫的双重目的。他赞扬冯梦

① 学术界一般认为，“三言”中能够确定为冯梦龙所作的，是《警世通言》卷十八的《老门生三世报恩》。因为在传奇《老门生》序中，冯梦龙曾说：“余向作《老门生》小说……”也有人认为《杜十娘怒沉百宝箱》也是冯梦龙所作，但没有确凿的证据。

龙“三言”“颇存雅道，时著良规”，他自己则是“因取古今来杂碎事，可新听睹、佐谈谐者，演而畅之，得若干卷”（序）。“其间说鬼说梦，亦真亦诞。然意存劝戒，不为风雅罪人，后先一指也。”（小引）书中多拾取旧闻加以敷演，故生活气息不如“三言”；而艺术上又颇多议论，说教气息也较浓，艺术感染力亦不如“三言”。但在追求平常中见奇异，即“二刻”序言中所批评的一般小说家“知奇之为奇，而不知无奇之所以为奇”方面，却也有它的创造和特色。

凌濛初（1580—1644）字玄房，号初成，别号即空观主人，浙江乌程（今吴兴）人。一生功名不顺，五十五岁以后才授上海县丞，徐州通判。他反对农民起义，李自成逼近徐州时，他忧愤而死。他的著述，除“二拍”外，还有《诗言翼》《诗逆》和戏曲《北红拂》《虬髯翁》等。

六、陆人龙的《型世言》，十卷，四十回。刊刻年代较“二刻”稍后，约在崇祯五六年间。此书在国内久已失传，也不见于著录。原书藏于韩国汉城大学奎章阁，同时被法国学者陈庆浩和韩国学者朴在渊发现，20 世纪 90 年代初在中国由多家出版社出版。比较好的是由陈庆浩校订的江苏古籍出版社的“中国话本大系”丛书本。据考证，以前在中国有几种残本的《三刻拍案惊奇》即由此书复刻而成。此书刚发现时（20 世纪 90 年代初）被炒作一阵（主要是书商），但实际上思想艺术和“三言”“二刻”相比，都显得较为平庸，且颇多封建伦理的说教。除了可从中了解晚明的社会生活和人情风俗外，文学价值并不很高。

除以上各书，明代的白话短篇小说集还有多种，如天然痴叟的《石点头》（又名《醒世第二奇书》），作者与冯梦龙为同时代人，有冯氏所作序，十四卷，十四篇（其中十一、十四两卷有目无文，实存十二篇）。周清源的《西湖二集》（为《西湖一集》的续书，“一集”已亡佚），明刊本为三十四卷，三十四篇。西湖渔隐主人编的《欢喜冤家》（又题《艳镜》《贪欢报》）二十四回，每回一个故事，坊刻本存十八回，石印本题《三续今古奇观》，存二十回。另有一部金木散人（姓吴，名不详）的《鼓掌绝尘》，分为风、花、雪、月四集，每集十回，演述一个故事，相当于中篇小说。

在明代的各种白话短篇小说集中，以“三言”和“二拍”的成就为最高，故以下分析明代白话短篇小说的成就，主要以这两种书为依据。明末清初有署名为姑苏抱瓮老人辑的《今古奇观》，为“三言”“二拍”的选本，从“三言”中选二十九篇，从“二拍”中选十一篇。在“三言”“二拍”未发现前，此书广为流传，有较大的影响。

明末清初承“二拍”余绪，也产生了不少拟话本小说集，其中重要的有：东鲁古狂生的《醉醒石》、薇园主人的《清夜钟》、华阳散人的《鸳鸯针》、圣水艾纳居士的《豆棚闲话》、酌玄亭主人的《照世杯》、李渔的《无声戏》（又题《连城璧》）和《十二楼》（又题《觉世名言》）等。除李渔的两种较有特色外，其他成就都不高。这些作品的共同特点，是由改编旧作转而自出心裁独立创作，因而现实性和个体性有所加强，摹写世情成为主要内容，但也颇多陈腐说教（李渔的作品亦不例外），而在体式上也开始突破话本的束缚，一些徒具形式的东西被扬弃了。清初的这种繁盛情况很快就走向衰落，据统计，康熙时期虽然也有十几种拟话本小说，但思想艺术已经不能和清初更不能和明代相比了。

## 第三节　明代白话短篇小说的时代内容

明代白话短篇小说的思想内容相当广泛，能反映当时的时代生活，比较有特色和意义的主要有三个方面。

第一，反映了明代社会生活的新特点，主要是市民（特别是商人）的生活和思想感情。如《醒世恒言》卷十八《施润泽滩阙遇友》，通过手工业者施复（即施润泽）发家致富的故事，生动地反映了明代江南地区丝织业的繁荣情况，以及小手工业者如何依靠自己的劳动发家致富的具体情景。他不上十年，就由一张织机，发展到三十四张织机，“长有数千金家事，买了左近一所大房居住”。这些真实的描写具有史料的价值，常为研究明代经济的历史学家所征引。同时小说中描写施复拾金不昧以及由此引出的他和失主的关系，也具有时代意义。施复卖丝绸回家，在路上拾得六两银子，他交还给了失主朱恩。由于他的这种诚实的品德，和朱恩建立了真诚的友谊。后来有一年，他养蚕缺桑叶，到四十里外的滩阙购买，恰遇当年丢失银子的朱恩，朱便慷慨地赠给他桑叶，使他渡过了难关。以后两人感情很好，结为儿女亲家。这反映了小手工业者在发家的过程中是很需要互相帮助的。另外，小说还很生动真切地描写了手工业者急切地希望发家的愿望和心理。施复在拾到那六两银子后，一边走一边计算，如何拿这笔钱添机得利，再添机得利，一直算到十年之外，最终实现了千金之富，甚至连造什么房子、买多少田产都考虑到了。难能可贵的是他终于想到了这银子可能是失主的养命之根，出于对别人命运的关心还是把银子如数还给了失主。又如《刘小官雌雄兄弟》（《醒世恒言》卷十）写一个开小酒店的刘德，老而无子，乐施好善，救助一个老军人方勇，方病死后又收其子为义子，改名刘方；后父子二人从洪水中救起一少年刘奇，刘方、刘奇结为兄弟。刘德夫妇病死后，兄弟二人经营布业，家道日丰。后刘奇欲与刘方同时婚娶，刘方执意不肯，最后发现刘方乃一女子，二人于是结为夫妇。与此相近的还有《吕大郎还金完骨肉》（《警世通言》卷五），写一个做棉花布匹生意的小商人吕玉，因拾金不昧，将拾得的二百两银子归还给失主陈朝奉（也是一个做粮食生意的），而且不收一点谢金，却因此而找到了自己丢失了七年的儿子，还同失主陈朝奉结为儿女亲家；又因不惜花费二十两银子救了一船人的性命，因此又与三年不见的兄弟吕珍团聚。诚实，拾金不昧，原本是中华民族的传统美德，任何时代都是值得赞扬的，不同的是明代白话短篇小说中所写的都是手工业者或商人，这就表现出时代特色，有了特殊的意义。手工业者和小商人中的这种诚实的品德一再在小说中得到表现（常常包着一层因果报应的外衣），这是因为手工业者和小商人，在发家的过程中很需要相互支持和帮助。

在反映商人的生活和心理方面，“二拍”中的作品似更为鲜明突出。著名的如《转运汉遇巧洞庭红　波斯胡指破鼍龙壳》（《初刻拍案惊奇》卷一）这是一个描写商人海外贸易大发横财的故事，反映了明代海外贸易的发展和商业资本的发达。商人文若虚原来是一个倒运汉，做生意做什么赔什么。听说北京扇子能赚钱，可到北京却又遇到连日下雨，结果又亏了本。后来跟几个出海经商的朋友去航海，目的不过是出去看看海外风光，求得一点快活。结果先是随身带着自己吃的洞庭红（一种橘子）意外地卖了很多钱；归国途中，又偶因避风到一个荒岛上，见到了一个大龟，拖回来竟卖了五万两银子，成了闽中一大富商。“思量海外寻龟”，正是当时商人牟利致富的一种心理和幻想在文学中的反映。又如《迭居奇程客得助　三救厄海神显灵》（《二刻拍案惊奇》卷三十七），描写商人程宰到海外发财致富的故事，同样表现了商人牟利致富的心理和幻想，与上一篇不同的是，他不是依靠命运的安排，而是得到了海神的指点帮助。“四五年间，展转弄了五七万两”。特别值得注意的是，篇中反映了由于商业资本的发展，商人在社会生活中的地位大为提高，人们对于经商这一行业也有了新的认识，把经商获利和读书中举看得同样的重要：“徽人因是专重那做商的，所以凡是商人归家，外而宗族朋友，内而妻妾家属，只看你所得归来的利息多少为重轻。得利多的，尽皆爱敬趋奉；得利少的，尽皆轻薄鄙笑。犹如读书求名的中与不中归来的光景一般。”这是一种在商品经济发展以后，人们思想意识富于时代特色的新变化。在《乌将军一饭必酬　陈大郎三人重会》(《初刻拍案惊奇》卷八)的入话中也有所反映：商人王生三次贩货均遭到劫掠，因而灰心，不想再从事商业，他的婶母再三劝他不要因为受到挫折而“堕了家传行业”。在封建社会中，一般士子将读书中举看成是家传行业，而到了明中叶以后，竟将经商赚钱也提到这样高的地位，这显然是市民思想在话本中的鲜明表现。

第二，爱情婚姻题材小说中所表现出的新思想、新观念。

在中国古代小说中，爱情婚姻一直是一个重要的历久不衰的题材，但在明代的白话短篇小说中，却表现出一些新的思想特色。这主要有两类。一类是从正面表现市民阶层在爱情婚姻问题上的新的观念和新的追求。最突出的代表作是《卖油郎独占花魁》(《醒世恒言》卷三)描写名妓花魁娘子莘瑶琴，不顾许多官僚富家子弟的追求和宠爱，却最后爱上并嫁给了一个小商贩卖油郎秦重(谐“情种”)，反映了真挚的爱情在市民阶层的婚姻中所占的重要地位，这种观念突破了门第、等级、贫富等物质方面的条件，而认为只有互相尊重、真心相爱，才能结为夫妻。卖油郎秦重既没有钱，又没有社会地位，最后竟能获得花魁娘子的爱心，凭的只是他的“忠厚”“老实”“知情识趣”，也就是秦重尊重莘瑶琴的人格，真情地体贴她、爱护她，唤醒了她对真挚爱情的追求。

又如《蒋兴哥重会珍珠衫》(《喻世明言》卷一)，从另一个角度反映了市民阶层的爱情观念和生活追求，即轻视贞操而重视感情。蒋兴哥因出外经商，妻子王三巧与一外地商人陈商发生了奸情，因蒋兴哥发现珍珠衫而败露，遂休弃了三巧儿。三巧儿被休回家，心中感到羞愧，产生了自杀的念头，她的母亲竟劝她不要如此，说年纪很轻，还可以改嫁。做父母的有如此通达的思想认识，在过去时代是非常少见的。更值得注意的是，二人虽然出于礼法而分离，但心中的感情却始终不能割断。后来三巧儿果然改嫁给知县吴杰为妾(虽然是做妾，但有失贞操的妇女在过去也是没有人能接受的，特别是像知县这样有一定地位的人)。而蒋兴哥在听说这一消息时，旧情不断，主动将十几箱妆奁送给她做陪嫁。后来蒋兴哥因偶然失手打死人吃了官司，恰好在吴杰的手下受理，这时三巧儿“想起旧日恩情”，便大胆地冒认蒋兴哥为亲哥向吴杰求情，吴杰在了解了真情以后，便主动退出，成全了二人重新团聚。作者不去谴责三巧儿的失节不贞，相反，却通情达理地写出了她失节的过程是合乎人之常情，可以原谅的，并渲染和赞美两人真挚深厚的爱情。在作者看来(实际是代表了当时下层社会的普遍看法)，只要有真挚的爱情，即使做妻子的一时因故而与别人有了奸情，也不算“失节”，不算“弥天大罪”，也是可以重新结合的。这种观念与传统的伦理道德观念是尖锐对立的。又如《闲云庵阮三偿冤债》(《喻世明言》卷四)，写年轻妇女的爱情追求。陈玉兰是殿前太尉的女儿，这样的官僚小姐不但打破了深闺重门的阻碍，与心爱的男子相结合，而且爱的不是门当户对的王孙公子，而是一个商人的儿子阮三。宦门之女这样选择对象，并如此大胆地追求爱情，完全不把门第和礼法放在眼里，也是很有时代特点的。对妇女失节的宽容，还有《姚滴珠避羞惹羞　郑月娥将错就错》(《初刻拍案惊奇》卷二)，写姚滴珠的丈夫潘甲外出经商，姚滴珠被骗做了别人的外室，潘甲知道后并没有深怪她，而仍然同她团聚。这里除了对贞操观念的蔑视外，还包含了在爱情婚姻问题上男女平等的思想。如在《满少卿饥附饱飏　焦文姬生仇死报》(《二刻拍案惊奇》卷十一)中，有一段在当时算得上是惊世骇俗的议论：

> 却又一件，天下事有好些不平的所在。假如男人死了，女人再嫁，便道是失了节，玷了名，污了身子，是个行不得的事，万口訾议；及至男人家丧了妻子，却又凭他续弦再娶，置妾买婢，做出若干的勾当，把死的丢在脑后不提起了，并没人道他薄幸负心，做一场说话。就是生前房室之中，女人少有外情，便是老大丑事，人世羞言；及至男人家撇了妻子，贪淫好色，宿娼养妓，无所不为，总（纵）有议论不是的，不为十分大害。所以女子愈加可怜，男人愈加放肆。

另一类是描写情与礼的矛盾，或者以悲剧的结局来揭露和控诉封建礼教对妇女的迫害，或者以喜剧的结局来否定礼而肯定情。这也是富于时代特色的。最杰出的代表作是《杜十娘怒沉百宝箱》(《警世通言》卷三十二)。小说描写了一个富于时代特色的爱情悲剧，揭示了情与礼的矛盾，最后是礼扼杀了情，对封建势力和封建礼教提出最有力的控诉。关于这篇小说的思想艺术，下面将列专节来分析。

反对父母包办，反对封建礼教，肯定青年男女勇敢进行抗争的作品，在“三言”“二拍”中数量相当不少。如《宿香亭张浩遇莺莺》(《警世通言》卷二十九)写莺莺和张浩私订终身，后张浩父母逼迫他另娶他人，莺莺不受命运摆布，进行了大胆的抗争，通过官府，最后以团圆结局。小说表现的也是礼和情的矛盾，不过它强调的是“礼顺人情”，以情战胜礼而告终。在情与礼的对抗中，作者还肯定了人欲的合理性，如《乔太守乱点鸳鸯谱》(《醒世恒言》卷八）写孙玉郎代替姐姐到刘家去完婚冲喜，晚上同刘家的女儿慧娘同宿，两人因此而结下私情。本来是各有婚约，刘家因此告到官府，审案的乔太守竟以“移干柴近烈火，无怪其燃”为理由，判两人结合。小说中所表现的“相悦为婚，礼以义起”的思想，也是完全同传统的封建婚姻观念相对立的。

第三，揭露社会的黑暗和封建统治阶级的罪恶。这也可以分为两类。一类是直接描写恶霸地主压迫人民的。如《灌园叟晚逢仙女》(《醒世恒言》卷四）写一个爱花如命的花农秋先，被恶霸张委欺侮，先是任意践踏花园，进而妄图霸占整个花园，后来又诬告秋先为妖人，使秋先蒙受了不白之冤。最后在花神的帮助下，才使好人得救，恶霸张委受到了惩罚。还有一类是描写统治阶级的内部斗争的，但也在不同程度上揭露了统治阶级凶残阴险的本性。著名的如《沈小霞相会出师表》(《喻世明言》卷四十），写沈炼与权奸严嵩父子的斗争，是在明代现实生活中实有事件的基础上加工而成。小说虽然以忠奸斗争为立足点，但对沈炼“济世安民”的怀抱，以及和奸党顽强斗争的精神，在作品中都作了鲜明的表现；与此相关的，还写了贾石、闻淑女、冯主事等人的正直、善良、无私、机警等美好品德，尤其是下层妇女闻淑女的形象，很有思想光彩。而作为忠良的对立面，小说写出了一批反面人物，从严嵩、严世蕃父子，到他们的心腹杨顺、路楷，到爪牙张千、李万等人，写出了他们的横暴、阴险、贪婪、愚蠢。值得注意的是，小说虽然在表面上歌颂嘉靖皇帝，但在具体描写中，却多有不敬之词。如明写严嵩是“以柔媚得幸”，“精勤斋醮，供奉青词，由此骤贵”，这实际等于是揭露了皇帝的误用奸臣，昏庸失政，还多处点示出严氏父子的罪恶活动得到了皇帝的支持。以时事入小说，这本身就体现出小说与现实的血肉联系，也是作品时代精神的一种表现。将下层妇女闻淑女写成一个智慧和品德都高人一等的形象，这种思想也是带有初步民主色彩的。另有一篇《卢太学诗酒傲王（一作公）侯》(《醒世恒言》卷二十九）反映的也是明代的现实生活，小说描写了嘉靖年间富家才子卢楠与县令汪岑之间的矛盾斗争。汪羡慕卢的才学，想附庸风雅，与之结交，卢楠傲慢以待，因此得罪了汪岑。汪诬卢楠因奸杀人，将卢问成死罪，系狱十年。直到新任知县上任，辨明黑白，这才得以开释。在暴露社会黑暗方面，“二拍”中也有一些可读的作品，如《硬勘案大儒争闲气　甘受刑侠女著芳名》(《二刻拍案惊奇》卷十二）竟然将理学大师朱熹写成一个挟嫌报复、诬陷好人、刑讯逼供的无耻小人，这除了具有晚明反理学的进步意义外，也同时具有揭露官场腐败黑暗的作用。

以“三言”“二拍”为代表的明代白话短篇小说在思想内容上有两个明显的缺点：一是有较多的封建伦理道德的说教，这往往与其通过形象描写所流露的进步思想是相矛盾的；二是在肯定“情”和“欲”的同时，又往往有一些趣味不高的直露的性描写。宣扬忠、孝、节、义等封建说教，在“二拍”及其以后，包括《型世言》在内的一批拟话本小说集就表现得更加明显。

## 第四节 《杜十娘怒沉百宝箱》的思想和艺术

这篇小说选自冯梦龙编《警世通言》卷三十二，可以说是“三言”乃至整个明代白话短篇小说中最优秀的作品。它所反映的时代内容，所表现的思想深度，人物描写的生动真实，以及艺术表现上的精细等，都是非常突出的。

这是一个激动人心的爱情悲剧。从题材内容上看，它跟唐传奇中的《霍小玉传》非常相似，都是写一个十分美丽的妓女同一个贵族公子相爱，后来被遗弃而致死的故事，但表现了不同的时代内容、不同的社会意义。《霍小玉传》揭露的是门阀制度的罪恶，这在唐代是一个影响非常广泛的社会问题；而这一篇则主要是控诉礼教杀人。封建礼教对青年男女自由爱情的扼杀，本来是封建时代的普遍事实，并非明代独有的现象，但是在明代，特别在中期以后，随着城市经济的发展和市民思想的勃兴，在思想界掀起了反理学斗争的进步思潮。在这一斗争中，“情”与“理”的矛盾成为普遍关注的时代问题。进步的思想家和文学家，例如王艮、李贽、汤显祖、冯梦龙等人，都肯定人的自然欲望的合理性，肯定人作为人的价值和意义，强调“情”（广泛的意义是指普通人日常生活和生产的要求，自然也包括“人之大欲”的性爱要求在内），并将“情”作为“理”（其核心内容就是在长期历史发展中变得愈来愈严密、完整和牢固的封建礼教）的对立面和斗争武器。著名的剧作《牡丹亭》就是反映“情”与“理”的矛盾冲突的，作家所强调和歌颂的“情”，竟然通过艺术的想象，在现实人生所不可能达到的梦境与冥界中，战胜了当时虽已开始衰落却仍相当强大的“理”，而焕发出耀眼的光辉。《杜十娘怒沉百宝箱》在思想上跟《牡丹亭》是相通的，都是明代的社会生活和进步的时代思潮所开出的灿烂的文学之花。

这个爱情悲剧的感人力量在于：它写出了一个下层妇女的合理的美好的人生追求，在这一追求中塑造出一个崇高的美的灵魂，同时以一种深沉的悲悼和义愤，表现了这个美的灵魂和美的人生追求的被毁灭。

主人公杜十娘是一个社会地位十分低贱的妓女，她被封建贵族阶级及其子弟们当作满足他们荒淫享乐生活的对象，被老鸨当作赚钱的工具，在一般人眼里也被看成“水性杨花”、不可相交的坏女人。她过的是一种非人的、屈辱的、痛苦的生活。但她不安于这种生活，她要活得像一个人一样，过一种真正的人的生活，她要追求作为一个人本来应该享有的人生幸福。但她的周围是一个罪恶的世界。她的反抗和追求的道路不仅是艰苦的，而且是十分险恶的。就是这样一个为人所轻贱的妇女，作者将她写成一个十分美好和崇高的形象，不仅深深地同情她的不幸遭遇，而且热烈地赞颂她优美的品格，肯定她合理的人生追求；通过她的悲剧结局，对迫害她并致她于死地的社会势力，提出了沉痛有力的控诉。

小说通过篇中人物柳遇春之口，赞美杜十娘为“女中豪杰”，又通过后人的评论，称她为“千古女侠”。单是这种认识与评价，就表现了作者无视封建等级观念和封建礼教的不凡的眼光。但更重要的，是通过具体的情节发展和生动的细节描写，刻画了她高出于周围人物，并同恶浊的环境形成鲜明对照的精神风貌。作者将她比作“误落风尘花柳中”的“一片无瑕之玉”，在以夸张的笔墨描写她外在的形貌美的同时，更以生动的描写刻画出她纯洁高尚的内在的灵魂美。

首先是突出地描写她“轻财好义”的思想品格。这一点，是通过她跟周围那种“人情淡薄”“重财轻义”的“世情”的比照中刻画出来的。一方面是老鸨的“贪财无义”，她将杜十娘和其他女孩子都当作“摇钱树”，从她们被污辱的生活中掠取钱财；对李甲，有钱时她“胁肩谄笑，奉承不暇”，无钱时就又骂又逼，冷酷无情。另一方面是上层贵族社会中人情的普遍淡薄。李甲为了赎出杜十娘，筹集赎金，向亲友（都是贵族官僚及其子弟）借贷，结果是求告无门，四处碰壁。“说着钱，便无缘”，且是“人人如此，个个皆然，并没有一个慷慨丈夫”。李甲由此体会到“不信上山擒虎易，果然开口告人难”。但在这种“以利相交，利尽而疏”的污浊的环境里，唯独杜十娘是“轻财好义”，她“与李公子真情相好，见他手头愈短，心头愈热”。由此就显出了这个被污辱的下层妇女“出淤泥而不染”的高洁品格，同时也表现出她把跟李甲的爱情看得比金钱更高、更有价值的不同凡俗的眼光。以她所积攒的钱财，她要赎身从良，并不是一件十分困难的事；但她所追求的是人间最美好真挚的爱，这是她作为一个人应该享有的。而从她对李甲细致入微的关怀体贴中，可以看出，她所给予李甲的一片真情，也正是她所追求、所期望得到的。

其次，小说描写并赞美了她对美好生活的向往与追求，揭示了她所追求的爱情生活的社会内容，以及这种追求之所以那样坚决、执著、炽热的社会原因。她“久有从良之志”，是因为她不堪忍受“贪财无义”的虔婆之气，不堪忍受那种任人玩弄的屈辱生活，不甘愿永远被人当作“摇钱树”。这些描写都肯定了她的爱情追求中包含了反压迫、反剥削和反污辱的社会内容，而具有对独立的人格和自由幸福生活热切向往的理想色彩。这就是她将自己的命运乃至生命，都置于爱情追求之上的根本原因。她不是求吃、求穿、求活，她要争取的是过一种真正的人的生活，她对人生有一种更高的美好的追求。这样的描写使人物具有较高的思想格调，所以在后来，爱情的幻灭也就是她人生追求的幻灭，爱情之花与生命之花同时枯萎，由此充分地揭示出她投江自杀刚烈行动的性格依据和社会原因。她爱上李甲，并决心克服重重困难要嫁给李甲，并不是简单地出于一种性爱，而是为了跳出火坑，摆脱被剥削、被压迫、被污辱的悲惨境地，活得像一个真正的人。理解了杜十娘合理的崇高的人生追求，才能理解作者为什么要那样深情地赞美她，也才能理解这个爱情悲剧的社会意义和时代内容，而不会将它当作一般的“多情女子负心郎”的风流故事来读。

小说从生活出发，真实地描写了杜十娘从生活经验中产生的聪明和机智的性格，并作了热情的赞美。长期的悲惨的妓女生活，使她对周围的环境，对人与人之间的关系有着较为清醒的认识。这种认识，主要表现在她对跟老鸨的关系和跟李甲的关系的处理上。她看到，对于贪得无厌而又冷酷残忍的老鸨，金钱将成为她在特殊条件下争取自由幸福的一种手段。要跳出火坑，第一步就要赎身，她不期待别人，她靠的是自己。她在如狼似虎的老鸨身边，竟然一点一滴地积攒起来那样一笔惊人的财产，而且事先寄存在信得过的姊妹们那里，成功地防范了老鸨的突然驱逐。由此可以看出她的心计，也可以看出她为争取自由幸福所付出的艰苦努力。她的机警在对李甲的态度上表现得更加鲜明突出。她“久有从良之志”，是经过长期的观察、比较才选中了李甲的，不是贪图他的钱财，也不是看中他贵族公子的地位，仅仅因为他“忠厚志诚”，可以依托，才“甚有心向他”的。尽管如此，由于她在“七年之内，不知道历过了多少公子王孙”，对贵族官僚子弟的浮浪习性，同样有着十分清醒的认识和警惕，因而在决心将自己将来的幸福寄托在李甲身上的同时，仍然对他不能完全放心，仍有所保留，还要不断地继续观察他，考验他。她私下存有那么多钱，拿出三百两银子来赎身可说是轻而易举之事，但她没有这样做，而是让李甲去筹划赎金。直待他“奔走了三日，分毫无获”，又三日无颜上门，既羞且急，“眼中流下泪来”时，才答应拿出私蓄一百五十两，任其一半，另一半仍要他去筹划。李甲在柳遇春的帮助下凑足了一百五十两银子来见十娘时，她却问：“前日分毫难借，今日如何就有一百五十两？”她的那只“百宝箱”是未来的命运和生活之所托，却一直严守秘密，不告诉李甲。在赎身离开妓院之后，对将来何处安身，如何生活，十娘心中早作了妥善的全盘考虑，但她并不主动告知李甲，而是先问：“吾等此去，何处安身？郎君亦曾计议有定着否？”在李甲回答尚未有万全之策时，她才讲出自己的考虑。这些地方都细致真实地表现出杜十娘在争取自由幸福的道路上，处处小心，很有心计，表现得相当沉着老练。

杜十娘的机警和智慧，是从她长期被压迫、被剥削、被玩弄的妓女生活实践中产生，并在争取自由幸福的斗争中表现出来的，因而不仅真实可信，而且显得十分可贵，富有思想光彩。

小说中写得最突出，也最动人的，是杜十娘坚强不屈，“宁为玉碎，不为瓦全”的抗争精神。杜十娘经过长期的努力，如她所说是“千辛万苦，历尽艰难”，怀着“方图百年”的欢乐与希望乘舟远行。当她知道了李甲听信孙富的巧语谗言，为了千金之资、得见父母而将她出卖时，她内心的痛苦和悲愤是可以想见的。犹如晴天霹雳，长期追求的理想一下子完全破灭了。在这致命的打击面前，杜十娘表现得异乎寻常的冷静、刚强和坚决。她并没有打开百宝箱，告诉李甲她拥有价值连城的珠宝，让李甲藐视孙富的千金之资而与她重修旧好；她也没有痛骂李甲忘恩负义，充分地发泄了胸中的悲愤以后，携带百宝箱而去，别求所爱；更没有委曲求全，以身侍人，成为阴险狠毒的富商公子孙富的玩物。她在这致命的打击之下，在美好的理想和新生活的希望破灭之时，彻底地觉醒了。李甲背信弃义的行为使她的思想得到了升华和飞跃，她一下子看透了李甲卑污自私的灵魂，也看清了这个罪恶的现实没有她的容身之地。于是，以一种十分坚毅冷静的态度，用怒沉百宝箱和投江自杀的壮烈行为，殉了自己的美好理想，保全了自己不可污辱的独立的人格，并向封建礼教和封建制度提出了强烈的控诉。她追求的是真挚的爱，是真正的人的生活，当这种理想被玷污被扼杀时，生命也就失掉了意义。她不求苟活，以死自全，正是她思想性格的合乎逻辑的发展和表现。作者怀着深沉的悲悼和热烈的赞美之情，写出了那个令人难忘的悲壮的沉箱和投江的场面，以震撼人心的悲剧结局，最后完成了杜十娘光辉形象的塑造；并在这个美好形象的被毁灭中，发人深省地表现了反封建的主题思想。

表面看来，杜十娘是自己投江自杀，实际上她是被迫害而死的。谁是杀人凶手？造成这一悲剧的社会根源是什么？这是很值得我们思考的。

李甲忘恩负义，中道背弃，出卖十娘；孙富阴险狠毒，巧言离间，夺人美色，这是造成十娘愤而投江的直接原因。毫无疑问，他们都是罪责难逃的凶手。因此，作者在小说结尾处，通过十娘之口，无情地揭露和批判了他们；并使他们一个“郁成狂疾，终身不痊”，一个受惊得病，卧床不起，奄奄而逝，都得到了应有的报应。但小说的深刻之处表现在，它并没有将这个悲剧的造成简单地归结到个别人的品质上，而是通过真实的艺术描写，在更深刻的意义上揭示了造成这一爱情悲剧的社会根源。李甲和孙富是杀人凶手，可是支配李甲行为并促成孙富阴谋得逞的，却是一种强大的社会势力。

小说深刻地揭示了这一爱情悲剧结局的必然性。这里不妨提出两个问题：一是如果不因风雪阻渡，恰好停舟于孙富的船边，或者即使停舟而十娘不在船上唱歌，以致引动孙富，杜十娘的命运将会怎样呢？二是如果李甲不贪图那一千两银子，或者要是杜十娘早日透露那百宝箱的秘密，使得李甲因有巨额财富在手而不被孙富的千两银子所动，杜十娘的命运又将会怎样呢？小说以其深刻的现实主义艺术描写回答了我们：杜十娘的悲剧命运，在当时的社会条件下是必然的、不可避免的。也就是说，小说写出了悲剧的社会必然性，揭示了悲剧产生的深刻的社会根源。

风雪阻渡，江上清歌，引来浮浪公子孙富，这确是事出偶然。但是偶然性的事件只是引发出潜在的固有矛盾而已。矛盾存在着、发展着，不是在这件事上引发出来，也必然会在另一件事上引发出来。而这一矛盾，小说从一开始就以精细的笔墨，通过明明暗暗的交代点示给我们。我们看到，小说从开头到结尾，有一种忽隐忽显却又贯穿始终的社会势力在阻挠、破坏和威胁着杜十娘的爱情追求和美好理想的实现，这就是以李甲的父亲李布政为代表的封建礼教的势力。这是一股无形的，却是十分强大的社会势力。杜十娘虽然聪明机警，老练沉着，但以她的年纪、生活阅历和经验还不可能充分认识，更是她无力抗拒、无法战胜的一种社会势力。小说极其深刻而且富有说服力地揭示出，这是杜十娘爱情悲剧的真正的社会根源。李布政像幽灵一样，笼罩着全篇小说，笼罩着这个美丽动人的爱情故事。李布政和他所代表的封建礼教，才是杀害杜十娘的最主要的凶手。

小说描写在杜十娘追求爱情和幸福的道路上，主要有两个障碍。第一个障碍是贪财无义的老鸨。这一障碍，杜十娘凭借她的机智和聪明，以她长期苦心积蓄起来的钱财，没有花费多大的力气和经过太大的周折，比较顺利地就战胜了。杜十娘充分掌握老鸨的习性，根据她贪财无义的特点和急切想驱赶李甲的心理，处处置她于被动，最后使她无可奈何地被迫同意杜十娘赎身从良的要求。这方面的描写是十分出色的。第二个障碍就是作为封建礼教势力代表的李布政。这一势力从一开始就出现了，在他们离开妓院以后就成为主要的障碍，但是却没有为杜十娘所觉察，到后来愈来愈明显，愈来愈严重，待到她对这一势力终于有了清醒的认识时，已经到了悲剧的结局。在跟杜十娘的爱情关系上，李甲的心中始终存在着矛盾，对他的父亲始终怀着恐惧，这是封建礼教势力在李甲身上引起的心理反应，同时也是这一势力在他们的爱情发展中投下的一层浓厚的阴影。机巧而又善于玩弄阴谋诡计的孙富，在跟李甲的短暂接触和谈话中，一下子就发现并抓住了礼教势力在李甲身上的强烈反应对杜十娘爱情的强大威胁和影响。孙富在了解到杜十娘乃是京都名妓以后，一开始就提出："不知尊府中能相容否？"单刀直入，一下子就触及李甲的心病，也就是他心中一直没有解决的矛盾。当李甲回答说"贱室不足虑，所虑者老父性严，尚费踌躇耳"时，孙富立即"将机就机"，发动心理进攻，始而说："尊大人位居方面，必严帷薄之嫌。平时既怪兄游非礼（注意这里特意点出非礼二字）之地，今日岂容兄娶不节（注意这里再次点出不节二字）之人！况且贤亲贵友，谁不迎合尊大人之意者，兄枉去求他，必然相拒。"既而又说："若挈之同归，愈增尊大人之怒。为兄之计，未有善策。况父子天伦，必不可绝。若为妾而触父，因妓而弃家，海内（意为普天之下，足见礼教势力无所不在）必以兄为浮浪不经之人。异日妻不以为夫，弟不以为兄，同袍不以为友，兄何以立足于天地之间？"李甲听了这两段话以后，便"茫然自失"，可见确是击中了他的要害。不能"立足于天地之间"，这话是说得很重的，意思就是为礼法所不容，为社会所不容。正是在这一点上，李甲的精神才失去支撑而全面崩溃。只有在这种情况下，孙富那些露骨的离间言辞（污蔑十娘为"烟花之辈""水性杨花"等）才起到了作用，那一千两银子才具有了真正的诱惑力。孙富是看到并且利用了社会上强大的封建礼教的势力，来扩大和加强本来已经存在于李甲内心的矛盾和对李布政的恐惧心理，进而达到他的卑鄙目的的。因此，与其说孙富是以一千两银子作为手段去破坏杜十娘的爱情幸福，毋宁说他是以封建礼教作为武器打倒了孱弱自私的李甲，从而置杜十娘于死地的。或者更准确地说，孙富杀人的物质武器是金钱，精神武器则是封建礼教，而物质武器是凭借了精神武器才发生作用的。杀人的凶手是孙富，也是那个不曾露面却令人畏惧的李布政，更是李布政所代表的无形而有力、几乎无所不在的封建礼教势力。孙富以礼教作为武器从精神上击垮李甲的描写，还具有更深一层的思想意义。很显然，孙富本人是并不相信包括孝、节、礼等在内的一套封建礼教的，但他在李甲的面前却俨然以一个封建卫道士的面孔出现。这不仅暴露了封建礼教的残酷，也暴露了封建礼教的虚伪。封建礼教发展到明代后期，虽然有道学家“存天理，灭人欲”的鼓吹，实际已经不能维系人心了，许多鼓吹者自己也并不相信，更不遵守，他们只是以一些僵死的充满血腥味的封建教条去吓唬人、迫害人罢了。明代中后期许多进步思想家（李贽是其中最突出的代表）特别憎恶假道学，不遗余力地猛烈抨击假道学，是有其时代原因的。由此看来，这个着墨不多的人物孙富，在这个爱情悲剧中充当了一个不算十分重要（但也必不可少）却是很不光彩的角色，也是体现了某种时代特色的。

一些论者曾提出，孙富以一千两银子购买杜十娘，造成悲剧，显示了金钱的力量，金钱战胜了爱情，扼杀了爱情，是明代资本主义生产关系萌芽时期的新的时代特色的表现。这样的论析似是而非，并不符合小说艺术描写的实际。小说的情节发展显示得非常清楚，杜十娘在第一阶段跟老鸨作斗争时，就是凭着手中丰厚的私蓄，凭着金钱，便轻而易举地取得了胜利的。在第二阶段的斗争中，如果孙富手中的武器仅仅是一千两银子，那么，杜十娘凭着她手中那只“不下万金”的百宝箱，要战胜孙富也应该同样是轻而易举的。然而，在这时的杜十娘心中，重要的并不是李甲为了赚得一千两银子而将她卖掉，她之所以那样悲愤和绝望，在于她由此看到了李甲在封建礼教（在这里还跟封建的伦理关系结合在一起）和对她的爱情之间，终于选择了前者而将她抛弃。她看清了李甲对她并没有真正的爱情，也不可能带给她以整个生命和全部热情去追求并殷切地期待着的自由和幸福。真正的爱情不是金钱可买得来的，当然也不是金钱可以破坏得了的。对于杜十娘来说，爱情和人生理想已经破灭，那只百宝箱除了可以用来揭露李甲和孙富以外，已经失掉了任何意义。她毫不犹豫、毫不可惜地将百宝箱投诸江中，这是一种最冷静的，也是最有思想的选择。金钱可以利用礼教势力而发挥作用，而在礼教势力面前金钱却并不能显示出像有的人所估计的那样大的力量。试设想，如果真的让李甲同杜十娘一道捧着那只难以估价的“百宝箱”回到家里，难道李布政就会回嗔作喜，悲剧的结局就会转化为大团圆的喜剧么？当然不会。杜十娘正是看清了这一点，她才在“微窥公子，欣欣似有喜色”之后，毅然决然地举身投江的。杜十娘悲愤地斥责李甲“发乎情，止乎礼”，这沉甸甸的六个字，是发人深省、很有思想深度的。如前所说，聪明机智的杜十娘对于老鸨的贪酷无情，对于贵族公子的朝三暮四，都有清醒的认识，都有警惕，也都有应付的办法和手段；唯独对封建礼教的冷酷和强大，这位年轻的毕竟是涉世未深的少女，却缺乏清醒的认识和足够的思想准备，而且也没有抵御和抗击的力量。她的最后的认识，是经过了漫长的生活历程，是以理想和生命的毁灭为代价换来的。唯其如此，这六个字的控诉才显得如此深沉凝重，悲壮有力，悲剧的结局也才有如此震撼人心的力量。

“情”与“礼”（或作“理”）的矛盾，是明代中后期带有鲜明时代特色的思想矛盾和社会矛盾。《牡丹亭》通过奇异的浪漫主义幻想，反映了这一矛盾，写出“情”战胜了“礼”；《杜十娘怒沉百宝箱》则以冷峻的现实主义笔触，反映了这一矛盾，写出“礼”扼杀了“情”。杜十娘“发乎情，止乎礼”的认识，她对李甲在这种思想深度上的愤怒斥责，比之唐人传奇《霍小玉传》，在深刻地批判了门阀制度的罪恶之后，在结尾处又写霍小玉对李益及其妻妾报复的艺术处理，过多地归罪和迁怒于个人，就显得更富于思想的力度和深度了。

小说所描写的主要矛盾，是被压迫、被污辱的妇女对爱情和自由幸福理想的追求，跟封建制度和封建礼教的矛盾，在“情”与“礼”的对立中，肯定“情”，否定“礼”，控诉礼教杀人。作者对这一社会主题的认识和表现，是非常自觉的，这表现在他对李甲思想性格的刻画和对李布政这个人物的独特的艺术处理上。

李甲这个人物是作者从现实生活中概括出来的，是非常真实的。在作者笔下，李甲跟一般所谓“始乱终弃”的贵族公子不完全相同。他没有将这个人物简单化，把他写成一个毫无感情、只会玩弄妇女的好色之徒。小说十分准确地写出了他两个方面的性格特色。一方面，他是一个宦家子弟，他的阶级地位、出身教养，决定了他的前途，决定了他必然要追求功名富贵，必然要维护自己的社会地位和家庭的尊严。他就是为功名而进京的，父亲和家庭期待于他的也是获取功名而回。另一方面，他虽然是一个风流公子，却又不同于惯于寻花问柳的浪荡子弟。他对杜十娘是确确实实有一定的真实感情的。他同杜十娘“一双两好，情投意合”，在他这一面也并非全出于虚伪。手边的钱花得精光以后，为赎出杜十娘，他四处告贷，甘受凌辱，愁闷悲戚，眼中流泪，确有几分志诚。但他对杜十娘感情的基础是十分脆弱和单薄的，先是贪恋其颜色，后是感念其恩泽（他曾称十娘为“恩卿”，并说若不遇十娘，他“流落他乡，死无葬身之地矣！此情此德，白头不忘也”）。这就是杜十娘看中他“忠厚志诚，甚有心向他”的依据。十娘虽然有天真幼稚的一面，但她聪明机警，不可能选择一个毫无真实感情的伪君子作为自己终身依托的对象。但李甲却不理解，也不需要去理解杜十娘那样爱他的深层原因，他不可能像杜十娘那样将自己的生命也置于爱情追求之中。这本身就反映了他作为一个贵族公子的特性。他同杜十娘的爱情，是缺乏共同的人生追求和思想基础的。从一开始，李甲就面临着封建礼教与杜十娘爱情之间的矛盾冲突，害怕那个代表封建礼教势力的父亲李布政就是一个突出的表现。他的前途利益，跟他出身的那个阶级和家庭紧紧地联系在一起，决定他不可能彻底背叛礼教、背叛家庭而跟杜十娘结合。正如他对杜十娘诉说的他内心的矛盾和忧虑：“老父位居方面，拘于礼法；况素性方严，恐添嗔怒，必加黜逐，你我流荡，将何底止！”终于在爱情与礼教尖锐冲突的时刻，在“夫妇之欢”与“父子之伦”不可得兼的情况下，他便选择了后者而背弃出卖了杜十娘。在孙富的调唆下，他的心中已经没有了杜十娘，他因孙富“帮助”他“再睹家园之乐”而称之为“恩人”，失掉杜十娘他没有留恋和痛苦，相反却是因卸掉了沉重的精神包袱而显得那么轻松愉快，准备要回到父亲的身边去“继承家业”，去走一条父亲为他规定、期待于他、并得到当时上层社会的承认和赞许的功名富贵的道路了。在这里，在与杜十娘美好圣洁的灵魂的对比中，我们看到了一颗卑怯自私的灵魂。李甲的背叛是合乎他的思想性格的逻辑发展，也是合乎生活真实的。小说现实主义艺术描写的深刻性还在于：李甲的负义行为并不单单是他个人的品质问题，他卑怯自私的灵魂也是由那个社会铸造成的；而且读者还清清楚楚地看见，这灵魂承受不住封建礼教势力所加给它的沉重的压力。他是出于对严峻的父亲李布政和社会上礼教势力的恐惧，才最后背弃杜十娘的。他不是不爱杜十娘（虽然这爱是那样平庸和脆弱），也不像有些花花公子那样有意玩弄杜十娘，但家庭和社会为他确定了跟杜十娘完全不同的前途和幸福。他的行为是社会集团意志的反映，是受社会思想和社会势力支配的结果。正因为小说生动而真实地写出了李甲为封建制度和封建道德观念所决定的卑怯自私的灵魂，因而也就深刻地揭示了杜十娘爱情悲剧的必然性及其社会意义。小说的描写使人置信不疑：即使在路上没有因风雪阻渡而遇到孙富，只要有李甲的父亲李布政在，有支持和维护封建礼教的社会势力在，这个卑怯自私的宦家子弟李甲，终有一天必定会拜倒在父亲和他所代表的封建礼教与宗法制度的脚下，割断他对杜十娘的那一丝微弱的感情而将她抛弃的。

为了写出封建礼教势力在这个爱情悲剧中的决定作用，并充分显示这一势力的巨大和可怕，作者设计和安排了李布政这个人物，并作了精细而又严密的艺术处理。他没有让这个人物出场，却从头到尾处处都写到他，处处让人感受到他的存在和力量，感受到他影响、控制乃至能决定杜十娘未来的命运。没有出场，比直接出场活动，在某种意义上更能显示出他的力量和影响。作者艺术构思的巧妙之处就在于，他于隐显之间，让你影影绰绰却又清清楚楚地看到这个人物投射在杜十娘头上的巨大阴影。

作者的艺术构思颇具匠心。开头介绍人物就很有讲究。介绍李甲时，这样写："内中有一人，姓李名甲，字于先，浙江绍兴府人氏。父亲李布政，所生三儿，惟甲居长。"值得注意的是后一句。按理是介绍李甲，顺着语意文气，应该说"弟兄三人，惟甲居长"才比较自然，但作者却有意点出李布政，以便一开头就让读者注意这个人物。接着写李甲和杜十娘"一双两好，情投意合"，但马上又点出一句："奈李公子惧怕老爷，不敢应承。"这平平淡淡的一句，却为全篇情节的发展伏脉，直到孙富的阴谋得逞，杜十娘投江而死的结局，都与这一句有关。这还是从李甲的一面写，从他的心理感受写；接下去就正面写李布政的态度了："老布政在家，闻知儿子嫖院，几遍写字来唤他回去；他迷恋十娘颜色，终日延捱。后来闻知老爷在家发怒，越不敢回。"这已经接触到了造成这一悲剧的主要矛盾。这一段情节，主要是写杜十娘为跳出火坑跟老鸨作斗争，原本与李布政无涉，中间插进写李布政的态度，完全是出于艺术构思的需要，为了下文情节的发展，为了更好地表现小说的主题。经过如此几番简要的点示，细心的读者便已注意到李布政这个人物的存在，而且预感到两人爱情关系的发展受到这个人物态度的巨大影响，必然是道路坎坷，凶多吉少了。此后，在李甲筹划赎金的过程中，又顺笔再一次点示："他们（指李甲告贷的亲友们）也见得是，道李公子是风流浪子，迷恋烟花，年许不归，父亲都为他气坏在家。他今日抖然要回，未知真假。倘或说骗盘缠到手，又去还脂粉钱。父亲知道，将好意翻成恶意，始终只是一怪，不如辞了干净。"这里不仅再一次强调了父亲的态度，写他"气坏在家"；而且又特意点示出李甲的亲友们也惧怕李布政，都支持他对儿子的态度。这就表明，李布政的存在并不是孤立的个人，而是一种社会势力的代表。这些点示穿插，都是全篇精心的艺术构思的组成部分，为后文情节的发展，悲剧结局的出现，预作布置。如果没有这些叙写，李甲的内心矛盾失掉了产生的依据，那就很难想象孙富离间的阴谋能够得逞了。

在杜十娘跳出火坑后就面临着一个出路问题，即杜十娘所说的"吾等此去，何处安身？”十娘是早有打算，而李甲却是“计议未有定着”。这“未有定着”并非因为李甲不善谋划，关键就在于惧怕父亲。所以他说：“老父盛怒之下，若知娶妓而归，必然加以不堪，反致相累。展转寻思，尚未有万全之策。”这又一次从李甲的心理反应来写李布政。经此一点染，已清清楚楚地见出，在杜十娘离开妓院以后，她争取自由幸福的道路上主要的障碍便是李布政了。而李甲的话已充分地表露了他内心的软弱、动摇、恐惧，矛盾还只是潜伏着，他就已经那样畏畏缩缩不敢前进了。但杜十娘此时却并未感觉到这个人物对她的威胁，她对李甲的答话表现了她的天真幼稚，她把生活设想得过于美好了。她说：“父子天性，岂能终绝。既然仓卒难犯，不若与郎君于苏杭权作浮居。郎君先回，求亲友于尊大人面前劝解和顺，然后携妾于归，彼此安妥。”威胁临头的形势，跟杜十娘的幼稚天真、热情期待形成强烈的比照；读者在感受到那种相当尖锐却还隐而未显的矛盾冲突时，不能不把自己的同情倾注给这位天真的少女。

经过这一路的点染之后，小说的情节逐渐发展到高潮。从表面上看，作为小说主体和高潮的最后一个部分，描写的是杜十娘与阴险狠毒的富商子弟之间的矛盾冲突；实质上，矛盾冲突仍然是以李布政及其所代表的封建礼教势力，对杜十娘爱情追求的反对和迫害作为主线展开的。孙富的全部活动，他的阴谋诡计的立足点，在于抓住了李甲“老父性严，尚费踌躇”的矛盾恐惧心理。孙富非常清楚地看到，李布政的威胁（也就是封建礼教的威胁），是他可以利用来离间李甲、破坏杜十娘爱情，以达到夺人之美目的的重大力量。从孙富提出问题“尊府中能相容否”开始，整个矛盾冲突都是围绕着李布政展开的。因此，矛盾的对立面，站在前台的是孙富，在后台起决定作用的却是李布政。李布政没有出场，却影响和支配着整个矛盾冲突的发展，决定了事件必然的、不可改变的结局。通过这样巧妙的艺术处理，小说有力地突出了控诉礼教杀人的主题思想。

小说的细节描写也是十分精彩而具有思想深度的。对百宝箱的描写即是一例。为了写出这只百宝箱，显示出它的重要意义，先写杜十娘跟院中诸姊妹的深厚情谊。先二日，“谢（月朗）、徐（素素）二美人各出所有，翠钿、金钏、瑶簪、宝珥、锦袖、花裙、鸾带、绣履，把杜十娘装扮得焕然一新，备酒作庆贺筵席”。单是这身装扮，谢、徐二人所赠已经非常丰厚了，加上此前又曾借贷路费，可临行之际，众姊妹来送行时又抬来了百宝箱。月朗道：“十姐从郎君千里间关，囊中消索，吾等甚不能忘情。今合具薄贶，十姐可检收，或长途空乏，亦可少助。”“说罢，命从人挈一描金文具至前，封锁甚固，正不知什么东西在里面。十娘也不开看，也不推辞，但殷勤作谢而已。”故意写得真真假假、闪闪烁烁，让读者在疑信参半中注意到这只带有神秘色彩的百宝箱，并思考它的意义。这一方面是为后文写沉江的场面伏笔，预作暗示，不使人感到突然；另一方面更重要的是借此表现杜十娘的机警和老练，表现她对自由幸福生活热切而又坚韧的追求。这只百宝箱，是她在七年风尘生活中，瞒着贪婪的老鸨，辛辛苦苦、点点滴滴地积累起来的。存放在谢月朗那里，也是经过严密的考虑、苦心的安排，才得免于在突然被逐之时落入老鸨之手。不告诉李甲，是因为还要继续对他进行观察和考验。这样精细的描写，很好地表现了这只百宝箱对杜十娘来说不是一般的财产，而是一个被压迫、被蹂躏的妇女争取自由幸福生活的理想的寄托，是她热切向往新生活的思想感情的结晶。只有人生的理想彻底破灭，生命已经失掉了意义时，才会毫不可惜、毫不留恋地抛掉这只箱子。由于前面有这一些细节描写，读者就更能体会到怒沉百宝箱这一行动的深刻的悲剧意义。

还有两处细节描写也富于深刻的含义。一是写众姊妹为十娘送行，连日两次为她备酒设宴庆贺，席间众人“把盏称喜，吹弹歌舞，各逞其强，务要尽欢”。这一方面是为了情节发展的需要，巧妙自然地引出那只百宝箱；另一方面则是为了表现杜十娘跳出火坑以后，在长期向往追求的自由幸福生活的理想即将实现时那种无限欢乐的思想感情。二是关于风雪阻渡、清江夜歌的描写。这是“久疏谈笑”以后的纵情放歌。从情节发展来看，这一描写当然非常重要，没有十娘美妙的歌声就不会引来孙富，掀起波澜；更重要的仍然是为了再一次表现、渲染杜十娘此时欢乐的心情。这歌声，既吐出了过去长久被压迫剥削的抑郁之气，又唱出了跳出火坑之后对未来生活充满希望的无限欢乐之情。这两段细节，都对后面表现杜十娘被出卖、理想破灭之时的无限悲愤和痛苦的心情起到了很好的反衬作用。可以说，没有前面那种自由幸福的理想即将实现时充满希望的无限欢乐，也就没有后面那种由于理想的破灭、人生的绝望而产生的深沉悲愤。希望和失望，欢乐和痛苦，温柔和刚烈，热情和冷峻，由于前后富有特色的细节和场面描写，形成了鲜明强烈的对比和映衬，因而成功地表现了人物，揭示了主题。

# 第七章 《聊斋志异》

## 第一节 蒲松龄的生活和《聊斋志异》的创作基础

中国古典小说发展到清代，产生了两部带总结性的作品，一部是《红楼梦》，一部就是《聊斋志异》。《红楼梦》是长篇小说的总结，《聊斋志异》是短篇小说的总结。这两部小说在思想艺术上都达到了很高的水平，代表了中国古典长篇小说和短篇小说发展的高峰。

《聊斋志异》的出现，在中国小说史上可以说是一个奇迹。唐宋以后，古代小说的发展出现了文言和白话两途，白话小说以其语言的通俗和内容的贴近现实而得到广泛的传播，取得了压倒的优势；文言小说虽然代不乏作，数量亦相当可观，但是有影响的传世佳作却非常少。宋代“说话”艺人总结他们的艺术经验说：“话须通俗方传远。”这里的“话”是故事的意思，但无疑也包含了语言的因素在内。《聊斋志异》的语言用的是相对比较典奥的文言，远不如白话小说那么通俗，但它在中国广大群众中的影响，却完全可以同古代通俗的长篇名著《三国演义》《水浒传》《红楼梦》等相媲美。这说明，《聊斋志异》在思想艺术上有足以克服其语言障碍的独特成就。

这部文言短篇小说集，虽然写的大多是一些花妖狐魅的故事，充满奇思异想，但它却深切地反映了现实的社会人生，反映了广大人民群众的思想感情。这是它受到广大读者喜爱的根本原因。而这些，又都是同作者蒲松龄的生活遭遇、生活体验和文化素养分不开的。

蒲松龄（1640—1715），字留仙，又字剑臣，淄川（今属山东淄博市）人。他出生的村庄原名满井庄，村口有一眼泉井，泉水清澈四溢，四周翠柳掩映，他因自号柳泉居士。他生活于明末清初中国封建社会末期一个黑暗腐朽的时代。连年的战乱和自然灾害，加上繁重的科税和贪官污吏的敲剥，使广大人民遭受深重的苦难。这都是他亲身经历和亲眼所见的，自然会对他的思想和创作产生重要的影响。

蒲松龄出生在一个世代书香却功名不显的家庭。父亲蒲槃虽然弃儒经商，但他广读经史，学问渊博，在思想和文化教养上都对蒲松龄产生了极大的影响。蒲松龄从小受到儒家思想的影响，有经世济民的政治理想。他曾写过一篇《循良政要》的文章，针对时弊，提出一套切实可行的政治措施。他自幼聪慧好学，十九岁时就连续以县、府、道三个第一考中了秀才，并且得到山东学道、清代著名诗人施愚山的赏识，在当地很有文名。他热衷功名，热切地希望能通过科举考试进入仕途，实现他经世济民的政治理想。但考了几十年却连一个举人也没有考中，直到七十二岁时才援例被拔为岁贡生，但这时对他已经没有什么意义了。对科举考试的热衷和失败，使他对科举考试制度的弊端和腐败，以及落第士子的内心痛苦，都有极为深切的体验。这就使得揭露和批判科举考试制度，成为《聊斋志异》的重要内容。

蒲松龄的一生，绝大部分是在山东农村度过的。但在他三十一岁那年，曾经有一次南游的经历。这就是他应同乡好友在江苏扬州府宝应县任知县的孙蕙的邀请，到那里去做幕宾。幕宾相当于今天的私人秘书，在封建时代就是替人捉刀的文牍师爷。这是他一生中唯一的一次离开山东农村，也是他足迹最远之处。他应幕到南方，原因主要有三：一是为了生计；二是因为岁试和科试都不得意；三是出于朋友的情谊。孙蕙，字树百，比蒲松龄大九岁，是蒲松龄的同乡好友。在淄川是个富室，家中有园林，堆岩布壑，有山有水。又在博山置别馆，“流泉曲曲，万木茏葱”。他又喜声伎，“金粉罗绮，列屋而居”①。这次南游的时间，是从1670年秋到1671年秋，即蒲松龄三十一岁到三十二岁。主要是在宝应，1671年元宵节后曾随孙蕙游扬州。这年三月，孙蕙调署高邮州（今江苏高邮市），蒲氏随往。做幕宾的工作和生活都是非常单调的，主要是替孙蕙起草书启、呈文、告示等。他后来将这些代人捉刀的文稿抄订成四册，题为《鹤轩笔札手稿》。他同孙蕙虽为朋友，但毕竟有主宾之分，蒲松龄不免时时有寄人篱下之感，加上他时时惦念着参加科举考试，所以刚一年时间就辞幕返回故里了。

这段经历虽然时间不长，且生活很不得意，但对他的思想和创作都有着很重要

① 王培荀:《乡园忆旧录》卷二。

的影响。首先是南方的自然山水、风俗民情，开阔了他的眼界，陶冶了他的性情。王洪谋《柳泉居士行略》中说："然家贫不足自给，遂从给谏孙树百于八宝，因得与成进士康保、王会状（元）或丹兄弟、陈太常冰壑游，登北固，涉大江，游广陵，泛少（邵）伯而归。"[①] 北固指镇江的北固山，大江就是长江，广陵就是扬州，少伯即邵伯湖，都是江南风景胜地。他在《南游诗草》中写了不少描绘江南山水的诗作，如《泛邵伯湖》、《扬州夜下》、《与百树论南州山水》、《夜登维扬》、《河堤远眺》其四、《泰山远眺》（按此泰山系指高邮泰山）等。江南自然山水对蒲松龄创作的影响还不只是精神上的陶冶，对他创作《聊斋志异》也有直接的意义。某些作品对江南乡村景色的描绘，就同这一时期的生活体验分不开。如《王桂庵》一篇中，写王桂庵在镇江所见柴门疏竹、红丝（即马樱花）满树、红蕉蔽窗等景色，显然都是江南所特有的。如果作者没有这段生活做基础，不可能写得如此逼真如画，富于生活气息。

其次是深切地感受到即使在号称富庶的南方，人民的生活也是同样悲惨，社会矛盾也是同样尖锐的。他在这时期所写的诗中，以同情的笔墨表现了高邮人民所受的水灾之害。城北的清水潭，在运河堤旁，地势低洼，河水常常决堤酿成灾害。他在《清水潭决口》一诗中写道："河水连天天欲湿，平湖万顷琉璃黑。……东南濈濈鱼头生，沧海桑田但顷刻。岁岁滥没水衡钱，撑突波涛填泽国。朝廷百计何难哉！惟有平河千古无长才。"[②] 他对统治阶级的腐败无能和不关心民生疾苦，提出了愤怒的抗议。在《夜坐悲歌》一诗中，他抒写了在人民遭受水灾时内心的痛苦和忧闷："黄河骇浪声如雷，游人坐听颜不开。短烛含愁惨不照，顾影酸寒山鬼笑……但闻空冥吞悲声，暗锁愁云咽秋雨。"[③] 在夜深空冥之中，作者听到的，除了惊涛骇浪如雷的吼声，就是受灾人民的饮泣吞悲之声，这声音是这样的凄凉哀怨，以致愁云暗锁，秋雨也哽咽了。作者的感触是多么的深切，同情又是多么的深厚。反映南方人民的疾苦，表达自己忧愤心情的作品还有不少，如《再过决口放歌》《养蚕词》《牧羊辞，呈树百》等。而另一方面，却是王孙公子醉生梦死的享乐生活，他在《贵公子》四首中摄下了与上述情景形成强烈对比的镜头："斜阳归去醉模糊，酣坐金鞍踏绿芜。落却金丸无觅处，玉鞭马上打苍奴。"（其一）"夜半梧桐隐玉钩，朱门挽辔系

① 北京大学图书馆藏抄本《聊斋遗集》。

② 《蒲松龄集》，上海古籍出版社，1983 年，第 465 页。

③ 同上。

骅骝。两行红烛迎人入，一派笙歌绕画楼。”（其二）“罗绮争拥骕骦裘，醉舞春风不解愁。一曲凉州公子醉，樽前十万锦缠头。”（其三）[1] 诗人纯是客观的描绘，没有一句议论，也没有一句斥责，但与上列诸首一对比，作者的愤懑和爱憎感情，就非常鲜明强烈地表现出来了。南游的这一年在内，蒲松龄亲身经历和目睹的人民的苦难和血泪以及由此产生的满腔的忧愤，便成为他创作《聊斋志异》重要的生活基础和思想基础。

幕宾的身份还使他有机会广泛接触封建官僚，并熟悉官府的种种黑暗内幕和政治腐败。从他代孙蕙写给上级的信中，可以看出当时政治黑暗之一斑。如他为孙蕙所写的《二月廿四日上布政司书》[2]，这封信是因上级委任孙蕙兼管高邮印务，而孙蕙婉转辞谢而写的，信中历数了为官之难，正反映出吏治之腐败。又《拟请拨补驿站上巡抚书》[3]，信中谈到驿站的经费不足，就因为官吏的敲诈勒索，那些“意外飞差”，本来是“不用夫马”的，“亦多为需索，以便按其数目，折而入之腰橐，稍拂其意，呵骂不啻奴仆”，这使得孙蕙苦不堪言。在信中说：“卑职之苦累，真有心可得而会，口不可得而言者也。”这虽是替孙蕙代笔，写来却有切肤之痛，显然也是包含了蒲松龄本人目睹身历的生活体验在内的。又如《十一月十七日与淮安（知府）王克巩》[4]，信中向知府呈述了一群恶徒借知府之势，“怒如虎狼”，“目无王法”的情况。从《聊斋志异》反映政治黑暗的篇章中，我们不难感受到他从生活中直接得来的鲜活体验。

另外，孙蕙喜欢蓄妓养优，这又使得他有机会同南方受封建礼教影响较少、思想比较开放而又富于才情的歌妓舞女们接触，并同她们中的一些情趣相投、才情出众者，建立起深厚的情谊。他有好几首诗记述孙蕙宴饮歌舞的享乐生活。如《树百宴歌妓善琵琶，戏赠》七言绝句五首[5]，详细地描写了琵琶女的容貌、服饰、神态以及按红牙的指法等等。《戏酬孙树百》七绝四首，记述了孙蕙“五斗淋浪公子醉，雏姬扶上镂金床”的放浪生活。最突出的是孙蕙过生日，大开寿筵，招梨园演

① 《蒲松龄集》，第 465 页。
② 同上书，第 126 页。
③ 同上书，第 127 页。
④ 同上书，第 154 页。
⑤ 同上书，第 471 页。

戏，灯红酒绿，妙舞轻歌，作者写成七古一首，题为《孙树百先生寿日，观梨园歌舞》①。在他有关歌妓的诗中，提到名字的有两个人，一个是歌女顾青霞，一个是舞女周小史。尤其是顾青霞，两人过从甚密，感情颇深。有一首《听青霞吟诗》云："曼声发娇吟，入耳沁心脾。如披三月柳，斗酒听黄鹂。"②极力渲染她吟诗的美妙动听，以至于以在春日柳荫下一边喝酒一边听黄鹂鸣叫的愉悦感受来相比。这是一个儒雅风流、很有文学修养的风尘女子。她能很好地理解唐诗，并感情深挚地将它吟唱出来，极富于艺术感染力。蒲松龄特为她选了唐诗绝句一百首，供她吟唱，并有《为青霞选唐诗绝句百首》诗记其事：

为选香奁诗百首，篇篇音调麝兰馨。
莺吭啭出真双绝，喜付可儿吟与听。③

赞美她的歌喉堪与音调美妙的唐诗绝句媲美而称为"双绝"。又有一首七绝（缀于《听青霞吟诗》后，题为《又长句》）云：

旗亭画壁较低昂，雅什犹沾粉黛香。
宁料千秋有知己，爱歌树色隐昭阳。④（自注：青霞最爱斜抱云之句。）

后来顾青霞不幸去世，蒲松龄还去探视她的墓地，并作诗哀悼她。《伤顾青霞》云：

吟音仿佛耳中存，无复笙歌望墓门。
燕子楼中遗剩粉，牡丹亭下吊香魂。⑤

① 《蒲松龄集》，第477页。
② 同上书，第463页。
③ 同上书，第673页。
④ 同上书，第463页。
⑤ 同上书，第676页。

诗中直将她比作《牡丹亭》中的杜丽娘，足见作者对她的评价之高和感情之深。

另一首《周小史》[①] 是一首四言诗，记舞女“凤舞鸾翔”的翩翩舞姿，也是极尽赞美之能事。此外有关民间女艺人的诗词还有多首，如《与王心逸兄弟共酌，即席戏赠》（七律二首）、《西施三叠·戏简孙给谏》（《聊斋词集》）对歌妓的外貌、心理、神态等，都描摹得极为生动传神，赞美之情溢于言表。《赠妓》绝句十一首，对妓女的不幸遭遇表示了深切的同情。他在《日用俗字》的第二十五章《衏衕》（同行院，指妓女）中，也对妓女的悲惨屈辱的生活作了真实的描写，同样表现出深切的同情。这些体验和感情，都是跟南游在孙蕙那里做幕宾这一段生活分不开的。这些生活体验，都熔铸到他的《聊斋志异》中去，创造出形形色色的鲜明生动的人物形象，尤其是那些优美动人的花妖狐魅的妇女形象。

南游归来以后的生活，是一边舌耕度日，一边积极准备科举考试，生活是极其艰苦的。王洪谋《柳泉居士行略》云：“自是（指北归）以后屡设帐缙绅先生家，日夜攻苦，冀得一第。”这是他主要的奋斗目标，也是他主要的生活内容。与此同时，他也在奋力写作《聊斋志异》，创作他的那部寄托孤愤的“鬼狐史”。“屡设帐”，所指当不止一次，也不止一家。现在考知，在康熙十三年（1674，作者三十五岁）前后，他曾在丰泉王家设帐，与王观正（号如水）关系密切。[②] 康熙十八年（1679，作者四十岁），他开始在西铺毕际有家坐馆，一直到 1710 年初，即作者已年交七十一岁时，才撤帐回家，前后共历三十年的时间。坐馆教书，舌耕度日，对当时的蒲松龄来说，既是迫不得已，又是非常合适的生活方式。既可以谋生计，又可以习举业，同时还能获得搜集民间传说，创作《聊斋志异》的良好机会。尤其是在毕际有家，具备极优越的条件。毕际有，字载绩，号存吾，淄川西铺人，官至江南扬州府通州知州，是明代尚书毕自严的儿子。毕家系世家大族，家中有园林之胜，又藏书甚富。蒲松龄诗中写到毕家优美园林的不少，以“石隐园”为题的就有多首，又有《和毕盛钜石隐园杂咏》绝句十六首，以毕氏石隐园中的风景为题，一景一题，共十六景十六题。在《次韵毕刺史归田》（作于 1679 年，作者四十岁）中有句云：“石隐园中石色斑，白云尽日锁花关。疏栏傍水群峰绕，芳草回廊小径弯。……武陵天地非尘

---

① 《蒲松龄集》，第 663 页。

② 参见王枝忠《关于蒲松龄生平经历的几点考订》，《蒲松龄研究集刊》第四辑；袁世硕《蒲松龄与丰泉乡王氏》，《蒲松龄事迹著述新考》，齐鲁书社，1988 年。

境，不必巢由更买山。”[①] 他在效樊堂读书，在绰然堂与毕氏兄弟谈狐说梦。他与毕家关系几十年一直很好，《赠毕子韦仲》其三云：“宵宵灯火共黄昏，十八年来类弟昆。……疏狂剩有葵心在，肺腑曾无芥蒂存。高馆时逢卯酒醉，错将弟子作儿孙。”[②] 毕家有许多应酬文字如书信、祭文、墓志等都由蒲氏代笔。他还写过一篇《绰然堂会食赋并序》（见《聊斋文集》卷一）生动地描绘了毕家六个弟子与他同桌共食的情景，真是不分内外，情同家人。

这个时期，虽然劳顿艰苦（西铺与蒲家庄往返百余里，数月一次探家），但家庭经济情况略有好转：“此三十年内，不孝辈以次析炊（即分家），岁各谋一馆，以自糊其口，父子祖孙分散各方，惟过节归来，始为团圞之日。自是我父始不累于多口。又加以我母节省冗费，瓮中始有余粮。”[③] 直到晚年，他的生活才稍微安定闲适，不再为衣食所困。

蒲松龄长时期生活贫困，与穷苦农民有着大体相近的生活遭遇。他曾在《斋中与希梅薄饮》一诗中这样描绘他的生活境况：“久典青衫唯急税，生添白发为长贫。”[④] 这样的生活，使他接近下层，了解和熟悉劳动人民的生活与思想感情；对政治的腐败和黑暗，都有极其深切的感受。这是他能够在《聊斋志异》中充当人民的代言人，传达人民的爱憎感情和愿望要求的重要基础。

蒲松龄自幼爱好民间传说，喜欢搜集精魅神鬼的怪异故事，积累很多；但他不是单纯的记录，而是熔铸进自身的生活体验和爱憎感情，以毕生的精力写出了这部文言短篇小说集。“聊斋”是他书斋的名字，在聊斋中写下许多花妖狐魅的奇异故事，所以取名《聊斋志异》。

《聊斋志异》的创作始于二十多岁的青年时期，到康熙十八年（1679，作者四十岁）到西铺坐馆以前，已初步结集成书，故有《自志》之作。同年有同邑人退职御史高珩为之作序。但当时规模还不大，以后又继续补充创作，数量不少。在缙绅家坐馆的这三十多年时间，当是主要的创作时期。辞馆归家的晚年，在进行加工、修订、整理的同时，或亦时有新作产生。应该说，蒲松龄的一生，虽然科场上失意

① 《蒲松龄集》，第515页。

② 作于五十八岁，同上书，第568页。

③ 蒲箬:《柳泉公行述》，同上书，第1819页。

④ 同上书，第564页。

使他情志灰冷，但生命和热情融入《聊斋志异》的创作中，人生的追求总算是有所寄托了。

《聊斋志异》虽以神鬼怪异为主要内容，却同传统的志怪小说有很大的不同，目的并不在张扬神道，也不是单纯博人愉悦的游戏之作和消闲之作，而是一部充满现实生活血肉的抒发孤愤之作。蒲松龄在南游时写过一首《感愤》诗，其中有这样的句了："漫向风尘试壮游，天涯浪迹一孤舟。新闻总入《夷坚志》（一作鬼狐史），斗酒难消磊块愁。"①《夷坚志》是宋代洪迈写的一部志怪小说集，这里用来借指他当时正在写作的《聊斋志异》。这两句诗的意思是说，他创作《聊斋志异》，是为了抒发和消解内心郁积的悲愤和不平。他在《聊斋自志》中，就将《聊斋志异》称为一部"孤愤之书"，并且深深地感叹说："寄托如此，亦足悲矣！"难能可贵的是，蒲松龄在书中所寄托的"孤愤"，并不仅仅是因为他个人怀才不遇、穷困潦倒而产生的不平，而主要是同广大被压迫人民思想感情息息相通的对黑暗现实的强烈愤懑。

## 第二节　蒲松龄的著作和《聊斋志异》的版本

蒲松龄一生创作繁富，据张元《柳泉蒲先生墓表》，"所著《文集》四卷，《诗集》六卷，《聊斋志异》八卷"。此外还有杂著五种，戏三出，通俗俚曲十四种。除《聊斋志异》外，所存作品大部分收入路大荒所编的《蒲松龄集》中。计：《聊斋文集》十三卷，《聊斋诗集》五卷，续录一卷；《聊斋词集》一卷；杂著两种；戏三出；《聊斋俚曲集》十三种（《富贵神仙》与《磨难曲》算作一种）；并附重订《蒲柳泉先生年谱》。但此书编辑较早，有缺漏，也有误收。其后经学者广搜佚作，又先后有马振方《聊斋遗文七种》（北京大学出版社）和盛伟新编《蒲松龄全集》（学林出版社）出版。

《聊斋志异》的版本主要有：

**一、半部手稿本**

原稿藏辽宁省图书馆，1955 年由文学古籍刊行社影印出版。影印本分装四册，共收作品 237 篇。其中第一册的最后一篇《猪龙婆》与第二册的第 24 篇重复，后

---

① 一题作《十九日得家书感赋，即呈刘子孔集、孙子树百两道翁》，《蒲松龄集》，第 476 页。

者在原稿上有勾销的符号，并于书眉上注明“重”字，故实收作品236篇。其中有25篇是通行的青柯亭刻本没有的。影印本出版说明中说“有二十八篇”，误。因《鬼哭》青柯亭本题作《宅妖》（在卷十三），《绛妃》题作《花神》（在卷十六），《青蛙神》之“又则”题作《募缘》（在卷十三），这三篇名异而实同，青柯亭本不缺。

**二、康熙抄本**

藏山东省博物馆，未影印。据山东学者介绍，存四整册零一残册，另有两个残册。大约抄于康熙四十七年后，最接近于作者的手稿本，有人甚至认为是直接根据手稿本过录的。此抄本保存了一部分已亡佚的半部手稿本中的作品，共存作品271篇，有很高的校勘价值。

**三、铸雪斋抄本**

铸雪斋抄本是现在能确定具体年代的时代较早的一部抄本，现藏北京大学图书馆。据抄者历城张希杰（铸雪斋是他的书斋名）的跋语，署年是“乾隆辛未秋九月中浣”（即乾隆十六年，1751），距作者去世仅三十六年。全书共十二卷，收目488篇，其中有目无文的14篇，实收作品474篇（部分作品有残缺），是目前保存作品最完整的抄本之一。1975年上海人民出版社影印出版，1980年又校点排印出版，影印本和校点本都据别本补足了有目无文的14篇。

**四、二十四卷抄本**

二十四卷抄本是1962年在山东淄博市周村发现的，故又称为周村本。原稿藏山东人民出版社，1980年由山东齐鲁书社影印出版，1981年又校点排印出版。据山东的学者考证，此本可能抄于乾隆十五年（1750）至乾隆三十年（1765）之间，但也不排除是道光、同治年间据乾隆时期抄本过录的。[①] 二十四卷抄本与铸雪斋抄本的抄录时间相差不太远，所以它跟铸本一样，也是目前所能见到的时间较早的抄本之一。

**五、《异史》本**

1963年6月由中国书店发现，现藏于北京中国书店。1990年由中国书店影印出版，1993年安徽文艺出版社校点出版。题为《异史》，六卷。据考证，大约抄于雍正年间，比康熙抄本晚而早于铸本及二十四卷抄本。在已发现的各抄本中，此本

---

① 参阅孟繁海《谈〈二十四卷抄本聊斋志异〉》，《蒲松龄研究集刊》第一辑，齐鲁书社，1980年，以及齐鲁书社《二十四卷抄本聊斋志异》的出版说明。

收文最多。全书总目485篇，《跳神》一篇有目无文，实收484篇。其中还有别本列为两篇的（如《阎罗》《义犬》《白莲教》等），此本均合而为一，或一题两则的（如《青蛙神》《五通》各有以“又”为题的另一篇），此本也都合二为一。这样，实际篇数应为489篇，比搜罗最全的张友鹤的“三会本”实际篇数仅少5篇，是各本中篇目最全的，可以说是近于全本的一个抄本。此本的文字接近于手稿本。

**六、黄炎熙选抄本**

此本1934年发现于成都，现藏于四川大学图书馆。系由浙江山阴人谢桐生于清咸丰年间携入四川的一个本子。全书共十二册，每册一卷，今仅存十册，缺第二、第十二两册。卷一首页第三行有“榕城黄氏选尤”六字，为乾隆初年福建榕城（今闽侯）黄炎熙（字斯辉）所选辑，计收263目，268篇，为选抄本。

**七、青柯亭刻本**

赵起杲于乾隆三十一年（1766）所刻的《聊斋志异》十六卷，是现存《聊斋志异》最早、流行最广、影响最大的一个刻本。青柯亭本的最大功绩，在于广泛地传布了《聊斋志异》，在手稿本、铸雪斋抄本、二十四卷抄本、《异史》本等发现和影印出版之前，人们阅读和研究《聊斋志异》，几乎就只知道、只凭借这个本子。

但此本篇目不全，经编校者删汰，较铸本、二十四卷抄本少收四十余篇，其中有些篇还是思想艺术皆佳的重要篇章。又在文字上作了窜易修改，特别是为清代的文字狱所慑，许多他们认为触犯时忌而实际上表现了蒲氏思想锋芒之处，都作了删改，使读者不能得见蒲氏原作的真实面貌。青本编校所据各本“编次前后”均不相同，而编校者“只就多寡酌分卷帙，实无从考其原目”；又加上是先从十六卷本中选刻十二卷，后又续刻了四卷，凑成十六卷[①]，故编次、分卷相当混乱，比之铸雪斋抄本和二十四卷抄本来，距原稿的面貌更远。值得重视之处是，它所据的底本是三种抄本，有的还出自原稿，文字上也有参考价值。

**八、三会本《聊斋志异》**

由张友鹤编校的会校、会注、会评本《聊斋志异》，简称为三会本。1962年中华书局上海编辑所第一版，1978年上海古籍出版社再版。三会本在版本、注释、评点三方面都带有总成的性质，作了一次在今天看来还只能说是初步的然而却是规模

---

① 《青本刻聊斋志异例言》，三会本《聊斋志异》卷首，第28页。

宏大的总结，为研究工作者提供了一个比较全面、资料十分丰富的新版本，三十多年来在学术界产生了广泛的影响。

三会本以手稿本和铸雪斋抄本为基础，凡手稿本有的作品以手稿本为底本，手稿本没有的则以铸雪斋抄本为底本，又参校了共十四种不同的版本。全书依铸雪斋抄本的编次分为十二卷，共收作品491篇（如加上《五通》又则，《青蛙神》又则，及《王桂庵》附《寄生》，则为494篇，是目前《聊斋志异》收文最多、最完备的本子）。

三会本的价值主要表现在：

（1）用十几种版本对异文作了会校，凡有异文处均在该句下出校记，说明某本作某字；有时虽然以手稿本或铸雪斋抄本作底本，但经过文字比勘，也是择善而从，并出校记。如卷二《聂小倩》一篇："女起，容颦蹙而欲啼"，在"容"字下出校记云："此据青本，稿本、抄本无容字。"这样，一册在手，等于得到了好几种版本，而且每句下出校记，最方便读者作比较。

（2）将通行本（青本）刊落的佚文，从各本搜集会辑在一起，提供了一个比较完整的本子。有疑问的九篇置于全书之末作为附录，态度也比较审慎严谨。

（3）搜集了多家评语。《聊斋志异》的评语，过去比较重要的有四家：王士禛、冯镇峦、何守奇、但明伦。但评流传最广，次为何评，冯评流传较少，却不乏精彩之见。光绪十七年（辛卯，1891）合阳喻焜将四家评合在一起，刻印为《聊斋志异合评》，但一般读者也很难见到。三会本于四家评之外，又收集了手稿本无名氏甲、乙评，王金范选刻本王评，遗稿本段（甡）、胡（泉）、冯（喜赓）、刘（瀛珍）七种共十一家评。虽然还不够完备，但已为研究者提供了前此从未有过的丰富资料。

（4）三会本会辑了吕湛恩、何垠两家注，同时又经过选择整理，以较严谨的吕注为主，以较芜杂的何注为辅，去其重复，正其谬误，删其费词，稍改旧注繁琐冗杂之弊。每句下，先列校记，次列注文，后列评语，最便检阅。

（5）卷前附录各本序跋题辞。书中除收入通行本所附的作者自序、高珩、唐梦赉序外，还汇集了余集序、赵起杲弁言、冯镇峦《读聊斋杂说》、但明伦序、喻焜序、陈廷机序、刘瀛珍序、胡泉序、段雪亭《聊斋志异遗稿例言》、殿春亭主人跋语、南邨跋、蒲立德跋、张希杰（即练塘老渔）及题辞多则。虽然还不能称十分完备，如十分重要的王金范十八卷本序，蒲立德《书〈聊斋志异〉济南朱刻卷后》等都没有收入，但毕竟为我们提供了相当丰富的第一手资料。

但三会本编校时间较早，当时所取底本除手稿本之外，用了文字距手稿本较远的铸雪斋抄本，未免失当。且当时一些重要版本尚未发现，未能取以参校，也是重大的缺憾。

**九、全校会注集评《聊斋志异》**

任笃行辑校，齐鲁书社2000年版。是在张友鹤三会本基础上编校而成的最新的三会本，弥补了张友鹤三会本底本选取失当和参校本不全之不足，序跋和评语收罗亦最为完备。但此书的校勘方面尚存在一些疏漏和不足①，我们期待辑校者经过修订后，使之成为一部完善的既可供研究者使用，又最便于爱好《聊斋》的读者阅读的最佳版本。

**十、全本新注《聊斋志异》**

朱其铠主编，人民文学出版社1992年版，“中国古典文学读本丛书”之一种。本书采用半部手稿本和铸雪斋抄本做底本，以康熙抄本及二十四卷抄本作为参校本。共收作品494篇。但亦如张友鹤三会本一样，未及采用《异史》本进行参校。全书校勘严谨，凡校改，必有所据，并以注释形式做出校记；用白话作注，通俗简明，亦较准确，最便一般读者阅读。

## 第三节　奇异世界中的现实人生

《聊斋志异》全书将近五百篇作品，除了少数篇章是写的现实故事以外，多数都是充满奇异幻想的花妖狐魅的故事。但在《聊斋志异》所创造的奇异世界中，却充满了人间气息，充满了现实生活的血肉；所提出的问题，涉及重大的社会矛盾，反映了广泛的社会人生。可以说，《聊斋志异》是一部以幻想的形式写成的社会问题小说。

《聊斋志异》所反映的社会人生，概括起来，主要有这样几个方面：

**一、抨击黑暗政治，揭露封建统治阶级的罪恶**

这类作品，集中地反映了广大人民群众反压迫、反剥削的要求，主要是暴露封建官吏的贪和虐。《梅女》中写一个典史，因为收受了小偷三百钱的贿赂，就颠倒

---

① 具体例证可参考拙作《〈聊斋〉的版本和〈聊斋〉的欣赏》一文，《蒲松龄国际学术研讨会论文集》，中国文联出版公司，2001年。

黑白，包庇小偷，诬陷被害者，逼得无辜的梅女含冤自缢。小说借人物之口怒斥典史道："汝本浙江一无赖贼，买得条乌角带（小官的服饰），鼻骨倒竖矣！汝居官有何黑白？袖有三百钱，便而翁也！"《梦狼》运用象征的艺术手法，通过梦境来揭露封建官吏的吃人本质。白翁的儿子白甲在外地做官，白翁在梦中到了他的衙门，看见的是巨狼当道，"堂上、堂下，坐者、卧者，皆狼也"。庭院之中是"白骨如山"，儿子白甲则化为一只老虎。这种梦中的幻境，实际上是黑暗现实的反映和写照。《席方平》则通过阴间来反映阳世。席方平的父亲被仇人买通冥吏遭受酷刑，席方平的灵魂到阴间为父申冤报仇。可是上至冥王，下至郡司、城隍，无不贪赃枉法，凶暴残忍，不但不明辨是非，伸张正义，反而对席方平施以种种酷刑。小说通过二郎神的判词，斥责这些统治者是："唯受赃而枉法，真人面而兽心！"《续黄粱》中，写曾孝廉在梦中做了宰相，贪赃枉法，无恶不作，甚至到了"扈从所临，野无青草"的地步。小说里说他"可死之罪，擢发难数"。

除了官府的黑暗腐败，豪绅恶霸的罪行，也是《聊斋志异》揭露和鞭挞的对象。《红玉》中写被罢了官的宋御史，横行乡里，欺压良民。他看见别人的妻子长得漂亮，就派人在光天化日之下到人家里去抢夺，逼得人家破人亡。而官府却包庇他的罪行，使受害者的冤屈无处可伸。《窦氏》写恶霸南三复诱奸了一个纯朴的农家少女，在她怀孕以后又将她抛弃，生产后母子被逼，僵死在南三复的门前。

《聊斋志异》抨击黑暗政治的作品有如下几个鲜明的特色：

（1）小说揭露的是整个吏治的腐败，而不是个别官吏的品德不好。这就触及封建政治的本质问题。在《梦狼》篇末的"异史氏曰"中，作者愤慨地说："窃叹天下之官虎而吏狼者，比比也。即官不为虎，而吏且将为狼，况有猛于虎者耶！"又在《成仙》中借人物之口说："强梁世界，原无皂白，况今日官宰半强寇不操矛弧者耶？"意思是说，整个社会就是一个强暴横行的世界，黑白颠倒，当官的多半是不拿凶器的强盗。这些认识，在《聊斋志异》中，都通过奇幻而又真实的生活画面，展现在读者的面前。

（2）小说不仅揭露一般的官吏，还将矛头指向封建社会中的最高统治者皇帝。名篇《促织》，就写的是为了满足皇帝斗蟋蟀的享乐需求，逼得普通老百姓家破人亡的骇人听闻的事实；而皇帝的享乐生活一旦得到满足，就给奉献者以极高的赏赐，以致"一人飞升，仙及鸡犬"，连那些抚臣、令尹都得到了好处。在"异史氏曰"中，作者针对皇帝发出了这样的议论："天子偶用一物，未必不过此已忘；而奉行者即为定例。加之官贪吏虐，民日贴妇卖儿，更无休止。故天子一跬步（即半步），皆关民命，不可忽也。”这段话表面上委婉含蓄，却暗藏着尖锐的锋芒。在青柯亭刻本中，这几句话就被删掉了，说明在封建时代确实是犯忌的。《续黄粱》中的曾孝廉，也是因为得到了皇帝的信任、支持、包庇、纵容，才敢于那样为所欲为的，因此揭露曾孝廉，也就连带地触及皇帝。

（3）表现了作者鲜明强烈的爱憎感情。在作品中，不仅无情地揭露和抨击压迫者的罪恶，而且总是借助于现实的或超人的力量，使恶人受到应有的惩罚；而与此相反，故事的结局，一般都是被压迫者过上美满幸福的生活。《梅女》中的典史，在受到杖击、簪刺后患脑病而死；《席方平》中的冥官鬼役，受到了二郎神的严厉惩罚；《梦狼》中的白甲，不仅被冤民砍下脑袋，而且被一位神人将其头歪装到脖子上，使之“目能自顾其背，不复齿人数矣”。作者还借神人之口说：“邪人不宜使正。”《红玉》中的宋御史，被行侠仗义的虬髯豪客杀了一家五口。而最令人感到痛快淋漓的，则是《续黄粱》中对曾孝廉的惩罚。作者真是别出奇想，写他被冤民杀死以后到了阴间，下油锅、上刀山还不解恨，又将他生前所贪占的三百二十一万钱，全部烧化灌进他的嘴里。作者尖锐地讽刺道：“流颐则皮肤臭裂，入喉则脏腑腾沸。生时患此物之少，是时患此物之多也。”作者对残酷压迫剥削人民的贪官污吏充满刻骨仇恨，在《伍秋月》的“异史氏曰”中，他甚至这样说：“余欲上言定律：‘凡杀公役者，罪减平人三等。’盖此辈无有不可杀者也。”相反，作者总是将深切的同情给予被压迫者，不仅使他们在历尽磨难之后终于申冤吐气，而且大多有一个美满幸福的结局。《促织》《红玉》《梅女》中的主人公都是如此。

**二、歌颂青年男女纯洁真挚的爱情**

这类作品在《聊斋志异》中数量最多，成就也最高，占有很重要的地位。这类作品反映了反封建礼教的进步倾向。作者通过一系列花妖狐魅同人的恋爱故事，热情地歌颂青年男女的真挚爱情，寄托了他的爱情理想：不受封建礼教的束缚，婚姻自由，并且有真挚的爱情作基础。

《聊斋志异》中塑造了一系列的“情痴”形象。《阿宝》中的孙子楚，家庭贫穷而为人诚朴，爱上了富商的女儿阿宝。论门第和容貌，他都不可能娶貌美而家富的阿宝为妻。但他真诚执著地追求阿宝，情志专一，以致灵魂化为一只鹦鹉，飞到阿宝的身边，朝夕不离。阿宝终于为他的真情所感，同他结成美满的婚姻。《香玉》中的黄生，爱上了牡丹花精香玉，当牡丹花枯死时，他精心浇灌培护，最后自己也变成了牡丹花，与香玉美满结合。其他如《婴宁》中的王子服,《阿绣》中的刘子固，《王桂庵》中的王桂庵,《花姑子》中的安幼舆,《青凤》中的耿去病等，都是一些情痴的形象。所谓情痴，在蒲松龄的笔下，就是指对爱情的如痴如醉的坚韧追求，就是对爱情的执著和专一。作者在《阿宝》篇的“异史氏曰”中对什么是“痴”作了十分精辟的解释，他说：“性痴则其志凝，故书痴者文必工，艺痴者技必良；世之落拓而无成者，皆自谓不痴者也。”在《香玉》中写香玉死后，黄生一片至情感动了花神，遂使香玉死而复生。作者感叹说：“情之至者，鬼神可通。”这反映了蒲松龄对爱情追求者的基本态度，因此在《聊斋志异》中，情痴们真诚执著的追求，总是得到美满幸福的结局。

《聊斋志异》中的爱情描写，突破了传统小说戏曲中才子佳人、郎才女貌的模式，而强调一种心灵契合的知己之爱。这是同曹雪芹在《红楼梦》中所描写的贾宝玉和林黛玉的爱情很接近的一种新的爱情观。《连城》中写乔生同连城相爱，就是以两心相知为基础，而不以金钱、门第和才貌为条件。乔生割下自己的胸肉来为连城治病，是因为连城同他心心相印。正如他所说：“‘士为知己者死’，不以色也。”《瑞云》一篇所写的知己之爱，则主要表现在“不以妍媸易念”上。瑞云是一个名妓，“色艺无双”，红极一时。贺生很穷，却十分爱慕瑞云，得到了瑞云的理解和热情接待。后来当瑞云变得丑状如鬼，遭人鄙弃时，贺生不忘旧情，仍然一如既往地热烈地爱着她。他对瑞云说：“人生所重者知己：卿盛时犹能知我，我岂以衰故忘卿哉！”这种以心灵的契合为基础，打破了门第、金钱、才貌等世俗观念的束缚的纯真的爱情，已经初具现代爱情观念的色彩，就是在今天，格调也是比较高的。

蒲松龄还继承了明代汤显祖《牡丹亭》的思想传统，肯定和赞美超越生死的爱情力量。这在今天看来不免有些荒唐，但在当时男女爱情普遍被压抑和摧残的历史条件下，却是具有进步意义的。《连城》中写连城和乔生因情而死，又死而复生。清代的王渔洋评论说：“雅是情种。不意《牡丹亭》后，复有此人。”《莲香》写鬼女李氏和狐女莲香都真挚地与桑生相爱，为了实现美好的爱情，鬼女借尸还魂，由鬼而变成人，同桑生结为夫妇；狐女莲香则为桑生生了一子后死去，转世投胎为人，十四年后也同桑生实现了结合。鬼女和狐女是一对情痴，她们为了真挚的爱情，可以生，可以死，可以由生而死，也可以死而复生。作者深有感叹地说：“嗟呼！死者而求其生，生者又求其死，天下所难得者，非人身哉？奈何具此身者，往往而置之，遂至觍然而生不如狐，泯然而死不如鬼。”这是批评现实生活中许多人还不如狐女和鬼女那样多情。这说明蒲松龄在《聊斋志异》中创造情痴的形象，是有所感而发的，表现了他对爱情理想的追求。其他如《香玉》《阿宝》等，也都是歌颂了一种生可以死，死又可以复生的真挚爱情的。

在爱情不被承认甚至被扼杀的封建时代，歌颂真挚的爱情本身，应该说就具有反礼教的积极意义。但除此以外，在《聊斋志异》中，也还有一部分作品直接描写反封建礼教和反世俗观念的内容，表现了男女主人公在争取爱情的过程中同封建礼教进行的曲折斗争。例如《连城》《鸦头》《葛巾》《青凤》等篇就表现了这方面的内容。

**三、揭露讽刺科举考试制度的腐败和弊端**

这类作品，提出的是现实生活中的一个人才问题。蒲松龄在科举考试中的失败，最痛切的感受就是社会上不懂得爱惜人才。他在《中秋微雨，宿希梅斋》(其二)中写道:“与君共洒穷途泪，世上何人解怜才？”在《九月望日有怀张历友》中写道:“名士由来能痛饮，世人原不解怜才！”都将自己的科场失意提高到一个人才问题来认识，深切地感叹当时的社会不懂得爱惜人才。他从自己的切身体验中认识到，由于试官的昏庸、贪贿，真才不得录用，而庸碌之辈却能飞黄腾达。因此，他在《聊斋志异》中，就将试官的昏庸无能和贪鄙作为揭露和讽刺的重点。

《司文郎》是一篇杰出的讽刺作品。写一个盲僧，把文章烧后可以用鼻子闻出好坏来。一个叫余杭生的人文章写得非常不好，盲僧闻后“咳逆数声”，马上就要呕吐，赴考后却高中了；可经他鼻闻鉴定文章写得很好的王生却反而落选。盲僧不禁发出这样的感叹:“仆虽盲于目，而不盲于鼻，帘中人(指试官)并鼻盲矣！”《贾奉雉》写一个名冠一时的贾生屡试不中，后来他把落卷中写得最不好的文句拼凑到一起再去应试，却意外地考中了。考中后再读旧稿，不禁遍身出汗，重衣尽湿。他因此而羞愧得无地自容，决心“遁迹山丘，与世长绝”，以保持自己的清白。考官的昏庸无能，造成了“陋劣幸进，而英雄失志”(《于去恶》)和“黜佳士而进凡庸”(《三生》)的不公平的现实。蒲松龄对此是十分愤慨的。他在《于去恶》中借人物之口说:“数十年游神耗鬼，杂入衡文，吾辈宁有望耶！”《三生》中写这种因考官的昏庸而被黜落以致忧愤而死的人，竟“以千万计”，这些冤魂在阴司中纷纷要求阎王对这样昏庸的考官施以剜眼、剖心的严厉惩罚。

这类作品大多渗透了作者本人痛切的生活体验。《叶生》一篇写叶生久考不中，忧愤而死，死后也要显示自己的才学不凡，不仅教朋友的儿子获得功名，自己也终于中了举人。篇中叶生所说的“借福泽为文章吐气，使天下人知半生沦落，非战之罪也”，这些话就完全是蒲松龄本人的心声。清代的聊斋评论家冯镇峦评云：“余谓此篇即聊斋自作小传，故言之痛心。”这是说得非常正确的。

《司文郎》和《叶生》的命意相同，但写法和风格却有很大的差别。《叶生》着重表现的是落第书生内心的忧愤，写得十分沉重；而《司文郎》则出之嬉笑怒骂，是一篇入骨三分的讽刺杰作。《叶生》重点写知识分子的不幸，而《司文郎》则以锋芒毕露的笔墨揭示出造成这种不幸的原因。

试官的昏庸又总是和贪婪联系在一起的，因此不少作品又揭露了考官们的贪贿和可鄙。《于去恶》中，作者将试官斥骂为瞎了眼的乐正师旷和爱钱的司库和峤；《考弊司》中，又将阴司的学官称为“虚肚鬼王”；《神女》中，揭露“今日学使署中，非白手可以出入者”。

在批判科举考试制度的作品中，还有一些揭示了热衷于功名的封建士子那种痛苦而又空虚的精神世界。如《王子安》中的王子安，因为久困场屋，期望甚切，醉中竟产生幻觉，在迷离恍惚中体验了瞬间的得志，显现出种种虚妄而又可笑的丑态。作者在篇末的“异史氏曰”中，以犀利淋漓的笔墨，讽刺秀才入闱有“七似”：

> 初入时，白足提篮，似丐；唱名时，官呵隶骂，似囚；其归号舍也，孔孔伸头，房房露脚，似秋末之冷蜂；其出场也，神情惝恍，天地异色，似出笼之病鸟；迨望报也，草木皆惊，梦想亦幻，时作一得志想，则顷刻而楼阁俱成，作一失意想，则瞬息而骸骨已朽，此际行坐难安，则似被絷之猱；忽然而飞骑传入，报条无我，此时神情猝变，嗒然若死，则似饵毒之蝇，弄之亦不觉也。初失志，心灰意败，大骂司衡无目，笔墨无灵，势必举案头物而尽炬之；炬之不已，而碎踏之；踏之不已，而投之浊流。从此披发入山，面向石壁，再有以“且夫”、“尝谓”之文进我者，定当操戈逐之。无何，日渐远，气渐平，技又渐痒，遂似破卵之鸠，只得衔木营巢，从新另抱矣。

作者然后说：“如此情况，当局者痛哭欲死，而自旁观者视之，其可笑孰甚焉。”这表明，作者有时也能从当局者的位置上跳出来，以比较冷峻的眼光和心态，透视出舍身忘命地追求功名富贵的封建士子那可怜而又可悲的心理神情。这是蒲松龄作为一个过来人，一个从往昔的沉沦和惨痛经历中的初醒者，在回视过去时的一种带着苦味的反思。其中的况味，既是作者本人在科场上大半生的追求、失落，也是无数封建士子痛切体验的一种艺术提炼和概括。

此外，还有一些作品触及更广泛的社会生活面，揭示出科举考试制度不仅影响到读书人本人的前程和命运，而且还影响到他们妻子的命运和家庭生活。如《镜听》《胡四娘》等即是。

从总体上看，蒲松龄虽然还没有完全否定科举考试制度，但他在揭露和批判这一制度的弊端和腐败时所达到的深度和广度，是前所未有的，对稍后产生的《儒林外史》和《红楼梦》显然产生过积极的影响。

**四、热情歌颂普通人的种种美德和情操**

蒲松龄虽然生活在黑暗腐朽的社会中，但他不仅看到生活中的污浊和罪恶，而且看到光明和希望。在作品中，他热情地赞美和歌颂现实生活中人的种种优美品德，诸如反压迫的斗争精神、热情无私、助人为乐、诚实纯朴、勇敢机智、为官清廉等等。

在歌颂被压迫人民的反抗意志和不屈不挠的斗争精神方面，《席方平》一篇是最出色的代表作。席方平的灵魂到阴间去代父申冤，他告状从城隍一直告到冥王，都因官府贪贿，不但不为他申冤，反而对他施以种种酷刑。席方平勇敢反抗，毫不畏惧，当面对冥王进行一针见血的揭露和抗议："受笞允当，谁教我无钱耶！"冥王将他放到火床上，烙得骨肉焦黑，问他还敢不敢再讼，他坚强不屈地回答说："大冤未伸，寸心不死，若言不讼，是欺王也。必讼！"后来又下令用铁锯将他从头到脚锯成两半，席方平忍着剧痛，一声不号。连执刑的小鬼也为他的这种精神所感动，不禁发出这样的感叹："壮哉此汉！"由于他坚持斗争，最后在二郎神的帮助下，终于使贪暴的冥王、郡司、城隍都治了罪，为父亲申了冤、报了仇。席方平这一光辉的复仇者形象，显然是长期封建社会中被压迫人民反抗斗争精神的艺术概括。

《向杲》中的向杲，也是一个动人的复仇者形象。他的哥哥被一个财主打死，他告到官府，官府受贿，大冤不得伸张。他于是靠自己的力量进行复仇斗争，最后在神人的帮助下，变成一只老虎，咬死了仇人。作者在"异史氏曰"中感叹说："然天下事足发指者，多矣！使怨者常为人，恨不令暂作虎。"人化为虎而复仇，当然是出于一种幻想，但它既反映了现实生活中含冤者申诉无门的悲惨遭遇，也是被压迫者反抗意志的一种艺术升华。

《商三官》中描写了一位复仇的少女，她年仅十六岁，而在眼光、胆识、坚韧的斗争意志等方面，都大大地超过了男子。父亲被杀而大冤不得昭雪，使她看清了官府的本质，于是丢掉幻想，自己斗争，经过长期的准备和周密的计划，终于亲手杀死仇人，然后自缢而死。作者在“异史氏曰”中深情地加以赞美：“然三官之为人，即萧萧易水，亦将羞而不流，况碌碌与世浮沉者耶？愿天下闺中人，买丝绣之，其功德当不减于奉壮缪（指关公）也。”在作者看来，就连历史上刺杀秦王的壮士荆轲，在商三官的面前，也会感到自愧不如，人们真应该像供祀关公那样来敬奉她。

《聊斋志异》中还塑造了许多幻化为花妖狐魅的妇女形象，她们大多具有美好的思想品德，非常善良，富于同情心，能主动热情地帮助别人，救人于危难之中，往往比现实中的人更富于人情味。这些精怪，我们读后不仅不感到可怕，相反却感到可亲甚至可敬。

《红玉》中的狐女红玉，奉献给遭难的冯相如的，不只是真挚的爱情，更重要的是在反压迫斗争中的赤诚相助。所以作者热情地称赞她为“狐侠”。

《阿绣》中的狐女，自己有着热烈的爱情追求，并且幻化为阿绣的样子而先于真阿绣得到了刘子固的爱情；但当她得知阿绣和刘子固两人真诚相爱时，并没有产生嫉妒心而加以破坏（作为具有超人本领的狐精，要做到这点是非常容易的），相反却有感于两人的真情而主动退出，并无私地促成两人的结合，帮助她们建立起一个美满幸福的家庭。她失掉了爱，却显示了道德上的完美。这是一个灵魂优美、超尘拔俗的具有更高的人生追求的崇高形象。

同红玉相似，《张鸿渐》中的狐女施舜华，也是一个具有侠义心肠而品格优美的妇女。她在书生张鸿渐遭受迫害逃亡时，热情地帮助他，并同他相爱而结为夫妇。但当她得知张鸿渐仍然深切地怀念他家中原来的妻子方氏，并且看出张对妻子是怀着真挚的爱情，而对自己则仅仅是一种感恩时，初时虽也曾感到不高兴、不满足，但继而马上就诚心诚意地检讨自己存有私心，对张鸿渐说：“妾有褊心，于妾愿君之不忘，于人愿君之忘之也。”她心有艳羡、追求，却既不嫉妒，也不苟且，而是热情无私地帮助真心地爱着妻子的张鸿渐回家同妻子团聚。她追求爱情，但并不是为了爱情才对张鸿渐好的，在得不到爱情时仍然乐于助人。

类似的形象还有《宦娘》中的鬼女宦娘，也是一个风雅不俗而灵魂优美的妇女形象。她爱好音乐，暗中向书生温如春学琴，自然地对他产生一种爱慕之心，却因自己是异物（鬼身）而压抑自己的感情，以自己超人的能力帮助温如春与所爱的少女良工美满结合。深情美意，人间少有。

值得注意的是,《聊斋志异》还创造了不少在思想品格、精神面貌上与传统的妇女迥然不同的新的女性形象。婴宁是其中最杰出的代表。这个形象的创造本身,就反映了作者对封建社会中长期窒息妇女天性和生命的封建礼教的一种否定和蔑视。小说以貌写神,通过对形体动作、音容笑貌的描写,着重表现她内在的优美的精神世界。这是一个笑容可掬的少女,从她抑制不住、无拘无束的笑声中,我们看到了她那天真、爽朗、纯洁、善良的性格;她不受礼教的束缚,甚至无视礼教的存在,天真无邪,自由不拘。婴宁的形象表现了作家对至纯本真的人性的肯定,对个性自由的热情呼唤。婴宁是真、善、美的结合和艺术升华。此外,《小翠》《霍女》《侠女》等,也都创造了不同凡俗的妇女形象。有一些女性形象,作者还特意强调她们是压倒了须眉男子。如庚娘被誉为“千古烈丈夫”(《庚娘》),细柳被认为是“此无论闺闼,当亦丈夫之铮铮者矣!”(《细柳》)在《颜氏》中,作者这样颂扬颜氏:“天下冠儒冠,称丈夫者,皆愧死矣!”《农妇》把一个普通的农村妇女描写为有勇、有力、具有侠肝义胆的女中豪杰,并且热烈地赞美说:“世言女中丈夫,犹自知非丈夫也,妇并忘其为巾帼矣。”

这些形象都多少带有一些理想的色彩,但也并非凭空虚构,而是作者对现实生活中人们美好思想品德的集中和概括,也是他针对现实的缺陷而发的对现实人生的一种美好的憧憬和呼唤。生活在大黑暗之中而能发现美和赞颂美,表现出改善社会和改善人生的美好愿望,给人们以希望和信心,这是蒲松龄的难能可贵之处。

**五、带讽刺意义的训诫故事**

在《聊斋志异》中,作者还总结了社会人生中的一些经验教训,教育人要诚实、勤劳、乐于助人、知过能改、清正廉洁;同时又劝诫人要戒贪、戒淫、戒狂、戒酒、戒赌等等。例如著名的《劳山道士》,就描写了一个想学道而不能吃苦耐劳,半途而废,并最后碰壁的书生的可笑的故事,揭示出带有普遍意义的人生哲理。它告诫人们:对任何一种学问或事业,都必须有真诚执著的追求,并付出艰苦的努力,才能获得成功。

另一篇为大家所熟知的《画皮》,其训诫意义其实有两个方面:除了人们熟知的,告诫读者要透过现象看本质,揭破美女的画皮看出其厉鬼的真相以外;另一方面还有警戒好色之徒的意义。王生之所以被化为美女的厉鬼所迷惑,并且对道士和妻子的劝诫置之不顾,根本原因就在于他贪恋女色,迷了心窍。结果不但自己被厉鬼掏心而去,连妻子也蒙受了食人之唾的羞辱。

这些训诫故事既是现实人生经验的总结，同时也体现了蒲松龄本人的道德追求。他曾经为朋友写过一篇《为人要则》，提出了十二条做人的准则。第一条就是“正心”，其中说：“凡人忍心（残忍之心）动，则欲害人；贪心动，则欲作盗；欲心动，则欲行淫。”第八条是“轻利”，是反对吝和贪的。体现他的这些道德观念，在《聊斋志异》中戒贪、戒吝、戒淫的作品相当多。戒贪的有《雨钱》《骂鸭》《沂水秀才》《丑狐》《金陵乙》《真生》等；戒吝的有《种梨》《僧术》《死僧》等；戒色的有《瞳人语》《董生》《黎氏》《杜翁》《人妖》等。此外还有戒酒的《酒狂》，戒赌的《赌符》，戒狂的《仙人岛》等等。

由于历史条件的限制和作者世界观的影响，在《聊斋志异》中也表现了一些落后的思想和封建糟粕，比如封建迷信和因果报应思想，封建伦理道德观念，肯定一夫多妻，反对妇女改嫁等等。但这些毕竟只是这部小说集的极其次要的方面。从整体来看，肯定和歌颂真、善、美，揭露和抨击假、恶、丑，是蒲松龄创作《聊斋志异》总的思想追求和艺术追求。郭沫若 1962 年给山东淄川蒲松龄纪念馆题写了一副对联：上联是“写鬼写妖高人一等”，下联是“刺贪刺虐入骨三分”。这是对《聊斋志异》思想特色的最精当的概括。

## 第四节　绚丽多彩的艺术世界

《聊斋志异》创造了一个色彩绚丽、美不胜收的艺术世界，它之所以受到人民群众的广泛喜爱，除了深刻地反映了人民的思想感情、愿望要求外，还因为它具有极强的艺术魅力，读后能使我们得到艺术的美的享受。《聊斋志异》的艺术美，表现为思想与艺术的完美融合，绝不是那些逞才使气、炫弄技巧的作品所能比拟的。下面从五个方面来谈谈《聊斋志异》的艺术创造。

### 一、兼采众体的形式美

《聊斋志异》虽然名为短篇小说集，实际上其中所收的作品非止一体，而是兼采众体之长，又加以融会创造，是对中国传统的文言小说体式和散文体式的总结和发展。《聊斋志异》中的作品，从形式体制上看，大致可以分为三类：

其一，是符合现代小说观念的典型的短篇小说。一般篇幅都较长，有完整的情节结构，鲜明的人物形象和明确的主题思想。书中的传世名篇多为这类作品，如《促织》《席方平》《红玉》《婴宁》《青凤》等等。这类作品多取法于唐人传奇，又广泛地从志怪小说和散文传统中吸取营养，是对传奇小说的发展和提高。比之唐人传奇，想象更丰富，情节更曲折，描写更细腻。在形式上，这类作品多采用以一个人物为中心的传记体，小说也多以主人公的名字命名；又仿《史记》人物传记后的“太史公曰”，篇末一般附有“异史氏曰”，在讲完故事之后，直接发表作者的议论和见解。或者点明主题，或者借题发挥，尖锐泼辣，短小精悍，很接近于我们今天所说的杂文。这些都显然熔铸了中国古代文学中史传文学和散文的艺术传统，以及宋元以来白话短篇小说的艺术经验，在构思、人物塑造、情节组织和语言提炼等方面，都有新的特色。

其二，可以称为志怪短书。这类作品，内容多为记述奇闻异事、神鬼妖魅；但与上一类不同的是，它们情节单纯，用笔精简，一般篇幅很短，只有二三百字，或者更少。从形式上看，这类作品很像六朝时期的志怪小说，但多数在意趣、情韵上与传统的志怪小说又很不相同。作者创作的目的，不是为了证明神鬼妖异确实存在，而是含蕴着隽永的思想内涵，透出浓厚的生活气息。

例如《捉狐》一篇，描写一个黄毛碧嘴的狐怪如何偷偷地附在人的身上，在人捉住它的时候又如何狡猾地逃跑，显得十分怪异。但作品的主旨实际并不在狐怪本身，而是借狐怪以写人，表现的重点是现实生活中人的勇敢、沉着和机敏的精神品格。《骂鸭》写一个人偷了邻居的鸭子，吃了以后满身长出鸭毛，痛痒难耐，只有等丢失鸭子的人骂他时鸭毛才会脱掉，可偏偏丢鸭子的人十分大度，丢了东西从不骂人。在奇异荒诞的情节中，传达出隽永的讽世意味。《咬鬼》一篇，其旨趣似乎跟早期不怕鬼的故事十分相近，但作品写鬼女出现时的种种情景，某翁的感觉和心理活动，细致逼真，栩栩如生，在怪异中透出的生活气息，也是早期志怪小说中很少见的。

其三，是纪实性的散文小品。内容或写人，或记事，或描绘一个场面，或摄取某种生活情景，多为记述作者的亲见亲闻，近似绘画中的素描或速写。这类作品，一般篇幅短小，而内容大多写实，不涉怪异。如《偷桃》写民间杂技，《山市》写山中奇景，《地震》写自然灾害，《农妇》记人物异行等。

适应于题材内容和形式体制的不同，《聊斋志异》各篇的篇幅，也是有长有短，参差不齐的。长的如《婴宁》《莲香》《胭脂》《王桂庵》等一些典型的短篇小说，往往有四五千字的规模；而一些志怪短书，却只有百十来字，最短的如《赤字》，仅有二十五字。

中国古代的文言短篇小说，包括所谓笔记小说在内的各种形式体制，可以说都能在《聊斋志异》中找到。单从形式体制的丰富多彩看，《聊斋志异》也无愧于称为集大成的作品。清代的纪昀曾批评《聊斋志异》“一书而兼二体，所未解也”。实际上《聊斋志异》不只是“兼二体”，而是兼众体，但这并不是《聊斋志异》的缺点，而是它在艺术形式上带总结性和创造性的一个特色。清代的冯镇峦对纪昀的看法就委婉地提出了批评：“一书兼二体，弊实有之，然非此精神不出，所以通人爱之，俗人亦爱之，竟传矣。虽有乖体例，可也。”并指出纪昀的《阅微草堂笔记》虽“无二者之病”，但比之《聊斋志异》却是“生趣不逮矣”（见《读聊斋杂说》）。[①]

**二、异彩纷呈的奇幻美**

奇幻，是《聊斋志异》在艺术描写上的一个突出特色。其艺术想象之丰富、大胆、奇异，在古今中外的小说中，都是不多见的。人物形象多为花妖狐魅、神鬼仙人，他们一般都具有超人的特点和本领；活动的环境或为仙界，或为冥府，或为龙宫，或为梦境，神奇怪异，五光十色。他们变幻莫测，行踪不定，常常在人意想不到的时候飘忽而来，又在人意想不到的时候飘忽而去。人物活动所产生的种种景象，也是奇幻无比，令人目眩神迷。

例如《劳山道士》中写道士剪纸如镜，贴在墙上，竟变成了“光鉴毫芒”的月亮，而且有嫦娥从里面出来，跳舞唱歌。《翩翩》中的翩翩用芭蕉叶做成的衣服，竟然像绿色锦缎一样细腻柔滑；采白云做成的衣服，竟然无比的松软温暖。《巩仙》中，巩仙的袖子简直就是一个神仙世界，世外桃源。从里面可以招出一群群仙女；而秀才入袖，见“中大如屋”，而且“光明洞彻，宽若厅堂，几案床榻，无物不有”。秀才可以在袖中与心爱的女子惠哥幽欢而得子，致使秀才有“袖里乾坤真个大”的感叹。《陆判》中写性格豪放的朱尔旦，同阴间的陆判官交朋友，人神之间建立起真挚的情谊。朱生原来资质鲁钝，文章写得不好，陆判就帮助他，为他“破腔出肠胃，条条整理”，换得一颗“慧心”，从此“文思大进，过眼不忘”。朱生的妻子本来长得不漂亮，陆判又找了一个美人头来替她换上，使丑妇立即变成了“长眉掩鬓”的“画中人”。《葛巾》中写牡丹花精葛巾和玉版姊妹与常大用兄弟二人结合，各生一子，后花精的身份暴露，姊妹二人掷儿而去。两儿堕地以后就不见了，不久却长出

① 张友鹤辑校三会本《聊斋志异》卷首，上海古籍出版社，1986年，第15页。

牡丹二株，“一紫一白，朵大如盘”，十分奇幻。又如《娇娜》中写狐女娇娜为胸部长疮的孔生施行“伐皮削肉”的手术，其景象也与人间医生的手术迥不相同。她先将手镯放在患处，肿块立即变小，用比纸还薄的刀子将腐肉割去，然后口吐红丸，在伤口处旋转按摩。旋转三遍，孔生就感觉“遍体清凉，沁入骨髓”，病马上就好了。

以上这些，都还只是一些场面或细节的奇异想象，是服务于整篇小说的艺术构思和主题思想的表现的，其本身还很难看出独特的思想意义。而有的则整篇就是一种想象的世界，例如《罗刹海市》。小说描写了一个美丑颠倒、是非混淆的罗刹国。整个社会不重文章，只重外貌，而看外貌又是美丑完全颠倒的。男主人公马骏长得很英俊，可罗刹国的人却以为他是一个怪物，见到他便马上跑掉。相反，长得最丑的人他们却认为最美，可以做大官，有很高的地位。当权的统治者都是一些眼不明、耳不聪的糊涂虫。像马骏那样正常的人，只有变成带着假面具的骗子，才能在这里享受到荣华富贵。这显然是一篇充满奇思异想的愤世之作，骂世之作。“花面逢迎，世情如鬼”，文中的这八个字，正是蒲松龄所要揭露和抨击的目的，也是对当时社会的一种最精当的概括。

显而易见，奇幻本身并不是作家艺术创造的目的。蒲松龄以大胆的艺术想象创造出一个奇幻的、绚丽多彩的艺术世界，是为了获得更大的艺术自由，更加充分地表现他对现实人生的体验，表现他的爱与恨，表现他对生活的认识与评价，表现他对未来的憧憬与向往。因此，以虚写实，幻中见真，才是《聊斋志异》所创造的奇幻世界的本质特征。通过超现实的幻想，表现出来的却是非常现实的社会内容。

《梦狼》和《续黄粱》中的梦境，《席方平》和《考弊司》中的阴界，《晚霞》中的龙宫，《罗刹海市》中的异域等，无一不是现实社会生活的象征或映射。那些作为正义力量化身的神，如《席方平》中的二郎神，《公孙夏》中的关帝，《梦狼》中的神人等，他们对贪官污吏的惩罚，都体现了广大被压迫人民的愿望要求和作者的理想。至于那些花妖狐魅的形象，虽然具有超人的特点，却又处处透出浓厚的人间气息和人情味。她们所表现出来的喜怒哀乐的种种感情，实际上都是属于人间的、社会的，因此我们不但能够理解，而且感到亲切。

《凤仙》一篇借狐仙写人情世态，批判了世俗婚姻中嫌贫爱富的错误思想。在“异史氏曰”中作者说：“冷暖之态，仙凡固无殊哉！”这句话可以看作是蒲松龄以幻写真的艺术追求的一种概括。鬼狐形象中蕴涵着丰富的现实内容，蕴涵着作者本人真切的生活体验，虽奇幻却不显得荒诞，因而能令读者在陌生而又熟悉的景象中产生一种亲切感、认同感，十分喜爱，乐于接受。

同时，《聊斋志异》中的幻想，也并不是作者不受生活的约束，随心所欲的胡思乱想，而是处处都观照或体现出现实生活的客观依据。作者的艺术想象，有时看起来匪夷所思，实际上都有或显或隐却又十分深厚的生活基础。例如，《绿衣女》中的绿衣女是个绿蜂精，就写她“绿衣长裙”，“腰细殆不盈掬”；《花姑子》中的花姑子是个獐子精的女儿，就写她“气息肌肤，无处不香”；《葛巾》中的葛巾是个牡丹花精，就写她“纤腰盈掬，吹气如兰”；等等。奇幻的环境、景物、气氛，也大都可以找到现实生活的依据：《莲花公主》中写窦生进入的那个“桂府”，原来是个蜂精的世界。他所看到的是“叠阁重楼，万椽相接”，“万户千门，迥非人世”——这是蜂房，同时又是人间楼阁；他所听到的是轻柔悦耳的歌声，“钲鼓不鸣，声音幽细”——这是蜂叫，同时又是人间音乐。

总之，《聊斋志异》中的想象是幻和真的融合，处处奇幻，又处处于虚中见实，幻中显真。因此，它不是把我们引向虚无缥缈的天国，而是引导我们去俯视满目疮痍的人世。憎恶这人世，同时又充满希望地要改善这人世。

**三、曲折奇峭的情节美**

《聊斋志异》的叙事艺术以“文思幽折”（但明伦语）为人所称道。可以毫不夸张地说，在《聊斋志异》中没有一篇传世名篇是平铺直叙的。《聊斋志异》的情节艺术，以曲折奇峭为突出的特色，概括起来有三妙：出人意表之妙，层出不穷之妙，合情合理之妙。情节的发展，总是波澜层叠，悬念丛生，紧紧地吸引住读者，让你非读下去不可，让你不断地去猜想情节将如何发展，如何结局；却又总是出人意料，让你费思索、猜不透。而在读完全篇之后，掩卷细想，又感到处处合情合理，在人意中。

蒲松龄精心地组织故事情节，并不是单纯为了吸引读者，或者炫弄技巧，为曲折而曲折，而是为了充分地展示社会矛盾，表现人物的思想性格，揭示作品的主题思想。

例如名篇《促织》，基本情节是成名捉促织和斗促织。这种在农村中常见的景象，本来平淡无奇；但由于其背景是“宫中尚促织之戏，岁征民间”，官府逼迫他限期交纳，因此一只促织的得失、生死、优劣、胜败，就同成名一家的生死存亡联系在一起，时时处处牵动着主人公成名喜怒哀乐的思想感情。这样，由平凡小事构成的波澜起伏的故事情节，就具有令人惊心动魄的思想力量。《促织》曲折的情节，是为充分地展示主人公成名及其一家的悲惨遭遇服务的，真正吸引读者并令他们激动、感叹的，并非捉促织、斗促织的曲折过程本身，而是与此紧密联系的主人公大起大落的命运和喜怒哀乐的思想感情。促织的得失、存亡、优劣、胜败，仅仅是情节的外在形式；形式同内容，也就是捉促织、斗促织和主人公的命运，以及他全家人喜怒哀乐思想感情的变化，这三个方面是不可分割地联系在一起的，是统一的。全部曲折的情节，是产生于并最后归结到这个故事产生的背景和根源上，即“宫中尚促织之戏，岁征民间”；抚军“以金笼进上”，“上大嘉悦，诏赐抚臣名马衣缎”。这样，一只小虫的故事，构想出紧张曲折的情节，就具有丰富深刻的社会内涵。

《促织》的情节，线索比较单纯，但是写来却是重峦叠嶂，婉曲峭折。这是一种类型。另有一种类型是内容比较复杂、头绪比较纷繁的，写来更觉烟波浩荡，神龙见首不见尾。如写判案的《胭脂》和写爱情婚姻的《青梅》即是。以当今小说家的眼光和手段，这两篇小说，若加敷演，都可以铺展为长篇小说的规模。

《胭脂》的情节极为曲折、复杂，但写来却井井有条，一丝不乱，安排得巧妙自然，合情合理。这篇小说同一般的公案小说不同，不是在叙写案情时故意闪烁其词，藏头露尾，以制造悬念来吸引读者；而是将案情发生的前后经过，明明白白、清清楚楚地写出来，让读者一目了然，然后将描写的重点放到判案上。读者虽然早知底里，但读来却并不觉得兴味索然；相反，由于作者引导我们思索的重点是如何合理地去寻求破案的线索，因而感到小说别具一种特殊的吸引人的力量。随着故事的演进，处处启发人思考，教人增长智慧，在曲折的情节中透出思想的力量。

《青梅》则又不同。小说展开描写青梅（狐女）和少女王阿喜的爱情婚姻及生活遭遇，人物多，头绪繁，作者经过惨淡经营，情节的构想、组织，离离奇奇，曲曲折折，无限烟波，无限峰峦，从中很好地展现了现实的人情世态，突出地表现了两位主人公（尤其是狐女青梅）过人的眼光、识见，以及善良多情的优美品格。篇末的“异史氏曰”，在评论青梅和王阿喜的曲折奇异的婚姻生活时说：“而离离奇奇，致作合者无限经营，化工亦良苦矣。”冯镇峦在此句下评云：“此即作者自评文字经营独苦处。”另一位聊斋评论家但明伦对此篇的评论则是：“此篇笔笔变幻，语语奥折，字字超脱。”其他如《石清虚》《青娥》《葛巾》等，也是无不从曲折奇峭的情节中展现世态人情，透出思想的力量。

**四、诗情浓郁的意境美**

虽然中国古典小说有与诗歌结合的艺术传统，但在中国古典小说中，真正能够创造出富于诗的意境的作品是并不很多的。《聊斋志异》中却有不少作品表现出诗情浓郁的意境美。所谓意境，是指在作品中由作家的主观感情与客观物境相结合而创造出的一种艺术境界。它使得描写对象带有一种抒情的色彩，变得比实际生活更美，更富于诗的情韵，也更富于深邃的思想力量，使读者产生一种超出于笔墨之外的联想和感受，进入一种诗一样的艺术境界，在精神上得到一种审美的愉悦和陶冶。

《聊斋志异》的意境创造，主要表现在作者将他所热爱和歌颂的人和美好的事物加以诗化。特别是对那些幻化为花妖狐魅的女性形象，作者总是赋予她们以诗的特质。例如《红玉》中热情歌颂的那位同情被压迫者、具有侠义心肠、热情助人的狐女红玉，作者就赋予她以一种仙资玉质的诗意美：

> 女袅娜如随风欲飘去，而操作过农家妇；虽严冬自苦，而手腻如脂。自言二十八岁，人视之，常若二十许人。

《娇娜》篇表现出作者一种很进步的思想，即男女之间不仅可以有美好真挚的爱情，而且可以有美好真挚的友情。小说在开头介绍男主人公孔生时，说他“为人蕴藉”。所谓“蕴藉”，在这里是指为人的含蓄、宽厚、诚挚、多情。孔生诚挚热情地教授娇娜的哥哥皇甫公子的学业，后来公子一家有难时他又冒着生命的危险去救助；而娇娜则两次用自己修炼所得的红丸去救治孔生的病难，使他死而复生。小说中不仅男主人公孔生蕴藉，女主人公娇娜也蕴藉，整篇作品泛出一种人物的性格和人与人关系的蕴藉美。但明伦评论此篇说：“蕴藉人而得蕴藉之妻，蕴藉之友，与蕴藉之女友。写以蕴藉之笔，人蕴藉，语蕴藉，事蕴藉，文亦蕴藉。”蕴藉美就是一种诗意美。

通过环境气氛的渲染烘托来表现一种诗意美，是《聊斋志异》意境创造的一个重要方面。《宦娘》中优美的琴声，创造出一种充满诗意的气氛，以此来烘托出品格优美的鬼女宦娘那风雅不俗的精神世界。《粉蝶》中渲染的爱情之美，不仅与琴曲美妙的音乐融合在一起，而且还带有一种神奇缥缈的仙风仙气。《白秋练》中男女主人公的爱情，始终以诗来串合。《婴宁》中那不断点染的女主人公天真爽朗的笑声，以及总是伴随着她而具有象征意义的鲜花，也烘染出女主人公天真无邪、富于诗意的性格美。

《聊斋志异》中优美动人的花妖狐魅形象，是现实生活中美好的人的艺术升华，是幻想的创造物，与一般小说作品中须眉毕现的纯写实的形象不同，带有某种虚幻性和飘忽性。作者常常不作精雕细刻的外形描写，而着意于描绘人物的内在风神，接近于绘画中的写意。例如《阿绣》一篇，对那位幻化为阿绣的狐女，除了她所冒充而近于乱真的阿绣的形象外，她本人自己是什么模样，我们甚至都不知道。作者是有意略貌而取神。她的外貌虽然也很美，但经过较量证明还稍有欠缺，还不如真阿绣美；而从一系列的行为中表现出来的她的内心世界，却已达到了美的极致。可以说，她在爱情的追求和外貌美的追求中都是一个失败者，却完成了一种比爱情和外貌美更美，也更崇高的人生追求。她在失败中实现了道德的完美，这在实质上是一种胜利，一种包含着人生哲理的胜利。读者感受到，在她身上焕发出的是一种内在的诗意美——执著追求的意志美，舍己助人的道德美。假阿绣狐女的形象，如水中之月，镜中之花，显得朦胧而空灵。而朦胧美，正是一种诗意美。

**五、雅洁明畅的语言美**

《聊斋志异》是用文言写成的，用文言写小说而能同白话小说媲美，甚至在某些方面还具有白话小说不可能有的独特的魅力，这是蒲松龄杰出的艺术创造。

《聊斋志异》语言艺术的特色，主要表现在两个方面：

其一，从表现生活和刻画人物性格的需要出发，改造书面文言，吸收生活口语，将两者加以提炼融合，使典奥的文言趋于通俗活泼，又使通俗的口语趋于简约雅洁。这样就创造出一种既雅洁又明畅，既简练又活泼的独特的语言风格。

其二，无论来自书面的文言，还是来自口头的白话，经作者的选择提炼，都变成一种饱和着生活的血肉，饱和着人物思想感情的血肉的活的语言。在表现活的生活和活的人物这一点上，使两种语言成分自然和谐地融合在一起。典雅和通俗，精练和明畅，凝重和活泼，从全书的整体来看，两种语言风格是统一的，不仅不可分割，连分解也难于分解。

在《聊斋志异》中有相当多的人物对话，其中融入了不少口语的成分。这在过去的文言小说中是很少见的。这显然从宋元以来的白话小说中吸取了艺术营养。例如在《镜听》中，有这样生动的对话情景：大儿子考试高中，消息传来，婆婆对正在厨房干活的大儿媳妇说："大男中式矣！汝可凉凉去。"心中憋了一肚子气的二儿媳妇，后来听到自己的丈夫也考中时，把擀面杖一扔，说："侬也凉凉去！"所用的虚词，既有文言也有白话；人物的口吻、语气逼近生活，却也并未背离总体上雅洁的文言风貌。其他如《邵女》中写媒婆贾媪替柴廷宾到邵家说媒时的一大段对话，也是使生动活泼的口语和简约雅洁的文言相融合的著名例子：

> 夫人勿须烦怨。恁个丽人，不知前身修何福泽，才能消受得！昨一大笑事，柴家郎君云：于某家茔边，望见颜色，愿以千金为聘。此非饿鸱作天鹅想耶？早被老身呵斥去矣！

媒婆说媒，目的自然在传递男方对女方的追慕和情意，可她却有意把别人托付的极认真事说成“大笑事”，慧心利嘴，巧舌如簧，以退为进，举重若轻。媒婆的神情意态，在这里活灵活现地跃然纸上。这段对话大有《战国策》纵横家的风致，却又带有更为灵动鲜活的生活气息。

至于叙述描写的语言，可以《红玉》中写冯相如第一次见红玉时的一段作为例子：

> 一夜，相如坐月下，忽见东邻女自墙上来窥。视之，美；近之，微笑；招以手，不来亦不去。固请之，乃梯而过，遂共寝处。

这段叙写是文言，却相当通俗；接近于白话，却又未失雅洁凝重的文言本色。活泼清新，自然明畅，将人物形象、环境气氛、当事人的内心感受等等，都极其生动地表现了出来。

总起来说，《聊斋志异》是真正艺术的美文学。思想美，形象美，语言美，意境美。一篇篇优美的作品，在我们的面前展现出一个色彩绚丽的艺术世界，使我们在奇异的幻境中，体尝现实人生的甘苦，认识那已经逝去但不应该被忘记的历史；在得到思想启发的同时，也得到艺术的美的享受。

# 第八章 《儒林外史》

## 第一节 吴敬梓的时代、生平和思想

中国古典小说发展到18世纪中期，产生了两部伟大的作品，一部是《儒林外史》，另一部就是《红楼梦》。《儒林外史》的作者吴敬梓（1701—1754）和曹雪芹是同时代人（吴比曹大约十岁，又早死约十年），都生活于18世纪上半期。吴敬梓经历了康熙、雍正、乾隆三朝。这是中国封建社会的末期，在走向总崩溃的前夕，却出现了表面上的繁荣和稳定，是中国封建社会回光返照的时期。那样的时代产生这样两部伟大的作品，不是偶然的。

清朝统治者统一中国以后，通过武力镇压和政治上的高压与收买等措施，封建政权逐渐走向巩固，出现了前人所谓的“康乾盛世”的局面。但这种繁荣和稳定是建立在对劳动人民残酷压迫和剥削基础之上的，表面上的繁荣掩盖着深刻的危机，稳定的背后隐伏着尖锐的矛盾，社会暴露出各种黑暗和腐败。封建社会已走到了全面崩溃的前夕。

清代的统治者对知识分子是高压与收买两手政策并用的。在实行残酷的文字狱的同时，又用各种手段招揽知识分子为他们服务，其中最重要的就是科举考试制度，用孔孟和程朱理学的一套教条来束缚知识分子的思想，用功名利禄来引诱收买知识分子为他们服务。当时社会上热衷科举考试，追求功名富贵，已成为知识分子中的普遍风气。封建士子普遍灵魂空虚，世风堕落，社会上各种丑恶现象层出不穷。吴敬梓的《儒林外史》是中国封建社会末期社会生活的一面镜子，它用极其高明的讽刺手法，以科举考试为中心，描写了形形色色知识分子的生活和命运，为我们描绘出一幅真实生动的中国封建社会末期社会生活的历史图画。

鲁迅对《儒林外史》有着非常高的评价，同时他自己的小说创作也明显地受到

《儒林外史》的影响。他曾意味深长地说过："《儒林外史》作者的手段何尝在罗贯中下，然而留学生漫天塞地以来，这部书就好像不永久，也不伟大了。伟大也要有人懂。"[①]他将《儒林外史》视为具有永恒生命力的伟大作品，这样的评价是非同寻常的。他又说："迨《儒林外史》出，乃秉持公心，指擿时弊，机锋所向，尤在士林；其文又戚而能谐，婉而多讽：于是说部中乃始有足称讽刺之书。"[②]这段话指出《儒林外史》在思想艺术上的主要特色，并评价为中国小说史上真正配称为讽刺小说的作品。在此基础上他又指出："讽刺小说从《儒林外史》而后，就可以谓之绝响。"[③]这是给《儒林外史》在中国文学史上定位，认为它是唯一的一部堪称为讽刺小说的作品。鲁迅对文学作品的评价一向是十分严谨的，他给予《儒林外史》如此高的评价，很值得我们思索和重视。

吴敬梓能写出这样一部伟大的讽刺小说，除了时代的原因以外，还同他的思想和生活分不开。他字敏轩，号粒民。安徽全椒人。后移居南京，因自号秦淮寓客，他的书斋名文木山房，故又号文木老人。他出身于一个世代为官的科举世家。他的曾祖和祖父两辈中，大都通过科举考试做了清初的大官。吴敬梓自己曾说："五十年中，家门鼎盛。"(《移家赋》)[④]但到他父亲吴霖起时[⑤]，家道就开始中落，功名不高，仅得了一个拔贡，只做过江苏赣榆县的教谕（县里教育部门的一个小官）。吴霖起是一个比较正派的知识分子，为人正直，不追求钱财，并且是一个颇有孝行的人（见《移家赋》）。吴敬梓明显地受到父亲思想的影响。他从小就很有才学，喜欢读书，从正统的"四书""五经"到各种野史笔记，都广泛涉猎。二十三岁时吴霖起去世，为争夺遗产家族内部发生了一场激烈的纠纷。这次变故不仅影响到吴敬梓的生活，而且使他认识到族中某些人谋财夺产的卑劣行径和丑恶灵魂。由家族而

---

① 《且介亭杂文二集·叶紫作〈丰收〉序》，《鲁迅全集》第六卷，人民文学出版社，1958年。

② 《中国小说史略》，第二十三篇《清之讽刺小说》，人民文学出版社，1952年。

③ 《中国小说的历史的变迁》第六讲《清小说之四派及其末流》，《鲁迅全集》第八卷，人民文学出版社，1958年。

④ 李汉秋点校：《吴敬梓吴烺诗文合集》，黄山书社，1993年，第9页。

⑤ 有人考证，说他的生父叫吴雯延，吴霖起是吴雯延的堂兄，因为没有子嗣，才过继给吴霖起的。但此说有不同看法。参见陈美林《吴敬梓身世三考》，《吴敬梓研究》，上海古籍出版社，1984年。

及于社会，这促使他对当时的世风有了更加清醒的认识。他本来继承了一份很可观的遗产，但他不善理家，又轻财好义，常常慷慨地资助朋友；生活上也放浪不羁，尽日歌酒，挥金如土，不几年就把家底吃光了。他这种轻财放浪的行为，为流俗所不齿，但他自己却丝毫也不感到惭愧。他在一首《减字木兰花》词中曾写道："田庐尽卖，乡里传为子弟戒。"① 三十三岁时移家南京，生活陷于穷困之中，经常被迫以卖文为生。可为了修复南京雨花台的先贤祠（即泰伯祠，泰伯为周代吴国的始祖，周太公长子，太公欲立幼子季历，他与弟仲庸同避江南，为古贤人），他把安徽老家的房子也卖掉了。生活虽然穷困，但他却很有骨气，亲友中为官富有的人很多，他宁可卖文为生，卒不一往。冬天苦寒，又无酒食，常与朋友五六人，夜里乘月出城绕行数十里，歌吟啸呼，相与应和，天明入城，大笑散去，谓之"暖足"。据说最严重时，甚至两天没有饭吃，别人资助他钱，他又拿去买酒喝。

吴敬梓对科举考试的态度，经历了一个由追求、失望到冷淡、憎恶的发展过程。他十八岁考取秀才，二十九岁时曾到滁州参加科试（乡试前的预试），文章做得很好，却因行为狂放而被黜落，因此对科举考试大为失望。他在次年写的《减字木兰花》词的第四首中说："株守残编，落魄诸生十二年。"② 内心的失望和不满是很明显的。因久负盛名，他三十五岁时经上江督学郑筠谷、江宁府学训导唐时琳的荐举，到安庆参加博学鸿词科的省试，次年安徽巡抚赵国麟推荐他上北京廷试，他因病（或说为托病）没有参加。从此对科举考试十分憎恶，不再参加乡试。由于他出身仕宦家庭，自己又身处儒林之中，对科举考试制度以及知识分子的命运和思想都非常熟悉，自身又有深切的体验，因而对笔下的儒林人物才能刻画得那么栩栩如生，入木三分。鲁迅曾说："敬梓之所描写者即是此曹，既多据自所闻见，而笔又足以达之，故能烛幽索隐，物无遁形，凡官师，儒者，名士，山人，间亦有市井细民，皆现身纸上，声态并作，使彼世相，如在目前。"③ 也就是说，《儒林外史》是作者所处的社会生活和他自身生活实践的艺术概括。

由于家庭的教育和影响，吴敬梓的思想主要是传统的儒家思想，但他在南京生活，与程廷祚是好朋友，程是当时进步的颜（元）李（塨）学派的著名学者，吴敬

① 《吴敬梓吴烺诗文合集》，第 53 页。

② 同上书，第 54 页。

③ 鲁迅：《中国小说史略》，第二十三篇《清之讽刺小说》。

梓因此受到进步思想的影响。他一方面反对程朱理学，同时又以礼乐兵农作为挽救社会沦落的工具。他放浪高傲的性格，也带有那个时代追求个性自由的民主思想的色彩。

《儒林外史》是他寄居南京时所作，大约用了十几年的时间（最晚到乾隆十四年即 1749 年，作者四十九岁时已基本完稿），才写出这部精心结撰之作。在 1749 年以前有传抄本行世。他的朋友程晋芳《怀人诗》有云："《外史》纪儒林，刻画何工妍；吾为斯人悲，竟以稗说传。"[①] 诗作于 1749 年。程又在《文木先生传》中称吴敬梓"仿唐人小说为《儒林外史》五十卷，穷极文士情态，人争传写之"[②]，这里提到的五十回本今未见。

《儒林外史》最初以抄本形式流传，在作者去世十几年以后（大约在 1772—1779 年之间），有金兆燕（号棕亭）刊刻于扬州（据 1869 年苏州书局活字本《儒林外史》金和跋），此本今亦不存。现存最早的刻本是清嘉庆八年（1803）的卧闲草堂本，原书藏国家图书馆，1975 年人民文学出版社影印出版。1954 年，为纪念作者逝世二百周年，人民文学出版社即以卧闲草堂本为底本校订印行；1977 年，人民文学出版社又出版了由南京师范大学中文系重新校点的排印本；1999 年上海古籍出版社又出版了李汉秋辑校的汇校汇评本《儒林外史》。

《儒林外史》的版本有五十回本、五十五回本、五十六回本和六十回本诸说。五十回本未见，六十回本系清末书商妄续增入，鲁迅已辨其伪，认为："事既不伦，语复猥陋。"[③] 五十六回本也有不同看法。清末金和《儒林外史跋》认为，第五十六回幽榜系后人妄增，原书仅五十五回。鲁迅《中国小说史略》从其说。1954 年排印本为五十六回，1958 年排印本删去第五十六回仅五十五回，1977 年新校本则将五十六回做为附录，正文仅五十五回。学术界对这一问题有不同看法，胡适、章培恒等人认为仅五十回，而陈美林则认为是五十六回。

吴敬梓除《儒林外史》外，还有《诗说》七卷、《文木山房诗文集》十二卷，均不存。今仅存《文木山房集》四卷，收入作者四十岁以前的诗赋和词作。近年新发现集外诗文三十余篇。搜集较为完备的，是由李汉秋编校、黄山书社出版的《吴

---

① 《勉行堂诗集》卷二《春帆集》。

② 见《吴敬梓吴烺诗文合集》附录。

③ 见《中国小说史略》，第 237 页。

敬梓吴烺诗文合集》。

## 第二节 功名富贵为一篇之骨

小说为什么题名为《儒林外史》？闲斋老人的序文中曾说：

> 夫曰“外史”，原不自居正史之列也；曰“儒林”，迥异玄虚荒渺之谈也。其书以功名富贵为一篇之骨：有心艳功名富贵而媚人下人者；有倚仗功名富贵而骄人傲人者；有假托无意功名富贵自以为高，被人看破耻笑者；终乃以辞却功名富贵，品地最上一层为中流砥柱。①

“外史”就是野史、稗说的意思，是相对于正史而言的。作者自题“外史”，不单因为它是小说，不敢入于“正史”之列；还因为“正史”乃官修，不会也不敢写出社会生活中那些黑暗真实的面貌来。题为“外史”，正表明作者要写的是“正史”所不愿写或不敢写的内容。所以说是“迥异玄虚荒渺之谈”，也就是声明绝非毫无根据的凭空杜撰，而是社会生活的真实反映。小说的内容主要是写科举考试和功名富贵，描写封建社会末期的知识分子以及和知识分子相关的地主豪绅、官僚名士等人物的活动，所以称为“儒林”。小说的主要思想倾向是否定功名富贵，批判科举考试制度，并以此为中心，广泛地揭露了封建社会的黑暗和丑恶的现实。作者假托故事发生的时代是明代，实际上小说所反映的是作者所生活的清代中期的社会生活面貌。

“隐括全文”的第一回，是体现全书主题思想的一个纲，很值得我们重视。

第一回的回目是：“说楔子敷陈大义，借名流隐括全文。”这一回通过王冕的故事概括了全书的主题思想，是我们理解和认识这部小说的一个纲。卧闲草堂本的第一回回末评语说：“观楔子一卷，全书之血脉经络无不贯穿玲珑。”又说：“‘功名富贵’四字是全书第一着眼处，故开口即叫破，却只轻轻点逗。以后千变万化，无非从此四个字现出地狱变相。”②

---

① 李汉秋辑校:《儒林外史》汇校汇评本，上海古籍出版社，1999年，第687页。

② 此处和以下评语，均见李汉秋辑校《儒林外史》汇校汇评本。

开篇一首词就道出了否定功名富贵的思想："功名富贵无凭据，费尽心情，总把流光误。浊酒三杯沉醉去，水流花谢知何处？"明确道出功名富贵乃是身外之物，毫无意义，不值得追求。王冕就是一个看破功名富贵、辞却功名富贵的典型，是作者寄托自己的理想并加以热情歌颂的正面人物。王冕出身贫苦农家，替人放牛，却很聪明，靠自己的努力画得一手出色的荷花，学成了大学问。有学问却不愿意做官，不仅不追求做官，而且逃官，朝廷要给他官做，他逃，连当官的要见他，他也逃。他是个逃官的典型。这个人物是同当时整个社会上在科举制度下热衷功名富贵、追求做官的风气完全背道而驰的。作者热情赞美的，就是他的这种思想品格。篇中借人物之口，明确地批判了科举考试制度和读书做官的思想。王冕的母亲临死前对他说："有学问不要出去做官，做官怕不是荣宗耀祖的事，我看见这些做官的都不得有甚好收场。"朱洪武定了八股取士制度，王冕说："这个法却定的不好！将来读书人既有此一条荣身之路，把那文行出处都看得轻了。"王冕生性高傲，藐视权贵。知县时仁为了捞取"屈尊敬贤"的美名，到乡间去拜访王冕，王冕逃避不见。这在当时追求功名利禄、趋炎附势成风的社会条件下，确实表现了他那种不同流俗的"嵚崎磊落"的品格（可与第四回写严贡生吹嘘他同汤知县的关系作对比）。此外，他不见时仁还表现了对欺压老百姓的封建统治者的憎恶，他说："时知县依着危素（明初为翰林侍讲学士）的势，要在这里酷虐小民，无所不为。这样的人，我为什么要相与他？"王冕小时放牛为生，后来卖画为生，一直安于贫贱。作者肯定出身贫贱的人也是聪明有才学的。这些就是作者肯定和赞扬的王冕的基本特征和基本品质。

另外，这一回里也已经触及官场的黑暗和腐败，如时知县的巴结上司，追名逐利，县衙门头役翟买办的克扣画银（二十四两就私吞了十二两）；以同情的笔调写到了人民的痛苦生活等等，所有这些思想内容，在以后的几十回书里都是突出地描写和反复描写的。

除总的思想倾向外，从第一回里我们还可以看到作品里的另外一些思想特点：

一、从王冕身上体现出来的政治理想是儒家的"德治""仁政"，他对吴王提出的政治主张是要"以仁义服人"，而不是"以兵力服人"，他在吴王的眼里只是一个"儒者气象"。这和书中所写的其他正面人物如杜少卿、迟衡山、虞博士、萧云仙等提倡以德化人，以及要实现礼、乐、兵、农的理想是一致的。

二、王冕是一个孝子，是真正恪守儒家的孝悌信条的。全书中盛赞孝道，并创造了几个孝子的形象。王冕的形象，在第一回里就有了提挈的作用。

三、作者对学问的理解也还是经史、天文、地理一类，基本上还是传统所提倡的学问范围。

总之，这“隐括全文”“敷陈大义”的第一回，不但揭示了全书的主题，而且全书的一些主要内容，包括积极的因素和消极的因素，也都同时体现出来。

《儒林外史》主要的讽刺内容，是揭露和批判封建社会末期的种种黑暗和丑恶现象。

小说以描写和揭露科举考试制度为中心，但不能只把它看作是一本描写科举考试的书，也不能只把它看作是一本描写知识分子生活的书。实际上，它是以知识分子的生活为中心，而旁及社会生活的各个方面，作者用一把锋利的解剖刀，将封建社会已经开始腐烂的肌体解剖给世人看。

我们首先应该看到的，当然是《儒林外史》全面深刻地揭露和批判了科举考试制度。它的批判是多方面的，也是十分深刻的。概括起来有以下几个方面：

第一，结合科举考试制度所造成的恶浊的社会风气，小说揭露了科举考试制度对封建士子身心的摧残和毒害。

热心科举，追求功名富贵，是当时封建知识分子中极普遍的现象。作者以极其辛辣的笔调，讽刺和鞭挞了这种恶劣的社会风气。《儒林外史》的深刻在于，它不仅以愤懑的心情，以具体生动的形象，刻画了这种社会现象的丑恶以及人们精神的堕落，而且揭示了造成这种恶劣的社会风气和人们精神堕落的原因，就在于科举制度的罪恶。因为科举考试是升官发财的阶梯，是当时知识分子的一条“荣升之路”。

第二回至第四回中所描写的周进和范进的故事，最具有典型意义。周进从小参加科举考试，考到六十多岁了，还不曾考中一个秀才，只是一个童生。[①] 因为没有功名，生活十分穷困，旧帽破衣，黑瘦面皮，头发都花白了。为了生活，只得在名叫薛家集的小镇上教馆谋生；却被一个年轻的秀才梅玖相公（相公是对秀才的尊称）奚落嘲笑。王举人在他的面前，更是居高临下，大摆架子。举人进餐，吃的是鸡、鱼、鸭、肉，又是酒，又是饭，而周进却只是“一碟老菜叶，一壶热水”。第二天早晨起来，周进还要昏头昏脑地替那个举人扫那“撒了一地的鸡骨头、鸭翅膀、鱼

① 科举考试要先取得秀才的资格。知县主持的童试及格者称为童生，本省学政主持的院试及格者称为秀才，亦称生员。成了秀才才算取得了到省里贡院参加乡试考举人的资格。

刺、瓜子壳”。后来连馆也丢掉了，日食艰难，他的姐丈金有余成全他，让他进城去帮他们几个商人算账。因为考了几十年不曾进学，到省城贡院去参观时，不觉悲从中来，一阵心酸，就一头撞在号板上，口吐鲜血，差点送了那条老命。周进的伤心，是因为“他苦读了几十年的书，秀才也不曾做得一个”，大半辈子追求功名富贵而不可得。这就深刻地暴露了科举考试制度下封建知识分子可悲的命运和空虚的灵魂。金有余等人同情他，每人拿出几十两银子来替他纳了个监生，取得进场参加考试的资格。周进便跪在地上向他们磕了几个头，称他们是“重生父母”，说：“我周进变驴变马，也要报效！”后来他竟意外地“巍然中了”。情况马上就发生了天翻地覆的变化。真是“一进龙门，身价十倍”！顿时遭遇大变：“汶上县的人，不是亲的也来认亲，不相与的也来相与。”后来到京城会试，又中了进士，马上升官，做了御史（中央监察机关的高级官员），钦点广东学道。这时候，从前嘲笑奚落过他的那个梅玖相公，竟毫不知耻地在别人面前冒充是他的学生，跟他巴结关系。还让和尚把周进过去用红纸写的、而今早已变白了的对联揭下来裱一裱。荣华富贵，自不必说。当年教馆，辛苦一年，不过十二两银子，可是一中举当官，那银子就水似地涌进来。例如那个广东高要县的知县，还算不上什么大官，一年的收入就不下万金。

范进中举前后的遭遇，更形成鲜明强烈的对比。他二十岁应考，考了二十多次，五十多岁了，弄得面黄肌瘦，头须花白，也不曾考中。最后一次应考，正遇上有相同经历的学道周进主持考试。那时范进又冻又饿，形同乞丐（小说里描写他衣服朽烂，在号里又扯破了几块，严冬时节，在考场上冻得乞乞缩缩），而此时的周学道则是“绯袍金带，何等辉煌”。因为周学道的同情心，他竟糊里糊涂地被“当场填了个第一名”，中了一个相公。后来又挣扎着到省里参加乡试，考完回家时“家里已是饿了两三天”。那情景是何等的凄苦可怜。出榜那天，家里连早饭米也没有，母亲“饿得两眼都看不见了”。范进被迫把一只生蛋的母鸡抱到集上去卖。考中举人的喜报传来时，他正在集上卖鸡，开始不相信，后来被硬拉回家里看到报帖时，他看了又念，两手一拍，笑了一声道：“噫！好了！我中了！”因为几十年追求的理想，竟在意想不到的时候突然一下子实现，高兴过分，先是“一交跌倒，牙关咬紧，不省人事”。后来灌醒过来，竟欢喜得发了疯，狂跑起来。范进的高兴是有理由的，一中举人，就马上有人送来雪白的银子，宽敞的房屋，还有送田产的，还有主动投身来为仆的，不到两三个月，不仅有钱有米，而且奴仆丫环，细瓷碗盏，银镶金盘，总之举凡富贵人家的东西都应有尽有了。

范进中举的故事，有着多方面的深刻含义：第一，小说从几十年落第的心酸来写出他高中时发疯的那一瞬，又从发疯的那一瞬来回应他几十年落第的心酸，这样发疯虽然夸张，却揭示了深刻的社会内容；第二，从他周围的人物（包括他的岳父胡屠户及众邻居）在他中举前后对他态度的巨大变化，深刻地揭示了像范进这样一些可怜的知识分子热衷科举考试，苦苦奋斗几十年而不气馁的社会原因，证明了只有科举考试才能得到功名，有了功名才有富贵，科举考试千真万确是知识分子唯一的一条“荣升之路”；第三，从他考中秀才和举人，看出科举考试的主考官是十分昏庸的，取与不取都有着很大的随意性，这就反映了科举考试制度本身的腐朽和不合理。

总之，周进和范进的故事，十分生动而又深刻地反映了封建时代的知识分子追求举业“至白首而不得遇”（顾炎武语）也仍然不肯回头的社会原因，同时也揭露和鞭挞了当时社会上普遍地追名逐利、精神堕落的社会风气。

马二先生虽然二十年科场不利，但他却很懂得科举制度的精髓，他将古今举业概括成两个字：“做官。”他对蘧公孙说：“举业二字，是从古及今人人必要做的。就如孔子生在春秋时候，那时用‘言扬行举’（语见《礼记》）做官，故孔子只讲得个‘言寡尤，行寡悔，禄在其中’，这便是孔子的举业。……到本朝用文章取士，这是极好的法则。就是夫子在而今，也要念文章、做举业，断不讲那‘言寡尤，行寡悔’的话。何也？就日日讲究‘言寡尤，行寡悔’，那个给你官做？孔子的道也就不行了。”（第十三回）鲁迅在《中国小说史略》中引用了马二先生的这段名言，指出这议论“不特尽揭当时对于学问之见解，且洞见所谓儒者之心肝者也”[①]。马二先生还说过另外一段话，他这样开导正缺少衣食、走投无路的匡超人说：“奉事父母，总以文章举业为主。人生世上，除了这事，就没有第二件可以出头……只是有本事进了学，中了举人、进士，即刻就荣宗耀祖。……古语道得好：‘书中自有黄金屋，书中自有千钟粟，书中自有颜如玉……’”（第十五回）这些带有讽刺性的描写，生动地揭示了功名利禄对封建知识分子灵魂的侵蚀。

第二，小说还揭示了由八股取士的科举考试制度所造成的功名富贵热，在社会

① 鲁迅：《中国小说史略》，第二十三篇《清之讽刺小说》。

上有着极其广泛的影响。

小说还进一步描写出，功名富贵的思想不仅影响到一般的封建士子，而且广泛地影响到社会上的各个阶层，渗透到社会生活的各个方面，形成了一种追名逐利、虚伪欺诈的恶浊的社会风气。范进的丈人胡屠户是一个具有典型意义的形象。他是一个庸俗的势利小人。在范进中举前后，他的态度判若两人：中举前，他讽刺想考举人的范进是“癞蛤蟆想吃天鹅肉”，说那些“中老爷的都是天上的‘文曲星’”，而范进是“摸门不着”，把范进骂得狗血喷头。但是范进一旦真的中了举，他马上就低声下气，毕恭毕敬地称他为“贤婿老爷”，恬不知耻地在人前夸他这“贤婿”“才学又高，品貌又好”。在从镇上护送中了举的范进回家的时候，他见“女婿衣裳后襟滚皱了许多，一路上低着头替他扯了几十回”。胡屠户如此恶俗不堪，就因为也中了这功名富贵的毒。在他看来，中了举就会有官做，就不愁没有饭吃，没有银子用，自己后半辈子也就有了靠头，不用再杀猪为生了。他虽不是读书人，但他所受到的功名富贵思想的影响，也不比一般的读书人少。由此而产生的等级思想在胡屠户的身上也是表现得很突出的。范进开始时只中了一个秀才，这时他虽然认为范进还没有资格在自己面前“妆大”，可是他却教训范进说，中了相公就该高人一等，不能再像从前那样跟那些平头百姓拱手作揖，平起平坐了，否则就是坏了学校的规矩，连他的脸上也无光了。（第三回）成老爹是个乡下人，是说合人买卖田地的兴贩行的行头，跟读书中举本来没有什么关系，却也是一个功名富贵迷，一个吹牛附势的小丑。他自己没有资格中举高升，却又要劝勉别人去读书做官，说什么“英雄出于少年，怎得我这华轩（虞华轩）世兄下科高中了，同我们这唐二老爷一齐会上（会试考中）进士，虽不能像彭老四做这样大位，或者像老三、老二候选个县官，也与祖宗争气，我们脸上也有光辉”。他热衷迷恋功名富贵到了精神麻木的程度，连余大先生出于十分讨厌对他的尖刻挖苦嘲笑（说他准给衣巾——老童生经学政批准可以按秀才衣帽穿戴，一副酒糟脸），他竟然一点也没有感觉出来。（第四十六回）童养媳出身的妓女聘娘，做梦也想当个官太太，结果梦想不能实现，伤身致病，最后出了家。（第五十三、五十四回）小香蜡店主的儿子牛浦郎，本来是个朴实、单纯的少年，也因为名利思想的熏染，而变成了一个招摇撞骗的骗子，他偷了甘露寺庵里牛布衣遗下的诗稿，就冒名顶替，私刻了两方印章来盖在上面，就算是自己的作品，以此行骗。因为他想：“这相国、督学、太史、通政以及太守、司马、明府，都是而今的现任老爷们的称呼。可见只要会做两句诗，并不要进学中举，就可以同这些老爷们往来，何等荣耀！”（第二十一回）在那个社会环境里，读书作文是为了挣个功名富贵，挣不来的，有钱的就买，无钱的就骗，这是非常自然的事。

第三，小说还揭示出科举考试制度不仅造成社会上广泛的功名富贵热，而且还由此扩散、派生出各种各样丑恶的社会现象，严重地毒化了社会风气。

在吴敬梓的笔下，封建社会后期许多落后的丑恶现象，如测字抽签、风水迷信、说媒讨妾，都直接间接与科举考试和功名富贵有关。马二先生在丁仙祠下跪求签，目的是要“问问可有发财的机会”。王惠、荀玫找陈同甫来扶乩请仙，是为了要问问功名的事。（第七回）来宾楼那个算命的瞎子说，南京城里干算命测字行业的人越来越多，“上年都是我们没眼的算命，这些年睁眼的人都来算命”。追求升官发财、功名富贵，成为社会的普遍风气，就是算命先生增多的一个重要原因。聘娘就为了想将来能跟一个贵人，当个官太太，才请瞎子来算命的。书中作者通过杜少卿、迟衡山等人对风水迷信活动进行了激烈的攻击和批判，中心思想正是反对功名富贵。比如虞华轩要重修玄武阁，成老爹就说：“元（玄）武阁是令先祖盖的，却是一县发科甲的风水……”（第四十七回）当时人们选择风水宝地来安葬先人，就是为了追求发财致富、实现鼎甲状元，自然遭到鄙弃功名富贵的迟衡山和杜少卿的无情攻击。杜少卿甚至主张把看风水骗人的“狗头斫下来”，将“那要迁坟的，就依子孙谋杀祖父的律，立刻凌迟处死”（第四十四回）。甚至连讨妾这样的事，也跟举业和功名富贵有关。鲁编修只有一个独生女，招了一个女婿蘧公孙，因他不肯做举业，竟想老年讨妾，“早养出一个儿子来叫他读书，接进士的书香”。并为此事忧愁抑郁，酿成大病，中风瘫痪。（第十一回）媒婆沈大脚要替一个无赖泼妇胡七喇子说媒，对象是戏子鲍廷玺，他就先把做戏子的话藏起不说，“只说他是个举人，不日就要做官；家里又开着字号，广有田地”。媒人这样骗人，就是因为在婚姻关系中，功名富贵也有着很重要的影响。由此可以看出，作者对科举考试制度的揭露和批判，是非常广泛和深刻的，触及社会生活的各个方面，使人们看到它的流毒之广，危害之深。

第四，《儒林外史》对科举考试制度的揭露，还触及取士的内容。

明清科举考试，以四书、五经为内容，做八股文章，代圣贤立言，从内容到形式都是僵死的，甚至连字数也有严格的规定，这样的取士内容，严重地束缚士人的思想，只能培养出迂腐的四体不勤、五谷不分的书呆子。第二十五回里写修补乐器为生的倪老爹对鲍文卿说：“长兄，告诉不得你！我从二十岁上进学，到而今做了三十七年的秀才。就坏在读了这几句死书，拿不得轻，负不得重，一日穷似一日，儿女又多，只得借这手艺糊口，原是莫奈何的事。”这是对八股取士制度的有力控诉。朝廷重八股文，文士就专习八股文，主考官周进就把传统的诗词歌赋都称为无用的“杂览”，说什么“当今天子重文章，足下何须讲汉唐”，批评魏好古喜欢诗词歌赋是“务名而不务实”。这些八股文，不过是孔孟之道、程朱理学的陈腐调子，没有一点新鲜思想。那些追求科举的人很讲究文章的法则，卫体善说：“文章是代圣贤立言，有个一定的规矩，比不得那些‘杂览’，可以随手乱做……”（第十八回）马二先生是著名的文章选手，他尽选八股文作为士子习业赴试的教本。不要说做文章，就是批文章，也是代圣贤立言，作者、选家都是没有自己的思想的。马二先生主张“文章总以理法为主”，反对带“词赋气”，说“带词赋气便有碍于圣贤口气”。不仅内容是代圣贤立言，连口气也必须是圣贤口气。他还主张批评文章也不能带词赋气，他自己批评文章就“总是采取《语类》（黎靖德编《朱子语类》）《或问》（朱熹著《四书或问》）上的精语。时常一个批语要做半夜，不肯苟且下笔。……”（第十三回）范文选本的批语是这样，士子们八股文的水平就可想而知了。这样一种八股取士制度，当然只能培养出思想僵化的封建奴才和书呆子来。不少人把毕生的精力放在写作八股文上，虚掷了宝贵的岁月年华。

科举考试制度不仅束缚人的思想，而且还摧残人们的身体，是十分残酷的。鲁编修的女儿鲁小姐，为了让儿子长大能继承祖父的举业，刚满四岁的小孩，就“每日拘着他房里讲《四书》，读文章”（第十三回），她丈夫蘧公孙也“在家里，每晚同鲁小姐课子到三四更鼓，或一天遇着那小儿子书背不熟，小姐就要督责他念到天亮”。这么小的孩子，过的简直是一种非人的生活。

第五，小说还生动地揭露了科举考试制度的虚伪和腐败。

首先，那些主持考试的学政等官吏，都是些昏庸、腐朽，不学无术的人。周进考中进士，做广东学道时，主持全省生员的会试，可是，他除了八股文以外，几乎什么也不懂。他看范进的文章，开始觉得实在不好，“都说的是些什么话？怪不得进不得学。”看第二遍时便“觉得有些意思”，再看第三遍，竟看出是一篇“天地间之至文！真乃一字一珠！”他骂世上糊涂试官很多，实际他自己就是一个糊涂试官的典型。范进后来中了进士，也“钦点了山东学道”，可是竟连历史上赫赫有名的大文学家苏轼都不知道。有这样昏庸的考官，真正有本事的人落榜，而庸才却能飞黄腾达，就不是奇怪的事了。具有讽刺意味的是，南京国子监里的那位武书，举业功名都很顺利。为什么这样顺利？连他自己也很糊涂。他很老实地对虞博士说："门生并不会做八股文章，因是后来穷之无奈，求个馆也没得做，没奈何，只得寻两篇念念；也学做两篇，随便去考，就进了学。后来这几位宗师，不知怎的，看见门生这个名字，就要取做一等第一，补了廪（给廪禄的生员叫做廪膳生员，简称廪生）。门生那文章，其实不好，屡次考诗赋，总是一等第一。前次一位宗师合考八学（八个县学），门生又是八学的一等第一，所以送进监里来。门生觉得自己时文到底不在行。"（第三十六回）匡超人本来是一个既无学问、品行又极坏的无赖骗子，后来因为受京里李给谏的照看提携，竟补了廪，又题了优行，贡入太学肄业，后来朝廷考选教习（官学教师），经李给谏料理，又包他考中了。（第十九、二十回）他也充选家，专门选文章让习举业的士子们学习。他曾恬不知耻地吹嘘自己的选本共有九十五本，每出一本各地的客人都争着买，只愁买不到手。还说他的选本连外国都有的。"五省读书的人，家家隆重的是小弟，都在书案上，香火蜡烛，供着'先儒匡子之神位'。"牛布衣当面揭底嘲笑他："先生，你此言误矣！所谓'先儒'者，乃已经去世之儒者，今先生尚在，何得如此称呼？"他还红着脸强辩："不然！所谓'先儒'者，乃先生之谓也！"（第二十回）这样可鄙可笑的人，竟然也得了功名，并且选文章让读书人学习。还有一个无恶不作的地头蛇严贡生，由于前任周学台的拔举，以"优行"考出了贡。（第六回）品德最坏的人，却偏偏能以"优行"的美名入贡，这确是极大的讽刺。

小说对科场的腐败也有极生动的揭示。鲁编修在京里做"穷翰林"，不得志，就是因为没有得到被派去做主考、副主考或学政之类的差使，他发牢骚说："现今肥美的差都被别人钻谋去了。"（第十回）可见当主考官的人是来钱很多的。第三十二回里就写了臧蓼斋替人花三百两银子向主考的宗师买一个秀才。没有学问，只要有钱，也可以花钱找替身，或干脆买个秀才来当。绍兴的秀才就足足值一千两银子一个。匡超人在穷困潦倒时，在潘三的唆使下，就替绍兴金东崖想要进学却又一字不通的儿子金跃代考了一科的秀才，得了二百两银子的笔资。（第十九回）至于考场作弊的情形，小说更有十分生动的描写。第二十六回，写安庆的向知府得试七处（六个县学加一个府学）童生，鲍文卿父子在察院里巡场查号所目睹的情形："见那些童生，也有代笔的，也有传递的，大家丢纸团，掠砖头，挤眉弄眼，无所不为。到了抢粉汤、包子的时候，大家推成一团，跌成一块，鲍廷玺看不上眼。有一个童生，推着出恭，走到察院墙根前，把土墙挖个洞，伸手要到外头去接文章……"真可谓无奇不有，把科举制度下的考场丑态刻画得淋漓尽致。

总之，《儒林外史》是在前所未有的广度和深度上，对科举考试制度作了全面深刻的揭露和批判，尤为深入的是揭示出在科举考试制度的毒害下，社会上的各色人物灵魂的空虚、丑恶和可怜。

## 第三节　假名士、官僚、乡绅及其他

《儒林外史》的批判锋芒，还由科举考试和热衷科举考试的士子，扩大到与之相关的特殊的社会阶层，如假名士、官僚、乡绅等，以及封建礼教的残酷和虚伪。

精神空虚、道德沦丧的假名士，是科举考试制度的另一类产物。这类人就是闲斋老人序中所说的“假托无意功名富贵自以为高，被人看破耻笑者”。这些人当中，有的是功名不就，去当名士，如权勿用；有的是名士做得不满意了，又去追求功名，如蘧公孙。古代称学问和德行都很高，却不愿意出来做官，自命清高而不同流俗的人为名士。这里所说的假名士，是在表面上看来并不醉心于功名举业，而实际上却是些依附于这种制度所产生的地主官僚剥削阶级的寄生虫。他们多是想功名而爬不上去，谋富贵而不可得，于是假托名士风流，饮酒作诗，到处招摇撞骗。吴敬梓对这些人的揭露和刻画也是入木三分的。如作为名士领袖的娄三公子和娄四公子，他们“因科名蹭蹬，不得早年中鼎甲，入翰林，激成了一肚子牢骚不平”。他们身为已故的中堂之子和现任的通政之弟，依靠家里的权势富贵，到处招揽侠客、名士，饮酒作诗，寻欢作乐，是典型的精神空虚的地主官僚公子。又如权勿用，被杨执中吹捧为“有管乐的经纶，程朱的学问，此乃当时第一等人”。而实际上是个大骗子，一个奸拐尼姑的罪犯。他的老家萧山县的一位普通老百姓（胡子客人）揭了他的老底：原来“是个不中用的货，又不会种田，又不会做生意，坐吃山崩，把些田地都弄得精光，足足考了三十多年，一回县考的复试也不曾取。他从来肚里也没有通过”。（第十二回）应考不中，反充高人，靠行骗过日子。《儒林外史》中所写的假名士，大体上都是这个样子。权勿用骗人，“口里动不动就说：‘我和你至交相好，分什么彼此，你的就是我的，我的就是你的。’这几句话就是他的歌诀”。而这段话的要点却是：“你的就是我的”。又如本来是开头巾店的景兰江，把两千两银子的本钱一顿诗作得精光，后来也就靠骗人过日子。借着作诗为由，遇着人就借银子，人听见他都害怕。（第十九回）被誉为“侠客”的张铁臂，更是个大骗子，假

设“人头会”，说是杀了一个仇人，却以猪头冒充人头，一次就骗走了五百两银子。（第十二回）

名士的特点是不作时文，只会作诗。景兰江就曾向匡超人吹嘘道：“我杭城多少名士都是不讲八股的。”实际上这些人根本就不懂诗。匡超人不会作诗，为了参加西湖宴集的赋诗盛会，连夜买了一本《诗法入门》来看，看了一夜就作出诗来了，而且觉得比壁上贴的还要好些。（第十八回）他们作的诗，“‘且夫’‘尝谓’都写在内，其余也就是文章批语上采下来的几个字眼”。这些人，都是一些迂腐可笑、不学无术、品质恶劣的人，是科举考试制度孕育出来的社会的畸形儿，是社会的渣滓和败类。

明清时代的官吏大多是由科举考试制度选拔出来的，因此吴敬梓的笔十分自然地由科场而扩大到官场。《儒林外史》为我们展现了一幅黑暗官场的栩栩如生的图画。从上到下，大大小小的官僚吏役，都是昏庸无能、贪污腐败、欺压良民、草菅人命的坏家伙。比如举人出身、“须发皓白”才考中进士的王惠，是个鄙陋不堪、贪财如命的贪官。他刚一出任南昌太守，就遵循“三年清知府，十万雪花银”的通行老例，大量压榨搜刮民财。他那府衙门里有三样声音，即“戥子声，算盘声，板子声”。而且用的是头号库戥，头号板子，“衙役百姓，一个个被他打得魂飞魄散。合城的人，无一个不知太爷的利害，睡梦里也是怕的”。（第八回）又如写高要县的汤知县办案。当时皇帝下命令禁宰牛羊，回民师父为了生活求他放宽限制，所以送给他五十斤牛肉，他听信乡绅恶棍张静斋的一番话，为了达到捞取为官“一丝不苟”的美名，达到指日升迁的目的，竟用极其残酷的办法将进献牛肉的回民老师父活活枷死。回民群众起来闹事造反，要揪出出主意的张静斋来打死，可是上级按察司（省监察机关）不但予以包庇，而且还对回民群众进行残酷的镇压，以“此刁风也不可长”为由，将造反闹事的回民“拿几个为头的来尽法处置”。（第四、五回）在封建衙门里，黑白颠倒，是非混淆，暗无天日。所谓“钱到公事办，火到猪头烂”，是当时官场上的普遍现象，根本无公理可言。如沈大年（沈琼枝的父亲）因女儿被大盐商宋为富骗去做妾，便到江都县去喊了一状，宋家有钱，叫小司客具了一个诉呈，打通了关节，知县不但包庇豪强奸恶的宋为富，而且还将沈大年平白地断为“刁健讼棍”，强行押解回常州。（第四十回）

书中还写到了官府与地主豪绅互相勾结，狼狈为奸的罪恶。如五河县的方家和彭家，既是大恶霸，又是大地主、大商人（盐商），他们依仗官府的权势，无恶不作。“府里的太尊，县里的王公，都同他们是一个人，时时有内里幕宾相公到他家来说要紧的话。百姓怎的不怕他！”府里的厉太尊（太守），“因五河县当铺戥子太重，剥削小民”，派季苇萧去调查，以便为民除弊。可是开着仁昌典当铺的方家戥子最重，盘剥最厉害，无所不为，百姓敢怒而不敢言。虞华轩对他说：“要除这个弊，只要除这两家。”可是，访事的季苇萧却到了仁昌典的方老六家去做了座上客；而那位厉太尊的公子，却和那流氓恶霸方老六混在一起喝酒玩戏子。（第四十六、四十七回）

官吏和地主豪绅相勾结，还可以从秀才万里由假中书到真中书的故事看出来。他因家里日计艰难，就冒充中书。因为有了官衔，商人乡绅财主，才肯有些照应。后来因为误会被牵连进了一个案子里，冒充中书是要判罪的，在侠客凤鸣岐的帮助下，用钱买通，结果弄假成真，立即保举了一个货真价实的中书来当。当时社会上的普遍情况是：当了官就有钱，有钱的没有官也可以买一个官来当。官就是钱，钱就是官。因此官绅勾结是必然的现象。

上层官吏是如此，下层的役吏公差，也一样的贪污腐败，敲诈勒索，胡作非为。最典型的是那个市井恶棍潘三（潘自业）。他把持官府，包揽词讼，广放私债，毒害良民。他不过是一个在衙门里做事的差头，可是却能借此敲诈勒索，贪财受贿，尽干那“有些想头的事”，毫不费力就有大宗的银子往家里流。他“家里有的是豆腐干刻的假印”，随时可以假造文书；他收五百两银子就可以包人中一个秀才。因为这样，他在那个地方极有威势派头，那些差役赌棍、饭店老板等，都对他毕恭毕敬，称他为潘三爷、三老爹，一见他就吓得屁滚尿流，赔着小心。（第十九回）宦成和双红私奔，因得了个王观察的旧枕箱，牵涉到一桩重大的钦案；差人替宦成出主意，向蘧公孙讹了婚书，还敲了九十二两银子（马二先生仗义疏财，以选书得来的九十两银子代付），可是那个差人就从中算计去了七十多两，只给了宦成十几两。（第十四回）

因为《儒林外史》揭露和批判的锋芒指向了封建社会上层建筑的核心——政权机构，因而其批判就具有更大的鲜明性和尖锐性。

由官府而及于地主恶霸、乡绅富商，尖锐地揭露和批判了他们的丑恶嘴脸和种种罪行，这是《儒林外史》的讽刺顺理成章的又一方面的延伸。最突出的是对严贡生的描写。他本来文笔低劣，人品也低劣，因为主持考试的宗师，是个吏员出身，根本不懂文章，就将他补了廪，后来又拔了贡。一出贡就拉人出贺礼，总甲、地方、县里狗腿差都被他派分子进行勒索，请客办席的厨子钱、买肉的钱都不还。他在地方上可以说是横行乡里，无恶不作。但他却恬不知耻地自吹："小弟只是一个为人率真，在乡里之间，从不晓得占人寸丝半粟的便宜。"（第四回）吴敬梓以他的行为来揭露他的虚伪和灵魂的丑恶。他家养的猪跑到了农民王小二家里，他以找回来"不利市"为理由，逼迫人家买下，可等到猪长到一百多斤时，错跑到他的家，他竟关住不还，白白地讹了农民一头猪，还打折了王小二的哥哥王大的腿。（第五回）他放高利贷，别人借他的钱立了借约，但钱没有付，以后人家向他要回借据时，他却要人家给利息。他坐船不给船钱，反进行讹诈，将他吃剩的云片糕故意让船家吃了，却冒充是花了几百两银子用贵重的人参黄连做成的治晕病的药，说是几片就值几十两银子，结果船钱不给，反把别人臭骂了一顿。对二房的房产更是进行明目张胆的抢夺。（第六回）

张乡绅也是巧取豪夺、无恶不作的。他为了夺取僧官和尚一块田，竟唆使一伙光棍将和尚抓了起来，告到县里，让和尚在衙门里必须花几十两银子，只好将那块田卖给了他。（第四回）还有吏部尚书的儿子大老官乡绅胡三公子，三个钱一个的馒头只给两个钱，吃了酒席不给钱，还要将剩下的米拿走。（第十八回）对地主乡绅的悭吝，讽刺也是极为出色的，最著名的情节是严监生临死时因油灯用了两根灯芯而不肯断气。（第五回）

《儒林外史》对封建礼教并未进行全面的揭露和否定，在有些方面还是肯定和赞扬的。比如孝道，就是尽力宣扬的。书中被肯定的人物几乎都是孝子，如王冕是孝子，杜少卿是孝子，萧云仙是孝子；作者还以相当多的篇幅集中地写了一个千里寻亲的郭孝子，虽然他的父亲是一个搜刮民财的坏家伙，但还是对他的孝行作了充分的肯定。对作为封建社会之大伦的忠君思想，作者也是并不否定的，但对封建礼教的虚伪和残酷，却有着极为深刻的揭露和尖锐的讽刺。一些满口仁义道德的人，所干的事却是不仁不义的。最突出的是第五回里写王德、王仁兄弟，口里说："我们念书的人，全在纲常上做工夫，就是做文章，代孔子说话，也不过是这个理。"可因为多得了一百两银子，就不顾亲生妹妹重病在床，居然帮助严监生把小老婆赵氏立为正室，正在酒席热闹时，亲妹妹就断了气。作者对人物的取名就包含了讽刺的意义在内，王德、王仁就是无德、无仁。又如范进中举后到汤知县那里去打秋风，因为遵制丁忧（母逝守孝），吃饭时不肯用象牙筷子，却毫不客气地大口大口地吃那美味的大虾丸子。（第四回）荀玫中进士后，恰遇祖母去世，按封建道德的规范，

“做官的人，匿丧是行不得的”，而荀玫为了考选科道升官，就想将此事隐瞒下来，并得到了王员外和周进、范进的支持。（第七回）最突出的是第四十八回，写王玉辉支持女儿自杀殉情的情节，对封建礼教的残酷揭露得非常深刻。王玉辉是个秀才，他的女儿在丈夫死后要绝食殉夫，他知道后，不仅不劝阻，反而给予支持，说：“我儿，你既如此，这是青史上留名的事，我难道还拦阻你？”女儿死后，他的女人大哭，他反劝道：“你这个老人家真是个呆子！三女儿他如今已成了仙了，你哭他怎的？他这死的好，只怕我将来不能像他这个好题目死哩！”又大笑道：“死的好！死的好！”入祠那天，王玉辉转觉伤心。后来有一次到苏州去游虎丘，见船上有一个少年穿白的妇人，又想起女儿，心里哽咽，热泪直流出来。这是以血淋淋的事实控诉了封建礼教的杀人。

以上几个方面都是与科举考试和功名富贵有关的，但又不局限于科举考试和功名富贵，而是以此为中心，广泛地反映了当时的社会生活，刻画了各色各样的人物形象。小说多方面、多角度地描写和揭露了科举考试制度的不合理、腐败和罪恶，写了知识分子灵魂的空虚和扭曲，写了社会风气的恶浊和堕落，写了官场的黑暗和腐败。总之，通过形形色色的人物，光怪陆离的社会现象，写出了一个散发出腐朽气息的走向末世的封建社会。这样一种对儒林人物的描写，这样一种对科举考试制度的批判，在中国文学史上达到了一种前所未有的高度和广度。作者对科举考试制度十分痛恨，以致几乎将社会上的一切罪恶和黑暗现象，都归结到科举考试制度上。这反映了作者认识的深刻，同时也反映了作者认识的肤浅，因为封建社会的腐朽和衰败，还有比科举考试制度更深层更复杂的原因。

## 第四节　正面形象与作者的理想

作为一部讽刺小说，《儒林外史》主要是通过对反面人物和丑恶的社会现象的揭露和鞭挞来体现它的思想倾向的，但与此同时，小说也描写了一批体现作者理想的正面人物。吴敬梓在小说中肯定的正面人物，主要有两类：一类是知识分子，一类是市井小民。在作者的笔下，前一类是主要的，所占篇幅较多，且作者是带着很高的热情来描写和赞扬他们的。这些形象既体现了作者理想的进步性，也表现了作者思想上的局限和落后的一面。

第一类中，代表人物有庄绍光、迟衡山、虞博士和杜少卿，再加上开篇第一回中的王冕，都是作者心目中的理想人物。这些人物各有差异，但共同的特点是：

第一，鄙弃功名富贵，不热衷科举考试，不愿意出来做官。其中杜少卿最有代表性。他“不喜欢人在他眼前说做官，说人有钱”，他把钱财看得很淡薄，只要别人有求于他，不管是真有困难还是出于欺骗，他都慷慨解囊，将银子“大捧出来给人家用”，因而很快就将家产花光。他看不起科举，说：“这学里秀才，未见得好似奴才！”巡抚部院李大人荐举他进朝做官，他装病辞却不去。这些在当时那种追求功名富贵成风的社会条件下，确实是独异特出、不同凡俗的。

第二，自由独立，狂放不羁，不为封建礼教所束缚。当时一般追求科举考试的世俗士子，大多是标榜和维护封建礼教的，但杜少卿与此不同，他的言行不守礼法，颇带一些放浪不羁的色彩。最著名的是第三十三回里写他游清凉山，他“携着娘子的手，出了园门，一手拿着金杯，大笑着，在清凉山岗子上走了一里多路，背后三四个妇女嘻嘻笑笑跟着，两边看的人目眩神摇，不敢仰视”。他与“万般皆下品，惟有读书高”、一进了学就和一般人不能平起平坐的社会风气相反，跟地位比他低下的“和尚、道士、工匠、花子，都拉着相与，却不肯相与一个正经人”，因此被人认为是读书人绝对不可效法的人物。他对出身贫贱，受侮辱受迫害却有思想、有才学的下层妇女沈琼枝大加赞扬，认为是一个“可敬”的人物。这种看法也是不同流俗的。这些方面都表现出吴敬梓的思想具有初步的民主色彩。

不过另一方面，这些人物身上也承袭了传统思想道德的精神负担，最主要的就是要坚持所谓真正的正统的儒家思想，特别是德治仁政的理想。他们希望能通过恢复古礼古乐来改变日渐颓败没落的社会面貌。他们批判假儒而提倡真儒。最突出的就是第三十七回描写的祭泰伯祠。他们称吴泰伯是一个“大圣人”，因为这个典范是由孔子树立起来的。《论语·泰伯第八》里说：“泰伯其可谓至德也已矣，三以天下让（让给他的三弟季历），民无德而称焉。”他们用古礼古乐来祭祀吴泰伯，目的就是为了要恢复古礼古乐，以此来改变现实的社会面貌。迟衡山就说过：“春秋两仲，用古礼古乐致祭，借此大家习学礼乐，成就出些人才，也可以助一助政教。”作者将主祭泰伯祠的虞博士称为“真儒”，是“圣贤之徒”，就是要为大家树立一个效法的榜样，以实现他“以德化人”“以礼乐化俗”的理想。虞博士的名字叫虞育德，从这名字就能体会出作者写这个人物的用意。但他还担心读者不能领会，又借书中人物之口明确地说：“看虞博士那般举动，他也不要禁止人怎样，已是被了他的德化，那非礼的事自然不能行出来。”小说特意对祭祀的场面大加渲染，表现出这一行动是深得人心的："两边百姓，扶老携幼，挨挤着来看，欢声雷动。"而且还把主祭的虞博士称作"是一位神仙下凡"。在作者看来，像虞博士这样的真儒，不但是封建时代知识分子立身处世的做人标准，而且还是扭转世风、改造社会的根本力量。这当然是脱离时代、脱离现实的一种空想。以我们今天的眼光来看，已经走向腐朽没落的封建社会，是绝不可能用恢复古礼古乐就可以挽救得了的。

再看看第二类人物。他们都是处于社会下层的市井小民。这些本来并非"儒林"之内的人物，作者却把他们写入了《儒林外史》之内，并且给予他们以肯定的正面人物的地位。作者一方面以赞美的笔调描写他们纯朴、诚实和善良的思想品格：如开小香蜡店的牛老儿和他的邻居开米店的卜老爹，他们之间的诚挚的友谊和纯朴善良的性格，在那个社会环境里都是很难得的。（第二十一回）又如在旧社会受人侮辱和轻视的戏子鲍文卿，写他很正派纯洁，不惟不追名逐利，而且钱到手边也仍然坚决拒绝贪财受贿（两个书办求他在向太守面前说说情，办两件事就给他五百两银子），他说："须是骨头里挣出来的钱才做得肉。"（第二十五回）作者通过书中人物向太守赞扬他"颇多君子之行"，说比那些"中进士、做翰林的"还要高出一筹。更为突出的是那个穷秀才家庭出身的下层女子沈琼枝，她被富商骗去做妾而不屈服，表现出强烈的反抗精神；她反对一夫多妻的封建婚姻制度，要求在婚姻问题上的男女平等，千方百计维护自己独立的人格；同时她又有杰出的才华，又会作诗，又会刺绣，又精于拳术武艺，依靠自己的劳动来维持自己的生计，不依赖有钱的富商地主。她不慕豪华，不屈从权势，独自一人，以刺绣卖文为生，过着清贫而清白的生活。这些都表现出一种新女性的特点。作者通过杜少卿之口这样赞美她说："盐商富贵奢华，多少士大夫见了就销魂夺魄；你一个弱女子，视如土芥，这就可敬的极了！"（第四十一回）沈琼枝是书中一个极具光彩的女性形象，在作者的笔下，她不仅是一个女中名士，而且是一个女中豪杰。这在吴敬梓那个时代，能塑造出这样有个性、有思想的下层女性形象，是极为难能可贵的。

在全书的最后，作者还写了四个市井奇人：一个是"自幼儿无家无业，总在这些寺院里安身"的季遐年，却写得一手好字，又是一个不贪财慕势、性格方鲠的人物；一个是卖火纸筒的王太，虽然穿得褴褛，被老爷们瞧不起，却下得一手好围棋，刚下了半盘，就赢了号称"天下的大围手"的马先生；一个是开茶馆的盖宽，轻于钱财，却能作诗读书，又喜欢画画；再一个就是做裁缝的荆元，能弹一手好琴，还认为做裁缝并不玷辱读书识字。作者通过这几个人物，肯定了出身低贱的市井小民的聪明才智，也批判了在封建社会中极为流行的“万般皆下品，惟有读书高”的思想，认为过去一般只有士大夫才能做的琴、棋、书、画一类雅事，普通的市井小民也能做，而且做得很出色。同时他们又同一般的封建士子不同，并不把这些风雅技艺当作猎取功名富贵的手段，因此作者认为他们的品德是很高尚的。这些人物也是作者理想的寄托。但因此在这些市井人物身上，便不免带上了浓厚的清高名士的风雅气质，影响了人物的真实性。

从作者所塑造的正面人物形象来看，他是批判假儒而肯定真儒的，提出以“文行出处”来和“功名富贵”相对立。所谓文，是指儒家的道艺，离不开礼乐兵农那一套；所谓行，是指好的品行（实践）；所谓出，是指出来做官；所谓处，是指在家在野的立身行事。总之，他所表现的社会政治理想无非还是儒家的理想，他提出的做人标准，也没有、事实上也不可能完全脱离传统的道德观念。因此通过《儒林外史》我们看到，吴敬梓是一个生活于旧时代已经腐朽，但还没有败亡，新时代正在孕育，但尚未显示出它的生命力的新旧交替时代的思想敏锐的作家，他在书中一方面表现出新的时代气息，同时又有明显的旧思想因袭的一面。他看到了社会的深刻的矛盾和危机，并且大胆尖锐地进行揭露和批判；但他看不到社会的真正出路，看不到光明和希望在哪里。因而他通过祭泰伯祠所寄托的理想和希望，就只能无可避免地归于破灭。在书的最后，他写到四个市井奇人之一的盖宽游雨花台，见当年热闹一时的泰伯祠，已经破败荒芜，无人过问了，盖宽感叹说：“这些古事（指当年祭祀的事），提起来令人伤感。”（第五十五回）盖宽的感叹正是吴敬梓的感叹。这实际上是宣告了迟衡山、庄征君、杜少卿、虞博士等人理想的破灭，也是作者吴敬梓理想的破灭。书中最后的描写充满了一种失落的无可奈何的悲剧气氛。这是作者吴敬梓内心悯世和悼世悲情的表现，这是时代使然，是作者无法改变，也无力改变的。

## 第五节　“戚而能谐，婉而多讽”的讽刺艺术

《儒林外史》是一部杰出的讽刺小说，它的艺术特色和成就主要在讽刺方面。鲁迅曾说：“讽刺的生命是真实。”他给讽刺下的定义是：“我想：一个作者，用了精练的，或者简直有些夸张的笔墨——但自然也必须是艺术地——写出或一群人的或

一面的真实来，这被写的一群人，就称这作品为‘讽刺’。”[1]《儒林外史》就是用了夸张的同时又是艺术的笔调，通过一群封建知识分子以及地主豪绅等人物的活动，揭开了乾隆时期所谓“太平盛世”的假象，赤裸裸地向人们暴露出封建社会末期黑暗腐败的真实来。它通过种种当时人们不以为奇的普普通通的日常生活现象的描写，真实生动地揭示出形形色色的儒林人物的种种可鄙、可憎、可笑、可怜的形象，并进而让我们认识到那个社会的腐败和不合理。这就是《儒林外史》作为一部讽刺小说主要的艺术成就，也是鲁迅先生对《儒林外史》做出极高评价的主要原因。

《儒林外史》的讽刺艺术主要表现在人物描写上。小说是通过人物描写来实现它对科举考试制度的不合理，对社会腐败黑暗现象和世态人情的揭露和批判的。据统计，全书描写的人物有二百七十多个，除儒林人物之外涉及社会的各个阶层，其中性格鲜明、给读者留下深刻印象的也有二三十个。《儒林外史》的人物描写有一些值得注意的特点。

《儒林外史》的作者从不孤立地写一个人物，他写人物的行动和思想，总是着眼于人物关系，着眼于他周围的环境条件，因而不仅能写出他有什么样的思想行为，而且还能揭示出他为什么会有这样的思想行为。比如周进在贡院里撞号板，范进中举发疯，都是极度夸张的描写，但是由于作者写出了围绕他们的各种人物对他们的态度及其变化，就非常真实地揭示出他们撞号板和发疯的原因，不仅使读者能够理解接受，还能促使读者去进行深入的思考。周进胡子花白了还只是一个童生，一个年轻秀才就可以蔑视和羞辱他，举人老爷更是使他在精神上受到一种压迫，丢掉了教书的饭碗后生活无着；范进在考中举人前家里穷得揭不开锅，宰猪的岳父可以瞧不起他，把他骂得狗血喷头。总之，小说是在科举考试制度的背景下，写尽了当时的人情冷暖，世态炎凉。正是这样的社会环境，引诱着他们，压迫着他们，也侵蚀着他们，使他们的人性和灵魂都被扭曲了。这样写，人物的思想性格就有了丰富的社会内涵，而且作者讽刺的锋芒就不只是针对这些人物个人的，而主要是针对造成这些人物的整个社会的。其他像写匡超人和牛浦郎，作者对他们投以尖刻的讽刺，但又具体写出了他们变坏的过程，因而矛头也不只是针对他们个人的。

我们从《儒林外史》的描写中，看到的不是个别人的品德不好，个别人的灵魂

---

① 《且介亭杂文二集·什么是讽刺？——答文学社问》，《鲁迅全集》第六卷，人民文学出版社，1958年，第258页。

的堕落和丑恶，而是看到了世风的堕落和社会的罪恶。因此鲁迅评论《儒林外史》的讽刺艺术时，特别指出它是少有的“以公心讽世之书”，是“秉持公心，指擿时弊”，这是十分精当和深刻的。《儒林外史》的讽刺，是为抨击整个社会而发，目的是悯世和救世。这就将《儒林外史》同以前一些出于某种个人恩怨，怀着卑劣之心，以发泄私愤为目的，以揭发别人的隐私为乐的所谓讽刺小说，划清了界限。吴敬梓对他所要讽刺批判的人物，对他们的思想性格，多从滑稽可笑的喜剧性情节中表现出来，并投以辛辣的嘲笑；但同时，作者又深刻地揭露出造成这些人卑微或卑劣思想性格的社会环境，因而心情又是十分沉痛的。由于着眼于社会，着眼于人与人之间的关系，在作者的笔下，不仅像周进、范进这样的人物，而且就是像匡超人、牛浦郎一类品质十分恶劣的人物，也都是那个罪恶社会的产物。从某种意义上说，这些人物都是那个罪恶社会的牺牲品，在他们的命运和性格中都包含着潜在的悲剧内容。因而鲁迅又非常深刻地指出，《儒林外史》讽刺艺术的特色是：“戚而能谐，婉而多讽。”“戚而能谐”也就是说，在艺术风格上，《儒林外史》是喜剧性与悲剧性相结合的，或者说是以喜剧的形式表现悲剧的内容。读《儒林外史》时，在嬉笑怒骂中我们常常可以看见作者的眼泪。

《儒林外史》写人物的高明，还表现在作者从来不站出来说好说坏，他的爱憎感情隐含在具体形象的艺术描写之中，不是凭借抽象的说明，而是靠人物自身的言语行动来表现。作者不置一词，而人物的思想性格和作者的爱憎感情，都非常生动地表现了出来。作者写人物的语言行动，不是停留在外在的形象上，而是由表及里，深入到人物的内心世界，挖掘出人物的灵魂。也就是说，人物不仅声态并作，跃然纸上，而且能烛幽索隐，将他们的内心世界毫无讳饰地展示在读者的面前。可以说，在人物塑造上，吴敬梓是一位勾魂摄魄的作家。比如在《范进中举》这段情节中，给我们印象最深的两个人物是范进和他的丈人胡屠户。写范进，主要是用讽刺和怜悯之笔写他的卑怯；写胡屠户，主要是用讽刺和憎恶之笔写他的势利。但通篇并没有“卑怯”和“势利”这两个词，而人物的卑怯之态、势利之心，却栩栩如生，跃然纸上。如写范进进考场后和周学道的一段对话：周进问：“你就是范进？”范进跪下道：“童生就是。”学道道：“你今年多少年纪了？”范进道：“童生册上写的是三十岁，童生实年五十四岁。”学道道：“你考过多少回数了？”范进道：“童生二十岁应考，到今考过二十余次。”学道道：“如何总不进学？”范进道：“总因童生文字荒谬，所以各位大老爷不曾赏取。”问完后，“范进磕头下去了”。一口一个童生如何，态度之卑微、口气之胆怯，活现纸上。待到他被周学道取为第一名秀才后，则对这位恩师感激不尽，第二天将周进“独自送在三十里之外，轿前打恭”。在听了一番临别的教训之后，写他：“范进又磕头谢了，起来立着。学道轿子，一拥而去。范进立着，直望见门枪影子抹过前山，看不见了，方才回到下处。”回到家里时，岳父胡屠户教训他中了相公以后，就不能跟一般的平头百姓平起平坐了，范进“唯唯连声”，只道“岳父见教的是”。他要想去参加乡试，被胡屠户一口啐在脸上，说他是“癞蛤蟆想吃天鹅肉”，也不敢吱一声。对他在小镇上卖鸡的情景，更是一字一句都写进了人物的灵魂：他在市场上，“一步一踱的，东张西望”，寻人来买。等到报喜的人告诉他已经中了举人，要他快些回去时，小说这样写：“范进只道是哄他，只装不听见，低着头往前走。邻居见他不理，走上来，就要夺他手中的鸡。并再次告诉他已经中了举人。他仍然不信，道：‘高邻，你晓得我今日没有米，要卖这鸡去救命，为什么拿这话来混我？’”对话加上他的动作和神情意态，活灵活现地刻画出他由于长期失望而产生的内心的羞愧和胆怯。至于胡屠户的势利之心，单从一个动作就已写得入木三分：范进从集上回家的途中，胡屠户“见女婿衣裳后襟滚皱了许多，一路上低着头替他扯了几十回”。只一笔就写到人物的灵魂里去了。这种不是直接的指斥，不是破口大骂，而是通过婉曲的艺术手法，表现发人深省的讽刺意味，就是鲁迅所赞扬的“婉而多讽”。

《儒林外史》的讽刺手法也是多种多样的。

通过漫画式的外形描写，来表达作者鲜明的爱憎感情，这是小说中常用的手法。《儒林外史》的肖像描写，用极精练的语言，淡淡几笔就能突出人物的主要特征，而且由表及里，形神兼备。比如第二回里写夏总甲：“正说着，外边走进一个人来，两只红眼边，一副锅铁脸，几根黄胡子，歪戴着瓦楞帽，身上青布衣服就如油篓一般；手里拿着一根赶驴的鞭子，走进门来，和众人拱一拱手，一屁股就坐在上席。”单是这简淡几笔的外形描写，就栩栩如生地刻画出一个令人可厌的下层官吏的形象，他地位不高，生活也困窘，却摆资格，拿架子，要一点小威风，是地方上小有权势的一个无赖。很显然，作者的态度是嘲笑中又透出憎恨的。

又如第三回里写范进进考场时，也有一段极精彩的外形描写，是从周进的眼中来着笔的：“周学道坐在堂上，见那些童生纷纷进来：也有小的，也有老的，仪表端正的，獐头鼠目的，衣冠楚楚的，褴褛破烂的。落后点进一个童生来，面黄肌瘦，花白胡须，头上戴一顶破毡帽。广东虽是地气温暖，这时已是十二月上旬，那童生还穿着麻布直裰，冻得乞乞缩缩，接了卷子，下去归号。”粗粗几笔，就勾勒出了范进落魄时的一副可怜相，充满了作者深切的同情。

作者还常以夸张之笔，突出人物的可笑和可鄙之处。如写范进中举发疯，一出门就让他摔了一跤，故意出这个新中举人的洋相：“走出大门不多路，一脚踹在塘里，挣起来，头发都跌散了，两手黄泥，淋淋漓漓一身的水，众人拉他不住，一直走到集上去了。”（第二回）最著名的例子是写严监生临死前伸着两个指头不肯断气，因为他不会说话，大家就胡猜，有说是为两个人的，有说是为两件事的，有说是为两笔银子的，有说是为两处田地的，纷纷不一，他都摇头表示不是。还是刚扶正不久的赵氏懂得他的心思，她分开众人，走上前道：“爷，只有我能知道你的心事。你是为那盏灯里点的是两茎灯草，不放心，恐费了油。我如今挑掉一茎就是了。”这时他才“点一点头，把手垂下，登时就没了气”。（第六回）对于悭吝财主的讽刺，真是由表入里，深入骨髓。

通过人物言行的自相矛盾，揭露其虚伪可笑，也是作者常用的手法。如第五、六回里写严贡生在范进和张静斋的面前吹嘘自己“为人率直，在乡里间从不晓得占人寸丝半粟的便宜”，接着就以一系列的生动情节揭露他在乡里巧取豪夺、敲诈勒索、无恶不作的卑劣行径。由于言行矛盾形成鲜明的对比，起到了自我揭露的作用，因而构成了尖刻隽永的讽刺效果。又如第三十三回里写杜慎卿，他一面叫嚷自己不仅不近女色，而且对女人都十分讨厌，说：“我太祖高皇帝云：‘我若不是妇人生，天下妇人都杀尽！’妇人那有一个好的？小弟性情，是和妇人隔着三间屋就闻见他的臭气。”一面却叫媒人沈大脚替他说了一个年仅十七岁有十二分半人才的标致姑娘做小老婆。不仅揭露了他的虚伪，而且更显出他贪恋女色的可憎。（第三十回）其他如范进因丁忧不用镶银筷子，却大口大口地吃大虾丸子；匡超人吹牛说自己的选本如何好、如何畅销到全国的好多省，却马上揭露他连“先儒”是什么意思都不知道等等，都是通过人物言行之间的矛盾揭露出人物的可笑可鄙之处，收到了很好的艺术效果。

对比手法的成功运用，也是《儒林外史》讽刺手法的一个重要方面。在范进中举一回里，就有许多出色的对比描写。如范进那因为朽烂了在号里被扯破了几块的麻布直裰，和周学道那“绯袍金带，何等辉煌”的对比；范进中举前门庭冷落和中举后门庭若市的对比；中举前秀才女婿怕屠户丈人和中举后屠户丈人怕举人老爷的对比；等等。而写得最精彩的是胡屠户前后两次贺喜的对比：第一次贺喜是范进中了秀才，胡屠户拿着“一副大肠和一瓶酒”，到了范进的家一句不说贺喜的话，反而对范进兜头一顿痛骂训斥，然后是将自己带来的礼品吃光，便“横披着衣服，腆着肚子去了”。那高傲自得的神情，跃然纸上。第二次贺喜是范进中了举人，他这次是“提着七八斤肉，四五千钱”，后面还“跟着一个烧汤的二汉”，在说尽了讨好奉承的甜言蜜语之后，竟然得到范进六两雪白的赏银，然后是“千恩万谢，低着头，笑迷迷的去了”。那心满意足和卑躬谄媚的神情，如在眼前。同是屠户身份（手里提着大肠和肉），同是贺喜，但那礼品的规格和送礼时人物的身姿意态，却因秀才、举人之别而迥然不同。对比之中，不仅写尽了人情冷暖、世态炎凉，而且人物卑劣的灵魂也被和盘托出了。

还有一种情况是，在情节发展中有意安排一种出人意料的细节或场面，让讽刺对象出洋相、煞风景。如第十回里写蘧公孙富室招亲，在热闹喜庆的气氛中，作者故意写了两个不协调的细节，使整个场面大煞风景。一是酒席上，突然从梁上掉下一只老鼠来，“不左不右，不上不下，端端正正掉在燕窝碗里，将碗打翻”，菜泼了一桌子不说，那老鼠爬起来就从新郎官身上跳了下去，将崭新的大红缎补服都弄油了。另一个是酒席进行中间，一个从乡下雇用来的小使，穿着一双钉鞋，手里端着六碗粉汤，因为看戏出了神，盘子里才端走四碗汤，他昏了头，以为端完了，就掀翻了盘子，将两碗汤打翻在地上，两只狗来争抢，他很生气，就使尽平生力气去踢那狗，把一只钉鞋踢脱了，正好掉到两盘点心上，将点心砸得稀烂。又如第四十七回“方盐商大闹孝节祠”，写方老太太入孝节祠，在庄严肃穆的场面中，突然插入如下一段：“权卖婆一手扶着栏杆，一手拉开裤腰捉虱子，捉着，一个一个往嘴里送。”有意大煞风景，以此表现出作者的嘲讽之意。

另有一种与此相近又稍有不同的情形，是通过书中人物去奚落、嘲笑或捉弄作者所要讽刺的对象。如写杜慎卿喜爱美男，就写一个叫季苇萧的故意将一个桂花道院的道士来霞士介绍给他，这道士“一副油晃晃的黑脸，两道重眉，一个大鼻子，满腮胡须，约有五十多岁”。这虽然是开玩笑，但也通过这种煞风景的穿插，表达了作者对杜慎卿下流无耻的憎恶。（第三十回）又如第四十七回，写虞华轩戏弄那个喜欢吹牛、趋炎附势，又喜欢贪财的成老爹，买通了一个人，假说是有钱有势的豪绅方老六家请他去赴宴，结果成老爹去了，根本没有那回事，讨了个大没趣，出尽了洋相，饿了肚子，还没处去诉苦。

总起来说，《儒林外史》的讽刺手法多种多样、丰富多彩：有婉曲含蓄的一面，引而不发，发人深省，显得隽永有味；又有尽情夸张的一面，读后使人感到尖锐泼辣，痛快淋漓。前人评论《儒林外史》，称它是“嬉笑怒骂之文”，是很有道理的。

最后简单谈谈《儒林外史》的叙事风格和结构特色。

中国古典小说从《金瓶梅》开始，就由传奇性转变为对日常生活的平实描写，这一特色到《儒林外史》得到继承并进一步发展。《儒林外史》不是以家庭生活为描写中心的，但它描写的内容也只是普普通通的日常生活，所以完全褪尽了情节的传奇性，不以故事情节的曲折紧张见长，而以平实朴素的白描为主导的叙事风格，创造出真实地再现现实生活的生动图画。

在结构上，小说前有楔子，后有尾声，中间人物故事的递进，也都符合时间发展的线索（先后共叙述八十多年间的事）。但由于它以刻画知识分子群像为特色，没有贯穿全书的中心人物和中心事件，这就决定了它在结构上与一般的长篇小说不同，表现为某一部分以某几个人物为主，构成相对独立的段落（一回或几回书），另一部分又以另几个人物为主，构成相对独立的另一个段落。全书就将这些相对独立的生活画面连缀在一起，构成了一幅生活和历史的长卷。这种连缀不是靠统一的故事情节，而是以贯穿全书的统一的主题思想，即对科举考试制度的揭露和批判的内在线索来实现的，其间又时时处处照顾到时间的发展和空间的转换。这种结构特色，前人评论说：“其书处处可住，亦处处不可住。处处可住者，事因人起，人随事灭故也。处处不可住者，灭之不尽，起之无端故也。”① 鲁迅是概括得最为精当的：“惟全书无主干，仅驱使各种人物，行列而来，事与其（指人物）来俱起，亦与其去俱讫，虽云长篇，颇同短制；但如集诸碎锦，合为帖子，虽非巨幅，而时见珍异，因亦娱心，使人刮目矣。”② 这种结构形式，评论者有褒有贬，各说不一，但承认其为独具特色则是一致的。吴组缃认为：《儒林外史》的结构形式，是“综合了短篇与长篇的特点，创造一种特殊的崭新形式。这种形式运用起来极其灵活自由，毫无拘束，恰好适合于表现书中这样的内容”③。这种肯定还是比较符合实际的。晚清时期的谴责小说如《孽海花》《官场现形记》《二十年目睹之怪现状》等，在结构上学

---

① 蒋瑞藻：《小说考证·拾遗》引《缺名笔记》，按有人认为《缺名笔记》的作者即蒋瑞藻，见赵景深《小说戏曲新考·中国小说史料》。

② 鲁迅：《中国小说史略》，第二十三篇《清之讽刺小说》。

③ 吴组缃：《儒林外史的思想与艺术》，《说稗集》，第130页。

习《儒林外史》而流于散碎，那是应由低能的模仿者来负责的。

《儒林外史》的讽刺与它杰出的语言艺术分不开。《儒林外史》的语言是在口语的基础上提炼而成的炉火纯青的白话，具有极强的表现力，比之《三国演义》《水浒传》《西游记》和《金瓶梅》有了很大的提高，其特点是：精练、准确、生动、传神。小说使用的是安徽、南京、扬州一带的语言，有一些方言的色彩，但很少生硬冷僻、令人难懂的成分。比如写范进中举发疯跑到集上去，众邻居赶去热情地帮忙，在胡屠户打了一个嘴巴以后，这样写大家的表现："众邻居一起上前，替他抹胸口，捶背心，舞了半日，渐渐喘息过来，眼睛明亮，不疯了。"这里的一个"舞"字，用在这里就非常传神，具有明显的夸张和讽刺的意味：手舞足蹈，漫无章法，这哪里是在正经救人，作者分明是在有意渲染他们的谄媚逢迎，殷勤作态。这个"舞"字其实就是一个安徽全椒地区的方言，经过作者的选择提炼，用在这里就有了很强的表现力和讽刺意味。又如写胡屠户第二次去贺喜，范进给了他六两银子，小说这样写胡屠户的几个动作：屠户把银子揝（攥）在手里紧紧的，把拳头舒过来，道："这个，你且收着……"经过一番假意的推辞，然后是："屠户连忙把拳头缩了回去，往腰里揣……"这里用了几个动词："揝""舒""缩""揣"，就都非常准确和传神，由表及里地揭示出人物的内心世界，具有强烈的讽刺意味。又比如，范进住的分明是破茅草棚，可是一中举以后，人们对这破草棚的称呼就立刻变了：从集上回家时，屠户高声叫道："老爷回府了！"乡绅张静斋来拉关系，说："这华居，其实住不得，将来当事拜往，俱不甚便。"书中还吸收了不少富于表现力的民间谚语和俗语，如"钱到公事办，火到猪头烂""死知府不如一个活老鼠""三年清知府，十万雪花银"等等，都极富于表现力，且又有浓郁的生活气息。

人物的语言，各有不同的身份和性格，如周进、张静斋的语言和胡屠户的语言就迥然不同。又如第四十二回里写汤六老爷，是一个有钱有身份的人，可是没有文化修养，粗俗鄙陋，说话就很有个性特色。他要妓女细姑娘唱歌给他听，细姑娘不愿唱，汤六老爷这样说："我这脸是帘子做的，要卷上去就卷上去，要放下来就放下来！我要细姑娘唱一个，偏要你唱！"他在炫耀贵州都督府汤家大爷二爷的家产时说："他府里差什么？——黄的是金，白的是银，圆的是珍珠，放光的是宝！我们大爷、二爷，你只要找得着性情，就是捞毛的，烧火的，他也大把的银子挝出来赏你们。"几句话，不仅将这个人物活现于纸上，而且还展现了他的灵魂。

# 第九章 《红楼梦》

## 第一节 曹雪芹的身世和《红楼梦》的创作

《红楼梦》是中国古典长篇小说中最优秀的作品，是中国古典小说发展的高峰和总结。这部小说思想内容之博大，艺术描写之精深，在中国小说史上前所未有。

《红楼梦》的作者曹雪芹所生活的时代，如我们在上一章里所指出的，跟《儒林外史》的作者吴敬梓所处的时代一样，是中国封建社会总崩溃前夕处于回光返照时期的康乾盛世。这个时代的特点，是整个社会表面上繁荣和稳定，但已掩藏不住内里的黑暗和腐朽，尖锐复杂的社会矛盾日益明显地暴露出来。由于曹雪芹的出身和特殊的经历，他对封建制度的不合理，对社会的黑暗和腐朽，尤其对这个制度对人的摧残，有着极其痛切的感受。《红楼梦》是曹雪芹的忧愤之作，呕心沥血之作。作者在自己生活体验的基础上，以贾宝玉、林黛玉和薛宝钗的爱情婚姻悲剧为中心，通过对一个典型的封建贵族大家庭日常生活的真实描绘和深刻解剖，揭示出封建社会末期腐朽、黑暗和丑恶的面貌，表现了深广的历史内容。《红楼梦》是时代的产物，它反映了时代的矛盾、时代的痛苦、时代的思考和憧憬。《红楼梦》又是曹雪芹天才的艺术创造，其间包孕着他在生活中产生的强烈的爱和恨，以及充满血肉的生活体验和人生感悟，书中处处可见他把原生活提炼、构思、加工、创造为艺术精品的刻苦匠心。

有关曹雪芹生平事迹的材料非常少，经过几代红学家的考证探索，现在也只能了解一个概貌。

曹雪芹，名霑，字梦阮，号雪芹，又号芹圃，芹溪。关于他的生卒年有不同的看法。生年主要有两说：一说认为生于康熙五十四年乙未（1715），一说认为生于雍正二年甲辰（1724）。卒年主要有三说：一是卒于乾隆二十七年壬午除夕（1763），二是卒于乾隆二十八年癸未除夕（已入 1764 年），三是卒于乾隆二十九年甲申岁首（1764）。我们认为，曹雪芹生于康熙五十四年乙未（1715），而卒于乾隆二十八年癸未除夕（1764），也就是说，他活了将近五十岁。

曹雪芹的祖先本是汉人，但很早就加入了旗籍。他的远祖曹世选被后金的军队俘虏，给满族统治者多尔衮当家奴，属正白旗包衣人（“包衣”即满语“家奴”一词“包衣阿哈”的译音简称）。清朝建立以后，设立“内务府”，负责为皇帝管理财产、饮食、器用等各种生活琐事和宫廷杂务，曹家成为“内务府”的成员。曹世选的儿子曹振彦因建立军功，官至两浙转运盐使司盐法道。从曹振彦的儿子曹玺（曹雪芹的曾祖父）开始，曹家进一步得到皇帝的信任。曹玺和曹玺的长子曹寅，曹寅的长子曹颙和侄儿曹頫（他就是曹雪芹的父亲，在曹颙死后过继给曹寅为子），三代四人相继担任江宁织造的官职达六十年之久。织造的职务，主要为皇帝管理织造和采办宫廷用品，但除此而外，还同时担任替皇帝搜集情报的工作，曹寅就经常向康熙密奏南方各方面的情况，包括政治、经济、文化、思想、治安、民情等等。曹家几代人世袭这一职务，表明他们跟皇帝有一种特殊亲密的关系。康熙六次南巡，有四次是住在曹氏任职期间的江宁织造府内。曹玺有较高的文化水平，其妻孙氏做过康熙的保姆，康熙南巡时还在江宁织造府内接见过孙氏，称她为“吾家老人”。曹雪芹的祖父曹寅小时候曾做过康熙的伴读，以后又担任过御前侍卫。曹寅在给康熙的奏折中自称“包衣下贱”。这说明曹家具有一种特殊的地位：对皇帝来说是奴才，但对一般人来说，则是一个极为显赫的大官僚，属于最高统治层中的成员。这样的家庭出身，对于曹雪芹创作《红楼梦》具有重要的意义。这样一个跟清王朝有着特殊关系的贵族之家，显然在政治、经济、思想等各个方面都比较典型地反映出贵族阶级的某些本质特征，尤其能反映出贵族阶级的穷奢极侈、腐朽没落以及人与人之间的冷酷无情。少年时代生活在这个豪华家族中的曹雪芹，因此而获得对贵族之家种种黑暗与罪恶的深切体验，这便成为他创作《红楼梦》的重要的生活基础。

曹寅有很好的文学修养，藏书极富，是当时一位有名的藏书家和刻书家。会作诗词，又兼作戏曲，有《楝亭诗钞》《楝亭词钞》《楝亭文钞》等著作。他曾奉旨参加了《全唐诗》和《佩文韵府》的编纂和刊刻工作。他跟当时一些著名的诗人和作家如施闰章、陈维崧、尤侗、朱彝尊、洪昇等都有过交往。家庭中这样的文化传统，必定使他从小受到很好的文化教育和艺术熏陶。他在《红楼梦》中所表现出的非凡的天才，是其来有自的。

曹雪芹出生在南京，少年时代在南方过了一段锦衣玉食的荣华生活。这段生活使他始终不能忘怀。他的朋友敦敏在一首诗中说："燕市哭歌悲遇合，秦淮风月忆繁华。"那已是他穷困潦倒的晚年了，却仍时时追忆，不能忘怀。南京一带工商业发达，使他有机会受到比较开放的初步民主主义思想的熏染。显然，如果没有在南方的这一段风月繁华的生活，没有对这段生活的深情追忆，便不会有《红楼梦》的创作。

不过这段生活非常短暂。雍正五年（1727），曹雪芹的父亲曹頫在江宁织造任上，以"行为不端""骚扰驿站"以及"亏空"等罪名，被革职抄家。这当然是名义上的原因，实际上很可能跟当时封建统治阶级内部的斗争有关。雍正六年（1728），曹家从南京迁回北京。这时的曹雪芹最多只有十三四岁，但家庭的重大变故，肯定会在他幼小的心灵上留下很深的烙印。

曹家回到北京以后的情况，由于材料的缺乏，不是十分清楚。乾隆即位以后，曹頫的亏空曾得到宽免，家道可能稍有复苏。大约在曹雪芹二十多岁以后，曹家便彻底败落了，曹雪芹也从此沦落到穷困潦倒的境地。他可能一度在西单石虎胡同的右翼宗学（清王朝为宗室子弟所设立的官学）里担任过文墨杂录一类的小职员。在那里他结识了宗室子弟敦敏、敦诚兄弟，成为知己。大约在乾隆十五年（1750）以后，曹雪芹便流落到北京的西郊，传说他曾在香山正白旗一带住过。这段时期，生活十分困难，过的是"茅椽蓬牖，瓦灶绳床"（《红楼梦》第一回）和"举家食粥酒常赊"（敦诚《赠曹雪芹》）的生活。他可能跟下层劳动人民有过一些接触。家庭的变故和败落，以及晚年的贫困生活，都使曹雪芹深切地感受到世态炎凉和人情冷暖，深刻地体察到复杂尖锐的社会矛盾和黑暗丑恶的世道人心，加深了他对社会生活的认识，并积累了丰富的创作素材。

从他朋友的诗中可以看出，曹雪芹性格豪放，喜欢饮酒，愤世嫉俗，孤傲不屈，对黑暗现实表现了极大的蔑视和不满。他会作诗，又长于绘画，是一个多方面的艺术天才。敦敏的诗《寄怀曹雪芹霑》里称赞他："爱君诗笔有奇气，直追昌谷破篱樊。"把他比作唐代著名的诗人李贺。敦敏诗《题芹圃画石》，又赞扬他的绘画："傲骨如君世已奇，嶙峋更见此支离。醉余奋扫如椽笔，写出胸中磊块时。"这种傲岸的思想性格和满腔的不平之气以及杰出的诗才画才，都在《红楼梦》的创作中有所表现。书中通过贾宝玉、林黛玉形象的塑造，热情地歌颂了个性解放、自由平等、同情被压迫者等等带有叛逆色彩的思想，都与此有关。

“残杯冷炙有德色，不如著书黄叶村。”（敦敏《寄怀曹雪芹霑》）就在生活十分困难的晚年，曹雪芹在北京西郊一个荒僻的山村里，坚持写作他的不朽巨著《红楼梦》。大约在乾隆二十五年（1760）以后，曹雪芹在生活上遭到多次打击（妻亡，续娶新妇；爱子因病夭亡），十分感伤，最后在贫病中死去。死后只有琴剑在壁，“新妇飘零”，靠朋友们的帮助才得以草草埋葬。

根据脂砚斋评甲戌本第一回的《凡例》有“字字看来皆是血，十年辛苦不寻常”的诗句，以及正文中“曹雪芹于悼红轩中披阅十载，增删五次”的话来看，由甲戌（乾隆十九年，1754）上推十年，应该是乾隆九年（1744），即他三十岁以前就开始了《红楼梦》的创作。从“披阅”和“增删”的话，又可推断他是基本上写出了全稿的，可能他在初稿完成后就进行修改和整理，在这个过程中他的亲友如脂砚斋等人就随时取阅并加评。在他去世前，只基本上整理完前八十回，后四十回的原稿在脂砚斋评阅时就有一部分迷失了，后来更是不知所之。从十分了解曹雪芹创作情况的脂砚斋的评语中，能大略推断出后四十回的部分内容。

曹雪芹在创作《红楼梦》之前，曾经写过一本叫《风月宝鉴》的书。甲戌本的一条脂批云：“雪芹旧有《风月宝鉴》之书，乃其弟棠村序也。今棠村已逝，余睹新怀旧，故仍因之。”《风月宝鉴》的主旨，按甲戌本上《红楼梦旨义》的提示，是“戒妄动风月之情”，即劝诫人不要淫佚，这与表现“儿女真情”的《石头记》（后来才改名为《红楼梦》），可以说是大异其趣。可见从《风月宝鉴》到《红楼梦》，其间经历了一个重大的改造过程。而在《红楼梦》的多次修改过程中，小说的思想内容又不断得到丰富、深化和发展。

## 第二节 《红楼梦》的版本和后四十回问题

《红楼梦》全书一百二十回，一般认为前八十回为曹雪芹所作，后四十回为高鹗所续。现在新出版的一百二十回本的《红楼梦》，都署名为曹雪芹和高鹗著。但后四十回是否为高鹗所续，尚有许多疑问，学术界也还有不同认识，是一个需要继续探索的问题。

《红楼梦》的版本有八十回本和百二十回本两个系统。在1791年高鹗和程伟元的一百二十回《红楼梦》刊本问世以前，这部小说长期以八十回抄本形式在群众中流传。这种抄本除正文外，大多附有各种形式的批注（回首总批、眉批、夹批、正文下面的双行批注、回末总批等），批注者的署名以脂砚斋和畸笏叟为多，其他还有常（棠）村、梅溪、松斋、立松轩、绮园、鉴堂等。因此这种八十回的抄本系统，就简称为“脂评本”或“脂本”。迄今为止，脂本系统的抄本共发现十一种（1959年在南京发现的一种称为“靖应鹍藏本”的，得而复失，真伪很难肯定，因而不计在内），基本上都已经影印出版，主要的有以下八种：

一、甲戌本《脂砚斋重评石头记》（甲戌为乾隆十九年，公元1754年，当为原底本抄录之纪年。以下各本之纪年同）。第一回有“脂砚斋甲戌抄阅再评”字样。残存十六回（第一至八回、第十三至十六回、第二十五至二十八回）。卷首有“凡例”五条，末附一诗，为其他各本所无。脂批中透露出曹雪芹的卒年及小说原稿中有“秦可卿淫丧天香楼”的重要情节，故此本在早期抄本中有重要价值。现存本为甲戌本的过录本，原为清代藏书家刘福铨所藏，后归胡适，现藏美国康奈尔大学图书馆。1962年中华书局上海编辑所影印出版，1973年上海人民出版社重印，1985年上海古籍出版社平装重印。书前有胡适作《影印乾隆甲戌脂砚斋重评石头记的缘起》。

二、己卯本《脂砚斋重评石头记》（乾隆二十四年，1759），因书中有“脂砚斋凡四阅评过”及“己卯冬月定本”字样，故简称为己卯本。存四十一回另两个半回（第一至二十回、第三十一至四十回、第五十五回下半回至五十九回上半回，第六十一至七十回，其中六十四和六十七两回系后来补抄）。此本据学者考定，为乾隆时怡亲王允祥、弘晓府上的抄藏本，故又称为“怡府本”。此本现藏国家图书馆，其中三回又两个半回藏中国历史博物馆。1981年上海古籍出版社影印出版，书前有冯其庸作《影印〈脂砚斋重评石头记〉己卯本序》。

三、庚辰本《脂砚斋重评石头记》（乾隆二十五年，1760），因书中有“脂砚斋凡四阅评过”，“庚辰秋月定本”字样，故简称为庚辰本。存七十八回（缺第六十四、六十七两回）。此本抄写格式同己卯本，现存己卯本的回目亦与此本相同，甚至此本部分抄录的笔迹也与己卯本相同。故可判定此本与己卯本关系密切。此本的脂批文字有不少可贵的参考资料。原书存北京大学图书馆。1955年、1962年、1974年由文学古籍刊行社、人民文学出版社几次影印出版。所缺两回据他本配补。

四、戚蓼生序本《石头记》，八十回。原为乾隆时人戚蓼生所藏精抄本，卷首有戚蓼生所写的序文，故简称为戚序本或戚本。现存戚本有两种：一是张开模旧藏本，二是泽存书库旧藏本。张开模藏本1912年由上海有正书局石印大字刊行，题为《国初钞本原本红楼梦》，称为有正大字本；1920年有正书局又用大字本剪贴缩印成小字本，称为有正小字本。小字本于 1927 年又再版过一次。张开模旧藏本旧传已毁于兵火，但 1975 年上海古籍书店发现了半部，包括戚蓼生序，目录，第一至四十回。泽存书库藏本，因藏于南京图书馆，故又称戚宁本。八十回，线装二十册。文字与张开模藏本基本相同，而不同于做过技术性改动的有正本，可见抄录的时间要比有正本早。这两种戚序本，均只题《石头记》，而去掉了“脂砚斋重评”五字。书中虽然仍保存大量的脂批，但将眉批、批注者的署名等删去，且混入一些非脂批的批语。1973 年人民文学出版社据有正书局大字本影印出版。

五、乾隆抄本《红楼梦》，一百二十回。全称为《乾隆抄本百二十回红楼梦稿》。扉页上有“兰墅太史手定红楼梦稿百二十回”的题签，故简称为“梦稿本”。因系杨继振旧藏本，亦称“杨本”。它的前八十回属脂评本，后四十回比程高本为简略，因此有学者认为可能是程高本续作或增补《红楼梦》过程中的一个改本。但不少文字同于程乙本而不同于程甲本，故又有人认为它的抄录时间（至少是在上面修改的时间）应在程乙本问世之后。原书藏中国社会科学院文学研究所。1963 年中华书局影印出版，书末有范宁所作跋文。

六、苏联列宁格勒藏本《石头记》，简称“列藏本”，存七十八回，缺五、六两回，七十九回包括庚辰本的第七十九和八十两回。这个本子是道光十二年（1832）由来中国的俄国大学生库尔康德采夫带回俄国的，原本藏苏联科学院东方研究所列宁格勒分所。属早期抄本。它的批语与正文，都有较高的校勘价值。1986 年中苏合作由中华书局影印出版。卷首有中国艺术研究院《红楼梦》研究所作的《序》和苏联学者李福清和孟列夫合写的《列宁格勒藏抄本〈石头记〉的发现及其意义》一文。

七、己酉本，卷首有舒元炜序，作于乾隆五十四年己酉（1789），故又称“舒元伟序本”或“舒本”。由吴晓铃收藏。仅存前四十回。此本已题名为《红楼梦》，且仅有白文，删除了批语。但底本仍属于脂本系统。舒序中已经提到一百二十回本的《红楼梦》，这说明在程甲本问世前两年，已经有后四十回流传。这是一个值得重视的信息。此本的影印本收入中华书局出版之《古本小说丛刊》第一辑中。

八、蒙府本，原为清蒙古王府藏抄本，题为《石头记》，卷前有程伟元序。十二卷，一百二十回。前八十回大体同戚蓼生序本，后四十回大概是据程高本抄配。此本除夹批及回前回后批大体同于戚本外，另有六百多条侧批为别本所无。原本藏国家图书馆，1987 年由书目文献出版社影印出版，有周汝昌作《影印〈蒙古王府本石头记〉序言》。

其他属于脂本系统的还有：一、郑振铎藏本，简称“郑藏本”，题为《红楼梦》，仅残存第二十三、二十四两回。今藏国家图书馆。二、梦觉主人序本，简称“梦序本”或“梦本”。题为《红楼梦》，八十回，抄本。序作于乾隆甲辰（1784），故又称“甲辰本”。因发现于山西，故又称“脂晋本”。此本将批语全部删去。这两个本子也先后由书目文献出版社影印出版。

2000年在北京师范大学图书馆重新发掘出一部《脂砚斋重评石头记》抄本。① 经考证，此本系现代学人陶洙大约在20世纪的40年代末和50年代初，以北大所藏庚辰本的摄影本为底本，参照了己卯本、戚序本、程甲本和甲辰本等版本加以校补整理而成。此本虽为北大藏庚辰本的过录本，但经过校补整理，在《红楼梦》正文及脂评文字的校勘上，均有其不容忽视的价值。②

早期在抄本上加评的脂砚斋是谁，在学术界有不同的认识。有人认为即曹雪芹本人（胡适、俞平伯），有人认为是曹雪芹的堂兄弟（胡适），又有人认为是曹雪芹的叔父（裕瑞、吴世昌），也有人认为是曹雪芹的妻子即书中的史湘云（周汝昌），等等，不一而足，迄无定论。但有一点是肯定的，即他与曹雪芹的关系非常密切，不仅熟知曹雪芹的家世生平，且与曹雪芹有大体相同的生活经历，非常了解《红楼梦》的创作过程，并对小说的构思、情节、细节等提出过自己的意见，还实际参与了小说的抄阅、校定、修改、誊清等工作。因此，虽然脂砚斋的思想和审美趣味与曹雪芹有相当大的差距，但脂评对我们理解和研究《红楼梦》的创作过程以及小说的思想和艺术特色，都有着重要的参考价值。

乾隆五十六年（1791）萃文书屋第一次以木活字刊印，开始了《红楼梦》的印本时代。印本全题为《新镌全部绣像红楼梦》，一百二十回，有程伟元和高鹗序。程序称，《红楼梦》原目本一百二十卷，但传抄仅八十卷，“读者颇以为憾”，经他多方“竭力搜罗”，在“积有廿余卷”之后，又“偶于鼓担上得十余卷”（合起来约四十卷，正符合后四十回之数），于是“同友人（即指高鹗）细加厘剔，截长补

---

① 这里讲“重新发掘”，是因为此本并未佚失，一直收藏于北京师范大学图书馆，1957年购进时，即由范宁鉴定为北京大学藏庚辰本的过录本，只是重新引起人们的重视和探考而已。

② 参阅张俊、曹立波、杨健：《北师大藏〈脂砚斋重评石头记〉抄本考论》，《红楼梦学刊》2002年第3辑。

短，抄成全部，复为镌板，以公同好”，这才有《红楼梦》全书的“告成”。这就是人们所称的“程甲本”。程、高二人又在此本的基础上，于第二年（乾隆五十七年，1792）“详加校阅”，“补遗订讹”，由萃文书屋用木活字再次印行，这就是所谓“程乙本”。卷首引言中说：“书中后四十回系就历年所得，集腋成裘，更无他本可考。惟按其前后关照者，略为修辑，使其有应接而无矛盾。”①

程甲本之后，有多种复刻本流传于世，重要的有：东观阁刊本、金陵藤花榭刊本、王希廉评双清仙馆刊本、张新之妙复轩评本、三家（王希廉、张新之、姚燮）评《金玉缘》本等。程乙本的刊印，影响较大的是1921年由汪原放点校、上海亚东图书馆铅印出版的本子，1927年又重排出版，重印多次。新中国成立后，1953年作家出版社出版的《红楼梦》，采用的就是亚东本的重排本。人民文学出版社1957年出版新排印本《红楼梦》，由周汝昌、周绍良、李易校点，启功注释，一百二十回，以程乙本为底本，再参校其他七种版本整理而成。此本一直到1979年，曾多次改版重印。1982年，人民文学出版社出版了由中国艺术研究院红楼梦研究所校注的新校本，前八十回是以庚辰本《脂砚斋重评石头记》为底本，以其他九种脂评本参校，后四十回则以程甲本为底本，参校其他几种本子整理而成。这是目前经过精校而比较接近于原作的一个校本。另外，1958年人民文学出版社还出版了由俞平伯校订的《红楼梦八十回校本》，以有正本为底本，以其他七种本子互校，前有序言及校改凡例，并附《校字记》一册，1963年又增订再版，也是《红楼梦》研究者值得参考的重要版本。

后四十回的问题是一个比较复杂的问题，学术界有不同的认识。主要在两个问题上存在较大的分歧：一是高鹗只是后四十回的补订者还是续作者，即程、高二人在印本序言中的交代是否完全是骗人的鬼话；二是对后四十回的得失应该如何评价。这两个问题是互相关联的。

最早斥高鹗为“伪续者”的是清代的裕瑞，他认为序中所言乃“故意捏造以欺人者”，称后四十回为“伪续本”，是“所谓一善俱无、诸恶备具之物”。② 现代红学家中认为后四十回是高鹗所续并在不同程度上予以否定的，有胡适、俞平伯、周汝昌等人。胡适在《红楼梦考证》中肯定“后四十回确然不是曹雪芹做的”，但他也

① 一粟编：《古典文学研究资料汇编·红楼梦卷》，中华书局，1963年，第31—32页。

② 同上书，第112—113页。

并没有完全否定这后四十回的价值，他说："我们平心而论，高鹗补的四十回，虽然比不上前八十回，也确然有不可埋没的好处。他写司棋之死，写鸳鸯之死……都是很有精彩的小品文字，最可注意的是这些人都写作悲剧下场。还那最重要的'木石前盟'一件公案，高鹗居然忍心害理的教黛玉病死，教宝玉出家，作一个大悲剧的结束，打破中国小说的团圆迷信。这一点悲剧的眼光，不能不令人佩服。"① 俞平伯在《红楼梦研究》中称"高氏真是撒谎的专家，真是附骥尾的幸运儿"，但他对后四十回仍然并没有全盘否定，他在给顾颉刚的信中这样说："我们看高氏的续书，差不多大半和原意相符，相差只在微细的地方。"② 而且俞先生晚年对自己的偏颇态度有所纠正，据他的亲属披露，俞先生在辞世前，曾说过这样的话："胡适、俞平伯是腰斩《红楼梦》的，有罪；程伟元、高鹗是保全《红楼梦》的，有功。"③ 攻击后四十回最为激烈的是周汝昌，他将后四十回斥为"伪续"，并说："高鹗的续书，绝非'消闲解闷'的勾当，也不是'试遣愚衷'的事业，他从事于此，完全是为了适应统治者的需要。从他的续书中反映出来的思想体系来看，这种东西实际上是为其封建统治主子的利益服务的。"④ 这已经不是文学创作或学术问题，而是上升到了阶级斗争的政治问题了。

我们要推断后四十回是补是续的性质，并进而评论它的功过和得失，有一个基本的事实是不能忽略的，即自从 1791 年程甲本问世以后，二百多年来，《红楼梦》是依靠了这后四十回才成为一部完整的大书而在读者当中广泛流传的，而且最激动人心的部分，也包括了后四十回中的若干重要文字。如舒芜所说，在"胡适的《红楼梦考证》发表以前，一百多年间的普通读者的绝大多数，全都相信后四十回确是曹雪芹的原作，读得最感动乃至抛书痛哭的地方都在第九十七、九十八回。这就是说，即使后四十回全是高鹗手笔，广大普通读者实际上已经肯定他续得成功"⑤。舒芜强调"普通读者"，这是很要紧的，因为这就是强调了大多数人的共同感受。其实，俞平伯也曾从否定后四十回的角度，做出过与此相仿佛的评价，他说："读者们轻

① 胡适:《胡适红楼梦研究论述全编》，上海古籍出版社，1988 年，第 117 页。
② 俞平伯:《俞平伯论红楼梦》，上海古籍出版社，1988 年，第 382、379 页。
③ 韦柰:《我的外祖父俞平伯》，上海书店，1993 年。
④ 周汝昌:《红楼梦新证》，人民文学出版社，1976 年，第 926 页。
⑤ 舒芜:《说梦录・自序》，上海古籍出版社，1982 年，第 7 页。

轻地被瞒过了一百多年之久，在这一时期中间，续作和原作享受同样的崇仰，有同样广大的流布。”[①] 事情非常清楚，除非广大读者都是傻子，如若没有精彩的文字，“享受同样的崇仰”，单靠“狗尾”加上撒谎是绝对不可能做到的。俞先生的另一番话也给予我们启发，他认为续书是不可能的，尤其是续《红楼梦》这样伟大的作品更是根本不可能。他的话讲得确实很有道理：“我以为凡书都不能续，不但红楼梦不能续；凡续书的人都失败，不但高鹗诸人失败而已。”又说：“凡好的文章，都有个性流露，越是好的，所表现的个性越是活泼泼地。因为如此，所以文章本难续，好的文章更难续。”除了“失败”的结论我们不能完全同意外，其余的话都说得非常好。广大的普通读者既然认可了这后四十回，那么我们凭什么断定高鹗是“狗尾续貂”，并痛斥他和程伟元在序中所说“截长补短”“详加校阅”的话都是谎言呢？这样的判断显然不仅不符合事实，而且也不合乎逻辑。因此，虽然现在并无充分的根据，但至少可以说，后四十回中包含了部分曹雪芹的残稿在内的可能性是很大的。舒芜在强调他作为一个普通的《红楼梦》读者的感受时，又说过这样的话：“我甚至相信程伟元、高鹗确实得到八十回以后的曹雪芹原作的残稿，他们又作了不少连缀补充，由于他们的思想和才力与曹雪芹的差殊，所以今本后四十回才会这么不统一，好的地方太好，坏的地方又太坏，不可能是出于同一人之手笔。”[②] 这样的感受，恐怕许多读者都是跟他相同的。

鲁迅对后四十回的态度是比较公允的，他肯定并赞扬了它好的地方，又否定和批评了它坏的地方。他说：“《石头记》结局，虽早隐现于宝玉的幻梦中，而八十回仅露‘悲音’，殊难必其究竟。……后四十回虽数量止初本之半，而大故迭起，破败死亡相继，与所谓‘食尽鸟飞独存白地’者颇符，惟结末又稍振。”[③] 应该说，后四十回的最大贡献，是它根据前八十回的线索，完成了贾宝玉、林黛玉爱情悲剧的结局，使《红楼梦》成为一部首尾完整的小说，而且基本上保持了前八十回的悲剧气氛，矛盾冲突的发展和人物的处理，也大体上合乎曹雪芹原作的意图。有人认为后四十回中一些精彩的部分，如八十二回、八十三回、九十一回、九十七

① 俞平伯：《俞平伯论红楼梦》，第382页。
② 舒芜：《说梦录》，第7页。
③ 鲁迅：《中国小说史略》，第245—246页。

回、九十八回、一百八回、一百十三回等，“都非常可能是曹雪芹的旧稿”[①]。这不是没有道理的。当然，贾宝玉和林黛玉的思想性格也有与前八十回不符之处，而又未能写出这些性格发展变化的依据。更重要的是，贾府后来又“沐皇恩”“延世泽”，“兰桂齐芳、家道复初”，这最后的结局与曹雪芹原来的构思——“落了片白茫茫大地真干净”，也是不全相符的。艺术描写虽有精彩的片断，但从整体上看，比之前八十回也还较为逊色。不过从总体看来，如果实事求是地评价，应该说后四十回是得大于失、功大于过的。

高鹗（1763—1815），字兰墅，一字云士，别署红楼外史。祖籍辽东铁岭。乾隆五十三年（1788）顺天乡试举人，乾隆六十年（1795）考中进士。先后做过内阁侍读、江南道监察御史、刑科给事中等官。著有《高兰墅集》《兰墅诗抄》《小月山房遗稿》等书。关于他的出身，以前红学界据晚清震钧的《天咫偶闻》，说他是张问陶的妹夫，是汉军镶黄旗内务府人。现经学者考证，这都是误传和误解。[②]《红楼梦》后四十回的补订工作，大约是在他考中举人而未中进士这段时期完成的。程伟元，约生于1745年，卒于1819年。字小泉，江苏苏州人。是个出身诗书之家的文士，晚年做幕辽东，与盛京将军晋昌为忘年交。居京时（大约在乾隆五十五年前）曾广泛搜集有关《红楼梦》的各种抄本。

## 第三节　宝黛爱情悲剧的社会意义

《红楼梦》在思想内容上的一个突出特点，是整体地把握和反映生活。它反映的是爱情悲剧、家庭悲剧、人生悲剧的结合，是具有深刻的社会历史内容的社会悲剧。《红楼梦》全书以贵族青年贾宝玉、林黛玉和薛宝钗之间的恋爱婚姻悲剧为中心，描写了贵族之家贾府的日常生活及其内外错综复杂的矛盾，揭露了封建社会末期种种骇人听闻的黑暗和罪恶，对封建社会和封建统治阶级作了全面有力的批判，小说极其生动地展示出这个贵族之家及其所寄生的封建社会已经全面腐朽，不可避免地将要走向衰亡。

① 赵齐平:《关于〈红楼梦〉的成书过程》,《北京大学学报》1963年第4期。

② 参见胡传淮、李朝正《洗百年奇冤　还高鹗清白——高鹗非“汉军高氏”之发现》,《红楼梦学刊》2001年第3辑。

极为可贵的是,《红楼梦》不仅深刻地揭露了封建制度的黑暗腐败和统治阶级的罪恶，而且还通过对封建贵族阶级的叛逆者和被压迫阶级的反抗者的热情歌颂，反映并肯定了现实生活中已经萌生并在强大的封建势力的压迫下，曲折成长的初步的民主思想，描写了具有这种思想的人物以及他们在当时以可能有的独特的方式冲击着封建黑暗统治而闪耀着动人的理想光辉。也就是说，曹雪芹不仅看到生活中的黑暗和污浊的一面，而且还看见生活中光明和美好的一面，并着意加以表现和歌颂。曹雪芹在书中怀着极大的热情描写了一批觉醒者和反抗者的形象，这包括出身于贵族阶级的叛逆人物和被压迫的反抗者奴隶。通过他们的活动，作者表达了一种新的带有民主色彩的朦胧理想；通过他们被迫害、被摧残的遭遇和悲剧结局，作者对封建制度的罪恶提出了沉痛有力的控诉。

贾宝玉、林黛玉和薛宝钗之间的爱情婚姻悲剧，是《红楼梦》全书的中心情节。这是一个具有深刻社会意义的激动人心的悲剧。《红楼梦》在一开始就透露出贾府这个声势显赫的贵族之家的败亡趋势，然后一步一步揭露它的罪恶，一步一步写出它由盛转衰的发展，直至败落。曹雪芹的高明之处，是他把贾宝玉、林黛玉和薛宝钗的爱情婚姻悲剧跟贾府由盛转衰的命运结合起来描写。他写出了一部贵族之家的罪恶史、衰亡史，同时也就写出了这个悲剧的构成、必不可免的原因及其深刻的社会意义。

贾宝玉和林黛玉都是具有叛逆思想的新人形象。他们都出身于贵族阶级，又都不满于这个阶级，特别是不满于这个阶级所坚持的正统思想以及由这种思想为他们规范出的人生道路。贾宝玉的叛逆思想是在贾府内外错综复杂的矛盾中逐渐产生并发展起来的。他和林黛玉的爱情，是在思想一致基础上的心灵的契合与共鸣，既不是简单的性爱，也不同于以往小说戏曲中才子佳人、郎才女貌的结合。《红楼梦》不但深刻地描写了贾宝玉和林黛玉在叛逆思想基础上产生的爱情，同时又极其真实生动地写出了他们爱情的被毁灭。

贾府的衰败没落，不仅表现在经济上的后手不接、日见拮据上，也不仅表现在产生了一群堕落子孙上，更重要的还表现在产生了像贾宝玉和林黛玉这样的叛逆人物上。早在第二回“冷子兴演说荣国府”时就已指出:“更有一件大事:谁知这样钟鸣鼎食之家，翰墨诗书之族，如今的儿孙，竟一代不如一代了！”也就是说，在贾府面临的各种危机中，后继无人是最大的危机。在整个家庭的兴衰命运面前，贾宝玉处于一个十分特殊的地位。由于他是当家的一支贾政的正出的儿子，再加上他聪明颖悟，便被看作贾府里能继承祖业、复兴家道的唯一希望。以贾政为代表的贾府里的统治者，按照地主阶级的需要和封建道德的标准，千方百计地要把贾宝玉培养成为立身扬名、光宗耀祖的忠臣孝子。因此对他管教甚严，要他读孔孟之书，走读书应举、为官做宦的道路。但贾宝玉的行为却跟贾政的希望背道而驰，他的思想跟贾政等人拼命维护的封建伦理道德产生了激烈的冲突。在贾政等人的眼中，贾宝玉是一个封建地主阶级的逆子。第三十三回写贾政对贾宝玉大施笞挞，恨不得当时就结果了他的性命，其原因就在于从贾宝玉的言语行为，他已经看出将来必定发展到“弑君（不忠）杀父（不孝）”的地步。

贾宝玉的叛逆思想，是在封建制度腐朽没落的过程中种种错综复杂的矛盾里孕育出来的，在他的周围，洁白和污浊两个世界的鲜明对比，养成了他独特的是非观念和爱憎感情。贾母的宠爱放纵，使他有机会跟聪明纯洁却被压迫的女孩子们长期相处，又为他叛逆思想的滋长与发展，提供了具体的环境和有利条件。可以说，贾宝玉是一个在新旧交替的时代，最早地感受到新的时代气息，从没落的贵族阶级中分化出来的浪子，是那个腐朽没落、不可救药的贵族之家合乎规律的产儿。他不愿走读书中举的道路，视为官做宦如粪土，将那些“读书上进”的人称为“禄蠹”；将那些谋求功名富贵的人必读和必作的八股文，看作是“饵名钓禄之阶”；将“仕途经济”一类的议论，斥为“混账话”。在贾宝玉的时代，在他那个家庭环境里，这样的思想和人生态度，实在是非常大胆，足以惊世骇俗的，不能不使正统派统治者们惊恐失色。不仅如此，贾宝玉对现存的封建制度和封建伦理道德，都感到强烈不满。他无视男尊女卑的传统观念，说什么“女儿是水作的骨肉，男人是泥作的骨肉。我见了女儿，我便清爽；见了男子，便觉浊臭逼人”，因此，他总愿跟女孩子们亲近，对她们总是怀着一种尊重和体贴之情。他不遵守尊卑有序、贵贱有别的封建等级制度，不高兴跟那些为官做宦的“俗人”如贾雨村之流应酬来往，却愿意跟那些处于社会下层、甚至被人所轻贱的人物如秦钟、柳湘莲、蒋玉函等人做朋友。他同情被压迫、被剥削的奴隶，有时跟她们简直没有主子和奴才的界限。特别是对那些纯洁美好然而命运悲苦的女孩子，他常忘掉自己应该被他们侍候的身份而去侍候她们。她们悲惨的遭遇使他产生深切的同情，以至于五内摧伤，痛彻肺腑，例如对金钏儿、对鸳鸯、对晴雯。他甚至不以生长在这个显赫富有的贵族之家为荣，反而引以为憾，为此发出深长的感叹。第七回里写他同出身于寒儒薄宦之家的秦钟初次见面，竟然使得他的灵魂都受到了震撼，心里这样想：“可恨我为什么生在这侯门公府之家，若也生在寒门薄宦之家，早得与他交结，也不枉生了一世。我虽如此比他尊贵，可知锦绣纱罗，也不过裹了我这根死木头；美酒羊羔，也不过填了我这粪窟泥沟。‘富贵’二字，不料遭我荼毒了！”这里表现的不单单是对富贵荣华生活的厌恨，而且是对自己出身阶级的否定。总之，他在那个不自由、不平等的黑暗王国里，从爱与恨中，逐渐地产生了一种对自由平等生活的朦胧向往与追求。这就使贾宝玉和以贾政为代表的封建正统派之间产生了尖锐的对立和冲突。

但是贾宝玉是一个孤独的反抗者。他所喜爱和同情的女孩子们，虽能给他以生活的喜悦，但她们的不幸遭遇却使他感到难言的痛苦。他同情她们，却无力改变她们的命运。她们的反抗虽也能给他以鼓舞，但能获得的仅仅是有限的力量。在那个黑暗王国里，他终于找到了林黛玉作为知己。林黛玉由于具有跟贾宝玉相同的思想志趣和爱憎感情，长期的亲密相处，耳鬓厮磨，终于成为贾宝玉在叛逆道路上的忠实伴侣。共同的叛逆思想使他们产生了爱情，而爱情的发展和成熟，反过来又进一步促进了两人叛逆思想的发展。这当然是令封建统治者感到惊恐不安的。

林黛玉虽然出身于仕宦之家，但父母早亡，孤苦伶仃，在贾府过着寄人篱下的生活。她是贾母的外孙女，得到贾母的宠爱，这使她能有机会跟贾宝玉朝夕相处，在长期相互了解的基础上产生爱情。她的思想，她的精神品格，引起贾宝玉的共鸣和敬重。贾宝玉面对的是虽然已经没落，却还相当强大的封建势力。他在反抗的道路上，不能不时时感到势孤力单。显然，他除了从那些被压迫的纯洁的女孩子们身上得到一些生活的乐趣和精神寄托以外，还更需要同情和支持，需要一个与他有共同的思想、志趣，愿意走共同的人生道路的伴侣。封建统治阶级越是显露出凶狠的面目，越是向他施加压迫的时候，他就越需要这种同情与支持。试看第三十四回，宝玉被打以后，黛玉去探伤，满心悲伤与爱怜，却说不出，只是抽抽噎噎吐出无可奈何的一句：“你从此可都改了罢！”宝玉的回答却是：“你放心，别说这样话。就便为这些人死了，也是情愿的！”在一顿几乎丢掉了性命的毒打之后，这样表示绝不悔改的话，宝玉对袭人没有说，对先后来探伤也是异常关切与疼惜他的宝钗和凤姐也没有说，单单对黛玉说了，可见他是听懂了黛玉那句话的真实含义，可见他们在心灵深处是息息相通的。在那个令人窒息的黑暗王国里，这样的同情与支持，对宝玉来说，真是比什么都宝贵。他们的爱情就是在这样的基础上发展和成熟起来的。接下去小说便写袭人建议王夫人变法儿让宝玉搬出大观园，同时又写宝玉支走袭人，让晴雯去给黛玉送两张旧手帕。你看，一边日渐剑拔弩张，一边却因此而日渐亲近、契合。曹雪芹就是这样在有关家庭命运的尖锐的矛盾冲突中来描写宝、黛爱情的。

林黛玉的思想确实不同于她同时代的贵族妇女，有她的独异之处，有她的出类拔萃之处。她无视“女子无才便是德”的封建道德规范，喜欢读书写诗，有出众的才华，而且处处都希望表现这才华。她跟宝玉一样，最爱读《西厢记》《牡丹亭》一类封建统治阶级不许看的所谓“邪书”，从中呼吸到思想的新鲜空气，以致一些曲词烂熟于心，说话时竟不自觉地脱口而出。她爱贾宝玉，期待着能跟他结合，从不劝他去读书中举，立身扬名。在她的身上闻不到当时一般贵族妇女常有的那种夫贵妻荣的庸俗气味。思想上的一致，对于人生道路的共同认识和选择，是贾宝玉、林黛玉爱情产生和发展的坚实基础。他们摒弃了以郎才女貌为条件，以夫贵妻荣为目标的庸俗陈腐思想，体现出一种新的进步的爱情婚姻观念。

但贾宝玉身边还有别的女孩子，他本可以别有所择，尤其是还有一位同样十分亲近、又有“金玉之说”的姨表姐薛宝钗。薛宝钗是一个与林黛玉迥然不同的女子。她出身于一个皇商家庭，虽也幼年丧父，却受到比林黛玉正规完整的封建正统教育，她遵从一整套封建道德规范，常常向林黛玉宣扬“女子无才便是德”的陈腐说教，不断地劝说贾宝玉要听父亲的话，热心科举考试，走仕途经济之路。她端庄稳重，安分随和，显得很有修养。但在她身上却时时透出一种在林黛玉身上绝对没有的庸俗气息。她艳羡并露骨地追求荣华富贵，她是为候选入宫才进京的，她显然是以做一个遵从妇德的贵夫人为生活的目标。她又很有心计，善于奉承和讨好人，特别是讨好在贾府里握有大权的贾母和王夫人。她的性格相当冷酷，对被压迫、被摧残至死的人缺乏起码的同情心。薛宝钗在品貌上有她独具风流之处，对贾宝玉也并不是一点没有吸引力的。在最初，贾宝玉也并没有把全部的热情都倾注在林妹妹的身上，常常是“见了姐姐就把妹妹忘了”。只是到了后来，当他对林黛玉和薛宝钗的思想性格都有了比较深入的了解以后，他在内心深处感到跟林黛玉是心心相印，而跟薛宝钗则是格格不入。于是他便最后选定了林黛玉，不仅深深地爱着她，而且对她十分“敬重”。贾宝玉在爱情上的抉择，实际上反映了对不同思想和不同人生道路的抉择。这种抉择本身就带着鲜明的反传统色彩。

曹雪芹对贾宝玉、林黛玉爱情关系的描写，在中国古典小说中达到了前所未有的思想高度。他是从封建贵族大家庭贾府的兴亡盛衰的历史命运着眼，来描写两个人的爱情关系的，他将这一爱情的发生、发展和悲剧的结局，同这个贵族之家的衰败没落过程紧密地结合在一起。叛逆思想是他们爱情产生的基础，叛逆思想的发展促成了他们爱情的成熟，爱情的成熟又使他们在叛逆的道路上愈走愈远；而他们的爱情和叛逆思想又跟这个贵族之家的盛衰荣辱密不可分。因此，在《红楼梦》中，贾宝玉和林黛玉的叛逆思想，他们在这种共同叛逆思想基础上产生的爱情，以及贾府这个封建贵族大家庭的逐步走向衰败，这三个方面，是不可分割地结合成一个有机整体的。

贾宝玉和林黛玉的爱情悲剧，以及贾宝玉和薛宝钗的婚姻悲剧，其结局都是不可避免的。为了维护家族的根本利益（用贾政的话说就是为了“光宗耀祖”），封建统治者十分害怕贾宝玉和林黛玉结合，他们不顾给宝玉造成精神上的巨大折磨与痛苦，不惜置黛玉于死地，最终选择了薛宝钗做贾宝玉的妻子。这不仅仅因为薛家有钱，两家门第相当，联姻以后可以进一步加强他们“扶持遮饰，俱有照应”的关系；更重要的，是因为薛宝钗脑子里那一套封建正统思想，完全符合封建主义的道德规范和整个贵族家庭的利益。只有她才可能帮助宝玉这个“浪子”回头，重新走向正统派们一直希望他和要求他走的“正道”，以挽救这个贵族之家日益衰败的趋势。他们把本来已经失落了的家族“中兴”的希望，又投向这个举止端庄的封建淑女的身上。因此，对于贾府的统治者来说，在宝玉婚姻问题上对薛、林二人的选择，就不仅仅是一般意义上的择配，而是关系到整个家族盛衰兴亡命运的严峻抉择。而对于贾宝玉来说，同样不仅仅是一般意义上的择配，而是对人生道路的重大抉择。正因为如此，贾宝玉和林黛玉的思想性格虽然有其软弱的一面，但由于他们共同的叛逆思想，使他们在爱情婚姻问题上不可能跟封建家长妥协；而另一方面，封建统治者们为了维护整个家世的根本利益，也不可能顺从贾宝玉，同意他去选择具有叛逆思想而又无权无势的林黛玉。

因此，我们绝不能把这个社会悲剧的成因归结为某些个人的动机和行为，有的研究者曾经去考察和追究逼死黛玉的主凶到底是谁，这种离开了小说深刻的现实主义艺术描写的探讨，是没有什么意义的。逼死黛玉的凶手是那个巧施调包计的凤姐，还是主持其事的王夫人？是批准同意这么干的贾母、贾政，还是那个据有人考证可能在后台借助于至高无上的皇威行使杀伐之权的元妃？从他们每一个人来说，可以说是，却又不完全是。曹雪芹虽然没有最后写出黛玉之死，但是在他的笔下，造成贾宝玉和林黛玉爱情悲剧的原因，已经揭示得非常清楚了：不是某一个人的主观意志，而是一群人，一群身份不同、地位有别，却由共同的思想道德观念和共同的利益结合在一起的封建制度的维护者。在这里，个人罪责的大小主次，是极为次要也是很难分清的。曾经那样真心实意地疼爱过，而且到最后他们自己也仍然认为在爱着宝玉的贾母和王夫人，在毁灭宝黛爱情时，竟是那样的冷酷无情。温情混杂着血污，娇宠在一定条件下转化为残忍。在曹雪芹笔下所展现的生活，就是这样复杂矛盾而又合乎逻辑。

正因为作者在这个爱情悲剧中写出了深刻的社会关系，所以薛宝钗的插入就完全不同于一般庸俗的三角恋爱关系，而是富有社会意义的深刻的矛盾冲突的表现。宝玉不可能接受薛宝钗，结婚以后的悲剧结局也是注定了的。这位封建淑女成了行将灭亡的封建家族和封建制度的殉葬品，她的遭遇也是令人悲叹的。同时，宝、黛、钗三人的爱情婚姻悲剧，也不仅仅是他们个人的悲剧，而是与封建贵族家庭的前途、命运紧密相关的，富有深刻历史内容的社会悲剧。黛玉饮恨而亡，宝玉悬崖撒手，这并不是贾府统治者们的胜利，而是标志着他们为挽救整个家族的衰败所作努力的破产。不论曹雪芹本人主观上自觉不自觉，愿意不愿意，从这个悲剧结局中人们看到的，是以家长制为标志的封建宗法制度的崩溃，贾政、薛宝钗等人所虔诚信奉并极力维护的封建伦理道德，再也不能维系那摇摇欲坠的统治了。

从以上分析可以看出，《红楼梦》所写的宝黛爱情，完全突破了传统小说戏曲中那种郎才女貌、一见钟情的老套子，其结局也不再是千篇一律的夫贵妻荣的大团圆，而是一个具有深刻思想意义的社会悲剧。《红楼梦》不是孤立地描写青年男女之间的爱情，不是单纯地肯定与封建礼教相对立的爱情婚姻自主的要求，而是着重表现男女主人公从生活道路到整个伦理道德观念上与封建正统派的尖锐对立，揭露了封建制度的黑暗、腐朽和没落。宝黛爱情是封建末世一对地主阶级叛逆者的爱情，它在衰败没落的贵族家庭各种矛盾中产生，又在这些矛盾的发展和激化中被毁灭，而它的毁灭，正预示了这个贵族大家庭不可挽回的衰亡命运。

## 第四节　贵族之家的罪恶史和衰亡史

曹雪芹在《红楼梦》中不只是写出了一个动人心魄的爱情婚姻悲剧，他还写出了一部贵族之家的罪恶史和衰亡史。他在我们面前展现的，是一幅广阔的封建末世现实生活的斑斓图画。除了产生贰臣逆子，曹雪芹还多方面地揭示了这个贵族之家的腐朽没落和必然衰败的原因。

《红楼梦》对于贾家煊赫的权势没有作正面的描写，但是多次通过侧面的点染，通过人物之间的复杂关系，作了深刻的揭露。贾府凭着自己的财和势，交结官府，无恶不作，肆无忌惮地对下层人民进行经济掠夺和政治压迫。例如那个贾雨村，就是凭着贾府的关系而飞黄腾达的。他一补了应天府的缺，便遇到一桩人命官司，当他了解到打死人的薛蟠是贾府的亲戚时，便不顾被卖丫头是他往日恩人甄士隐之女，而徇情枉法，胡乱判断了此案。以后又帮助贾赦夺走了石呆子家藏的二十把扇子，弄得石呆子家破人亡。书中通过贾雨村这个人物，多次从侧面揭示贾府的权势，揭示了贾府与官府的政治联系。连贾府里的一个管家媳妇王熙凤，也能操持别人的生杀之权。第十五回写“王熙凤弄权铁槛寺”，她为了贪图三千两银子，接受水月庵尼姑静虚替张家的说情，便以贾琏的名义修书一封给长安节度使云光，结果逼得大财主的女儿张金哥和长安守备的公子双双自杀。云光只当小事一桩，是对贾府情意的小小的报答。而王熙凤竟然宣称，她“从来不信什么阴司地狱报应的，凭是什么事，我说要行就行”。小说里写道：“自此凤姐胆识愈壮，以后有了这样的事，便恣意的作为起来。”第四十四回写荒淫无耻的贾琏跟鲍二媳妇通奸，被凤姐发现后将鲍二媳妇一顿毒打，鲍二媳妇受辱后上吊自杀。初闻时凤姐也不免一惊，既而改了怯色，反喝道：“死了罢了，有什么大惊小怪的！”听说鲍二媳妇娘家的要告，凤姐竟冷笑说：“这倒好了，我正想要打官司呢！”听林之孝家的说许了几个钱，他家已依了。凤姐反倒不干，说：“我没一个钱！有钱也不给，只管叫他告去。也不许劝他，也不用震吓他，只管让他告去。告不成倒问他个‘以尸讹诈’！”凤姐能如此肆无忌惮，胆壮气粗，就因为她凭借贾家财势，交结官府，有很硬的靠山。

更令人触目惊心的是第六十八回写王熙凤大闹宁国府。贾琏偷娶尤二姐，凤姐为要使贾琏、贾蓉当众出丑，一面以最阴险毒辣的方法将尤二姐害死，一面又唆使尤二姐原夫张华去告状，她却又暗中买通都察院，“只虚张声势警唬而已”。结果都察院因和贾王两家都有“瓜葛”，又“深知原委”，得了凤姐三百两银子，审案时如同演戏一般，一切都由王熙凤导演，按照她的意志行事。难怪她能夸下这样的海口：“便告我们家谋反也没事的。”这些笔墨，其意义当然不仅仅在刻画王熙凤贪婪、凶狠、泼辣的思想性格（这方面自亦不能忽视），更重要的在揭露贾府的权势，并从这个视角将描写扩大到与贾府有联系的社会政治方面。

在这方面的某些顺笔点染，也富有深意，不能忽略。第七回里写到贾府里收地租的管家周瑞，他的女婿是个古董商人，就是当初演说荣国府的冷子兴，因跟人打官司，就来通过周瑞的老婆向贾府“讨情分”，周瑞老婆听了一点儿不着急、不紧张，竟说：“这有什么大不了的事！”结果“把这些事也不放在心上，晚间只求求凤姐儿便完了”。就连贾府里一个奴才的亲戚，也能凭着贾府的权势，轻而易举地就逃脱了官司。由此可见，诸如此类惊心骇目的事不知道有多少，贾府里的主子奴才都已司空见惯，不放在心上了。

对贾府穷奢极侈享乐生活的描写，是《红楼梦》对这个贵族之家的罪恶和衰败原因揭示的另一个重要方面。在贾府里，上自老太太，下至少爷小姐，每个人的起居饮食，都有几个至十几个老妈子、丫头或小厮侍候。贾家荣宁二府相连，“竟将大半条街占了”。第十一至十四回，写秦可卿的生病、死亡、出殡，从艺术构思上看具有多方面的意义。一方面是为了显示贾家衰败的趋势，通过托梦凤姐，传达出“月满则亏，水满则盈”和“树倒猢狲散”的“衰时”必将到来的悲音；一方面通过秦可卿的丧事，写王熙凤协理宁国府，表现凤辣子杰出的管理才干和杀伐决断的凌厉作风；再一方面是以此来写贾府的豪华靡费，这也是作者的重要用心。秦可卿仅是贾府里的一个重孙媳妇，身份并不高，可那豪华气派真叫人吃惊。卧室里的陈设不必说，她生病时，“三四个人，一日轮流着，倒有四、五遍来看脉”；吃药是最贵重的人参，凤姐说“别说一日二钱人参，就是二斤也能够吃的起”。死后的丧礼也是豪华无比，用的是“万年不坏”“以手扣之，玎珰如玉石”的棺材；为了丧仪的风光，特意花上千两银子为贾蓉捐了个御前侍卫龙禁尉的头衔。出殡时，热闹异常，连显赫一时的王公贵族都来送殡或路祭，“各色执事、陈设、百耍，浩浩荡荡，一带摆三四里远”，那出殡队伍，“浩浩荡荡、压地银山一般从北而至”。这与后来衰败时的情景形成鲜明的对比。第十六回至十八回写为贾元春归省而修建的大观园，亭台楼阁，山水花草，装饰陈设，无不极尽豪华奢侈，真所谓“金门玉户神仙府，桂殿兰宫妃子家”。连皇妃贾元春“看此园内外如此豪华，因默默叹息奢华过费”。在贾府里，一张药方子要上千两银子才能配成。吃一份茄鲞，单是配料就要用十来只鸡。连家境清寒的史湘云开诗社，一顿最普通，又“便宜”又“不得罪人”的螃蟹宴，从农村来的刘姥姥看了也大吃一惊，认为这够庄稼人吃一年的了。由于极度的挥霍浪费，在这种豪华气派的背后，已隐藏着贾府严重的经济危机，入不敷出，内囊空虚，后手不接的矛盾日益明显地暴露出来。为了维持享乐腐化的生活，加紧对农民的剥削，预收地租，已是寅吃卯粮了。及至后来，竟发展到靠典当和借贷度日的地步。

前八十回写了四次过生日，其构思安排和具体描写，都是极富深意的。第一次在第二十二回，是薛宝钗过生日，又是宴会，又是演戏，一片热闹繁华景象；第二次在第四十三回，是凤姐过生日，已经由上下主子奴仆摊派银两凑份子来办寿筵了；第三次在第六十二回，是宝玉过生日，已经“不曾像往年热闹”了；第四次在第七十一回，是老祖宗的八旬大寿，却是将库存的银子花得精光，贾琏“支借”无门，不得不找鸳鸯借当。四次生日，人物的地位一个比一个高，景象却一次比一次冷落。第七十五回，写贾母吃红稻米粥，竟一点儿富余也没有了。后四十回中也有相应的点染，如第一百一十回，写贾母的葬仪就十分冷落，仍由曾在协理宁国府中大显身手的王熙凤来主持内里，但巧妇做不出没米的粥来，闹得她“失魂落魄”，又累又气，竟吐了血。穷奢极侈所造成的严重经济危机，是贾府败落的重要表现，也是造成其败落的重要原因之一。

贾府里末世子孙们的荒淫无耻，腐化堕落，也是这个贵族之家走向没落的重要原因。在权势和富豪的基础上必然要生长出毒菌来，贾府里的末世子孙们，如贾赦、贾琏、贾珍、贾蓉等，都是道德和灵魂堕落，生活上的荒淫腐化达到了十分惊人的程度。在贾府里，表面上极力维护封建伦理纲常，等级名分，男女大防，十分森严。就连男仆看见女眷到来，都要马上回避，医生给小姐或上等丫头看病，也要隔帘诊脉。但实际上在那里什么荒淫无耻的事都干得出来。贾赦已是头发花白、妻妾成群、儿孙满堂了，却还要讨贾母的贴身丫头鸳鸯为妾，事情不成，又花近千两银子去买了一个小老婆。贾琏不止一次跟奴仆之妻有不正当关系，偷娶尤二姐更是书中的著名情节。热孝在身的贾珍、贾蓉父子，同时侮辱玩弄尤氏姐妹。这些衣冠禽兽腐烂不堪的淫乱行为，将这个贵族家庭封建伦理道德的庄严外衣撕得一干二净。贾府里的老仆人焦大骂贾家的末世子孙说：“如今生下这些畜牲来……爬灰的爬灰，养小叔子的养小叔子。”柳湘莲也说贾府是“除了那两个石狮子干净，只怕连猫儿狗儿都不干净”。

在第五回《红楼梦十二支曲》的《好事终》一曲中，作者写道：“擅风情，秉月貌，便是败家的根本。箕裘颓堕皆从敬，家事消亡首罪宁。宿孽总因情。”虽然这里将贾府的衰败首先归罪于宁府的不肖子孙，又将荒淫堕落看作败家的根本，都有很大的片面性；但不可否认，荒淫腐化确实也是一个家族走向衰败的重要标志之一，同时堕落子孙的成群出现，说明纲常毁坏，也在实际上会加速这个家族的败亡。这是《红楼梦》揭露贵族之家的腐朽衰败不可忽视的重要内容之一。

被压迫奴隶的觉醒和反抗，是贾府这个黑暗王国里透出的一线光明。残酷的政治压迫和惨重的经济剥削必然激起被压迫被剥削者的坚决反抗。曹雪芹没有直接正面地反映农民的反抗斗争，只是从侧面隐约地透露出农民抗租、夺粮、夺地的斗争。他主要是怀着深切的同情，描写和赞美了大观园里奴隶们的反抗斗争。这种斗争虽然是自发的，缺乏明确自觉的阶级意识，而且分散孤立，单薄脆弱，最终未能逃脱失败的悲惨结局，但他们的反抗是坚决的，勇敢的，闪射出耀眼的光彩。

第四十六回写的鸳鸯抗婚是大观园中极有代表性的反抗事件。鸳鸯的父母兄嫂都在贾府里做奴仆，是个丧失了人身自由的“家生子儿”。她贴身侍候贾母，以聪明细心而得到贾母的喜爱。但头须皆白、有子有孙的贾赦却看中了她，要讨她做小老婆，一向温顺的鸳鸯，这时突然爆发出了强烈的反抗斗争精神。她不慕富贵，不畏强暴，既不为邢夫人等人所劝说的做了姨娘就成了“又体面、又尊贵”的“主子奶奶”的引诱而动心，也不因贾赦那“任凭他嫁到谁家，也难出我的手心”的威胁而有半点畏惧，她当众发誓，以断发丧生来表示决心反抗到底，终于维护了自己的纯洁与尊严。鸳鸯抗婚的描写，不仅揭露了封建贵族阶级的腐朽和罪恶，更重要的是表现了这个阶级的本质及其前途，已为被压迫者看得清清楚楚。在她们的心目中，嫁给老爷做“主子奶奶”并不是一种荣耀和幸福，而是被推入“火坑”。鸳鸯抗婚，表现了她的心高志大，胆识过人。她的刚烈行为，不仅仅是抗婚，而且是抗压迫，抗侮辱，抗封建制度，抗在封建地主阶级思想影响下的世俗观念。奴隶们的觉醒，标志着贾府里贵族阶级的统治已经很难维系下去了。

其他如金钏儿、晴雯、司棋、尤三姐等人的被侮辱、被残害，以及她们以不同形式所进行的反抗斗争，都在贾府这个污浊的世界里，显示出她们纯洁美好的性格；她们的抗争是生气勃勃的，让人们在大黑暗中看到了一丝虽然惨淡却是耀眼的亮光。她们的反抗行动和悲惨的结局，是对统治阶级血腥罪行的大胆抗议和血泪控诉。

在地主阶级走向没落衰亡的封建社会末期，统治阶级内部的尔虞我诈、钩心斗角、互相倾轧，也就日趋激烈。在《红楼梦》中，曹雪芹出色地描写了这方面的矛盾斗争。

曹雪芹是把统治阶级内部的这种尖锐激烈的斗争，作为封建贵族阶级走向衰亡没落的重要特征来描写的。尖锐激烈的内部斗争，是封建贵族阶级走向衰亡的必然现象，而这种斗争又必然进一步加速它的衰亡过程。探春就曾说过：“可知这样大族人家，若从外头杀来，一时是杀不死的，这可是古人曾说的，‘百足之虫，死而不僵’，必须先从家里自杀自灭起来，才能一败涂地！”（第七十四回）在全书开头的《好了歌》和注中，就对这种内部斗争的激烈和残酷，形象化地勾画出了一个轮廓。作品中极其生动的艺术描写，为我们展现了封建末世统治阶级内部互相欺骗、争夺、倾轧和残杀的生活图景，展现了剥削阶级中人与人之间的真实关系，暴露了他们的自私、贪婪、虚伪、阴险等没落阶级的本质特征。无论是父子、母女、兄弟、姐妹、姑嫂、妯娌、夫妻、嫡庶以及宗族亲戚之间，表面上笑语声声，温情脉脉，暗地里却互相谋算，“一个个像乌眼鸡似的，恨不得你吃了我，我吃了你”（探春语）。而这一切，又都是围绕着权力和财产的再分配这个根本问题进行的，其表现形态及相互关系极为错综复杂。

在贾府里，由于得到老祖宗贾母的信任、宠爱和支持，家政大权实际上掌握在王夫人和她的内侄女王熙凤的手里。因此，贾赦和贾母之间，充满着尖锐的矛盾，这种矛盾渗透到日常生活之中，以各种形式表现出来。而掌握着家政大权，聪明而悍厉泼辣的凤姐，更是依仗权势，作威作福，指手画脚，为所欲为，经常借机打击和排斥她的公婆贾赦和邢夫人。这种你争我夺、互相倾轧的关系，甚至影响到奴仆。主子各自培植爪牙，一部分奴仆也被卷进去，成为主子们各自的势力和工具。

第七十四回写的“抄检大观园”，就是一次十分典型的事例。由于小丫头傻大姐拾到了一个绣春囊，就在大观园里掀起了一场轩然大波，使平日的明争暗斗白热化。如凤姐所说的，“连没缝的鸡蛋还要下蛆呢”，素日早怀恨在心，只是得不着机会整治报复凤姐的邢夫人，如今得了这个因由，便心怀叵测地派王善保家的将绣春囊送到王夫人那里去，意在向王夫人和凤姐兴师问罪。王夫人和凤姐派周瑞家的等心腹暗中访察，而邢夫人则遣王善保家的去打听消息，因此引出抄检大观园的行动。在抄检中，王善保家的自恃是邢夫人的陪房，又因抓住了王夫人和凤姐治家的“缺失”而趾高气扬，得意忘形。先因掀探春的衣裳吃了一个嘴巴，讨个大没趣；接着又在自己的外孙女儿司棋的箱子里搜出司棋的情人潘又安送给她的情书信物，于是顷刻转胜为败，像泄了气的皮球。这时，曾一度陷于被动和紧张的凤姐，则得意地嘻嘻笑起来，对王善保家的劈头盖脸，冷嘲热讽。整个抄检的过程，双方壁垒分明，剑拔弩张，而受摧残的则是被压迫的奴仆。

综上所说，《红楼梦》中多侧面地描写了贾府由盛转衰的过程及其不可挽回的趋势，通过这种丰富、生动、真实、全景式的描写，极其广阔地反映了封建社会末期的现实生活。同时作者怀着激愤，对封建制度从经济基础到上层建筑进行了既全面又深刻的揭露和批判。总的看来，《红楼梦》里共写了三组矛盾，一组是以贾宝玉、林黛玉为代表的贵族阶级的叛逆者，和以贾母、贾政、王夫人、薛宝钗等人为代表的贵族统治者和正统派之间的矛盾；一组是统治阶级和被统治阶级，亦即贾府中主子和奴才之间的矛盾；一组是统治阶级的内部矛盾。在三组矛盾中，叛逆者和统治者及正统派之间的矛盾是主要矛盾，居于中心地位，是全书描写的重点，构成主要情节。这三组矛盾错综复杂地交织在一起，互相制约，互相影响，又互相促进。围绕着这三组矛盾及其发展，《红楼梦》栩栩如生地展示了封建社会末期腐朽黑暗的面貌，揭露了统治阶级种种骇人听闻的罪恶，揭示了宝黛爱情悲剧酿成的社会原因和它深刻的历史内容，从而表现了腐朽的封建贵族阶级不可避免地一步步走向衰亡的历史命运，并对封建制度作了一个全面的总的批判。

## 第五节 《红楼梦》的思想局限

《红楼梦》是一部伟大的作品，但我们不同意无限拔高，将它说得完美无缺，甚至将缺点也说成是优点，将它的思想内容深奥化、神秘化、玄虚化。

曹雪芹虽然有很进步的思想，但他毕竟是一个生活在18世纪、出身于没落贵族家庭的作家，因此在《红楼梦》中不可避免地表现出由于时代和阶级带来的局限。这些局限又往往跟他的进步思想纠缠在一起，这是我们在阅读这部古典小说名著时应该注意加以分析的。

首先，曹雪芹虽然揭露了封建制度的种种罪恶和弊端，但他并不否定封建制度，他对自己出身的那个贵族阶级，虽然充满愤激和怨恨，却仍是温情脉脉，怀着极深的留恋。他是怀着深沉的哀痛和惋惜的心情，写出了一个封建贵族大家庭逐渐走向衰亡的命运，为它唱出了一曲无可奈何的挽歌。

小说男女主人公身上带着明显的地主阶级的烙印。作为贵族少爷小姐，他们都是“富贵闲人”，过着安富尊荣的寄生生活。第六十二回，当林黛玉谈到荣府的经济情况时说“如今若不省俭，必致后手不接”时，宝玉不假思索地这样回答：“凭他怎样后手不接，也短不了咱们两个人的。”贾宝玉还劝探春“只管安富尊荣才是”。

贾宝玉对君权和亲权都持保留态度。他认为“朝廷是受命于天，他不圣不仁，那天地断不把这万机重任与他了”（第三十六回），还认为“父亲叔伯兄弟中，因孔子是亘古第一人说下的，不可忤慢”（第二十回）。他虽然敢于违背父教，不好好读书，可当贾政要打他，喝令他“不许动”时，他便寸步不敢离开。甚至在向黛玉表白自己的心迹时，也说“除了老太太、老爷、太太三个人，第四个就是林妹妹了”（第二十八回），以生命爱着的人也只能摆在第四位。因此，他们反封建的思想是软弱的，不彻底的。爱情的追求虽然坚决执著，却同样是软弱和不彻底的。他们不满、反抗，却找不到出路，内心充满矛盾和痛苦，表现出种种消极的思想，特别在林黛玉的身上表现出浓重的感伤情绪。贾宝玉也常常说到死，说到化成飞灰等等，这其中虽然也包含了某种哲理性的人生感悟，但毕竟是消极的，是历史给予他们的一种局限。他们表达爱情的方式也是那样的别扭而不够爽朗。

其次，书中充满了悲观失望的虚无主义情绪和无可奈何的宿命论思想。曹雪芹看到并写出了自己出身的那个封建贵族大家庭必然衰亡的趋势，却并不认识败落的真正原因，更找不到挽救这衰亡趋势的方法和出路。他在对自己的阶级感到失望的同时，对整个世界和生活有时也失去了希望。因此，人生如梦、一切皆空等悲观失望和虚无感伤的情调，便充满全书。无可奈何的宿命论思想，“色”“空”“梦”“幻”等唯心主义的观念，就成了作者解释种种不合理社会现象的法宝；而宝黛二人本来具有深刻的社会意义的爱情悲剧，也成了前生欠下的“风流孽债”，是为了“还泪”。于是，书中反复出现“太虚幻境”“空空道人”以及参禅悟道一类荒诞描写，很不协调地渗入到全书极其真实的现实主义的生活图景之中。当然不能否认，这种虚实、真无之间的穿插安排，是出于《红楼梦》全书的整体构思，有其艺术的美学的意义，但也不能无限拔高而看不到它消极的一面。应该承认，这些都是曹雪芹世界观中没落贵族阶级思想的一种反映，不能不在一定程度上冲淡了小说深刻的社会批判意义。

曹雪芹世界观中落后的因素在《红楼梦》中的表现，实际上是一个从封建贵族阶级中分化出来但还没有、也不可能跟这个阶级彻底决裂的叛逆者的局限，也是18世纪上半期资本主义生产关系的萌芽还很幼弱的一种反映。这些局限虽然多少损害了作品的思想性和艺术性，但它毕竟是次要的，绝不能掩盖这部伟大的现实主义巨著的思想光辉。

## 第六节 《红楼梦》的艺术创造

### 一、得自然之气的天然图画

《红楼梦》在继承中国古典小说艺术传统的基础上，在艺术上有很大的创造和发展，达到了中国古典小说艺术前所未有的高峰。《红楼梦》在艺术描写上的特色，可以用四个字来概括：自然、精深。

我们读《红楼梦》，一个总的感受是：它像生活本身一样丰富复杂，又像生活本身一样生动真实，浑然天成。乍一看，就像是没有经过作家的艺术加工，只不过按生活原有的样子任其自然地写下去，那么自然，那么朴素；而实际上却是经过作者精心提炼和加工，高度集中和概括而创作出来的。在普普通通日常生活的描绘中，含蕴着极为丰富深刻的思想内容，平凡而不肤浅，细腻而不琐碎，具有强大的撼动人心的艺术魅力。第十七回“大观园试才题对额”，写宝玉与贾政对稻香村的命名产生了不同的看法，宝玉认为真正的艺术不能靠“人力穿凿扭捏而成”，而应该是“有自然之理，得自然之气”的“天然图画”。《红楼梦》的艺术正是这种“有自然之理，得自然之气”的“天然图画”。《红楼梦》是中国古典小说中对生活的原生态保存得最好的一部作品，也是对生活经过匠心独运的艺术加工而不露丝毫斧凿痕迹的一部作品。

这突出地表现在小说艺术地反映生活的整体性上。也就是说，他是在生活的全部丰富性和复杂性的基础上描写贾宝玉和林黛玉的爱情悲剧，并揭示其深广的社会内容的。曹雪芹的高明之处在于，他能从生活的内在联系出发，去认识和表现生活。贾、林、薛的爱情婚姻悲剧是《红楼梦》的中心内容，是小说情节发展的主线，但远不是小说描写的全部内容。小说描写了贾府内外几乎涉及从经济基础到上层建筑的社会生活的各个方面。而全书丰富复杂的社会内容，并不是单纯地作为宝黛爱情产生和发展的背景而存在的。曹雪芹的伟大，不仅表现在他写出了一个撼动人心的具有深刻社会意义的爱情婚姻悲剧，而且表现在他通过这个悲剧写出了一个时代，一个发出腐朽气息而又处于新旧交替过程的时代。宝黛的爱情悲剧具有鲜明的时代特征，只有在这个时代条件和环境里才能产生像贾宝玉和林黛玉那样的对封建制度不满的叛逆人物，才能产生他们那样的爱情，也才能产生注定的、不可避免的悲剧结局。《红楼梦》所描写的生活，是那样色彩斑斓，纷繁复杂，但并非杂乱无章，而是经过作家概括、集中，高度典型化了的。作品所反映的全部生活内容，彼此间存在着深刻的内在联系，浑然天成地构成一个有机的艺术整体，以致割掉了这一部分，那一部分就不能存在，至少也变得不合理，不可理解，大大地削弱了它本来体现出的深刻意义。在《红楼梦》中，如果没有凤姐、薛蟠、贾赦、贾琏、贾珍、贾蓉等人物，以及他们身上所表现出的地主阶级的横暴、贪婪、淫乱、堕落；没有金钏儿、晴雯、鸳鸯、司棋、香菱、尤氏姐妹等被侮辱、被迫害的人物，以及他们的死亡、痛苦、不幸、悲哀和反抗；没有贾政和薛宝钗那样的封建卫道者，以及他们那种道貌岸然、端庄持重和冷酷无情；没有以上各种人物所构成的真与假、善与恶、美与丑两个鲜明对比的世界……总之，没有贾府内外形形色色的人物及其活动，没有《红楼梦》所描写出的整体生活内容，那么贾宝玉和林黛玉的思想性格就会失去产生的依据而变得不可理解，他们的悲剧也将失去激动人心和发人深省的思想力量和社会意义。《红楼梦》的艺术，自然而又精深，在表现生活的整体性上焕发出夺目的光彩。

**二、人物——摹一人一人活现纸上**

《红楼梦》的人物描写达到了非常高的成就，同样体现了生活的全部丰富性和复杂性。第五回的脂批云："摹一人，一人必到纸上活现。"据统计，全书中有姓名的人物共有四百多个。活跃于荣宁二府中的众多人物，犹如我们在生活中看到的那样形形色色，丰富多彩。作者没有把生活简单化，也没有把复杂的人物简单化。这里有表面上仁慈宽厚、实际上冷酷无情的封建统治者的形象贾母和王夫人，有拼命维护封建制度和封建道德规范的正统派人物贾政和薛宝钗，有体现了贵族家庭走向衰败没落时期荒淫腐化、伦常毁堕的贾赦、贾珍、贾琏、贾蓉和薛蟠等人，有疯狂地追求权势、聚敛钱财、极端自私而又阴险残忍的王熙凤，有青春丧偶、在封建道德规范下生活如槁木死灰一样的李纨，也有聪明而遵从封建道德的标准淑女探春；在被压迫者中，既有勇敢反抗，刚烈不屈的鸳鸯、晴雯、司棋、尤三姐等人，也有身为奴仆却拼命维护封建礼教、封建制度，一心想爬上半个主子地位的袭人；其他像贾雨村、刘姥姥、尤二姐、平儿、柳湘莲等人，虽为次要人物，在作品中也不能缺少，都占有各自不同的地位，在艺术上发生着不同的作用，代表了不同的社会生活层面，而且各具性格特征，描写得栩栩如生，使人过目不忘。

《红楼梦》里的人物没有类型化的缺点，总是个性鲜明，各具面目。同一阶级或同一阶层的人，即使有相同或相似的身份地位，也都表现出不同的性格特色。如迎春和探春是姊妹，又同为庶出，但性格不同：一个懦弱，人称"二木头"；一个尖利，是有刺的玫瑰花。尤二姐、尤三姐也各不相同。袭人和鸳鸯同为得宠的贴身丫头，但一个为将来能做姨太太感到欣喜，一心向上爬，满脑子封建思想，并且尽心尽力为主子效劳；一个则因生活在最高统治者贾母身边，对这个家庭的腐败黑暗看得一清二楚，从周围姊妹们的不幸遭遇看到了自己的不幸命运，因而对荣华富贵表示了极大的蔑视，拼死维护了自己人格的独立和尊严。凤姐和夏金桂同为要泼的悍妇，但第六十九回中写凤姐计赚尤二姐和第八十回中写夏金桂陷害香菱，其性格风貌却完全不同：凤姐阴险狠毒，“明是一把火，暗是一把刀”；夏金桂则凶相毕露，毫无顾忌。宝玉和黛玉有共同的叛逆思想，由于两人的出身、环境、教养和身份地位不同，性格也判然有别：黛玉的敏感和小心眼儿是宝玉不可能有的，她因此比宝玉更早也更深切地感受到周围封建势力的高压，感受到悲剧结局的不可避免；即使是两人都有的感伤情绪，其表现特点和表现方式也都是各不相同的。

甚至是不知姓名的小丫头，在曹雪芹的笔下，也显现出不同的性格特征。第四十四回，写凤姐过生日，举行宴会，贾琏跟仆人之妇鲍二家的通奸，派了两个小丫头在外面放哨。不巧因凤姐喝酒喝多了要回家歇一歇。由平儿扶着，穿廊下遇着放哨的第一个丫头。这丫头一见凤姐回身就跑，凤姐叫她，开始装没听见，平儿再叫，这才停下来。审问她为什么要跑，还撒谎说：“记挂着房里无人，所以跑了。”（撒谎也撒得太笨，太老实）等到凤姐发了火，说要叫人拿烧红了的烙铁来烫她，这才说出实情，然后还加上一句：“我告诉奶奶，可别说是我说的。”到院门口又遇到了第二个放哨的丫头。她在门前探头，一见了凤姐，也是缩头就跑。但听见凤姐一喝，就马上跑了过来，说：“我正要告诉奶奶，可巧奶奶就来了。”说得多么乖巧，多么聪明。与此相类似，第七十八回写晴雯死了，宝玉从外面回来，马上问两个小丫头，袭人是否派人去看晴雯了，第一个丫头说派宋妈妈去了。接着宝玉问：“回来说什么？”回答：“晴雯姐姐直着脖子叫了一夜，今日早起就闭了眼……”宝玉又问：“一夜叫的是谁？”很老实地回答：“叫的是娘。”宝玉又问：“还叫谁？”答：“没有听见叫别人了。”可另一个丫头就非常聪明伶俐，马上说：“真个他糊涂。”“不但我听得真切，我还亲自偷着看去的。”“拉着我的手问：‘宝玉那去了？’”还混编说晴雯是到天上做花神去了。这才引出宝玉写出了那篇十分动人的《芙蓉女儿诔》。这个丫头的聪明，还不在于她有意讨好宝玉，而在于她的心很细，很能体会宝玉的感情心思。

有时候作品通过一个琐碎的细节，就非常细致地表现出不同人物性格的细微区别。如第四十九回写宝钗的堂妹薛宝琴刚到贾府里来，受到贾母的宠爱，吩咐丫头琥珀对宝钗说：“叫宝姑娘别管紧了琴姑娘。他还小呢，让他爱怎么样就怎么样。要什么东西只管要去，别多心。”宝钗答应后随即开玩笑说：“你也不知是从那里来的福气！……我就不信我那些儿不如你？”心直口快的史湘云接下来笑着说：“宝姐姐，你这话虽是顽话，恰有人真心这样想呢。”琥珀说：“真心恼的再没别人，就只是他（指宝玉）。”宝钗、湘云都笑道：“他倒不是这样的人。”琥珀又笑道：“不是他，就是他。”她指的是黛玉。这时湘云便不做声了。宝钗却笑道：“更不是了。我的妹妹和他的妹妹一样。他喜欢的比我还疼呢，那里还恼？……”在人物关系中显现出各自不同的性格特色，细微的区别，却揭示得清清楚楚。以上几个例子，都是在同一个场合，对同一个人，就同一件事，表现出不同人物迥别的态度和性格。

由于作者处处从生活的整体出发去刻画人物，因而写一个人物，常常起到一种互相关联的映射作用，而不只具有一个方面的意义。例如第三十三回里写宝玉挨打，正在紧急之际，宝玉盼望有一个人到里面去报信，以免这顿皮肉之苦。这时恰巧来了一个聋老婆子。宝玉便抓住救命稻草似的对她说：“快进去告诉：老爷要打我呢！快去，快去！要紧，要紧！”可因这聋老婆子耳聋，把“要紧”听成了“跳井”，便以为是说金钏儿跳井的事，立即回答说：“跳井让他跳去，二爷怕什么？”又说：“有什么不了的事？老早的完了。太太又赏了衣服，又赏了银子，怎么不了事的！”在这里特意写了这个聋老婆子的出现和她的这番话，作者是有他的艺术匠心的。一方面，固然是出于情节发展的精心设计，即为下文写王夫人和贾母的出场，写这场轩然大波的收束作铺垫；另一方面更重要的是，作为贾府中的一个老仆妇，同是被压迫者，她对金钏儿之被逼惨死竟然冷漠到近于麻木的程度。这就暗示我们，前面贾政说的“我家从无这样事情，自祖宗以来，皆是宽柔以待下人”的话不足为信，在贾府里这一类事件必然是司空见惯的，这才使得聋老婆子不以为奇了。同时她的态度之冷，又使我们联系到第三十二回末，薛宝钗和王夫人谈及金钏儿之死时所说的她“不过是个糊涂人”，死了“也不为可惜”的话，真有些令我们感到透骨的心寒。而所有这些，包括贾政的虚伪，王夫人的文过饰非，薛宝钗的冷酷无情，以及整个贾府视人命如草芥的罪恶等等，又都一齐映射到主人公贾宝玉身上，跟他对金钏儿之死的态度形成鲜明的对比，感到他在被打之前对金钏儿的惨死悲痛到“五内摧伤”，被打之后还说：“就便为这些人死了，也是情愿的。”他的心地是多么善良，感情是多么美好！在他所生活的环境里，又是多么难能可贵。

类似的例子，还有第七十七回里写晴雯死前宝玉去看她，这里也写了一个次要的人物晴雯的嫂子灯姑娘，写了她的轻佻、调笑，也写了她的正直和同情心。灯姑娘先是偷听宝玉和晴雯两个人说心里话，然后突然“笑嘻嘻掀帘进来”，又“一手拉了宝玉拉进里间来”，还“紧紧的将宝玉搂入怀中”，宝玉“急的满面红涨，又羞又怕，只求她：‘好姐姐，别闹。’”然后灯姑娘说了一段非常感人的话：“可知人的嘴一概听不得的（指过去听说宝玉是个风月场中惯作功夫的花花公子）。就比如方才我们姑娘下来，我也料定你们素日偷鸡盗狗的。我进来一会在窗下细听，屋内只你二人，若有偷鸡盗狗的事，岂有不谈及于此，谁知你两个竟还是各不相扰。可知天下委屈事也不少。如今我反后悔错怪了你们。既然如此，你但放心。以后你只管来，我也不罗唣你。”这段描写也是映射到王夫人、袭人身上，然后再映射到晴雯和宝玉身上，具有多方面的深刻含义。在这里，曹雪芹特意写了一个“不洁”之人，来证明晴雯的无辜和她跟宝玉关系的纯洁美好。这一笔，对把晴雯赶走并置之死地的冷酷无情的王夫人的批判，是非常有力的。

**三、细节——于细微处见精神**

细节是生活的血肉，也是小说艺术的血肉。成熟和精湛的小说艺术常常表现在细节描写中。细节的精彩不仅在细，更在细中有丰富的含藏。《红楼梦》细节描写的丰富、细腻、深刻、生动，在中国古典小说中也是罕有其匹的，这同样体现了这部名著“天然图画”的总体艺术特色。《红楼梦》的细节描写，精雕细刻，却不露丝毫人工斧凿痕迹，十分真实自然；同时含意丰富、深刻，却出以平常，能于小中见大，细中见深。通过细节描写表现人物不同的思想性格，在前面我们已经接触到一些例子，下面再举几个。例如第四十回写刘姥姥在大观园进餐，故意寻开心的凤姐和鸳鸯，为她准备了一双老年四楞象牙镶金筷子，让她去夹那小巧圆滑的鸽子蛋。刘姥姥一见就说：“这叉爬子比俺那里铁锨还沉，那里犟的过他。”本来要准备大吃一顿，却无从下筷子，说了句不得体的逗乐话，便只好“鼓着腮不语”。“众人先是发怔，后来一听，上上下下都哈哈的大笑起来。”接下去就有一段细节，刻画各人的笑态：

> 史湘云撑不住，一口饭都喷了出来；林黛玉笑岔了气，伏着桌子嗳哟；宝玉早滚到贾母怀里，贾母笑的搂着宝玉叫“心肝”；王夫人笑的用手指着凤姐儿，只说不出话来；薛姨妈也撑不住，口里茶喷了探春一裙子；探春手里的饭碗都合迎春身上；惜春离了坐位，拉着他奶母叫揉一揉肠子。地下的无一个不弯腰曲背，也有躲出去蹲着笑去的，也有忍着笑上来替他姊妹换衣裳的，独有凤姐鸳鸯二人撑着，还只管让刘姥姥。

这段描写，换成平庸之手只会用“哄堂大笑”四个字了结，曹雪芹却铺陈出如此一段精彩文字。有主、有次，有细描，有泛写，人各一种姿态，一人一副笔墨：湘云笑得爽快，毫无拘节；黛玉笑得娇媚，柔弱中表现出节制；宝玉则笑时也在撒娇；贾母则明是一副老祖宗的意态声口；王夫人笑责凤姐的恶作剧，显出当家太太身份；薛姨妈“撑不住”，却又不同于史湘云，一口茶只是喷在晚辈的探春身上，失态而未失礼；惜春娇弱，但她可以拉着奶母叫揉肠子，身份气性又与黛玉有别；奴仆丫头们只是淡淡两笔，却是清清楚楚地显示出“上”与“下”的区别与界限。在众人前仰后合中独能“撑着”的凤姐和鸳鸯，一看便知是这场闹剧的“总导演”。曹雪芹不愧是大手笔，同是笑，而且是同一个场合被同一件事引发出来的笑，他写来却各具面貌，同中有异，真可谓百态千姿，一笑传神。

一些看似琐细的日常生活的描写，常常含蕴着极其丰富的思想意义和社会内容。第二十八回写元春从宫中送来礼物，宝玉的和宝钗的一样，黛玉的和迎春、探春、惜春的一样。宝玉不相信，以为应该是他和林妹妹的一样。接着就写宝玉见到薛宝钗，要看她刚刚得到的礼物红麝串子，恰好她左腕上笼着一串（如果是黛玉就不会马上戴上，这也是能见性格的）。这时小说有一段细节描写：因宝钗生的肌肤丰泽，一时褪不下来，宝玉在一旁看着那雪白的胳膊，不觉动了羡慕之心，暗暗想道：“这个膀子要长在林妹妹身上，或者还得摸一摸，偏生长在他身上。”这是一个具有典型意义的细节，包含着丰富的社会内容。自己的礼物既然同宝钗的一样，还看什么呢？他偏要看。这里表现的是一种特殊的心理，即他对黛玉爱情的执著，执著到相信自己与林妹妹的一样乃是天经地义之事；同时还表现出，贾宝玉爱林黛玉绝不是一见钟情，而是经过深思熟虑的比较和选择的结果，而选择的标准，也不再是郎才女貌，而是内在的精神和思想。尽管对宝玉来说，薛宝钗比林黛玉是“另具一种妩媚风流”，舍弃她也不无遗憾，但贾宝玉最终还是非常坚决地舍弃了她，而选取了林黛玉那与他发生共鸣的风神灵秀。从元春送礼这样一个生活细节所透露出来的矛盾，不是无关紧要的小冲突、小矛盾，而是关系到人物乃至家庭命运的大冲突、大矛盾的初露端倪，此后这个矛盾就在潜伏中酝酿着、发展着，将来有一天就掀起了惊心动魄的大波澜。表面上是那么平凡乃至近于琐碎的生活细节，是如此自然又如此真实地揭示了贾宝玉在选择爱情的过程中，那种包含着深刻的社会内容的心理活动，并由此而深入地揭示出小说情节发展的思想血脉。

第三十三回，在宝玉挨打的过程中，小说三次写到贾政流眼泪。这一细节，也是意蕴很深、耐人寻味的。在生活中，一个被激怒的父亲打儿子，一时手重，事后因心疼而后悔，以至于流泪的情况是常见的。但贾政与此绝不相同。且看他第一次流泪，是在他“气的面如金纸”，下决心要打却还在将打未打之际，他“喘吁吁直挺挺坐在椅子上，满面泪痕，一叠声‘拿宝玉！拿大棍！’……”这里的“满面泪痕”当然不会有因心疼而哀痛的成分。贾政自己的话透露了他内心的秘密：“今日再有人劝我，我把这冠带家私一应交与他与宝玉过去！我免不得做个罪人，把这几根烦恼鬓毛剃去，寻个干净去处自了，也免得上辱先人下生逆子之罪。”原来，是他满心希望宝玉长大后继承“天恩祖德”，做一个地主阶级的“孝子贤孙”，宝玉却违背他的意志成了一个不肖逆子，使他感到希望落了空。他愤怒，同时又不能不感到绝望和悲哀。这就是他在未打宝玉之前就先流泪的真正原因。第二次流泪，是王夫人闻讯赶来劝说，他反而越发逞威，要勒死宝玉，于是王夫人大吵大闹，说贾政是有意要“绝”她，叫“快拿绳子来先勒死我，再勒死他。我们娘儿们不敢含怨，到底在阴司里得个依靠”。这时作者写道：“贾政听了此话，不觉长叹一声，向椅上坐了，泪如雨下。”这时是毒打尚嫌不足，还要拿绳子来勒死，“以绝将来之患”，这眼泪也断然不会是为心疼宝玉而流。这原因，从王夫人的话里就已透露出来了消息，原来王夫人所说的“绝我”和没有“依靠”的话触动了贾政心中的隐悲。王夫人是需要儿子做依靠的，而对贾政来说，宝玉成为不肖逆子，虽生犹死，虽有若无，甚至比死、比无还要可怕可悲。因而跟王夫人一样，他深深地感到没有“依靠”和“绝”的悲哀。第三次流泪，是王夫人哭贾珠，贾政听了，“那泪珠更似滚瓜一般滚了下来”。贾珠是贾政短命而死的大儿子，跟宝玉不同，他听贾政的话，热衷于科举考试，“十四岁就进了学”。这本是贾政的希望所在，却不到二十岁就死了。这次流泪，跟王夫人一样，不是哭活着的宝玉，而是哭死去的贾珠，实质上也就是哭自己希望的破灭。总观书中对贾政这三次流泪的描写，其意都在表现贾政在宝玉这个不肖逆子面前感到后继无人（也就是他们感到的失了“依靠”，或者是“绝”了）的绝望和悲哀。关于眼泪的细节描写，透过贾政表面上的凶狠和威严，无情地揭示了人物灵魂深处的另一面。贾政，一个力图使行将败落的贵族大家庭能够存亡继绝的封建统治者，一个正统派的代表人物，在宝玉这个“冥顽不灵”的“孽种”面前，既愤怒，又悲哀；既威严，又虚弱。而且这两面是如此矛盾而又合乎逻辑地统一在一起，构成了贾政思想性格完整复杂的内涵。曹雪芹在细节描写上的笔力，达到如此深度，不能不令人感到惊叹。

## 四、语言——饱含着生活的血肉和人物思想感情的血肉

《红楼梦》的语言同样表现出天然之趣，是非常出色的。其基本特色是：准确（不能去掉，也不能更改），生动（传神），精练（语简意深，含蕴丰富），自然（不造作，不雕琢），既饱含着生活的血肉，又饱含着人物思想感情的血肉。语言风格跟整部作品的艺术风格和谐一致，显得朴素自然，明快流畅，含蓄深厚。不论刻画人物，描写环境，叙述故事，作者很少用夸张的语言，华丽的辞藻，而是普普通通，平平淡淡，有的犹如家常絮语，却在普通中寓深刻，于平淡中见神奇，使读者如闻其声，如见其人，如临其境。这正是曹雪芹的语言艺术超过任何一部中国古典小说的地方，是《红楼梦》卓越的艺术创造的一个重要方面。

叙述语言的准确和传神，可以举第三回黛玉进贾府的例子。小说描写这位聪明而又敏感的孤女进贾府时的心理是："步步留心，时时在意，不肯轻易多说一句话，多行一步路，惟恐被人耻笑了他去。"为了表现她这种特殊的心理和性格特征，作者在叙述语言中一些修饰语的使用就特别值得注意。如凤姐出场，作者从她的眼中描写了一番凤姐以后，就写"黛玉连忙起身接见"。"连忙"二字就能见出她当时的心理和神态，因为她在初见面时已得到"此人非同寻常"的印象了，所以不敢怠慢。又如邢夫人带黛玉到家里去见贾赦，派人到外书房请贾赦时，贾赦托词说见面会引起彼此的伤心，只说了几句嘱咐不要想家之类的话，作者这样写："黛玉忙站起身来，一一听了。""忙"字表现她的"留心""在意"，也是下得非常准确而又传神的。

又如这一回中两处写到林黛玉坐轿子，也是写得十分精细而又极富于思想意蕴的。第一次是黛玉刚进贾府大门时，是这样写的："……却不进正门，只进了西边角门。那轿夫抬进去，走了一射之地，将转弯时，便歇下退出去了。后面的婆子们已都下了轿，赶上前来。另换了三四个衣帽周全十七八岁的小厮上来，复抬起轿子。众婆子步下围随至一垂花门前落下。众小厮退出，众婆子上来打起轿帘，扶黛玉下轿。"第二次是黛玉在贾母处用了茶果以后，邢夫人带了黛玉去见贾赦，是这样写的："出了垂花门，早有众小厮们拉过一辆翠幄青绸车，邢夫人携了黛玉，坐在上面，众婆子们放下车帘，方命小厮们抬起，拉至宽处，方驾上驯骡，亦出了西角门……至仪门前方下来。众小厮退出，方打起车帘，邢夫人搀着黛玉的手，进入院中。"与此相关的，还有一处细节描写的用语也是很值得注意的，这就是写黛玉由王夫人带着从贾政住处到贾母那里去用晚餐，经过凤姐住的地方，王夫人向她介绍说："这是你凤姐姐的屋子。"这时小说写道："这院门上也有四五个才总角的小厮，

都垂手侍立。”这里有两点值得注意：一是要等抬轿的人“歇下退出去”或“退出”，才“打起车帘”让黛玉下轿；而上轿时却是相反，要让黛玉上去坐好，“放下车帘”，“方命小厮们抬起”。二是后面特意点出“垂手侍立”的四五个小厮是“才总角”的，与前面的“衣帽周全十七八岁的小厮”的描写形成对照，在语言表达上也是非常准确而具有深刻含义的。所谓“总角”，就是头上梳两个小发髻，说明只是十来岁不懂事的小孩子，所以对林黛玉不必避忌。这几处，通过准确的语言，描写黛玉进贾府时坐轿子等详细情况，除了表现贾府这个贵族之家的豪华气派之外，主要就是要突出贾府是一个诗礼之家，在一些细小的事情上也是极讲究封建礼仪的。前面说过，《红楼梦》表现生活具有整体性的特点，因此这些由准确的语言所表现的细节的深刻意义，是要联系到全书多方面的描写才能体会出来的。比如第三十三回，写宝玉挨打时，王夫人在里边听到后立即赶出来劝止，小说这样写：“王夫人不敢先回贾母，只得忙穿衣出来，也不顾有人没人，忙忙赶往书房中来，慌的众门客小厮等避之不及。”可见在通常情况下，成年的女主人也是不能同门客小厮接触的，这里是表现当时情况的紧急。联系到黛玉除“才总角”的小厮外，其余一概都要回避，而这些情况又映射到两方面的描写，更显示出特殊的意义来。一是在这样一个礼教极严的“诗礼之家”，贾宝玉竟能同众多女孩子们成天厮混在一起，尤其是同黛玉竟能“耳鬓厮磨”，日渐亲近，终至产生爱情。这就启发我们，这是由于贾母的特殊疼爱所造成的一个特殊的环境，而这又是作者特意设置且合乎生活逻辑的艺术构思。二是如此礼教森严的家庭里，竟然出现了像贾赦、贾琏、贾珍、贾蓉等衣冠禽兽，可见这个贵族之家的衰败和封建礼教的虚伪。

人物的语言更为精彩。《红楼梦》人物语言完全是性格化的。鲁迅曾经说过：“《水浒》和《红楼梦》的有些地方，是能够使读者由说话看出人来的。”[①]《红楼梦》的人物语言，确能使读者从书本上听出声音，进而又能从纸面上看到活动着的人物，并体会出他们的思想心理。王熙凤的思想性格，很多地方都是由她的说话表现出来的。大家都很熟悉，黛玉进贾府时，她的出场是未见其人先闻其声：“我来迟了，不曾迎接远客！”在众人皆“敛声屏气”中，独她一个人敢于如此“放诞无礼”。可见她在贾府中的地位，也可见她敢于放肆逞威的性格。她是个极机灵极聪明的人，

---

① 鲁迅：《花边文学·看书琐记》，《鲁迅全集》第五卷，人民文学出版社，1957 年，第 429 页。

这机灵和聪明就常常表现在她的嘴上，特别从她对贾母的讨好奉承上更为鲜明地表现出来。小说这样描写她在初见黛玉时的说话和表现：

> 这熙凤携着黛玉的手，上下细细打谅了一回，仍送至贾母身边坐下，因笑道："天下真有这样标致的人物，我今儿才算见了！况且这通身的气派，竟不像老祖宗的外孙女儿，竟是个嫡亲的孙女，怨不得老祖宗天天口头心头一时不忘。只可怜我这妹妹这样命苦，怎么姑妈偏就去世了！"

先是赞美她的"标致"，接着又赞美她的"通身气派"，这是由外及里，而又都落到老祖宗的身上：因这"标致"和"通身气派"，就不应该是老祖宗的外孙女，而应该是老祖宗的"嫡亲的孙女"。这样一来，表面上赞美黛玉的话，就全都变成了赞扬老祖宗的话了。"天天口头心头一时不忘"，这"心头"二字也是绝不可少的。只有聪明而富有心计的凤姐，说话时才能不假思索就能表达得这么精细，这么准确。她说这番话时还配合着动作，"用帕拭泪。贾母笑道：'我才好了，你倒来招我。你妹妹远路才来，身子又弱，也才劝住了，快再休提前话。'这凤姐听了，忙转悲为喜道：'正是呢！我一见了妹妹，一心都在她身上了，又是喜欢，又是伤心，竟忘记了老祖宗。该打！该打！'"这段话也是说得绝顶聪明的。她十分懂得，讨好老祖宗，有时候要直接奉承，有时候又要采取曲折迂回的办法，她都能根据具体情况的不同，掌握得恰到好处。在这里，此情此景之下，说她心里只有黛玉，比直接说心中只有老祖宗还要更能讨得老祖宗的欢心。只有领悟到这一点的人才能说得出这样的话，而作为读者，也只有领会到这层意思，才能从中听出人物的思想性格，从而体会出作者写人物语言所达到的高度的艺术水平。

再举一个例子。拍马屁要拍到点子上，拍得乖巧，拍得让人听了喜欢而不反感，也是很不容易的事。王熙凤拍马屁就拍得很有水平，拍得绝顶聪明。第三十八回，写贾母带着一大家子人在盖于池上的藕香榭欣赏风景，心里高兴，就说起小时候在枕霞阁玩儿，不小心失足掉进了水里，没有淹死，救起来头上却崩破了一块，现今鬓角上还有指头顶儿大的一个坑儿。在这种情况之下，一般人是无法下手去拍马屁的，可聪明的凤姐却说出了一篇不同凡响的话来：

> 凤姐不等人说，先笑道："那时要活不得，如今这大福可叫谁享呢？可知

老祖宗从小儿的福寿就不小，神差鬼使碰出那个窝儿来，好盛福寿的。寿星老儿头上原是一个窝儿，因为万福万寿盛满了，所以倒凸高出些来了。”

几句话就活脱脱地画出了一个凤姐来，画出她的世故、乖巧、聪明。她专就福、寿两个字上发挥，这是最切合贾母的身份地位，也是最懂得贾母的心理的。但要从头上的那个窝儿翻到下面吉祥的意思上来，却不是人人都能做到的。她拿寿星老儿做个隐喻，又曲为解释，跟老祖宗挂上钩，并落实到老祖宗最喜欢听的“万福万寿”上来，真是聪明机巧到了极点。只有那份心意而无凤姐那份机巧的人，只会说“寿比南山，福如东海”一类干巴巴的套话，像如此有血有肉、有滋有味，叫贾母听了心里甜丝丝的话，是只有凤姐才说得出的。

有时候简单的一句话也能见出人物的思想性格来。如第三十二回，写贾雨村到贾府，贾政要宝玉出来跟他会面，宝玉不愿意，又不敢违抗父命，无可奈何磨蹭一阵之后只得出去。因为满心不高兴，又走得匆忙，忘了带上扇子。袭人怕他热，急忙拿了扇子追出来给他。要是一般人会这么说：“扇子忘了，给你。”可袭人却是这么说的：“你也不带了扇子去，亏我看见，赶了送来。”从温存体贴中透出一种有意讨好的意味。一件极琐屑的小事，一句极普通的话，却极准确地表现了她特殊的身份地位和微妙的心理。她是一个受宠的奴才，一心做着将来做半个主子（姨太太）的美梦，时时处处都要显示出这种特殊的亲近，以此讨得宝玉的欢心。

又如第四十回，写刘姥姥二进荣国府，由许多人陪同，先在潇湘馆黛玉的卧房里坐了一会儿，后来贾母说：“这屋里窄，再往别处逛去。”刘姥姥接着贾母“这屋里窄”的话茬说：“人人都说大家子住大房。昨儿见了老太太正房，配上大箱大柜大桌子大床，果然威武。”“威武”这个词是人人都熟悉，也是人人都会用的，可从来没有人用来形容房子和家具，但是刘姥姥用在这里却是用得再好不过了，不但准确，而且传神，包含着非常丰富的社会内容。刘姥姥的这番话，是从贾母的一个“窄”字引出来的。刘姥姥作为一个从偏远农村来的贫苦人家的老妇人，她对贾府里房屋家具的感受同贾母完全不一样，可以说是两种身份，两副眼光，两种感受。这是只有刘姥姥处于那样特殊的环境条件下才说得出来的。“威武”一词用在这里，至少包含两方面的深刻含义：一、她是一个从农村来的没有见过世面的小户人家的妇女，从来没有见过像贾府这样的大房、大家具，所以十分自然地产生一种威压感，“威武”这个词就最真实、最生动、最准确地表达出了刘姥姥的这种独特感受。二、刘姥姥又是一个虽然纯朴却又老于世故的老妇人，她到贾府来是为了得到一点好处，她一进贾府就看出了贾母这位老祖宗的身份地位，是她能不能得到好处的关键人物，所以一有机会就抓住说点奉承讨好的话。“威武”这个词用在这里，就多少透露出一点奉承讨好的意味。别看这简单的一个词，却极传神地写出了刘姥姥独特的身份地位，独特的思想性格和独特的生活感受，同时又极生动地表现出人物之间的微妙关系。

类似这种个性化的语言，在《红楼梦》中俯拾即是。这当然不是生活中原始形态的语言，而是经过作家的提炼和艺术加工的，是具有典型化特征的。这种性格化人物语言的突出特点，就在于它来自生活，充满生活气息，充满生活血肉；但又没有生活语言的芜杂平浅，而显得纯净凝练，含蕴丰富。品鉴人物语言之美，就是要发掘其中蕴涵丰富的人物性格的内涵和社会生活的内涵。

# 第十章　晚清的谴责小说

## 第一节　晚清的时代条件和谴责小说的产生

从1840年鸦片战争到1919年的五四运动，中国历史进入了我国史学界所称的近代时期。通常所说的晚清，是指从道光二十年庚子（1840）到宣统三年辛亥（1911）这段时期，与近代的划分是基本一致而又不完全相同的。这一时期，中国社会不论在政治、经济、思想、文化等各方面，都发生了重大的变化。随着社会的这一变化，文学的发展也进入了一个新的时期，表现出一些新的特点。

这个时期的社会变化有两个特点值得我们注意：第一，由于封建制度的没落和封建统治阶级的腐朽，帝国主义势力侵入中国，破坏了原来的自然经济，使中国沦为半封建半殖民地的社会。第二，帝国主义的疯狂掠夺和封建统治阶级的残酷剥削，使得广大人民生活十分痛苦，因而阶级矛盾和民族矛盾都十分尖锐。中国人民和帝国主义的矛盾，被压迫的劳苦大众和封建统治阶级的矛盾，构成了近代中国社会的基本矛盾。这两种基本矛盾的激化，就促使中国人民不断兴起反帝反封建的革命斗争。因此，一部中国近代史，就是帝国主义入侵使中国一步步沦为半封建和半殖民地社会的历史，就是中国人民反帝反封建的革命斗争史。这个时期，在中国展开了反帝反封建的农民革命运动，资产阶级的改良主义运动和资产阶级的民主革命运动。这就是相继发生的广东三元里人民的抗英斗争（1841）、太平天国革命运动（1851）、戊戌变法（1898）、义和团反帝运动（1900）和资产阶级的民主革命运动（1911），最后以无产阶级领导的彻底的反帝反封建的五四运动（1919）为终结。

近代中国文学的发展，就是在这样的历史背景之下，与上述的社会矛盾和社会斗争紧密地结合在一起的。现实的矛盾斗争，要求文学自觉地为它服务，因而戊戌变法时期资产阶级改良主义的政治家和文学家就提出了所谓的“诗界革命”“文体革命”“小说界革命”等口号和理论，使文学运动带有鲜明的政治色彩。文学内容的新变化，又必然带来表现形式、语言工具、艺术风格等各个方面的相应变化，因此白话文运动、新诗体、新文体，以及小说、戏曲吸收外来因素等，也就应运而生。总的倾向是：打破旧形式的束缚，追求通俗化和大众化。但这种变化是渐进的，有酝酿，也有突进。在1894年的中日甲午战争之前，属于酝酿时期，有变化但不是很明显；而到了甲午之后，则出现了迅疾的变化，有了明显的突进。

晚清小说在近代文学发展中有着重要的地位，在中国小说史上也是一个重要的发展阶段。晚清小说有两个显著的特点。一是数量相当可观。据阿英和日本樽本照雄的大略统计，当时单册出版的小说作品，有几千种之多。[①] 而据近年出版的欧阳健《晚清小说史》统计，单是1900年到1911年晚清最后的十年间，就有529部之多。[②] 二是这个时期（主要是这最后十年）小说的主流反映了中国社会沦为半封建半殖民地以后的一些重要特点，如帝国主义势力的入侵，封建制度的腐败，世风的堕落，民主主义思想的产生，人民反帝反封建斗争的兴起和发展等等。揭露帝国主义的侵略罪行，揭露封建统治阶级的腐朽没落，揭露世风的堕落和社会的黑暗，成为晚清小说的主要内容。鲁迅因这些小说多直露的谴责而少含蓄的讽刺，故称之为“谴责小说”：“其在小说，则揭发伏藏，显其弊恶，而于时政，严加纠弹，或更扩充，并及风俗。虽命意在于匡世，似与讽刺小说同伦，而辞气浮露，笔无藏锋，过甚其辞，以合时人嗜好，则其度量技术之相去亦远矣。故别谓之谴责小说。”[③] 这一概括虽然有学者提出了不同的意见，但由于抓住并突出了这类小说的主要特点，仍然为多数学者所认同。

这类小说主要出现于1894年中日甲午战争到1911年辛亥革命前后的十多年间。

---

① 关于晚清小说的数量，向来没有精确的统计。阿英在早年出版的《晚清小说史》中，估计印成册的作品“至少在一千种以上”，作家出版社，1958年，第1页。而他后来写的未刊遗稿《略谈晚清小说》中，又估计“印成单行本的小说，至少在两千种以上”，见《小说闲谈四种·小说三谈》，上海古籍出版社，1985年，第197页。日本学者樽本照雄所编《清末民初小说目录》（修订本），所收时段为1902—1918，不足二十年，而成册和在报刊上发表的单篇小说作品共收入16014种之多。参见夏晓虹《近代小说知多少》，《晚清的魅力》，百花文艺出版社，2001年。

② 欧阳健：《晚清小说史》，浙江古籍出版社，1997年，第4页。

③ 鲁迅：《中国小说史略》，第二十八篇《清末之谴责小说》。

小说创作这种发达局面的形成，主要是由于以下几个原因。

第一，社会的、时代的原因。这是最主要的。鲁迅曾作过精辟的分析："光绪庚子（1900）后，谴责小说之出特盛。盖嘉庆以来，虽屡平内乱（白莲教、太平天国、捻、回）亦屡挫于外敌（英、法、日本），细民暗昧，尚啜敬听平逆武功，有识者则已翻然思改革，凭敌忾之心，呼维新与爱国，而于'富强'尤致意焉。戊戌变政既不成，越二年即庚子岁而有义和团之变，群乃知政府不足与图治，顿有掊击之意矣。"[①] 就是说，在半封建半殖民地的黑暗现实面前，一些敢于正视现实并有爱国思想的作家，便不能不起来大声疾呼，以小说作为工具，将社会的丑恶面貌和国家的危亡局面揭示给大家，以促进群众的觉醒。这便是谴责小说成为晚清小说的主流，以及这类小说在思想内容及艺术表现上的特色形成的现实基础和社会根源。

第二，小说理论兴起，对小说社会作用的认识空前提高，促进了对社会有改革之志的作家的创作热情和自觉意识。适应于宣传改良主义运动的需要，梁启超等人提出了"小说界革命"的口号，其核心是要自觉地使小说成为社会改良的宣传工具和战斗武器。为了达到这一目的，甚至有意夸大其词，不适当地拔高了小说的地位和作用。如梁启超说：

> 欲新一国之民，不可不先新一国之小说。欲新道德，必新小说；欲新宗教，必新小说；欲新政治，必新小说；欲新风俗，必新小说；欲新学艺，必新小说；乃至欲新人心、欲新人格，必新小说。何以故？小说有不可思议之力支配人道故。

他认为，小说是"文学之最上乘"，一二部小说之作用，胜过"大圣鸿哲数万言谆诲"的影响，"故今日欲改良群治，必自小说界革命始；欲新民，必自新小说始"[②]。这些话虽然将小说的作用夸大到了不甚恰当的程度，但它打破了正统派文人一贯轻视小说创作的传统偏见，反映了新的社会现实需要小说这种文学形式来表现，新的社会思潮、新的社会改造运动需要小说来作为斗争的武器。

第三，随着资本主义经济因素的产生和发展，印刷业的发达，新闻报纸杂志的

---

① 鲁迅：《中国小说史略》，第二十八篇《清末之谴责小说》。

② 梁启超：《论小说与群治之关系》，《新小说》第一号，1902年。

大量出现，也为小说创作的繁荣提供了客观的条件。当时单是小说刊物即如雨后春笋，比较重要的有：《新小说》（1902）、《绣像小说》（1903）、《新新小说》（1904）、《月月小说》（1906）、《小说林》（1907）等等。同时许多报纸也纷纷连载小说，如著名的《官场现形记》即首先刊登在上海的《繁华报》上。报纸连载小说成为普遍的风气，这自然有力地促进了小说创作的发展。

第四，翻译小说的影响也是不容忽视的重要因素。当时翻译小说蔚然成风，据估计，当时翻译小说的数量超过创作小说一倍以上。这时期翻译小说的题材，侧重在“政治小说”和“侦探小说”方面，是适应社会和时代的需要而产生的，因而政治色彩和宣传意味都比较浓厚。这也必然在思想、手法和风格等方面影响到新小说的创作。

## 第二节　李伯元的《官场现形记》

李伯元的《官场现形记》是晚清谴责小说中最有代表性、影响最大的一种。

作者李宝嘉（1867—1906），字伯元，号南亭亭长，江苏武进（今江苏常州）人。他出身官僚家庭，幼年丧父，由一个在山东做道台的伯父抚养成人。曾以第一名考取秀才，后屡试不第。1896年到上海，受到改良主义思想的影响，先后创办《指南报》《游戏报》《繁华报》等，是上海最早的小报。故有人称他为“小报界之鼻祖”（孙玉声《李伯元传》）。他“以痛哭流涕之笔，写嬉笑怒骂之文”（吴趼人《李伯元传》）。1901年后致力于小说创作。作品不少，最著名者为《官场现形记》（1903—1905）、《庚子国变弹词》（1901—1902）、《文明小史》（1903—1905）、《活地狱》（1903—1906）、《海天鸿雪记》（1903—1904）、《中国现在记》（发表于1904年6月至11月的《时报》上）等。1903年应商务印书馆之约，编辑《绣像小说》半月刊。他看不惯当时的黑暗现实，撰写小说以抨击时政，人品为当时人所称道。光绪辛丑（1901）朝廷开特科，征经济之士，湘乡曾慕涛推荐他，辞不赴，说：“使余而欲仕，不俟今日矣。”后来被人弹劾，也毫不畏惧，一笑置之说：“是真乃知我者！”又工篆刻，有《芋香印谱》行世。

《官场现形记》是李伯元最重要的作品。此书约于1903年4月至1905年6月连载于《世界繁华报》，并由该报馆分编（每编十二回）陆续出版，1906年正月又由《世界繁华报》馆出版了六十回全书。六十回是否为作品全帙的问题在学术界曾有过不同的认识。[①] 作者在小说的第六十回里说，他写的是一本做官的“教科书”：“前半部是专门指摘他们做官的坏处，好叫他们读了知过必改；后半部方是教导他们做官的法子。”这上半部“虽不能引之为善，却可以戒其为非”。依此话来看，作者似乎设想全书应该是一百二十回，现在出版的只是上半部。但此话也不必看得过于认真，因为从此书揭露讽刺的性质看，这六十回已经是首尾完具了。如果作者未逝而要接着往下写，怕也是性质不同的另外一本书。

这部小说的题材内容非常集中，主要就是写封建社会崩溃时期旧官场中的种种腐败、黑暗、丑恶情形，也就是作者明确申言的：“专门指摘他们做官的坏处。”吴趼人在《李伯元传》中谈到这部书的作意是：“恶夫仕途之鬼蜮百出也，撰为《官场现形记》。”[②] 茂苑惜秋生的《官场现形记序》中说：“若官者，辅天子则不足，压百姓则有余。以其位之高，以其名之贵，以其权之大，以其威之重，有语其后者刑罚出之；有诮其旁者，拘系随之。……于是，官之气愈张，官之焰愈烈。羊狠狼贪之技，他人所不忍出者，而官出之；蝇营狗苟之行，他人所不屑为者，而官为之。”[③] 这些话，十分明白准确地概括了这部小说的主要内容、思想倾向和作者的创作意图。作者怀着深恶痛绝的感情，将鬼蜮百出的旧官场上一切腐败堕落、卑鄙无耻、龌龊丑恶的情状，赤裸裸地暴露在读者的眼前，所以题名《官场现形记》。撕下冠冕堂皇的外衣，现实的官场不过是一个“畜生世界”。如作者在第六十回中所说的，这书里是“妖魔鬼怪，一齐都有”。

就揭露封建官场的丑行恶德来说，《官场现形记》可说是一部集大成之作。举凡旧官场中习见的昏庸腐败、徇私舞弊、权谋诈骗、钻营谄媚、草菅人命等等，都可以在书中找到生动的例证。概而言之，这本书主要描写了封建官吏的三个特点：

---

① 鲁迅《中国小说史略》认为，《官场现形记》原拟作十编，每编十二回，仅完成一半即去世。胡适在亚东版《官场现形记序》中说“书的第五编也许是别人续到第六十回勉强结束的”，后来阿英在《晚清小说史》中又推定这续书的人就是李伯元的朋友茂苑惜秋生即欧阳钜源（一作元）。但鲁迅、胡适、阿英所据的材料是不确的，李伯元在生前实已完成全书六十回。参见魏绍昌《〈官场现形记〉的写作和刊行问题》，载《中国近代文学论文集》（小说卷）。

② 《月月小说》第三号，1906 年 11 月。转引自魏绍昌编《李伯元研究资料》，上海古籍出版社，1980 年，第 10 页。

③ 魏绍昌编：《李伯元研究资料》，第 83 页。

贪、骗、媚。

首说“贪”。

“千里为官只为财”，书中不止一处用了这句流行于当时官场的俗谚。在旧官场上，这几乎是人人奉守的信条，也是他们一切活动的出发点和归宿。不择手段，搜刮民财，敲骨吸髓，是极为普遍的现象。清朝的官，除了科举考试考中了举人或进士而由朝廷任命者外，还可以捐官，就是用钱来买。但无论是读书中举还是捐官，其目的都是为了赚钱。

开篇第一回，就写了一个教馆的举人先生王仁，他对他的学生，那个顽劣不化、不肯上进读书的方老三说，读书的好处是：“中举之后，一路上去，中进士，点翰林，好处多着哩！”“点了翰林就有官做，做了官，就有钱赚；还要坐堂打人，出起门来，开锣喝道。阿唷唷，这些好处，不念书，不中举，哪里来呢？”就因为这做官可以赚钱，这番话竟将那个死不长进的方老三也说得内心活动几分了。但他又反唇相讥，拿话刺他的老师说：“是个好些儿的，就去中进士做官给我看，不要在我们家里混闲饭吃！”但是这书里写科举考试还只是顺带涉及，不是重点，更多的是写捐班。

花钱去买官来做，不用说等于是做生意，不是一本万利是断乎不会有人去干的。第三十一回，写在羊统领南京一爿字号里做挡手（即管事）的田子密，外号叫田小辫子，做了十几年挡手，手里存了一大笔钱。忽然官兴发作，不当挡事了，要去捐个官来做。他就公开宣称：“做官的利息总比做生意的好。”因此他捐官还不要捐小的，要花大本钱捐个道台。书中所写大大小小的官吏，无一不爱钱，也无一不会刮钱。田小辫子到了省里后，在制台的衙门去等候道缺时，遇见了一个两淮运司。田问他是什么官，回答“兄弟是两淮运司”，这时小说有一段绝妙的描写：

谁知田小辫子不听则已，及至听了“运司”二字，那副又惊又喜的情形，真正描画不出。陡然把大拇指头一伸，说道：“啊哟！还了得！财神爷来了！”大众听了他的话都为诧异，就是那位运司亦愣住了。只听得田小辫子说道：“你们想想看：两淮运司的缺有名的是‘一个钟头进来一个元宝’，一个元宝五十两；一天一夜二十四个钟头，就是二十四个元宝，二十四个元宝就是一千二百两。十天一万二千两；一个月三十天，便是三万六千两；十个月三十六万，再加两个月七万二，一共是四十三万二。——啊唷唷！还了得！这们一个缺，只要给我做上一年就尽够了！”

田小辫子的话不免有些夸张，但他的认识和心理却有普遍意义。说类似话的，书里不止他一个人。第六十回里写黄二麻子借堂妹夫的关系混到河工上去管理银钱，这个差事使他“很赚了几个钱”。“等到事情完了，他看来看去，统天底下的买卖，只有做官利钱顶好，所以拿定主意，一定也要做官。”后来果然“捐了一个县丞，指分山东”。

因此有钱就捐官，捐官就赚钱，跟做生意一样下了本钱就会生利。不但为自己捐，也为儿子捐。第五十六回就写了一个浑名叫傅二棒锤的，原来的名字叫做傅博万（人称他为傅百万），因为生下来还未满月父亲就给他捐了一个道台，便被人称作“落地道台”，因此后来就有了百万之富。书中还写了“未落地知府”等等。这种以做官为敛聚财富的手段，并为儿子捐官的风气，必然影响到官僚们的家庭生活，妻妾之间为儿子捐官的事常闹得不可开交。第六十回，写布政司的一个藩台大人，因为捐官的事跟几位太太姨太太闹得几天几夜睡不好，以至于不能到衙门里去上班。

因为官可以花钱来买，卖官鬻爵就成为官场里的常事。第四回里写一个姓何的藩台，绰号叫“荷包”，他的弟弟老三叫“三荷包”，书中说：“这个荷包是无底的，有多少，装多少，是不会漏掉的。”他因为快要离任了，就“利令智昏”，抓紧时间卖官，像大拍卖似的，托他的幕友、官亲，四下里替他招揽买卖，“以一千元起码，只能委个中等差使；顶好的缺，总得头二万银子。谁有银子谁做，却是公平交易，丝毫没有偏枯”。他卖一个代理知府（任期三个月），要价五千银子，还为买主算了一笔账：三个月至少可以赚上一万两银子，五千还不到一半，“并不为过”。

贪官不仅贪财，而且在捞足了银子以后还要一个清官的美名。第十四回，写“江山船”上的一个妓女叫龙珠的论官，颇具辛辣的讽刺意义。当时人们将没有陪过客的妓女称作“清倌人”，而实际上没有一个“清倌人”是没有陪过客的。她对那个当官的周老爷说：“我想我们的清倌人同你们老爷们一样。”她举例说：江山县的钱大老爷，刚上任时只有五担行李，还都很轻，到任只一年，便有了沉甸甸的红皮衣箱五十几只。“上任的时候，太太戴的是镀金簪子；等到走，连奶小少爷的奶妈，一个个都是金耳坠子了。钱大老爷走的那天，还有人送了他好几把万民伞，大家一齐说老爷是清官，不要钱，所以人家才肯送他这些东西。我肚皮里好笑：老爷不要钱，这些箱子是那里来的呢？”

是官皆贪，这是作者从现实体验中得来的认识。他在书中声明：“做书的人实实在在没有瞧见真不要钱的人，所以也无从捏造了。”他还通过老佛爷的话加以强调：“通天底下一十八省，那里来的清官？”（第十九回）

贪官的钱从哪里来呢？克扣饷银，侵吞赈款，贪污受贿，搜刮民财，敲骨吸髓，各种手段都可以使出来。其结果，则如茂苑惜秋生序所说：“国衰而官强，国贫而官富。”吃苦受罪的自然是普通老百姓。从这一点来说，《官场现形记》从一个侧面反映了人民和官府之间的矛盾。

次说“骗”。

骗是官场腐败黑暗的另一种表现。官场内部是尔虞我诈，钩心斗角，使用权术一个比一个奸诈狡猾。最骇人听闻的，是欺世盗名，无恶不作。第十二至二十回，写胡统领（名华若）从省里率兵到严州剿匪的情节，最具典型意义。胡华若花银子谋得统领这个官职，本意不在带兵打仗，而在克扣军饷，中饱私囊。听说要派他去打土匪，他吓得要命，意乱心慌。不得不去，只得搭上有妓女的“江山船”，在船上荒淫无耻，享乐腐化，到了有土匪的严州也不肯上岸。为了争船妓女，还跟自己的随员文七爷大闹了一场，一直等到听说土匪已经走了，这才上岸去。其实并无土匪，只是当地官员的谎报。胡统领确确实实知道没有一个土匪了，便煞有介事地要出兵剿匪了。按平常武营里的规矩，碰到开仗，顶多出七成队，一般出三成、四成队就可以了，可这次并无土匪却出了十成队。夜里出发，灯球火把，照耀得如同白昼，威风无比。这时有一个叫柏铜士的都司来报告并无土匪，扫了他的兴头，被他一顿毒打，其他知道实情的人也就都不敢吱声了。这位带着队伍剿匪的胡统领，却一直坐在轿子里打瞌睡。大兵下乡，老百姓吓得四散奔逃，胡统领就认定他们是“土匪”，要拿火烧他们的房子，把那些藏在床后面的女人、孩子搜出来，要拉出去“正法”。结果是：“一齐纵容兵丁搜掠抢劫起来；甚至洗灭村庄，奸淫妇女，无所不在。”（第十四回）这是以剿匪为名，实际是残害百姓，比真正的土匪还要凶残十倍。此举禀告中丞，随折奏保，升了一大批人的官。然后又虚开这次剿匪的报销，“约摸总在六七十万之谱”，发了一笔大财。但他还要捞取“与民同乐”的美名，要人给他送“万民伞”和“功德牌”。由此而展开了胡统领跟下司随员之间、地方乡绅官吏之间的倾轧争斗，其手段之卑劣，用心之阴险，面目之丑恶，都十分令人吃惊。而在旧官场上，这些都是司空见惯，不足为奇的。

最好笑的是第十九至二十回里，写官场崇尚“节俭”，标榜“廉洁”，用以掩盖自己的贪贿丑行，竟然使得“浙江官场风气为之大变。官厅子上，大大小小官员，每日总得好两百人出进，不是拖一爿，就是挂一块，赛如一群叫花子似的”。拜见上司时，都要比着穿破烂衣服，谁是穿得顶顶破烂的人，谁就有机会升迁，大家就会恭喜他，以致“所有杭州城里的估衣铺，破烂袍褂一概卖完；古董摊上的旧衣旧帽，亦一律搜买净尽”。全城旧货“价钱飞涨，竟比新货还价昂一倍”。可是，提倡这种“节俭”和“廉洁”的中丞大人本身，就有“整几十万两银子存在钱庄上生利”。贪和骗总是相连的，古今都一样。

再说“媚”。

“媚”是官场丑态的另一个突出表现。那些官僚，在百姓和下级面前，总是威势无比，凶残狠毒，而对主子和上司，则逢迎谄媚，卑躬屈膝。这是同一种本质的两种不同的表现形式。《官场现形记》中对官僚们媚态的揭露，可谓穷形尽相，淋漓尽致。第二十六回，写贾大少爷用高利借十万两银子买了一个缺，放缺以前跟华中堂等大官僚学了一点官场手段，华中堂告诉他说：“多碰头，少说话，是做官的秘诀。”这当然指的是对“上头”。他还解释说：“上头不问你，你千万不要多说话。应该碰头的地方又万万不要忘记不碰；就是不该碰，你多磕头总没有处分的。”这番话，等于给贾大少爷上了一次“做官训练班”。那些当官的，为了巴结上司以求飞黄腾达，什么寡廉鲜耻的事都可以做出来。有的为了谋得差事而将自己的太太送去孝敬上司；有的为了求得上司的保护，竟至将自己的亲生女儿送给上司做小老婆，女儿不肯还假装吞鸦片寻死觅活。第三十八、三十九回，作者以鄙夷的态度嘲弄了一个无耻地取媚上司的小官吏瞿耐庵。此人为了“调一个好点”的差事，竟央求自己头发都“有几根白了的”老婆，拜倒在年纪比她轻得多的制台大人姨太太跟前丫头宝小姐的脚下做干女儿，以求打通关节。作者投以尖刻的讽刺，写他上厕所见别人丢在地上的一个钱，就伸手去捡，弄了一身的尿，还跌断了一条腿。前来看他的胡二爷一本正经地对他说：“我们做官的全靠着这两条腿办事，又要磕头，又要请安，还要跑路。如今把它跌折了，岂不把吃饭的家伙完了吗？”

《官场现形记》中所写的官僚，带有近代中国社会半封建半殖民地的特征。他们在帝国主义侵略势力面前，奴颜媚骨，屈膝投降。不仅媚上，而且媚外；既是昏官，又是洋奴。第五十三回的制台见洋人一节，就是一段典型的情节，生动地揭露了一个总督三省的大官僚的卖国投降丑态。

这段情节，不仅刻画出了文制台的洋奴嘴脸，而且表现了他的洋奴心理和洋奴思想。他在洋人面前患了恐惧症，其心理特征就是一个“怕”字。小说在这方面写得相当精彩。这位制台大人简直到了谈洋色变、闻风丧胆的地步。方才还盛气凌人，不可一世，一听到“洋人”二字，便“顿时气焰矮了大半截”，“吓的六神无主”；及至见面，则魄散魂飞，骇得“一身大汗”。他自诩为外交老手，还向下司宣扬他的“外交秘诀”，就是：弹压百姓，保护洋人。在他的心目中，中国百姓都是蛮不讲理的“刁民”，而洋人则都是“顶讲情理”的；“中国人死了一百个，也不要紧”，而对洋人，则是怠慢一下也吃罪不起。他于是定了一条卖国投降的原则：“洋人开公司，等他来开；洋人来讨账，随他来讨。”小说还借淮安知府之口，写“地方百姓动了公愤，一哄而起”，洋人竟“顿口无言”，“服软认错”，从侧面反映出下层人民对帝国主义侵略势力的斗争和力量，与贪官污吏的奴颜婢膝形成鲜明的对比。《官场现形记》里反映的社会面貌一团漆黑，很少表现正面的理想和光明，像这样肯定和赞扬人民群众力量的地方，在书中简直是凤毛麟角，虽只是虚笔点染，亦属难能可贵。

除了上述三个方面以外，小说还从各个方面刻画了这些官僚们的各种恶行和丑态：一位带兵的总爷，在“剿匪”途中偷了同事文七爷的钱和手表，被捕快查获（第十六回）；钦差出洋的随员梅蔚，是一个专偷外国人东西的小偷（第五十四回）；制台大人相信神仙道术，供奉吕洞宾，设乩坛，一切官衙事务都按仙人的指示办理（第二十九回）；当官的夜里跟妓女鬼混，早晨直接从妓院到官厅上班，结果跟相好扯错了衣服，官袍里面穿的是一件粉红色的汗衫（第二十九回）；湖广总督湍多欢有十二位漂亮的姨太太——“十二金钗”，这第十二位姨太太阿土是个“女中豪杰”，从失宠的九姨太那里学得了一种枕边本领，专收别人银子，在湍制台那里替别人要缺（第三十六回）。如此等等，不一而足。

总观全书，我们从《官场现形记》中看到的，是一个光怪陆离、无奇不有的“妖魔鬼怪”世界。这里一切是那样的卑污、丑恶、黑暗，几乎闻不到一点正常健康的人间气息。他将社会上尤其是官场上的各种黑暗现象一齐呈现于读者的眼前，使之暴露无遗。这是《官场现形记》在思想内容上的一个特点——是它的优点，同时也是它的缺点。将人们习见的官场的黑暗现象加以集中，夸大其词地进行刻画，这至少可以激起人们对这个污浊社会的不满、愤慨和痛恨，这对当时正蓬勃兴起的反帝反封建的政治斗争，无疑有其积极的意义。即使到今天，对人们认识现实官场中的种种腐败现象及其根源，也还有一定的启发作用。但作者只是着眼于形形色色的官场人物本身，他的笔触未能深入到封建社会的内部去，因而揭露还显得比较肤浅，缺乏深刻的思想力量。同时，刻画和渲染黑暗，也缺少理想和正面力量，不能让读者透过黑暗看到光明，获得信心和希望。这在20世纪初期，当资产阶级民主革命派已开始走上政治舞台，反帝反封建的斗争浪潮风起云涌之时，作者对时代思潮的反映，应该说是不够敏锐的。

《官场现形记》在艺术上瑕瑜互见。作者对他笔下的人物，对他所描绘的社会生活，是憎恶的、嘲笑的，甚至是愤怒的，态度十分鲜明，因而它的揭露和批判有相当的锋芒，是尖刻而又泼辣的，不少地方读起来让人感到痛快淋漓。同时，作者又明显地接受了《儒林外史》的影响，运用讽刺手法来刻画人物，主要是夸张和漫画化，将人物的某一特征或本质，有意地加以夸大，也常采用使被讽刺者闹笑话和出洋相的手法，使这些丑类在照妖镜前无法遁形。对比手法的运用也相当成功。如前举五十三回中对文制台的揭露，就较好地运用了对比的手法。欲写其谄媚卑下，先写其横暴威风，在不同对象面前，突现出他的两样神情，两副嘴脸，两种心理。他对下属、百姓的态度跟对洋人的态度，百姓对洋人的态度跟制台对洋人的态度，各各形成两组相互关联的鲜明对比。对向他通报的巡捕，先后两番巴掌腿脚，出尔反尔，自相矛盾，也形成鲜明的比照。在这种映衬烘托中，更加生动有力地揭露出制台大人的可笑、可鄙亦复可恨的洋奴嘴脸，收到了较好的艺术效果。

但小说重在对社会现象和事实的描摹，并未着力于（或者说是虽着力却是力不从心）塑造典型的人物形象，故篇中人物虽多，千奇百怪，却缺少像《儒林外史》那样性格鲜明，给读者留下深刻印象，并在社会上产生广泛影响的人物形象。形象本身也比较表象化，缺乏丰富的社会内容和深刻的思想意义。而且所揭露的现象和事实，又多重复，读完全书，不免有千篇一律之感。而最明显的缺点，如鲁迅所指出的，是："辞气浮露，笔无藏锋。"[①] 缺乏像《儒林外史》那样令人回味和深省的讽刺意蕴。

## 第三节　吴沃尧的《二十年目睹之怪现状》

《二十年目睹之怪现状》在晚清谴责小说中的地位和影响，仅次于《官场现形记》。

---

① 鲁迅：《中国小说史略》，第二十八篇《清末之谴责小说》。

作者吴沃尧（1866—1910），字趼人，原字茧人，又字小允。广东南海县人。因家居佛山镇，故自号我佛山人。二十多岁到上海，为当地报纸撰写小品文。曾去过日本。梁启超于1902年创办《新小说》以后，他开始创作小说。《二十年目睹之怪现状》即刊于《新小说》。1906年与汪维甫、周桂笙等人共同创办《月月小说》，他主持撰述。他的思想受到改良主义的影响，具有强烈的爱国和反侵略、反汉奸的倾向。但他反对革命，认为革命会亡国，维护君权，鼓吹君主立宪。他看重"德育"而又思想保守，认为改良社会在于恢复旧道德，甚至主张宣传忠孝节义。他看到当时社会上种种黑暗现象，非常气愤和不满，但又找不到出路，因而产生一种消极厌世情绪。他的朋友李葭荣，在他死后为他作《我佛山人传》（发表于《天铎报》1910年10月），曾说他："救世之情竭，而后厌世之念生。"他曾以此问吴沃尧，吴答"子知我"。① 他的著作很多，仅长短篇小说就有三十多种，其中以《二十年目睹之怪现状》（1903—1910）为最著名。其他较著者还有：《痛史》（1903—1905）、《九命奇冤》（1904—1905）、《瞎骗奇闻》（1904—1905）、《新石头记》（1908）、《恨海》（1906）、《劫余灰》（1907—1908）等。还有取外国小说内容而重新演述者，如《电术奇谈》（1903—1905）。除小说外，还有杂著、小品、诗歌、传奇等，编为《滑稽谈》一卷，《我佛山人笔记》四种等。

《二十年目睹之怪现状》与《官场现形记》属于同一类型作品。两者有相同处，亦有相异处。《官场现形记》写的是"妖魔鬼怪"横行的"畜生世界"，《二十年目睹之怪现状》写的则是一个到处是"蛇虫鼠蚁"、"豺狼虎豹"、"魑魅魍魉"的"鬼蜮世界"。在全书第二回，作者即借书中贯穿首尾的一个人物九死一生之口说：

> 只因我出来应世的二十年中（按指从1884年中法战争到20世纪初），回头想来，所遇见的只有三种东西：第一种是蛇鼠虫蚁，第二种是豺狼虎豹，第三种是魑魅魍魉。二十年之久，在此中过来，未曾被第一种所蚀，未曾被第二种所啖，未曾被第三种所攫，居然被我都避了过去，还不算是九死一生么？

小说所写时间约为二十年，地点以南京和上海为中心。写出"怪现状"，也就

① 李葭荣：《我佛山人传》，转引自魏绍昌编《吴趼人研究资料》，上海古籍出版社，1980年，第13页。

是让其“现形”，也就是对社会丑类进行揭露和谴责。两本书的作意是相同的。《二十年目睹之怪现状》所写也是以官场为主。那些官僚的丑态及其手段与《官场现形记》所写极其相似，无非是唯利是图、贪得无厌、钩心斗角、腐化堕落、卑鄙无耻等等，也不出贪、骗、媚三个方面。甚至某些情节和人物的言行也极其相似。如第九十九回，写卜通请教他曾做过典史而后来丢了功名的叔祖父卜士仁“外头做官的规矩”，卜士仁这样教育他的侄孙：“至于官，是拿钱捐来的，钱多，官就大点；钱少，官就小点。你要做大官小官，只要问你的钱有多少。至于说是做官的规矩，那不过是叩头、请安、站班，却都要历练出来的。任你在家学得怎么纯熟，初出去的时候，总有点蹑手蹑脚的。等历练得多了，自然纯熟了。这是外面的话。至于骨子里头，第一个秘诀，是要巴结。只要人家巴结不到的，你巴结得到，人家做不出的，你做得出。我明给你说穿了，你此刻没有娶亲，没有老婆，上司叫你老婆进去当差，你送进去，那是有缺的，马上可以过班，候补的，马上可以得缺，不消说的了。次一等的，是上司叫你呵 ××，你便马上遵命，还要在这 ×× 上头，加点恭维话，这也是升官的吉兆。你不要说这些事难为情，你须知他也有上司，他巴结起上司来，也是和你巴结他一般的，没甚难为情。……你千万记着‘不怕难为情’五个字的秘诀，做官是一定得法的……这是我几十年老阅历得来的，此刻传授给你。”这“不怕难为情”五个字的秘诀，表面上只是说到“巴结”，其实完全包含了贪、骗、媚三个方面在内，若用现今的白话说出来，就是：厚颜无耻。

但两书比较，也有不同的方面。主要是：

第一，《二十年目睹之怪现状》反映的社会生活面比较宽广，除官场外，商人、买办、诗人才子、斗方名士以及赌棍、讼师、道士、江湖医生、人口贩子等三教九流人物，均摄入笔底。尤其对上海“十里洋场”中种种离奇古怪的景象和一批厚颜无耻的洋场才子和斗方名士的丑态，揭露尤为尖锐。他们胸无点墨却附庸风雅，以绘画作诗和冒充“狂士”作手段，到处蒙骗钻营。小说还写了与官场有着千丝万缕联系的商场生活，写了官商勾结。书中写了商场人物可以转换为官场人物，手段就是用钱。如市侩钟雷溪以开土机为幌子，骗钱二十多万，改名换字，捐了一个道台。官场与商场的关系是相当复杂的，或者是官商勾结，合同舞弊；或者是商场人物渗透并左右官场，官吏的升降沉浮，都要经过商人之手。如第七十五回里写的恽洞仙，本是北京钱铺的掌柜，给周中堂当差后，就专干卖官鬻爵的买卖。官场也明显地商业化了，这确是当时的社会特征。这些都比《官场现形记》更多地反映了半封建半殖民地社会特有的现象。另外，上海洋场里的才子，苏州的画师，其丑态也被揭露无遗。这也是这部小说的一个突出特点。他们确乎有些像《儒林外史》中吴敬梓所描写的那些假名士，连起码的历史文化知识都没有，常常笑话百出。如名士们竟说，曾看见过明代画家仇十洲画的史湘云醉眠芍药图，花一千元买到了颜鲁公墨迹“苏东坡《前赤壁赋》”，又说杜少陵和杜甫是父子两人等等，令人喷饭。

第二，反侵略和反汉奸的爱国思想比《官场现形记》更为突出和鲜明，尤其是对于统治阶级的卖国行为，谴责尤为激烈。书中写到了1884年的中法战争，也写到了1894年的中日战争。那些领兵的武官们，一个个都是畏敌如虎，卖国投降。他们贪污海军用费，而临战时，看见海平线上一缕浓烟，即疑为敌舰，竟自己开放水门将己舰自沉，仓皇逃命，却谎称“仓卒遇敌，致被击沉”（第十四回）。那钦差大人“只听得一声炮响，吓得马上就逃走，一只脚穿着靴子，一只脚还没有穿袜子呢”（第十六回）。书中还写到了出卖庐山的交涉：江西抚台和外国人办交涉，总理衙门里一位大臣去一封私函，说：“台湾一省的地方，朝廷尚且拿他送给日本，何况区区一座牯岭，值得什么？将就送了他吧。况且争回来，又不是你的产业，何苦呢？”（第八十五回）作者十分形象地给一些洋奴买办画像：租界会审公堂的华官，判案的标准是：“外国人说什么就是什么”，“如奉为圣旨一般”。在那些买办的心里，什么都是外国的好，“甚至连外国人放个屁也是香的”。《我佛山人札记小说》卷四中，有一则《捏粉人匠》的笔记，写一个捏粉人的工匠，“所作人物，须眉欲动，神采毕呈”，但当一童子出资让他捏一印捕殴一乞儿时，匠人却只捏印捕而拒绝捏乞儿，虽重其值，亦不允。问之，答曰：“吾岂不能也哉，以乞儿虽贱，亦吾国人，吾不忍状吾国人之丑态，而张外人之威焰也。”作者对此大加赞扬，表现了强烈的爱国意识。[①]《二十年目睹之怪现状》中所表现的对于屈膝投降的卖国官僚的强烈谴责，就是以这样的爱国感情做基础的。

小说中还描写了一批正面人物，体现了作者的理想，并借以批判各种黑暗现象。这也是与《官场现形记》不同的一个方面。如那个又做官又经商的吴继之；吴继之的幕客和商业经理，受吴的培养、提携，并接受他的思想影响的九死一生，是一个具有侠义心肠的正人君子；九死一生的堂姐，以及所谓有“节操”的官僚，“青天

① 参见阿英《小说三谈》，上海古籍出版社，1985年，第220页。阿英所引，题为《捏粉人道》。

大老爷”蔡侣笙等人就是。但这些正面人物塑造得并不成功，是站不起来的。一则，这些人物的思想并不高明，充满了落后的封建意识；二则形象本身苍白无力，缺少血肉，不能真正体现作者的理想；三则这些人物也都以失败垮台而告终（吴继人被撤了差，蔡侣笙奉旨革职，九死一生为吴经商也一败涂地）。虽然如此，这样的正面人物在《官场现形记》里没有出现过，也应该算是《二十年目睹之怪现状》一个值得肯定的特点。

在艺术表现上，两本书也是有同有异。在讽刺的直露和肤浅上，两书都具有共同的缺点，书中排列甚至堆砌了许多黑暗丑恶的现象，但缺乏含蕴丰富的思想意义和社会内容，缺乏对这些现象犀利而深刻的剖析。作者情绪激愤，为了痛快淋漓地表达自己的感情，常常除了尽量采取夸张的手法，有时就直接加以斥骂。如对那些洋场才子、斗方名士，作者就压抑不住心中的痛恨之情，直接骂他们“简直是无耻小人”！这样，就如鲁迅所指出的：“描写失之张皇，时或伤于溢恶，言违真实，则感人之力顿微，终不过连篇‘话柄’，仅足供闲散者谈笑而已。”[①] 另外，由于作者过于着眼在“怪现状”上，而对塑造人物形象重视不够，作者本人艺术功力也不足，因而人物虽多，而性格鲜明突出、给人留下深刻印象的却非常少。但小说的艺术结构，在几部谴责小说中算是比较完整而严谨的。全书虽也由许多相对独立的故事组成，但由于作者以九死一生这个人物的所见所闻为线索，而这个人物的身份又比较特殊，他是官僚吴继之的清客幕僚，又由他出面经商，他了解官场情况，同时商店分设各省，涉足各地，因而见闻颇广。这样，通过他就将形形色色的“怪现状”贯穿起来，因而小说的脉络清晰，将本来散碎的材料，组织成一个互有联系的整体。不仅正面人物，而且反面人物中也有贯穿首尾的，如苟观察苟才即是。这样线索既集中，也不显得单调。

## 第四节　刘鹗的《老残游记》

《老残游记》在晚清的谴责小说中是一部很有特色的作品。

作者署名洪都百炼生，即刘鹗（1857—1909），字铁云，江苏丹徒（今镇江）

---

① 鲁迅：《中国小说史略》，第二十八篇《清末之谴责小说》。

人。他崇拜西学，主张实业救国。他精通数学、医学、水利学，做过医生，经过商。1888年治理过黄河，“短衣匹马，与徒役杂作”。河得治，并不居功。他认为国势衰残，挽救的办法就是振兴“实业”，而兴“实业”应以建设铁路始，并为此上书请筑铁路。又曾请开山西铁矿，让外国人开采，主张严定其制，令三十年而全矿归我。认为“彼之利在一时，而我之利在百世矣”。后被人冤指为“汉奸”。八国联军占领北京时，两宫西幸，都人长饥，他从上海到北京，从占领太仓的沙俄侵略军手中以贱价购买大米（因俄军不食米），以赈济饥民。1908年以“私售仓粟”罪名流放新疆，次年即病死于其地。他又精于甲骨文研究，作《铁云藏龟》，为我国甲骨学之最早著作。

总之，他是一个多才多艺的人，尤热心提倡“西学”；他关心国事，并有强烈的爱国思想，力图“扶衰振弊”，希望利用外资以实业救国；他还同情和关心民生疾苦，却又竭力反对诋毁义和团运动和资产阶级民主革命斗争。但由于当时尚不具备实业救国的时代条件，他的实业救国的主张不仅没有实现的可能，而且不被人理解，反而得了个“汉奸”的骂名。

《老残游记》的创作与他的这种生活和思想有关。小说写成于1903年至1907年之间。自问世以来，不同版次达数十种之多，甚至有伪续书冒名行世，说明它曾产生过较为广泛的影响。作者曾打算写成三编六十回，但精力不专，未能终卷。现在流行的是初编二十回，续编写出约十六回，今存九回（通行本仅刊六回），外编则仅存一残稿。这本书最初是作者为资助他的一个落难的朋友连梦青而作，信手而写，随写随发。但是成书的这种机缘，并不能说明这部小说是作者一时的兴会之作或游戏笔墨。他在小说开头的《自叙》中有一段话，对我们理解《老残游记》的作意和思想特色，有着重要的意义。他说：“《离骚》为屈大夫之哭泣，《庄子》为蒙叟之哭泣，《史记》为太史公之哭泣，《草堂诗集》为杜工部之哭泣；李后主以词哭，八大山人以画哭；王实甫寄哭泣于《西厢》，曹雪芹寄哭泣于《红楼梦》。”又说：“吾人生今之时，有身世之感情，有家国之感情，有社会之感情，有种教之感情。其感情愈深者，其哭泣愈痛：此洪都百炼生所以有《老残游记》之作也。”[①]据此可以认为，《老残游记》一书是刘鹗为身世哭，为家国哭，为社会哭而写出的一部呕心沥

---

① 《老残游记》卷首，人民文学出版社，1957年。

血的发愤之作。他为什么要写作这部小说来寄寓自己的哭泣呢？因为棋残人老，社会衰敝，作者要力图修补残局，扶衰振敝。

第一回里，写了一艘航行于大海里的“大船将沉”，象征了整个国家的衰残将亡之势。船上有三种人：一种是“掌舵的人”，象征统治者；乘客中鼓动造反的人，象征革命派；“下等水手”，象征下层官吏和爪牙。作者为造成大船危殆局面的第一种人开脱，而攻击后两种人。这说明他对当时的社会问题还缺乏真正深入的认识，没有找到社会弊病的症结所在，因而也开不出真正切中要害的救世良方。他忧国忧民，却又找不到真正的出路，心中不免存着深沉的困惑。作者给小说的主人公取名补残，想让这个摇串铃的走方郎中为病入膏肓的社会开出一剂救世良方，让他手中的串铃摇醒沉睡的世人。他希望有真正的“好官”来“化盗为民”；又想靠武艺高强的侠士实现“犬不夜吠”的清平世界，甚至企图用佛家的轮回报应观念来诱导人们为善、处公。但病根看得不准，处方开得不对，所以“补残”的企望也只是徒劳。

作者怀着强烈的愤恨，揭露和批判了官吏的罪恶，反映并深切同情人民的疾苦。但与《官场现形记》和《二十年目睹之怪现状》不同的是，他的重点不是写贪官污吏，而是写所谓的“清官”。在旧本的第十六回，作者自评云：

> 赃官可恨，人人知之，清官尤可恨，人多不知。盖赃官自知有病，不敢公然为非；清官则自以为我不要钱，何所不可？刚愎自用，小则杀人，大则误国！吾人亲目所睹，不知凡几矣。试观徐桐、李秉衡，其显然者也。《廿四史》中指不胜屈。作者苦心，愿天下清官勿以不要钱便可任性妄为也。历来小说，皆揭赃官之恶，有揭清官之恶者，自《老残游记》始。①

这比之《官场现形记》和《二十年目睹之怪现状》来，作者对旧官场的认识真可说是独具只眼。鲁迅称此书“摘发所谓清官之可恨，或尤甚于赃官，言人所未尝言”②。书中写了两个比赃官还要坏的“清官”的典型，一个叫玉贤（毓贤），一个叫刚弼（刚愎），他们的特点，与“千里为官只为钱”的赃官不同，表现为主观武断、刚愎自用、胡乱判案、草菅人命。号称“办盗能吏”的玉贤，所办大多为被冤屈的

① 刘德隆等编：《刘鹗及老残游记资料》，四川人民出版社，1985 年，第 78 页。

② 鲁迅：《中国小说史略》，第二十八篇《清末之谴责小说》。

善良百姓。他的衙门前有十二个站笼，他署理曹州不到一年，仅站笼就站死了两千多人，弄得全州之人个个胆战心惊。刚弼办案，也是随心所欲，滥施刑罚，草菅人命。第十六回，写他审魏家父女一案，毫无根据，就认定魏氏父女为十三条命案的重犯，判为凌迟。作者对被冤屈的百姓充满了深切的同情。

书中塑造的两个女性形象，即初集中的玙姑和二集中的逸云，是颇具思想光彩的人物。她们对于宋儒理学的批判和对个性自由的追求与向往，都是颇富于时代新气息的。阿英虽然对小说从第八到十一回中关于申子平、玙姑和黄龙子论道的描写提出了批评，但也充分肯定了玙姑这个人物的创造，他说："作者在这里，首先创造了一个具有'林下风范'、不为旧礼教束缚的超尘脱俗的人物——玙姑。"[①] 胡适同样肯定"桃花山的一夕话也有可取之处"，特别指出玙姑对宋儒理学虚伪性的揭露，是"很大胆的批评"。[②]

《老残游记》作者愤世的感情、爱国的感情，都是非常可贵而且值得尊重的；他救世的胸怀和眼光，他对酷吏和宋儒理学的揭露和批判，也应该充分肯定。但他对社会弊病所作的诊断和所开的药方，却并不怎样高明。

《老残游记》历来为人所称道的，是它的描写艺术。全书以江湖医生老残的游踪为线索，描写了他目见、耳闻、身历的种种情景，既写世态人情，亦写自然风光。这种写法同时带来小说在艺术表现上的短处和长处。情节的安排和叙写，处处以老残的感受和体验为依据，笔墨因之随兴而起，兴尽而讫，全书缺乏严密的构思和精心的提炼，不免显得冗曼松散。但老残这个人物是根据作者自己的思想和经历创造出来的，明显地融入了作者的切身体验。他采用以写感受兴会为主的记游体，行文深得我国传统散文中那种"行云流水"的自然之妙。他观察深细，感受真切，加上明净流畅的文笔，故如鲁迅所说："叙景状物，时有可观。"[③] 胡适在《〈老残游记〉序》一文里专列一章来谈《老残游记》的文学技巧，指出："《老残游记》在中国文学史上的最大贡献却不在于作者的思想，而在于作者描绘风景人物的能力。"还说："《老

---

① 阿英：《关于〈老残游记〉——〈晚清小说史〉改稿的一节》，《刘鹗及老残游记资料》，第362页。

② 胡适：《〈老残游记〉序》，《胡适古典文学研究论集》，上海古籍出版社，1988年，第1261—1262页。

③ 鲁迅：《中国小说史略》，第二十八篇《清末之谴责小说》。

残游记》最擅长的是描写的技巧；无论写人写景，作者都不肯有套语滥调，总想熔铸新词，作实地的描画。在这一点上，这部书可算是前无古人了。”[①] 这评价是很高的，但确实当之无愧。

下面我们试以脍炙人口的《白妞说书》一节为例，作一些具体的分析。这一节精彩文字，见于小说的第二回《历山山下古帝遗踪　明湖湖边美人绝调》。作者写大鼓书艺人白妞唱曲，细致、逼真，生动地表现了她演唱技巧的精妙，传达了曲音的深情远韵，创造出一种富于魅力的艺术境界。

作者善于进行艺术的烘托和渲染。为了突出白妞说书说得好，作者不惜笔墨，作了层层铺垫。第一层，写一纸小小的说书招贴，引起“举国若狂”的反响，街谈巷议，纷纷不息，连挑担、站柜台的也要为此歇业告假。第二层，写茶房介绍白妞。一是说她在艺术上很有创造才能，善于吸取多种演唱艺术的成就，融会到她的大鼓书里来；二是赞扬她的歌喉嘹亮，中气长，归结到说她的唱书能使人“神魂颠倒”。第三层，写明湖居大戏园子里的热闹拥挤气氛。一是人多，提前三个小时去也只能“在人缝里坐下”。二是抚院、学院里的大官也来定了座。第四层，写伴奏的琴师弹三弦。“抑扬顿挫，入耳动听”，对他弹拨的精妙，略作点染。写他在“半桌后面左手一张椅子上坐下”，暗示读者他只占个配角的位置，主角还未出场。第五层，写黑妞唱书。写她在“半桌后面右手椅子上坐下”，暗示读者她也只是一个配角的位置，于是盼着主角的出场。其间又作两段铺陈：一段极写黑妞歌喉的清脆婉转，百变不穷，令人叹为观止。二段却跌落下来，写听者的评论，说是她的好处别人说得出、学得到，而白妞的好处是别人说不出、学不到。文势抑扬跌宕，一步步，都落到白妞的身上。至此，由远及近，前后共作了五层铺垫，把作者要着力描写的对象推到了一个最突出、最显眼的位置上来。从心理因素说，这种写法的极大好处，是造成读者强烈的悬念：这白妞说书究竟好到什么样子呢？但同时也就有极大的难处：越是渲染得突出，到下面描写时难度也就越大，虎头蛇尾很容易叫人失望。像这回书的末尾白妞加唱的那段《黑驴段》，说“一个士子见一个美人，骑了一个黑驴走过去的故事。将形容那美人，先形容那黑驴怎样怎样好法，待铺叙到美人的好处，不过数语，这段书也就完了”，这只能证明作者的低能。但《老残游记》的作

---

① 胡适：《〈老残游记〉序》，《胡适古典文学研究论集》，第 1263—1264 页。

者与此不同，他如此渲染铺垫，是为了获得更充分的余地，去驰骋他的笔力——真正精彩的的确还在后头。

可是作者在写黑妞唱完以后却并没有马上接写白妞上场，而是从容不迫，掉转笔头去写满园子里谈心、说笑、叫卖等等嘈杂的人声。闲笔不闲，作者有意留下一段空白，好让急切的读者在期待的间歇里，去回味他已经写过的和悬想他将要写到的。这也可以说是一种特殊意义上的铺垫吧。

铺垫只是烘托手法的一种，是正面的映衬。文中，作者还在一些细微之处作了看来毫不经意的点染，实际上起到一种反衬的作用。如写戏台上“只摆了一张半桌，桌子上放了一面板鼓，鼓上放了两个铁片儿”，这里，把陈设写得越简单，读者读到后面那千种万种奇妙的声音、千种万种无穷的变化时，就越感到唱曲的人不简单，了不起。再如写黑妞白妞的衣着打扮，越是写得朴素大方，就越能显出她们外朴内秀，才艺非凡。

另外，小说在描写上很有层次，又极尽曲折变化之致。

这一点，从上面的分析中已经可以看出来，但更突出的还是表现于对白妞唱书的正面描写上。未写其声，先写其人。“秀而不媚，清而不寒”，八个字形容她的风神，已见出不俗。令人拍案叫绝的，是写她那双眼睛：“如秋水，如寒星，如宝珠，如白水银里头养着两丸黑水银，左右一顾一看，连那坐在远远墙角子里的人，都觉得王小玉看见我了。”让她这透亮的目光扫得全场鸦雀无声，方始写她开口唱曲。而写她唱曲之先，又写她摇动那梨花简：“只是两片顽铁，到她手里，便有了五音十二律似的！”

这之后，作者才用整整两段文字，笔酣墨饱地写出那令人夺魄销魂的白妞唱书。为了写出曲声的美妙，作者循着演唱的顺序，用了七个层次、六个转折，来突出白妞唱曲那种千回百折、穷极变化的特点。初是声音不大，而后是“渐渐的越唱越高，忽然拔了一个尖儿”；而后是“回环转折”，“节节高起”；而后是“到极高的三四叠后，陡然一落”；而后是“愈唱愈低，愈低愈细”；而后是沉寂两三分钟之后，“仿佛有一点声音从地底下发出”，忽又扬起，引来万音并发；最后是“霍然一声，人弦俱寂”。不单调，不呆板，既严整有序，又跌宕多姿，与曲声的变幻无穷，正相契合。

作者还巧于取譬。音乐之妙，极难传写。因为这是一种诉诸听觉的艺术，形象不易捕捉，即使感受到了，也很难用文字表达出来。历来常用的方法是比喻，最著名的例子是白居易的《琵琶行》。刘鹗在这段文章里，比喻用得很多，这算不得是他的创造；但他用得很好，取譬贴切、巧妙、新鲜，富于生活实感，却是他的独到之处。

写曲声初入耳时的“妙境”，是：“五脏六腑里，像熨斗熨过，无一处不服贴；三万六千个毛孔，像吃了人参果，无一个毛孔不畅快。”这是通过比喻，化听觉为触觉，使之具体可感。写曲声“拔了一个尖儿”，“像一线钢丝抛入天际”；写曲声的千回百折，“如一条飞蛇在黄山三十六峰半中腰里盘旋穿插，顷刻之间，周匝数遍”；写曲声的“忽又扬起”，“像放那东洋烟火，一个弹子上天，随化作千百道五色火光，纵横散乱”。这是通过比喻，化听觉为视觉，使之历历如见。写曲声“愈翻愈险，愈险愈奇”，“恍如由傲来峰西面，攀登泰山的景象……”写人弦相和，万声并发，“有如花坞春晓，好鸟乱鸣”。这是通过比喻，唤起读者的生活经验，从而触发联想，进入他所创造的艺术境界。

作者能将白妞唱书写得如此传神入妙、真切动人，首先是因为他有生活的体验。作者曾亲自在济南明湖居听过白妞唱书，他是写实——实景，实情，实感，不是向壁虚构。因此，下笔时处处从切身感受出发，摒弃一切浮词滥调，而用清新明洁的语言，作具体切实的描绘。其次是因为作者精通音乐，对音乐艺术有敏锐而独特的感受。他曾从名琴家劳泮颉和张瑞珊学琴，还为张氏刊印过琴谱，并为之作序。他本人的琴艺亦臻精妙，据作者的亲属回忆，他操古琴，能于钩、挑、剔、抹间出风声、水声和飞鸟落地的境界，令听者忘其所在。《老残游记》中写音乐的地方不止这一处，都写得很好，各具特色，不犯雷同，原因就在于此。据说有人也听过黑妞白妞唱曲，但并不觉得特别好，是读了《老残游记》的这一段《明湖居听书》以后，才体会到它的妙处的。这说明，生活体验和艺术修养对创作有很重要的作用。这段书，不仅仅是技巧好，对于如何将现实生活的体验提炼升华为艺术，也是很有启发意义的。

## 第五节　曾朴的《孽海花》

在四部谴责小说中，《孽海花》是思想最为激进的一部。此书的创作过程漫长而又复杂。现在通行的刊本为三十回，作者署名是曾朴，实际最初印本原署为“爱自由者发起，东亚病夫编述”。全书的写作，断断续续先后经历了二十七年之久。东亚病夫即曾朴，爱自由者即他的朋友金松岑。金松岑于1903年写了这本书，但只有前六回，第一、二回刊于同年十月在日本出版的《江苏》杂志第八期。按金当时的计划，这是一部“政治小说”，内容为述赛金花一生的历史，涉及从中俄交涉到俄国复据东三省止若干重大历史事件。[①]金松岑将前六回的原稿寄给正在创办“小说林社”的曾朴，曾朴看后认为是一个好题材，但过多地注意于主人公（一个奇突的妓女）的遭际，而只是映带些相关的时事。于是金松岑就交给曾朴修改、续写。两人共同拟定了全书六十回的回目，但最后并未完成。1905年由“小说林社”在东京出版初集（第一至十回）和二集（第十一至二十回）两册。其后1907年，在《小说林》月刊发表第二十一至二十五回。1916年上海望云山房出版第三集，收入续作第二十一至二十四回。1927年至1930年间的四年里，又陆续在《真善美》杂志上刊出第二十一至三十五回（其中第二十一至二十五回为修改稿，第二十六至三十五回为新写稿）。1928年，真善美书店分两册出版了修改后的初集（第一至十回）和二集（第十一至二十回）。1931年又出版了三集（第二十一至三十回），后又将全书三十回合为一册出版。新中国成立后北京宝文堂、上海文化出版社、中华书局上海编辑所出版的三十回本的《孽海花》，均据真善美书店的三十回本排印。1962年中华书局上海编辑所和1979年上海古籍出版社出版的增订本，将第三十一至三十五回作为附录。

曾朴（1872—1935），名朴华，字太朴，又字孟朴，别号东亚病夫。江苏常熟人。出身于一个书香门第人家。十九岁中秀才，二十岁中举人，后会试未中，捐内阁中书。1895年秋，入同文馆学习法文八个月，打下了与西方文化接触的基础；1898年结识精熟法国文学的陈季同，在陈的指点下，他广泛学习了法国和欧洲诸国的文哲名著，接受了西方文化思想的熏陶。戊戌变法前到上海办实业，与谭嗣同、林旭等改良派交往，受到他们的影响。1904年与友人合办“小说林社”,1907年又创办《小说林》月刊。他又同情孙中山领导的资产阶级民主革命，曾积极参加浙江因杀害秋瑾而掀起的驱张运动。辛亥革命后，他曾任江苏省议员、省财政厅长等职。1927年在上海创办《真善美》杂志。除《孽海花》外，他还创作了小说《鲁男子》，原拟作六部，未完成。还有一些诗文和戏剧作品。

金松岑（1874—1947），即金一，又名天翮，号鹤舫，又号爱自由者。江苏吴

---

① 见1904年金松岑翻译出版之《自由血》一书后附爱自由者撰译广告，转引自魏绍昌编《孽海花资料》，上海古籍出版社，1982年，第133页。

江人。早年在上海参加爱国学社，与邹容、章太炎、蔡元培等共同鼓吹资产阶级民主革命。他写作《女界钟》，主张男女平等；翻译《自由血》（写俄国虚无党史）和《三十三年落花梦》（日本宫崎寅藏著，写孙中山等人的革命事迹），宣传革命。《孽海花》的写作也与他的革命思想有关。辛亥革命后曾出任过江苏省议员、吴江县教育局局长、江南水利局局长等职。①

在小说的作意和艺术构思上，曾朴对金松岑的原作都作了很有意义的改变。他曾对小说的整体构想做过明确的说明："借用主人公作全书的线索，尽量容纳近三十年来的历史，避去正面，专把些有趣的琐闻逸事，来烘托出大事的背景，格局比较的廓大。"② 这格局就是一部政治历史小说的格局。他的这一构想是基本上实现了的。小说即以金雯青（以真实人物洪钧为原型）和傅彩云（以真实人物赵彩云即名妓赛金花为原型）的故事为中心线索，来组织全书丰富的内容，穿插叙述大量官僚文人的琐闻逸事，从一个侧面反映了从同治初年（1862）到甲午战争（1894）三十多年间的社会政治与文化思想状况，从宫廷的腐败，官吏的贪污贿赂，到对外国侵略者的畏惧屈服，以及封建知识分子的醉生梦死，都有广泛的反映。金雯青科举考试高中状元，放到江西做官，后丁忧归乡，在服中遇名妓傅彩云，遂纳为妾。后奉命使德，携傅同去，并与之共游俄国。彩云生活极为浪漫放荡。回国后居北京。后金雯青死，彩云又到上海做妓女，称曹梦兰；复至天津，称赛金花。彩云在德时与德国将军瓦德西有染，庚子之乱，八国联军进京，瓦德西任联军统帅，二人又恢复旧好。赛金花倚此颇有权势，人称"赛二爷"。但这个故事并不是小说的主体，而只是一个结构全书的线索，三十年间在社会政治上的种种大事，才是作者着意描写的内容。曾朴曾谈到《孽海花》的"主干"时说："这书主干的意义，只为我看着这三十年，是我中国由旧到新的一个大转关，一方面文化的推移，一方面政治的变动，可惊可喜的现象，都在这一时期内飞也似的进行，我就想把这些现象，合拢了它的侧影或远景和相联系的一些细事，收摄在我笔头的摄影机上，叫他自然地一幕一幕的展现，印象上不啻目击了大事的全景一般。"③

---

① 参见魏绍昌编：《孽海花资料》，第 133 页。

② 曾朴：《修改后要说的几句话》，载 1928 年真善美书店版《孽海花》修改本卷首，转引自《孽海花资料》，第 128 页。

③ 曾朴：《修改后要说的几句话》，魏绍昌编《孽海花资料》，第 131 页。

《孽海花》在思想内容上有几个突出的特点，是前面三部谴责小说所没有的。

第一，作者揭露和批判的锋芒，触及了最高统治者，特别是慈禧与光绪之间的钩心斗角，表现了宫廷内部的尖锐矛盾和昏庸腐败，对慈禧揭露尤多。她从垂帘听政到控制光绪，将大权紧紧地掌握在自己的手里。她享乐腐化，竟然置民族危亡于不顾，将本来是用于建设海军的费用，移作修建供自己享用的皇家苑囿颐和园。她还公然受贿卖官，第二十六回里，写耿义因行贿慈禧而得入军机，就是最典型的例子。

第二，小说对科举考试制度的批判，其思想认识也达到了新的高度。他认为"科名制度，实系唐以后帝王的愚民政策之一，借以笼络上层知识分子，间接消灭反抗，以巩固其少数人的统治"。因而"是历代专制君主束缚我同胞最毒的手段。……弄得一般国民有脑无魂，有血无气"。"那些造这制度的君主，原要百姓世世代代只崇奉他一姓，尊敬他一个"。这种认识，将科举考试制度与封建专制主义制度联系起来批判，达到了前所未有的高度。可惜的是，作者没有能做到像吴敬梓一样，将这种批判化为有血有肉的艺术形象，不免流于抽象，而且还在改稿中被删掉了。

第三，以同情和赞扬的态度写到了革命党人。书中所写的孙汶，是据孙中山的原型创造的，作者充满了赞美的激情，将他写成是一位"面目清秀、辩才无碍"，"不尚空言，最爱实行"的"伟大人物"。还写到了革命党人陈清（书中为陈青千秋）、史坚如文纬（书中为史坚如）、杨飞鸿衢云（书中为杨云衢）、陆中桂皓东（书中为陆崇桂皓冬）等人，将他们写成很有血性的革命男儿形象。对于反清的革命活动，作者是这样评价的："他们甘心做叛徒逆党，情愿去破家毁产，名在哪里，利在哪里，奔波往来，为着何事，不过老祖宗传下这一点民族主义，各处运动，不肯叫它埋没，永不发现罢了。"（第四回，修改本第二十九回）写到改青年会为兴中会时，甚至如此赞叹："本会有如许英雄崛起，怪杰来归，羽翼成矣！股肱强矣！洋洋中土，何患不雄飞于二十世纪哉！"字里行间充满一种不可抑制的革命激情。

除此而外，作品对当时士大夫阶级和知识分子等所谓"作态名士"的思想和生活，特别是他们装点风雅的各种丑态，都有相当精彩的描写和辛辣的讽刺。

在艺术上，虽然《孽海花》也不免谴责小说"尚增饰而贱白描"（鲁迅语）的通病，但也有它独有的特色。一是它的结构。作者虽然没有最后完成全书六十回的创作计划，但现存通行的三十回本，结构也是相当完整的。小说以金雯青和傅彩云两个人物的活动作为全书的线索，去铺展和组织广阔的社会生活内容和历史事件，因此人物虽然达到278人之多，三十年间的事件也极纷繁，却显得杂而不乱，组织得井井有条，完整紧凑。胡适在与钱玄同讨论《孽海花》时，曾批评它的结构与其他几部谴责小说一样，都是取法于《儒林外史》，“其体裁皆为不连属的种种实事勉强牵合而成，合之可至无穷之长，分之可成无数短篇写生小说”[①]。曾朴在《修改后要说的几句话》一文中作了答辩，他说《孽海花》与《儒林外史》“虽然同是联缀多数短篇成长篇的方式，然组织法彼此截然不同。譬如穿珠，《儒林外史》等是直穿的，拿着一根线，穿一颗算一颗，一直穿到底，是一根珠练；我是蟠曲回旋着穿的，时收时放，东西交错，不离中心，是一朵珠花”。这话不是自吹，确是符合实际的。二是它的语言。作者运用的是经过提炼的比较纯熟的白话，遣词造句，颇富文采；同时又吸收较多的文言词语，通俗中又透出某种典雅的风致。鲁迅先生称赞《孽海花》“结构工巧，文采斐然”，是极中肯的评价。

---

① 魏绍昌编:《孽海花资料》，第136页。

# 主要参考书目


郑振铎:《插图本中国文学史》，作家出版社，1957年。

游国恩等主编:《中国文学史》，人民文学出版社，1979年。

袁行霈主编:《中国文学史》，高等教育出版社，1999年。

郭延礼:《中国近代文学史》(第三、四卷)，1991年、1993年。

鲁迅:《中国小说史略》，人民文学出版社，1952年。

阿英:《晚清小说史》，作家出版社，1958年。

夏志清:《中国古典小说导论》，安徽文艺出版社，1988年。

杨义:《中国古典小说史论》，中国社会科学出版社，1995年。

齐裕焜:《明代小说史》，浙江古籍出版社，1997年。

张俊:《清代小说史》，浙江古籍出版社，1997年。

欧阳健:《晚清小说史》，浙江古籍出版社，1997年。

胡士莹:《话本小说概论》，中华书局，1980年。

阿英:《小说闲谈四种》，上海古籍出版社，1985年。

吴组缃:《说稗集》，北京大学出版社，1987年。

周先慎:《古典小说鉴赏》，北京大学出版社，1992年。

中华书局编:《古典小说十讲》，中华书局，1992年。

张锦池:《中国四大古典小说论稿》，华艺出版社，1993年。

石昌渝:《中国小说源流论》，三联书店，1994年。

周兆新:《三国演义考评》，北京大学出版社，1990年。

《名家解读三国演义》，山东人民出版社，1998年。

沈伯俊:《三国演义新探》，四川人民出版社，2002年。

《名家解读水浒传》，山东人民出版社，1998年。

林庚:《西游记漫话》，人民文学出版社，1990 年。
刘勇强:《奇特的精神漫游》，三联书店，1992 年。
《名家解读西游记》，山东人民出版社，1998 年。
吴晗等:《论金瓶梅》，文化艺术出版社，1984 年。
《名家解读金瓶梅》，山东人民出版社，1998 年。
马振方:《聊斋艺术论》，上海文艺出版社，1986 年。
袁世硕:《蒲松龄事迹著述新考》，齐鲁书社，1988 年。
《名家解读聊斋志异》，山东人民出版社，1999 年。
陈美林:《吴敬梓研究》，上海古籍出版社，1984 年。
《名家解读儒林外史》，山东人民出版社，1999 年。
李汉秋:《儒林外史研究》，华东师范大学出版社，2001 年。
周汝昌:《红楼梦新证》，人民文学出版社，1976 年。
魏绍昌:《红楼梦版本小考》，中国社会科学出版社，1982 年。
舒芜:《说梦录》，上海古籍出版社，1982 年。
刘梦溪:《红学三十年论文选编》，百花文艺出版社，1983—1984 年。
《俞平伯论红楼梦》，上海古籍出版社，1988 年。
《胡适红楼梦研究论述全编》，上海古籍出版社，1988 年。
《名家解读红楼梦》，山东人民出版社，1998 年。